BARBARA DE SMEDT

ZE KWAM TERUG

BOR
& LA

1

Zondag 1 december

'Iedereen liegt, en dat is de waarheid,' zegt de podcasthost.

Ik snuif – alsof ik dat niet weet – haal mijn AirPods uit mijn oren en kijk naar mezelf in de manshoge spiegel in mijn slaapkamer. Ik forceer een glimlach en ontbloot mijn tanden. *Hallo, Seren.* De glimlach wordt breder en ik zie nu ook mijn hoektanden. Mijn 'draculatandjes', noemt mijn vriend David ze, omdat ze zo scherp zijn. Ik lach overdreven en staar naar mijn gebit. Ik open mijn mond, alsof ik bij de tandarts zit, en laat mijn tanden op elkaar klappen als ik hem weer sluit. Ik stel me voor hoe mijn schedel eruitziet, onder het laagje huid en spieren, en ik word onpasselijk wanneer het beeld plots erg realistisch wordt.

Gelukkig maar dat we niet altijd de waarheid vertellen. Stel je voor dat ik iedere keer eerlijk zou antwoorden op de vraag hoe het met me gaat. Dat zou voor nogal wat commotie zorgen.

Vivian, mijn therapeut, krijgt als enige wekelijks mijn donkere gedachten te horen, en daarvoor betaal ik haar royaal. Al vertel ik haar uiteraard ook niet alles.

Ken je dat witte schuimlaagje dat zich vormt wanneer je eieren kookt en ze barsten? Dat doen ze bij mij altijd, trouwens. Ik slaag er niet in die tere schaal intact te houden. Zo is het met mijn gedachten ook, ik kan alleen maar het bovenste laagje eraf laten scheppen door Vivian. De rest blijft borrelen en rondbonken in mijn hoofd. Voor eeuwig en altijd.

Bijna alles in mijn leven is een leugen, in het bijzonder mijn carrière. Die is namelijk gebaseerd op de leugen dat vrouwen dure kleding nodig hebben om gelukkig te zijn. Het is een leugen die mijn rekeningen betaalt en die me een zekere vorm van prestige geeft.

Er zijn maar weinig dingen geen leugen. Hier volgen er enkele:

Mijn naam is Seren, wat 'ster' betekent in het Welsh en het resultaat is van een romantisch reisje dat mijn ouders in de jaren negentig maakten. Ik ben zevenentwintig en na mijn middelbare school ging ik studeren aan de Modeacademie in Antwerpen, waar ik vrij snel naam maakte voor mezelf. Geen jury kon me van mijn stuk brengen. Waar ik mijn klasgenoten huilend de klas uit zag lopen, had ik geen last van dat soort onwelkome emoties. Ik leerde die namelijk al van jongs af aan te controleren, toen mijn vader van de ene op de andere dag uit mijn leven verdween en mijn broer Sebastiaan me uitlachte iedere keer als ik daarom huilde.

'Denk je dat papa terugkomt door dat gejank?' zei hij me, terwijl hij me in mijn gezicht uitlachte.

Hij zal het niet slecht hebben bedoeld.

Nee, echt niet.

Hij was ook nog maar een kind, en onze moeder was in die periode 'even niet bereikbaar'.

Door mijn gevoelens voor mezelf te houden, verdiende ik het respect van mijn broer en maakte ik het leven voor mijn moeder makkelijker. Eerst op de middelbare school en later op de academie, waar drama dagelijkse kost was. Ik deed er niet aan mee. Nooit. Het gaf me de reputatie een koele kikker te zijn en in mijn tweede jaar kreeg ik de bijnaam Dark Angel. Daar had mijn achternaam – Engels – natuurlijk ook iets mee te maken.

David komt de kamer in, samen met een wolk van stoom die uit de badkamer golft. Hij slaat zijn armen om mijn middel en geeft me een zachte kus in mijn nek.

'Je ziet er prachtig uit,' mompelt hij.

Ik smelt even in zijn omhelzing voordat ik me terugtrek. 'We zijn al laat en ik moet mijn make-up nog doen,' zeg ik, met geveinsd protest. Ik houd mijn pols naar hem op en hij ontfermt zich over de sluiting van mijn witgouden armband. Het metaal voelt koud aan tegen mijn pols.

David is mijn Parijse souvenir.

Ik kreeg een stageplek te pakken bij de grote ontwerpster Simonne Sohier, en greep die kans om aan mijn verleden te ontsnappen en voor enkele jaren naar Frankrijk te verhuizen. Daar leerde ik David kennen, in Wilde's, de bar van L'Hôtel, een bekend boetiekhotel in Saint-Germain. Naar verluidt blies Oscar Wilde er zijn laatste adem uit. Het was de favoriete bar van Simonne, en ze nam ons er geregeld mee naartoe. *Work hard, play hard*, was haar motto en haar favoriete cocktail was een Brown Martini, een zoete drank met bourbon, koffie en chocolade.

We hadden die week de zomercollectie op de valreep klaargekregen en om dat te vieren, gingen we met z'n allen naar de bar. Het was de eerste keer dat ik David zag, hij werkte er duidelijk nog maar pas.

'Goedenavond, welkom bij Wilde's. Wat mag het zijn voor jullie?' vroeg hij beleefd.

Simonne, die het gewend was dat iedereen overal precies wist wat ze wilde, negeerde hem ostentatief, dus nam ik het woord en gaf onze bestelling door. Een Brown Martini voor Simonne, een Cuba Fresh voor Richard, een Mescal Fizz voor Tatiana en een Vodka Tonic voor mezelf.

Wilde's was echt zo'n heerlijke ouderwetse bar met gedempt licht en van die zachte fauteuils waarin je zou willen wegzakken en ik herinner me dat ik die avond voor het eerst in tijden het gevoel had niet steeds achterom te hoeven kijken, zoals ik in België gewend was te doen. Eindelijk begon ik me thuis te voelen in Parijs.

Toen we de week daarop opnieuw naar Wilde's gingen, deze keer om Tatiana's verjaardag te vieren, was David er ook weer.

'Nee, niets zeggen,' zei hij, terwijl hij naar mij keek. 'Een Brown Martini, een Cuba Fresh, een Mescal Fizz en een Vodka Tonic, toch?'

'Heel goed,' zei Tatiana, 'maar je mag ons eerst een fles Ruinart brengen. Ik heb wat te vieren.'

'Natuurlijk, mevrouw,' zei hij, maar zijn blik bleef net een fractie te lang op mij gefocust en ik voelde een lichte tinteling in mijn onderbuik.

'Lekker ding,' zei Tatiana, met een knipoog naar mij.

'Hm,' zei ik.

'Ja, zeg. Heel lekker. Heb je die wimpers gezien?' zei Richard.

'Beetje oud, niet?' zei Simonne.

'Simonne!' riep ik uit. Ze was legendarisch in haar smaak voor jonge jongens.

Richard, zelf tegen de vijftig, grinnikte. 'Hoe oud schat je hem?'

'Ergens halverwege de dertig, denk ik,' zei Simonne. 'Tien jaar geleden had hij kans bij me gemaakt, nu laat ik de eer aan iemand anders.'

Ik was het na een jaar samenwerken met deze mensen nog steeds niet gewend hoe ze anderen becommentarieerden. Toen David even later met een fles champagne en vier kristallen coupes terugkeerde, en de anderen hem openlijk aanstaarden, keek ik strak naar mijn knieën, en zodra mijn collega's op de dansvloer stonden ontsnapte ik naar het toilet.

Net als de rest van het hotel waren ook de toiletten magnifiek. De negentiende-eeuwse sfeer deed me wegdromen, al zal de hoeveelheid champagne en Vodka die ik op had daar ook wel mee te maken hebben gehad. Ik liet wat koud water over mijn polsen lopen en wilde net weer naar buiten gaan, toen David binnenkwam met een pak toiletpapier.

'Hé, Vodka Tonic,' zei hij met een grijns. Hij zette het pak neer. 'Mag ik je iets vragen?'

Pas veel later zou hij me vertellen dat toiletpapier aanvullen niet tot zijn takenpakket behoorde en dat hij dit als excuus had gebruikt om tegen me te kunnen praten.

'Dat accent van jou klinkt bekend,' zei hij. 'Waar kom je vandaan?'

'Belgique,' antwoordde ik, waarop hij tot mijn verbazing antwoordde in het Nederlands: 'Ik wist het!'

Na een korte maar enthousiaste introductie vertelde David me dat hij uit Brussel kwam, maar naar Frankrijk was verhuisd in de hoop ergens als souschef aan de slag te kunnen. Voorlopig was hem dat niet gelukt, vertelde hij, maar hij was hoopvol. Zijn droom was om een eigen restaurant te beginnen. En hij was niet 'ergens halverwege de dertig', zoals Simonne dacht, maar net geen veertig.

Misschien was ik op zoek naar een vaderfiguur. Zou kunnen. Ik geloof liever dat ik die dag mijn soulmate vond. Het was in ieder geval ironisch dat ik uitgerekend met die ene man een relatie begon die honderd procent van zijn tijd met eten bezig was. Hij deed niets liever dan met nieuwe ingrediënten experimenteren en me daarna zijn creaties te laten proeven, terwijl ik juist zo weinig mogelijk met eten te maken wilde hebben. Ik wilde het niet zien, niet ruiken, en vooral niet proeven.

Ja, ik weet het. Magere meisjes in de modewereld. Het is een cliché, maar mij kwam het toen prima uit. En David? Ik denk dat het niet overdreven is te beweren dat hij mijn leven heeft gered door me mijn zin in eten terug te geven.

Na mijn stage bij Simonne keerde ik samen met hem terug naar België waar ik mijn eigen label startte: *Dark Angel, by Seren Engels.* En vandaag – twee jaar later – zijn David en ik uitgenodigd op een benefiet in het Hilton in Antwerpen, waar ik een modeshow organiseer voor het goede doel.

Ik geef hem een zoen op zijn stoppelwang en loop naar de badkamer. Voor de aangedampte spiegel begin ik aan mijn make-uproutine. Ik heb mijn vaste ritueel en daar wijk ik nooit van af. Eerst concealer, om de altijd aanwezige schaduwen onder mijn ogen te verbergen. Dan highlighter. Dan foundation. Ik dep het product op mijn huid en kijk toe hoe mijn gezicht verandert. Langzaam verdwijnt Seren uit het spiegelbeeld. 'Hallo, Dark Angel,' fluister ik. Ik duw mijn schouders naar achteren en houd mijn kin omhoog.

De deur van de badkamer gaat open en David komt binnen, volledig gekleed deze keer. 'Klaar?' vraagt hij.

'Meer dan ooit,' zeg ik. Dat is de waarheid.

Het Hilton Hotel ligt op de Groenplaats, wat vlak bij ons appartement is, dus gaan we te voet. David haakt zijn arm door de mijne en het geluid van mijn hakken klinkt scherp tegen de straatstenen.

In de natuurstenen lobby worden we opgewacht door een hostess die ons naar de lift brengt. Het evenement vindt plaats in de Belle Epoque-zaal op de derde verdieping en zodra de liftdeuren zich weer openen, vult de ruimte zich met het geroezemoes van gesprekken en gelach.

Bij de ingang van de zaal staat een ober klaar, een dienblad met glazen champagne balancerend op een gehandschoende hand. Wanneer hij ons een glas aanbiedt, weiger ik. Ik drink sowieso niet veel. Alcohol bevat vreselijk veel lege calorieën en ik mag daar dan misschien niet meer zo obsessief mee bezig zijn als vroeger – voor ik David leerde kennen – dat wil niet zeggen dat ik gedachteloos om het even wat eet en drink. Voor mij alleen echte champagne, die bevat minder suiker dan de cava die ze hier ongetwijfeld serveren. Ik vraag dadelijk wel een Vodka Tonic.

David neemt wel een glas en we lopen samen de zaal in. De balzaal van het Hilton is een monument, de grootste van België, en ze is zoals altijd prachtig ingericht. Op het kamerbrede tapijt staan grote ronde tafels waaraan per stuk twaalf gasten kunnen zitten. Elke tafel is elegant gedekt met witte linnen tafellakens en een zilveren kandelaar in het midden. De kaarsen zijn zwart en branden, hun gloed reflecteert prachtig op de enorme iconische kristallen kroonluchter die de zaal domineert en verlicht met haar bijna tweehonderdvijftig lampjes. Door het midden van de zaal slingert een zwarte loper waarover straks de modellen heupwiegend hun ding zullen doen.

Het is de eerste keer dat ik ben gevraagd om een benefiet te sponsoren met een modeshow en ik voel nu al aan de kriebels in mijn buik dat het een goede beslissing was. *To whom much is given, much is expected.*

'Ik ga even backstage kijken,' zeg ik en ik geef David een zoen. Ik weet zeker dat mijn assistente Birgit alles perfect onder controle heeft, maar het kan geen kwaad om dat even te controleren voor de show begint.

Ik navigeer op mijn hoge hakken door de zaal, die stilaan volloopt met bekende en minder bekende gezichten. Ik herken een nieuwsanker en een ex-presentatrice die erg succesvol is met haar gezonde kookboeken, en ook de burgemeester is van de partij. Ik geef links en rechts een beleefd knikje, maar maak door mijn tempo duidelijk dat ik geen tijd heb, want ik heb nu geen zin in smalltalk. Dat zijn gewoon leugens met een vleugje cliché.

'Seren? Ben jij dat?' zegt een schrille stem. Ik draai me om. 'O, ik wist het! Seren Engels, je bent niets veranderd!'

Even kijk ik de vrouw fronsend aan. Ik weet dat ik haar moet kennen, maar in de zee van mensen is het soms moeilijk om de juiste naam op het juiste gezicht te plakken. Dan schiet het me plots te binnen. Een nerveuze steek trekt door mijn maagstreek. Mevrouw De Meijer, mijn oude lerares Frans, kijkt me glunderend aan. Haar indertijd korte zwarte kapsel is nu spierwit, maar haar brede lach is niet veranderd en achter haar dikke brillenglazen schitteren haar ogen.

‘Mevrouw De Meijer!’ zeg ik, en ik spiegel haar glimlach terug. ‘Wat een verrassing om u hier te zien.’

‘Ik wilde het niet missen. Mijn man is lid van de Rotary Club en toen ik zag dat jij een modeshow organiseerde, heb ik niet getwijfeld om tickets te kopen, zodat ik mijn beroemdste leerling aan het werk kon zien,’ zegt ze. Ze geeft een klopje op mijn arm. ‘Wij leerkrachten zijn niet verondersteld om een zwak voor een van onze leerlingen te hebben, maar ik moet toegeven dat ik voor jou toch altijd een speciaal plekje heb gehad.’

‘Dat is lief, dankuwel,’ zeg ik, maar het nare gevoel in mijn maag blijft koppig zeuren. Zo gaat het elke keer als ik aan mijn middelbareschooltijd word herinnerd, en aan wat er in het laatste jaar gebeurde op die akelige 24 december waaraan ik liefst nooit meer wil denken.

‘Je moet me alles over Parijs vertellen,’ gaat mevrouw De Meijer verder.

Ze is een schat van een mens en ik doe mijn best om te blijven glimlachen, maar eerlijk: als ik kon kiezen, rende ik meteen backstage.

‘Ik was zo trots toen je die stage kreeg! Je Frans moet wel erg goed zijn nu, nog beter dan toen je bij mij in de klas zat!’

Frans was mijn beste vak. Wat niet zo moeilijk was, want het werd door de rest van mijn klasgenoten gehaat, behalve door Cleo – die tweetalig was opgevoed – maar zij spijbelde zo vaak dat mevrouw De Meijer niet wist wie ze was tot haar naam in het nieuws verscheen. Het weeë gevoel neemt toe en ik besef dat mevrouw De Meijer verder is blijven babbelen over Parijs. Ze vraagt me naar mijn favoriete plekjes en ik noem het eerste cafeetje waaraan ik denk.

‘Ah, *oui*, ik herinner me dat, lag dat niet aan de Rue de Rivoli?’ zegt ze. Haar lippenstift is een beetje doorgelopen in haar mondhoeken, en voor mijn oude leerkracht zich te ver naar het verleden begeeft en over zaken begint waarover ik liever niet wil praten, excuseer ik me.

'Ik moet even backstage zijn,' zeg ik. 'Misschien kunnen we straks verder praten, na de show?' Dat lieg ik uiteraard, want ik weet nu al dat ik haar zal ontlopen. Het verleden is nu eenmaal gevaarlijk terrein.

'Natuurlijk! Dat zou fijn zijn,' antwoordt ze. 'Heb je Stijn trouwens al gezien?'

'Stijn?' zeg ik verbaasd.

'Ja, jij zat toch bij hem in de klas? Stijn De Clerck. Hij deed iets met sport, basketbal, of zo. Mooie jongen was het. Nog steeds, trouwens. Ik heb net ook met hem een praatje gemaakt, maar ik denk niet dat hij erg blij was zijn oude lerares Frans te zien.' Ze lacht luid en gooit haar hoofd naar achteren, waardoor er een beetje cava uit haar glas klotst.

De Belle Epoque-zaal begint rondom me te tollen en ik verlies mijn evenwicht. Snel grijp ik de dichtstbijzijnde stoelrug vast. Dit is niet het moment om een appelflauwte te krijgen.

Een koele hand ligt op mijn arm en mevrouw De Meijer kijkt me bezorgd aan. 'Gaat het, Seren? Je werd plots zo bleek?'

Ik knik. 'Ja hoor, alles oké. Ik heb een lage bloeddruk en heb vanochtend niets gegeten. Stress,' zeg ik. 'Backstage liggen broodjes, dus het komt wel goed.' Ik probeer me in te houden om mijn ogen niet panisch door de zaal te laten schieten, op zoek naar hem. Naar Stijn. Wat doet hij hier? Waarom is hij hier?

Mevrouw De Meijer geeft me een kneepje. 'Jij werkt hard, hè? Ga maar even op adem komen. En succes met de show.'

'Dank u,' zeg ik en ik haast me weg, mijn gezicht naar de grond gericht, om zo weinig mogelijk mensen te hoeven zien. Vooral Stijn niet. *Nooit meer*, hadden we gezegd. Ik moet hier weg. Naar veiliger terrein. Wat doet die idioot hier? We hadden een afspraak!

Ik probeer mezelf gerust te stellen. Stijn is niet dom. Hij weet dat hij beter niet in mijn buurt kan komen. Er zal wel een reden zijn waarom hij hier is, een waar hij niet onderuit kon. Maar mijn onrust zakt niet snel genoeg en ik stap geagiteerd de backstageruimte in, waar Birgit de laatste controle doet van de outfits. Rijen en rijen kledingstukken zijn met militaire precisie door haar op hangers gedrapeerd. Modellen lopen kriskras door de ruimte, half gekleed, sommige alleen in hun slip en beha. Ik ruik de geur van deodorant en haarspray en voel mijn hartslag dalen; dit is bekend terrein.

'Hé, daar ben je,' zegt Birgit. 'Kom je mijn werk keuren? Alles onder controle hier.'

'Ik zie het,' zeg ik. 'Je bent de beste.'

'Kom, kom, niet vleien. Je weet dat ik daar niet tegen kan,' zegt ze, met een brede glimlach.

Ik wend me tot een van de vele spiegels en kijk naar mijn spiegelbeeld. Misschien zie ik een tikje bleker dan normaal, maar dankzij mijn make-up valt dat niet op. Ik loop langs de kledingrekken en zie dat alles perfect is. Ik hoef hier niet te zijn. Mijn taak is om in de zaal te zijn en met de gasten te praten, met David aan mijn zijde, en om daarna, als de modeshow achter de rug is, mijn speech te geven. Maar het enige wat ik nu wil, is me hier tussen de rokken en jurken verbergen. Ik wil alles doen om maar niet aan het verleden te moeten denken, want dat is onlosmakelijk verbonden met Cleo, en wat er met haar gebeurde.

Die waarheid kennen alleen ik en de overige leden van de Sandwichclub en wij zullen die nooit verder vertellen, dat hebben we elkaar tien jaar geleden beloofd.

Op weg naar onze vip-tafel kom ik langs een ober en deze keer grijp ik toch een glas van het dienblad en neem een grote slok. David zit al aan tafel, net zoals de rest van ons gezelschap. Ik laat me neerzakken op de lege plek naast hem en beantwoord op de automatische piloot de vragen van de vip-gasten die veel geld hebben betaald om bij mij te mogen zitten. Rechts van me zit een man, een veertiger, wiens overhemd net een tikje te klein is voor zijn bolle buik. Waarschijnlijk is hij een van die mensen die denken dat hun te krap geworden kleren binnenkort wel weer passen, als ze zich maar aan hun dieet houden. Ik luister naar zijn gewauwel over Oekraïne en Rusland, terwijl hij het voorgerecht van gerookte zalm met dille naar binnen schuift, gevolgd door de volledige inhoud van het broodmandje. Ik walg van mensen die geen controle hebben over hun impulsen.

Terwijl de show van start gaat, worden de voorgerechtbordjes afgeruimd. Ik laat mijn blik door de zaal glijden, op zoek naar Stijn. De meeste gezichten zijn naar de catwalk gericht, waar ik mijn creaties een voor een voorbij zie komen, maar hem zie ik niet.

Ik denk terug aan de allereerste schooldag op het Lyceum, de dag waarop ik Danni leerde kennen. Mevrouw De Meijer was dat eerste jaar onze klastitularis en las de lijst met namen voor. Ik had Danni al meteen in de gaten. Ze zag eruit als een minivolwassene uit een andere eeuw, met haar tweedelige pakje en haar klassieke bob. Ze had een fijn gouden kettinkje met een sterrenbeeld om haar hals en een echt horloge om haar pols. Geen enkele tiener droeg nog een horloge in 2009.

Haar schoenen waren ook heel klassiek. De hele klas droeg sneakers, ik ook, maar Danni niet. Ik keek van mijn All Stars naar haar leren mocassins en voelde een steek van jaloezie. Ik hield toen al van kwaliteit.

'Danielle De Deken?' las mevrouw De Meijer van haar klassenlijst af, en Danni stak haar hand op. Ik zag twee meisjes die aan het raam zaten naar haar staren en gniffelen. Danni merkte het ook en stak fier haar kin omhoog. Ik mocht haar onmiddellijk. Toen ze naar mij keek, schonk ik haar een kleine glimlach.

Tijdens de pauze kwam ze naar me toe. 'Coole outfit,' zei ze. Ik had aan wat mijn moeder voor me had klaargelegd. Niets bijzonders, dus. Een jeans, All Stars, een vormeloos T-shirt, een hoody. Ik voelde me net een jongen.

'Jij ook,' zei ik terug.

Danni fronste haar wenkbrauwen. 'Serieus? Dit? Ik haat echt alles wat ik aanheb.'

Ik moest lachen. 'Ik ook,' zei ik, en onze band was gesmeed.

Na een paar weken kregen we het idee om 's ochtends in de toiletten van outfit te wisselen. Niet alles, maar net genoeg om ons allebei meer onszelf te voelen en minder als de persoon die onze moeders wilden dat we waren.

Danni, officieel dus Danielle, was een echte tomboy. Stoer en onverschrokken. Als enige meisje na drie broers had haar moeder er haar missie van gemaakt om van haar dochter het meest meisjesachtige schepsel op aarde te maken, tot grote spijt van Danni zelf, die liever ook een jongen was geweest. Zij moest van haar moeder altijd piekfijn gekleed gaan. Rokjes, jurkjes, met kant afgewerkte bloesjes.

We moesten er vaak om lachen, hoe we allebei in het verkeerde gezin waren geboren. Ik had een moeder bij wie het woord 'elegantie' niet in het woordenboek voorkwam. Alles moest praktisch zijn. Stoere broeken, wollen truien, makkelijke schoenen, kleren die in de droger konden en niet hoefden te worden gestreken. Danni's droom. Zij wilde niets liever dan van die stoere outfits dragen, geen wonder dat we tot elkaar werden aangetrokken toen.

Otto kwam even later bij ons outsidersclubje van twee. Hij was de slimste persoon die ik kende, maar dat vertaalde zich niet in zijn schoolresultaten. Steevast bungelde hij onderaan de lijst. Hij hing als een lappenpop in zijn schoolbank, en staarde naar buiten of tekende mannetjes. Tijdens de pauzes zat hij altijd ergens op de grond, met zijn rug tegen de muur, op iets te knabbelen. Meestal M&M's. Ik herinner me dat ik in eerste instantie niets van hem moest hebben. Nee, dat zeg ik verkeerd. Ik walgde van hem, net zoals de rest van de klas dat deed. Hij waste zich zelden, was veel te zwaar, boerde luid. Hij droeg niets bij. Niets. Ik begreep niet hoe iemand zo in het leven kon staan, maar Danni mocht hem graag en hielp hem. Ze liet hem haar huiswerk overschrijven en betrok hem bij onze gesprekken. Otto was het soort jongen dat je tijd moest geven om te leren waarderen. Pas toen we in het tweede middelbaar zaten, begon ik dat in te zien.

Het moet in dat jaar zijn geweest dat Stijn me voor het eerst opviel. Ik was geen sociale vlinder zoals Danni, die na vijf minuten met iedereen overweg leek te kunnen en een vriendschap voor het leven opbouwde. Ik was meer de stille observator. Terwijl Danni babbelde en Otto at, keek ik rond.

Stijn was een droom voor een eenzaam meisje van nog geen veertien. De knapste jongen van de school. Een basketballer, met brede schouders en een smalle taille. Zijn broek hing laag op zijn heupen. Zijn bruine haar droeg hij in een staartje dat een beetje krulde. Iedereen wist wie Stijn was, maar Stijn had geen idee wie ik was.

Tenminste, toen nog niet.

Het hoofdgerecht wordt opgediend. Tongrolletjes in een wittewijnsaus, aardappelkroketjes en een slaatje. Ik prik er wat in en houd me in om me niet om te draaien naar de zaal, op zoek naar Stijn. Birgit zorgt voor wat afleiding door me tussendoor te briefen over het verloop van de show, maar dat is overbodig. Ik zie aan de reacties dat het een succes is. Voor mij zit het er echter nog niet op. Ik moet tijdens het dessert mijn speech geven en dat is toch iets waar ik nog steeds erg tegen opzie. Ik leg mijn bestek neer, drapeer mijn servet over mijn bijna onaangetaste bord en buig me naar David.

'Ik ga even naar buiten,' zeg ik. 'Even mijn hoofd leegmaken voor de speech.'

'Wil je dat ik meega?'

Ik schud van niet. 'Ik moet even alleen zijn. Te veel mensen hier.'

Hij knikt begrijpend. David kent mijn ritueel en vraagt niet verder. Het voordeel van een oudere man als partner, is dat hij zijn plaats in de wereld kent en niet met de onzekerheden kampt van een twintiger. David en ik zijn niet aan de elleboog met elkaar vergroeid, zoals ik bij veel van mijn leeftijdsgenoten opmerk. Ik kan dan ook over bijna alles eerlijk zijn tegen hem. Bíjna alles.

Ik geef hem een zoen, neem mijn tasje en loop de zaal uit.

Eenmaal buiten blijkt er een ijzige wind te zijn opgestoken en ik ga met mijn rug tegen de muur staan. Ik neem een pakje Vogue uit mijn tasje, tik er een ultradunne sigaret uit en probeer die vervolgens aan te steken. Na de vierde poging lukt het en ik inhaleer diep. Roken is een gewoonte waarmee ik ben begonnen in Parijs – nadat ik David had ontmoet. Hij is verslaafd aan het spul. Ik zou kunnen stoppen als ik echt wil, dat weet ik. Ik stop nooit zomaar iets in mijn mond zonder erbij na te denken, geen voedsel, geen drank, geen sigaretten. Ik weet precies wat ik tot me neem en welke gevolgen dat heeft voor mijn lichaam. Elke sigaret die ik opsteek, is een bewuste beslissing. Ik laat me niet willoos meevoeren door een gewoonte, maar neem actief de controle over mijn keuzes, en voor mij betekent dat drie sigaretten per dag. Voorlopig zie ik er het nut niet van in te stoppen, want de voordelen wegen nog op tegen de nadelen. Roken brengt een rustpunt in mijn hectische leven. Volgens Vivian is het goed dat ik die rustmomenten neem en zal ik mettertijd vanzelf merken dat ik die sigaret daarvoor niet nodig heb. We zullen zien.

De Groenplaats en de Melkmarkt worden druk bezocht op deze eerste zondagmiddag van december en terwijl ik rook, bestudeer ik de gezichten en de outfits van de mensen om me heen. De meesten gaan op in de massa en vallen nog liever dood dan dat ze zouden opvallen door een bijzondere outfit, dus is er niet veel te zien. Uit de Australian Ice Cream komt een zware vanillegeur die je trek in wafels moet doen krijgen.

Dat die strategie werkt, is te zien aan de lange rij die er staat aan te schuiven.

Naast me materialiseert zich een plotselinge aanwezigheid. Zonder te kijken, weet ik dat er een man naast me is komen staan, heel dichtbij. Er gebeurt iets met me, mijn borst voelt strakker en mijn sigaret begint te trillen in mijn handen. Zelfs de kakofonie van geluiden verdwijnt naar de achtergrond. Ik weet wie het is. Natuurlijk weet ik dat. Langzaam draai ik me naar hem toe om vervolgens recht in Stijns ogen te kijken.

'Hé Seren,' zegt hij.

Zijn stem is anders dan vroeger. Lager. Volwassen. En mannelijk. Hij was toen een atletische jongen en is nu een imposante man, groot en breed. Het staartje is verdwenen, hij draagt zijn haar nu kort. Hij ziet er absoluut fantastisch uit en het effect dat hij op school op me had, blijkt nog steeds niet te zijn uitgewerkt. Om me een houding te geven, neem ik een laatste trek van mijn sigaret en duw deze uit in de asbak die naast de ingang van het hotel staat. 'Stijn,' zeg ik, maar mijn stem is nauwelijks hoorbaar. Ik kuch.

'Ik wist niet dat je rookte,' zegt hij.

Ik haal mijn schouders op, maar antwoord niet.

Hij grijnst jongensachtig naar me en ik voel zijn aanwezigheid in heel mijn lichaam, dus wend ik mijn blik gauw weer van hem af. Dit is foute boel.

'Wat doe je hier?' vraag ik zo neutraal mogelijk, terwijl ik naar de rij mensen bij de Australian staar. Stijn leunt nog dichterbij en ik voel zijn adem warm op mijn wang. Mijn hart galoppeert in het rond en ik ben de teugels kwijt.

'Misschien bracht het lot me wel hier,' fluistert hij, terwijl zijn lippen mijn wang net niet raken.

'Vind je dit grappig, of zo?' bijt ik hem toe, en ik deins van hem weg.

Hij kijkt me geamuseerd aan, alsof hij precies weet wat ik denk, en haalt zijn schouders op. 'Je moet niet zo dramatisch doen, Seren. Ik kom gewoon even dag zeggen.'

Gewoon. Er is niets gewoon tussen ons. 'Je wist dus dat ik hier was? Je hebt me bewust opgezocht?'

'Relax. Mijn vriendin is een van de modellen. Ik wilde niet mee, maar ze trok een pruillip. Je weet hoe vrouwen kunnen zijn.'

Is dit de jongen op wie ik zo verliefd was? Ik staar hem vol ongeloof aan.

'Wat?' zegt hij.

Ik antwoord niet. Hij bestudeert mijn gezicht, ik het zijne.

'Je ziet er goed uit, Seren. Sterker dan toen. Minder schichtig.'

Heel even staat de tijd stil en zie ik ons zoals we tien jaar geleden waren, toen we elkaar voor het laatst zagen. Ik was zeventien en ondanks wat ik al had meegemaakt met mijn vader, was ik nog altijd naïef. Ik dacht toen dat wat ik bij Stijn voelde *échte* liefde was.

'Ik moet gaan,' zeg ik, en ik loop weg en laat hem alleen achter. Als ik de zaal weer in loop, komt David naar me toe, bezorgdheid staat op zijn gezicht.

'Hé,' zegt hij. 'Je bleef zo lang weg. Is alles in orde?'

'Prima,' lieg ik. 'Gewoon een paar fans die selfies wilden.' Ik rol met mijn ogen en hoop er overtuigend genoeg uit te zien.

'Echt? Dat is dan de tol van de roem, zeker? Maar je ziet er wel een beetje van streek uit,' zegt hij. 'Ben je nerveus voor de speech? Hier, neem een slokje,' zegt hij, terwijl hij me een glas wijn geeft.

'Nee, echt, alles is prima,' zeg ik, maar ik neem het glas toch aan. 'Dit soort evenementen putten me gewoon vreselijk uit.'

Hij blijft me bezorgd aankijken, maar gelukkig verschijnt de voorzitter van de Rotary Club naast ons met een brede glimlach die me een tikje vals overkomt. 'Mevrouw Engels, het is bijna tijd voor uw toespraak. Gaat u even backstage om de microfoon om te hangen?'

'Ik kom er zo aan,' zeg ik. 'Ik ga me snel nog even opfrissen.'

De man loopt weg en Davids warme hand omhult de mijne. 'Je kunt dit,' zegt hij.

'Schat, ik weet dat ik het kan. Stop met te doen alsof ik een vogeltje met een gebroken vleugel ben,' zeg ik streng. Hoe had Stijn me genoemd? *Schichtig.*

David laat me met een schuldbewust gezicht gaan – hij weet dat ik er een hekel aan heb als een slachtoffer te worden behandeld en ik loop naar de toiletten, in de hoop eindelijk een moment voor mezelf te hebben.

Ik glip een vrij hokje binnen en besef pas dan hoe oppervlakkig ik adem. Ik heb de zaken niet zo goed onder controle als ik zou willen, blijkbaar. Terwijl ik de deur op slot doe, biedt het kleine grendeltje dat op zijn plaats klikt me een kortstondig gevoel van veiligheid. Ik leun tegen de koele betegelde muur, laat de kilte in mijn huid dringen en voel opnieuw Stijns warme adem op mijn wang. Een stortvloed van emoties zwelt op in mijn binnenste en ik laat me op het koude wc-deksel zakken.

'Verdomme, verdomme, verdomme,' mompel ik, terwijl ik een vuist tegen mijn mond druk. Ik houd al tien jaar strak de teugels van mijn leven vast, daar gaat Stijn nu niet gauw even iets aan veranderen. Ik heb hier keihard voor gewerkt. 'Verman jezelf, Engels,' zeg ik hardop. Ik haal diep adem en probeer de controle weer terug te krijgen. *Hij is het niet waard. Hij is hier met een model, godbetert. Typisch.* Maar mijn maagstreek gelooft een ander verhaal.

Soms is het gewoon te moeilijk om met die borrelende geest van me om te gaan. Dan zijn mijn wekelijkse praatje met Vivian, mijn drie sigaretten per dag, het hardlopen en het uitrekenen van de hoeveelheid calorieën die ik eet en verbruik nu eenmaal niet voldoende om het monster te bedwingen. Heel af en toe zijn er momenten waarop ik net dat tikje meer nodig heb, zoals nu.

Ik haal diep adem en pop een pilletje in mijn mond. Zo. Niemand brengt mij van mijn stuk. Zelfs Stijn niet. Zeker Stijn niet.

Met nog één laatste diepe ademteug duw ik de deur van het wc-hokje weer open.

2

Onder begeleiding van een Billie Eilish-nummer stap ik het podium op. Ik glimlach breed en steek mijn hand op, terwijl ik snel even oogcontact maak met David, die als een baken voor het podium zit. Dan begin ik aan mijn ingestudeerde speech.

'Niet alle dromen zijn bedrog,' zeg ik. 'Ik had eerlijk waar nooit gedacht dat ik mijn eigen label zou hebben, maar ik droomde er wel van. Ik schreef mijn droom op, zocht uit welke stappen ik diende te zetten om hem te behalen en werkte daar elke dag naartoe.'

Ik schakel over op de automatische piloot. De woorden rollen als vanzelf uit mijn mond, en af en toe komt er gegrinnik of instemmend geknik uit de zaal.

'Sommigen zeggen dat ik geluk heb gehad dat Simonne Sohier me opmerkte en dat ik voor haar kon gaan werken in Parijs, maar wie zelf succesvol een zaak heeft opgebouwd, zoals velen onder u, weet dat het zo niet werkt. Geluk, dames en heren, is dat moment waarop een goede voorbereiding en een mooie kans elkaar ontmoeten. Als ik niet hard had gewerkt aan mezelf en mijn collectie, dan was er die dag waarop Simonne in Antwerpen was, helemaal niets gebeurd.'

Ik kuch even en kijk de zaal in, bevochtig mijn droge lippen. 'De volledige opbrengst van dit evenement gaat naar Caritas, de prachtige vereniging die hier in Antwerpen kwetsbare vluchtelingen begeleidt.'

Ik wacht even op het obligate applaus en ga dan verder. 'De ontwerpen die u zag, staan symbool voor de veerkracht van deze mensen, mannen en vrouwen die vaak al jaren vechten voor hun leven en dat van hun kinderen. Ze vechten voor vrijheid. Ze geven mij – en hopelijk ook u – inspiratie om nooit op te geven en te blijven geloven in positieve verandering. Ik hoop dat we met deze show niet alleen geld ophalen, maar ook aandacht vragen voor dit belangrijke doel. Laat mode en compassie hand in hand gaan. Laten we–'

En dan wordt mijn speech onderbroken door een ijselijke gil.
Ik bevries.

Met mijn ogen zoek ik David, maar hij heeft zich omgedraaid in de richting van het geluid en ik zie alleen zijn rug.

'Nééé!' hoor ik nu. Het komt uit het trappenhuis backstage.

Stoelen schuiven en vallen omver als mensen wegrennen, in de richting van de backstagedeuren. Ook ik haast me via het trapje van het podium, naar David toe. Ik leg een hand op zijn rug en hij kijkt geschrokken om.

'Wat is er gebeurd, wat was dat?' vraag ik ademloos.

Hij schudt zijn hoofd. 'Ik weet het niet. Ik ga kijken,' zegt hij. 'Blijf hier.'

Ik kijk toe hoe zijn brede rug tussen de stoelen verdwijnt, neem mijn telefoon uit mijn tas en bel Birgit. Geen antwoord. Ik weet niet wat ik moet doen en blijf besluiteloos staan. Het microfoontje hangt nog voor mijn mond en ik maak het los, trek de draad onder mijn vestje uit en leg het ding op tafel, terwijl mijn ogen gefixeerd blijven op de deur die naar achter de coulissen leidt.

Dan zie ik David weer verschijnen met een diepe frons tussen zijn ogen. Ik haast me naar hem toe en kom hem tegemoet pal in het midden van de zaal, op de zwarte loper, onder de kroonluchter, terwijl de chaos in de statige balzaal alleen maar toeneemt.

'Er is iemand van de trap gevallen,' zegt hij grimmig.

'O, nee,' zeg ik geschokt. De backstagetrappen zijn van steen. In gedachten zie ik de treden voor me, vol bloed. 'Is het ernstig?' vraag ik.

'Ik denk het.'

'Enig idee wie het is?'

David schudt zijn hoofd. Hij is aangeslagen en ik sla mijn armen om hem heen. Dankzij het pilletje voel ik me niet al te opgefokt, al ben ik verre van kalm, nu de gasten als kippen zonder kop in het rond rennen. Het decibelniveau loopt aardig de hoogte in.

De voorzitter van de Rotary Club komt met een rood aangelopen gezicht het podium op geklommen en neemt een microfoon. Hij kucht een paar keer, geeft enkele klopjes op de microfoon en zegt dan: 'Dames en heren. Mag ik iedereen vragen opnieuw plaats te nemen.' Niemand lijkt op hem te letten en het gekakel gaat gewoon door. Hij probeert het nog een keer. 'Beste mensen. HALLO. Mag ik even uw aandacht?' Het lawaai mindert een beetje en daaruit lijkt de man moed te putten. Met vaste stem gaat hij verder. 'Helaas is een van onze geëerde gasten van de trap gevallen.' Hij veegt het zweet van zijn voorhoofd voor hij verdergaat. 'De ambulance is ter plaatse en de politie is onderweg. Mag ik iedereen verzoeken hier te blijven?'

Politie.

De zaal komt tot stilstand, iedereen zwijgt verstomd. Verbijsterd kijk ik naar David. 'De politie?' zeg ik. Hij kijkt al even verbijsterd terug.

Dan begint het geroezemoes opnieuw en de voorzitter hervat het woord. 'Alstublieft. Als u allen meewerkt, dan is dit zo voorbij. Ga alstublieft terug op uw plaatsen zitten.'

David neemt mijn hand en trekt me mee naar onze tafel, waar ook de rest van het gezelschap een voor een weer aanschuift.

'Weet iemand wie er is gevallen?' vraagt de man met het te strakke overhemd. Er staat een laagje zweet op zijn voorhoofd.

'Ik hoorde dat het een van de modellen was,' zegt een vrouw met blond haar dat hoog is opgestoken en stijf staat van de lak. 'Geen wonder ook, met die hoge hakken op die gladde stenen,' voegt ze eraan toe.

'Sabine!' zegt de man naast haar verwijtend, terwijl hij verontschuldigend naar mij kijkt.

'O, sorry, mevrouw Engels.'

'Geen probleem,' zeg ik. Vanuit mijn zitplaats heb ik een goed zicht op de zaal en ik probeer uit te vinden welke tafel incompleet is, terwijl ik tegelijkertijd ook de gezichten van de gasten scan, op zoek naar Stijn. Hij was hier met een model, zei hij. Ik ken die meisjes niet, het zijn elke keer andere modellen, dus zelfs al had hij een naam genoemd, dan nog had ik niet geweten wie hij bedoelde.

Wanneer de politie arriveert, een aantal in uniform met gele fluohesjes erover, en de rest in burger, beklimt de voorzitter opnieuw het podium. 'Dames en heren. Onze vrienden van de Antwerpse politie gaan van iedereen een verklaring afnemen, te beginnen aan de tafels hier vooraan. Pas wanneer u uw verklaring heeft gegeven, bent u vrij de zaal te verlaten. Dank voor uw begrip.'

Even is er commotie wanneer een stel dat de zaal wil verlaten wordt tegengehouden. Ze menen het serieus. Niemand mag weg.

De vrouw die Sabine heet zegt: 'Da's een dooie, dat kan niet anders.'

Haar man knikt geestdriftig. 'Anders zouden ze er niet zo'n circus rond maken.'

Een andere vrouw slaakt geschokt een kreet. 'Wat vreselijk! Dat arme meisje!' Blijkbaar is de consensus aanvaard dat het om een van de modellen gaat.

Niet alleen onze tafel gonst nu van de commotie, de hele zaal legt zijn theorie bloot over wat er allicht is gebeurd en met wie.

Een man en vrouw in burger komen aan onze tafel staan. 'Goedemiddag, politie Antwerpen. Mevrouw, volgt u mij,' zegt de man tegen mij.

De vrouw in burger vraagt David hetzelfde. 'Wij zijn samen,' zegt David, naar mij wijzend.

'We ondervragen iedereen apart, meneer,' antwoordt ze vriendelijk.

Ik volg de politieman naar een van de vergaderruimtes die werden vrijgemaakt en zie David vanuit mijn ooghoeken een andere binnengaan.

De inspecteur gebaart me te gaan zitten en ik gehoorzaam. 'Goedemiddag, ik ben Inspecteur van Politie Johan Pauwels. Mag ik uw naam?'

'Seren Engels, ik ben de zaakvoerder van Dark Angel.'

'U organiseert deze modeshow?' vraagt hij.

Ik knik. 'De modellen staan via mijn firma onder contract. Ik heb gehoord dat iemand een ongeluk heeft gehad. Kunt u me vertellen wat er precies is gebeurd?'

'Ogenblikje, mevrouw Engels,' zegt hij, terwijl hij iets noteert. Hij is nog jong. Iets ouder dan ik, maar niet veel, begin dertig, of zo.

'Mag ik uw identiteitskaart even, alstublieft?'

Ik geef hem de kaart.

'Bent u hier alleen?'

'Nee, mijn vriend heeft me vergezeld.'

'Zijn naam?'

'David De Ridder. Hij zit bij uw collega.' Ik word ongeduldig. 'Er is iemand dood, hè?' zeg ik. 'Daarom ondervraagt u iedereen.' Inspecteur Johan Pauwels stopt met schrijven. 'Wie is het?' vraag ik dwingend. 'Moet ik iemand bellen? De verzekering? U begrijpt toch dat ik dat moet weten?'

'Er is inderdaad iemand fataal ten val gekomen, maar ik kan u geruststellen. Het is geen van uw modellen.'

Ik adem hoorbaar uit en kan mijn opluchting amper verbergen. Dat scheelt een hoop rompslomp. De inspecteur opent zijn boekje op een eerdere pagina. 'Het slachtoffer is een man genaamd Stijn De Clerck. Kent u hem?'

Mijn opluchting verdampt. 'Pardon?' zeg ik.

'U kent de heer De Clerck?' vraagt hij nog een keer.

Heel even gaat er een kilte door me heen, van mijn kruin tot aan mijn tenen. *Fataal ten val gekomen*, had de inspecteur gezegd. *Hij is dood. Stijn is dood.*

Ik kan het aan niets anders wijten dan aan het kalmeringsmiddel van daarnet dat ik ondanks de schok kalm blijf en niet hysterisch word, maar ik kan het nieuws amper geloven. Net zag ik Stijn nog voor de eerste keer na al die jaren. Net vervloekte ik nog dat hij... Hoe is het mogelijk? Na al die tijd... en dan gebeurt dit.

'Ja, ik kende Stijn,' zeg ik, 'maar ik had niet echt contact met hem. We zaten vroeger samen op school, dat is alles. Weet u wat er is gebeurd?'

Hij schudt zijn hoofd. 'Nee, mevrouw. Dat proberen we uit te zoeken. Hoe goed kende u hem?'

'Toen we samen in de klas zaten waren we close, maar sinds ons afstuderen heb ik hem niet meer gezien. U denkt toch niet dat er opzet in het spel is?' vraag ik.

'Daarop kan ik geen antwoord geven,' zegt de inspecteur. 'Waar was u precies toen het lichaam werd ontdekt?'

'Ik gaf een speech. Ik stond op het podium en toen hoorde ik iemand gillen en...' Mijn stem hapert. De emotie begint zich een weg door mijn pillenpantser te beuken. 'Verdorie, dit is echt verschrikkelijk. Het spijt me, inspecteur, maar ik vrees dat ik u verder echt niets kan vertellen. Ik heb niets gezien.'

Inspecteur Pauwels knikt begripvol en nadat ik hem ook nog mijn telefoonnummer heb gegeven, geeft hij me mijn identiteitskaart terug, samen met zijn kaartje. 'Als u nog ergens aan denkt, bel me dan,' zegt hij. En ik mag gaan.

De toegang tot de zaal zelf is afgesloten, dus ik neem de lift naar beneden. Tegen mijn gewoonte in, steek ik eenmaal buiten weer een sigaret op. Dit zijn uitzonderlijke omstandigheden.

David komt vlak na me buiten en hij neemt me in een stevige omhelzing. Hij legt zijn hoofd in mijn hals en zijn stoppels schuren langs mijn vel. Ik maak me los uit zijn omhelzing en kijk in zijn felblauwe ogen met de dikke zwarte wimpers, die het doen lijken alsof hij mascara draagt. Een traan ontsnapt uit de mijne en David kijkt me bezorgd aan.

'Gaat het een beetje? Wat een schok, hè?'

Ik wil antwoorden, maar de emoties daveren als een trein door mijn lichaam en even ben ik alle woorden kwijt. *Ik kende hem! Ik was verliefd op hem!* Ik probeer er niet aan te denken hoe Stijns lichaam daar nu ligt, op die koude tegelvloer. Overal bloed.

Mijn tranen stromen vrijelijk en David biedt me zijn zakdoek aan. Ik neem die dankbaar aan en snuit mijn neus. Het besef dat Stijn echt dood is, lijkt nu pas door te dringen. Ik breng mijn sigaret met horten en stoten naar mijn mond en neem een diepe haal.

'Kende je die man?' vraagt David.

Het heeft geen zin het te ontkennen. Ik knik zwijgend. Het is zo bizar. Na al die tijd zie ik Stijn terug. Tien jaar zijn we erin geslaagd elkaar te ontlopen.

'Schat toch, dat spijt me,' zegt David. 'Was het iemand uit de modewereld?'

'Nee. Een oude klasgenoot,' snuf ik. Wat toch al een deel van de waarheid is.

David wrijft over mijn rug. 'Zullen we naar huis gaan?' vraagt hij. 'We mogen toch niet meer naar binnen.' Ik knik en hij slaat zijn arm om me heen. Op mijn hakken ben ik bijna even groot als hij. De koude buitenlucht doet me goed en ik adem diep in.

'Hoe kan zoiets gebeuren?' zeg ik, meer om mijn gedachten te ordenen dan om een echt antwoord van David te horen.

'Een ongeval is snel gebeurd,' zegt hij.

'Ja, maar ik begrijp niet wat Stijn backstage deed. Tenzij–' De eerste vermoedens klikken al op hun plaats. Ik weet wel waarom hij daar was. 'Ach, natuurlijk. Zijn vriendin was een van de modellen. Daarom was hij daar.' Ik weet niet wie het was, maar Birgit kan me dat vast vertellen. 'O, Birgit!' roep ik uit. 'Ik ben haar helemaal vergeten!' Ik stop abrupt en pak mijn telefoon om haar te bellen, maar ze neemt niet op.

'Ze wordt vast ook ondervraagd,' zegt David.

Ik spreek in op Birgits antwoordapparaat dat ze terug moet bellen zodra ze kan.

In stilte lopen we verder, tot we halt moeten houden voor een rood licht. Een tram komt denderend voorbij en onbewust staar ik naar de verlichte raampjes.

En dan gebeurt het. Ik zie haar.

Ik slaak een luide kreet en druk meteen daarna mijn handen tegen mijn mond om mezelf het zwijgen op te leggen. David kijkt me geschrokken aan.

'Wat is er? Seren? Het lijkt wel of je een spook hebt gezien,' zegt hij. Hij heeft geen idee hoe dicht hij bij de waarheid zit.

Het licht springt naar het groene mannetje, maar ik kan me niet bewegen en blijf als verstijfd staan. Ik kijk de tram na. *Onmogelijk.* Ik heb me vergist. Dat gedoe met Stijn heeft voor kortsluiting in mijn brein gezorgd, dat kan niet anders.

'Het is niets,' zeg ik. 'Ik dacht dat ik iemand zag die ik kende. Sorry dat ik je zo liet schrikken.' Maar mijn stem klinkt alsof die niet bij mijn lichaam hoort en David gelooft geen woord van wat ik zeg.

'Wie dan?' vraagt hij.

Wat moet ik antwoorden? Steeds weer zie ik haar voor me in het gele licht van de tramraampjes, ze staarde me recht aan. Die krullen. Die volle mond, dat poppengezicht. Het was Cleo.

3

Ik druk op het knopje naar de bovenste verdieping, kijk in de liftspiegel en bestudeer mijn gezicht. Wallen, bleke huid. Ik zucht. Het was een zware dag, niets liep zoals het moest. Ik kijk ernaar uit om vanavond bij David te zijn en even nergens aan te hoeven denken. Niet aan de aankomende collectie, niet aan de modeshow en dat vreselijke ongeval van gisteren, waar de kranten vandaag vol mee staan, niet aan het feit dat ik mezelf weer ben verloren in het tellen van elke calorie, waardoor ik amper heb gegeten. En zeker niet aan Cleo.

Natuurlijk was het niet Cleo in die tram. Cleo is namelijk al tien jaar vermist. Ik moet wel helemaal doordraaien als ik denk dat ze plots op tram 7 naar me gaat zitten kijken alsof er niets is gebeurd. En trouwens, dat meisje dat ik zag, kan geen dag ouder zijn geweest dan twintig, terwijl Cleo vandaag al bijna dertig zou zijn. Ik wijt het aan dat kalmeringspilletje en besluit die voorlopig niet meer te nemen. Als ik ervan ga hallucineren, dan heb ik er niet veel aan.

Ach, wat heb ik een hekel aan december. Niet alleen omdat het de maand is waarin de allermeeste leugens worden verteld tijdens de vele kerstdiners en -borrels overal, om nog maar te zwijgen over de loze beloftes die mensen zichzelf doen als zogenaamde nieuwjaarsvoornemens. Ook niet vanwege de geur van gefrituurde beignets, wafels en verse friet die overal hangt, al vind ik dat ook walgelijk. Maar vooral omdat deze maand me elk jaar weer terug naar het verleden katapulteert, naar mijn tijd op de middelbare school, en vooral naar de Sandwichclub, het vriendengroepje waartoe ik behoorde. Als ik mijn ogen sluit, zie ik ze zo voor me: Danni de stoere tomboy, Otto de slome grapjas die nergens om leek te geven, Stijn de knappe basketballer, Vincent de streber, en ten slotte natuurlijk Cleo, de populaire prinses.

De lift stopt. Ik ben er. David en ik wonen in een kleine flat op de bovenste verdieping, met uitzicht op de Schelde. Ik stap uit, rechtstreeks het warme appartement in. De woonkamer is mini, maar dat wordt goedgemaakt door het gigantische terras. Verder is er een aparte keuken en een kleine slaapkamer met aangrenzende badkamer, en mijn thuiskantoor. Meer heb ik voorlopig niet nodig. Ik trek mijn laarzen uit en snuif de geur van verse kruiden op. Mijn maag trekt zich samen in een pijnlijke kramp. Honger.

'David? Ik ben thuis!' roep ik. Ik hoor hem in de keuken rommelen. Ik hang mijn jas over een haak, en loop meteen naar de grote ramen die uitkijken over de Schelde. Zelfs nu, met dit grijze weer, is het uitzicht adembenemend. Onder mij klotst het water donker tegen de kade, het lijkt wel olie. Een man laat zijn hond uit, een stel wandelt hand in hand voorbij. Overal fonkelen lichtjes en in de verte draait het reuzenrad om zijn as, om en om.

'Hé, jij bent vroeg thuis,' zegt David, die de keuken uit komt. Ik laat me door hem in een knuffel nemen en begraaf mijn neus in zijn trui, sluit mijn ogen en geniet van het veilige gevoel. Het gevoel thuis te zijn. 'Heb je een goede dag gehad?' vraagt hij.

'Niet echt.'

Hij kijkt me bezorgd aan. 'Heb je nog iets gehoord over gisteren? Wat zei Birgit?'

Ik schud van nee en maak me los uit zijn omhelzing. Het benefiet was op zich een succes en het ongeval was pas helemaal op het einde gebeurd, wat een geluk bij een ongeluk was. 'Birgit heeft haar handen vol gehad vandaag met telefoontjes van journalisten, die ze naar de politie heeft doorverwezen,' zeg ik, terwijl ik hem naar de keuken volg. 'En ik weet nu wie het model was met wie Stijn naar de show was gekomen, ze heet Rebecca.' Ik ken Rebecca. Ze is een razendknappe jonge vrouw met gitzwart haar, knalblauwe ogen en een scherpe tong, die af en toe shows voor me loopt. Volgens mij is ze geen dag ouder dan negentien. Maar dat vertel ik niet aan David. 'Voor de rest was het *the usual drama* vandaag. De stoffenleverancier komt zijn belofte weer eens niet na.'

David leunt over de keukenbar naar me toe. 'Dat lijk me genoeg voor een dag. Wijntje?'

Ik tel in gedachten hoeveel calorieën dat me zou kosten. 'Hebben we nog vodka?'

'Ik denk het wel, maar bij wat ik hier aan het kokkerellen ben, ga je liever deze merlot drinken.'

Ik laat me overtuigen en David schenkt me een glas in van mijn favoriete wijn. Ik neem een slok. 'Dank je.'

David draait zich weer naar het vuur en tilt het deksel van een van de potten op, waardoor het aroma van een kruidige saus zich door de keuken verspreidt.

'Wat maak je?' vraag ik nieuwsgierig.

Hij neemt een lepel, doopt die in de saus en laat me proeven. Ik zet mijn lippen er voorzichtig tegen. 'Mmm, zalig. Ik proef ricotta, tomaat en nog iets.'

'Basilicum,' zegt David. 'Ik heb een nieuw recept gevonden voor een veggie lasagne met geroosterde groenten.'

Terwijl hij zich op ons avondeten focust, rommel ik door het stapeltje post dat op de keukenbar ligt. Het meeste is reclame, die leg ik op een aparte stapel, en er zitten ook enkele uitnodigingen tussen voor recepties en een gala-evenement, dingen waarvoor ik wel vaker word gevraagd. Mijn oog valt op een eenvoudige witte envelop, met een academisch uitziend logo in de linkerbovenhoek. Dat logo ken ik. Ik scheur de envelop open en lees vluchtig de inhoud. Het is een uitnodiging voor een reünie. Ongelofelijk. Uitgerekend vandaag krijg ik een uitnodiging voor de reünie van mijn oude middelbare school, alsof iemand een misselijke grap met me wil uithalen. Soms gaan er weken voorbij dat ik niet aan die tijd terugdenk, en dat zelfs Cleo niet in mijn dromen verschijnt, en opeens zie ik Stijn op de dag waarop hij sterft, daarna Cleo op de tram en nu dit.

'Alles oké?' vraagt David.

Ik overhandig hem de brief zonder iets te zeggen.

'Is dit van je oude school? Waar die man van gisteren ook op zat?'

'Ja. Ze doen een reünie. Tien jaar afgestudeerd.' Ik giet het glas wijn leeg in mijn keel.

'Ze vragen je om een speech te geven.'

'Dat gaat niet gebeuren. Ik zet daar geen voet binnen, nooit meer.'

'Omwille van wat er met dat meisje uit je klas is gebeurd?'

Ik heb hem natuurlijk verteld over Cleo. Haar verdwijning heeft maandenlang het nieuws gedomineerd, en hoewel David toen al in Frankrijk woonde, had hij er toch iets over opgevangen. 'Ja. Te veel herinneringen,' zeg ik.

'Jammer. Ik had het anders wel leuk gevonden om je in je oude habitat te zien. Heb je nog foto's van toen?'

Zijn gevraag begint me te irriteren. '*Nope*, geen enkele,' zeg ik dus kortaf.

David heeft de hint begrepen en concentreert zich weer op het fornuis. 'Hoe was de les vandaag?' vraag ik hem, om een luchtiger onderwerp aan te snijden. David volgt een fotografiecursus. Toen we van Parijs terugkwamen, vond hij in Antwerpen niet meteen werk, tenminste, niet in een kwaliteitsrestaurant. Toen hij daarom maar een baan aannam als keukenhulp in een kebabzaak, overtuigde ik hem om zijn andere passie – fotografie – ook een kans te geven. In de horeca ken ik niemand, in de mode- en fotografiewereld daarentegen wel.

David begint een geanimeerde uitleg over scherptediepte en lichttechnieken, terwijl ik de tafel dek. Normaal geeft zijn diepe basstem mij een gevoel van veiligheid en thuiskomen, maar vandaag lijkt niets te helpen om de onrust in mijn hoofd te kalmeren. Wanneer we uiteindelijk aan tafel zitten is mijn honger volledig verdwenen. Lusteloos snijd ik mijn eten in stukjes, om tijd te rekken, en vervolgens schuif ik de lasagne van de ene kant van mijn bord naar de andere.

'Lust je het niet?' vraagt David bezorgd.

'Jawel hoor, het is heerlijk.' Ik neem een hap en kauw langzaam. 'Waar heb je het recept gevonden?'

David kijkt me grijnzend aan. 'Dat raad je nooit. TikTok,' zegt hij.

'Je meent het.'

'Ik ben bloedserieus. Die app is een goudmijn aan recepten. En aan fotografietips ook, trouwens. Kijk.'

Voor ik kan protesteren, pakt David zijn mobiel en laat me zien wat hij heeft ontdekt. Terwijl hij enthousiast door de app scrolt en aanwijst welke recepten hij heeft bewaard, bestudeer ik zijn gezicht. Zelfs nu, in de winter, is zijn huid donker onder zijn zwarte stoppelbaard, in contrast met zijn felblauwe ogen waaromheen een lijntje eyeliner lijkt te zijn gezet doordat zijn wimpers zo vol en donker zijn. Zelfs wanneer David zich elke dag scheert, wat hij niet doet, heeft hij tegen vier uur alweer een stoppelbaard. Toen ik hem de eerste keer zag in Wilde's vond ik dat hij iets van een weerwolf had. Ik noemde hem dan ook *le loup*, de wolf. Maar ondanks zijn ruige uiterlijk straalde hij iets vertrouwds uit, iets waarvan ik pas op het moment dat ik het voelde, besefte hoe hard ik dat had gemist, tijdens mijn jaren in Parijs. Misschien was het omdat hij ook Belg was en me deed denken aan thuis? Na zo lang alleen te zijn geweest, de incidentele flirt niet meegerekend, was mijn relatie met David als een warm bad. Voor het eerst voelde ik me niet meer alleen. Eindelijk kon ik praten met iemand die me volledig begreep, niet alleen wat de taal betrof, want we spraken allebei perfect Frans, maar eerder wat het betekende om een leven op te bouwen in een ander land.

'Ser?' zegt David.

‘Hè?’ vraag ik. Ik was blijkbaar zo ver afgedwaald dat ik niet heb gehoord dat David iets tegen me zei.

‘Ik vroeg of je nog wijn wilde.’

‘Graag.’ Ik schuif mijn glas naar hem toe en laat het vullen. Misschien is het goed om de controle even los te laten. Wat gisteren gebeurde, heeft niets te maken met vroeger. Er is geen verband, behalve dat Stijn net zoals Cleo bij me in de klas zat, maar meer niet. Ik moet ophouden me zo nerveus te gedragen. Ik neem een slok wijn en staar naar het glas waarin de wijn nog even naklotst.

Ik ben niet voor niets gekomen tot waar ik vandaag sta. Ik ben niet meer dat schriele verlegen meisje van toen op school. *Schichtig*, noemde Stijn me. Ik ben niet meer die bakvis, die dacht dat haar verliefdheid het allerbelangrijkste was. Ik ben een succesvolle zakenvrouw. Een creatief genie, volgens sommigen. De rijzende ster van mijn generatie. Maar niemand weet hoe fragiel mijn succes is, hoe wankel het evenwicht dat ik kunstmatig in balans houd.

Niemand, behalve de overgebleven leden van de Sandwichclub.

Die nacht lig ik wakker, terwijl ik naar Davids regelmatige ademhaling luister. Ik staar naar de schaduwen die over het plafond dansen en het lijkt uren te duren voordat de uitputting me eindelijk overvalt en me meesleurt in een rusteloze slaap, maar die is van korte duur.

In mijn droom sta ik in de gymzaal van mijn oude middelbare school. In plaats van de geur van zweet en vuile sokken is de lucht gevuld met het aroma van dennennaalden en kaneel, en rondom me hoor ik gelach en geklets van tieners. De oude gymzaal is omgetoverd tot een winterwonderland en het is er koud. IJskoud.

‘Seren,’ fluistert een stem, waardoor ik me omdraai. En daar is ze dan – Cleo. Als een geestverschijning staat ze daar, met wilde donkere krullen die haar gezicht omlijsten, terwijl de sneeuwvlokken om haar heen dansen. 'Help me, Seren,' raspt Cleo wanhopig. 'Help me,' zegt ze nog een keer, terwijl ze me met knokige vingers vastgrijpt.

Ik schrik wakker en kan me maar net inhouden om niet te gillen. Ik houd mijn adem in, me bewust van elk geluid, maar het appartement is stil. Doodstil. Na enkele minuten glip ik voorzichtig uit bed en loop blootsvoets naar de badkamer. Daar open ik het doosje pillen waarvan ik mezelf had beloofd ze niet meer te gebruiken. Ik duw er eentje uit de blister en slik het in met wat water uit de kraan.

Ik staar naar mijn doodsbleke spiegelbeeld, maar zie Cleo weer voor me. 'Ik dacht dat je mijn vriendin was, Seren. Wat is er met ons gebeurd?' zegt ze vanuit de spiegel. Snel knipper ik met mijn ogen, tot ik mezelf weer zie.

'Laat me met rust, Cleo,' fluister ik. 'Gebeurd is gebeurd. En trouwens, het was je eigen schuld.'

Ik doe het badkamerlicht weer uit en loop op mijn tenen terug naar bed, waar David nog steeds ligt te slapen. Hij kreunt even en draait zich naar me om, legt zijn zware arm op mijn bovenlichaam. Ik sluit mijn ogen en laat me meeslepen in een droomloze duisternis, waar zelfs Cleo me niet kan vinden.

4

Ik word wakker. Mijn ogen zijn pijnlijk gezwollen. Het effect van dat kalmeringsmiddel, weet ik. Ik neem me voor niets meer te nemen, ik heb het niet nodig. Toen papa stierf, had ik dat spul ook niet en ik heb het toen ook overleefd.

Wat mis ik mijn vader.

Het was eind juni en de zomervakantie stond voor de deur. Ik was een jaar of acht en Sebastiaan was net twaalf. Hij zou in september naar de middelbare school gaan, naar het Lyceum. Toen om halfvier de schoolbel ging en Sebastiaan en ik de schoolpoort uit liepen, stond mama ons niet op te wachten, zoals anders. Na een paar minuten draaide Sebastiaan zich met een schouderophalen om en liep de school weer in, met mij als een puppy erachteraan. Ik was nog nooit in de naschoolse opvang gebleven, en voor mij was dat een mythische plek waar mijn klasgenoten elke dag spelletjes speelden en avonturen beleefden die voor mij verborgen bleven. Ik stortte me dus enthousiast in een spelletje tikkertje en was teleurgesteld toen oma even later opdaagde om ons op te halen.

'Oma! Mogen we nog wat blijven?' gilde ik, maar ze antwoordde niet en Sebastiaan trok me aan mijn arm mee. Ook toen we in oma's auto stapten, zei ze niets. Toen ik vroeg waarom mama er niet was en waarom we in de opvang hadden moeten wachten, antwoordde ze niet. Ze zei ook niet waarom we niet naar huis gingen, maar met haar mee moesten. Het enige wat ze wel deed, was slikken. Heel veel slikken.

Ik denk dat Sebastiaan wel begreep dat er iets heel erg mis was, maar ook hij zweeg en speelde op zijn Game Boy terwijl oma reed. Nu, bijna twintig jaar later, begrijp ik wat oma die dag deed. Door niets te zeggen, hoefde ze ook niet te liegen. Wat kun je trouwens zeggen tegen twee kinderen wier vader enkele uren daarvoor totaal onverwachts is overleden?

De les die ik toen leerde, is: zwijg, want zodra je begint te praten, lieg je. Maar wat ik vele jaren later ontdekte, was dat zwijgen pas écht belangrijk wordt als je het risico loopt per ongeluk de waarheid te zeggen. Dat mag absoluut niet gebeuren.

In mijn kamerjas loop ik naar de keuken. De verwarming is nog maar net aangesprongen en de kilte trekt langs mijn benen naar boven, door de koude keukenvloer. Ik laat het koffieapparaat tot leven komen en even later warmt een cappuccino met havermelk me zachtjesaan op. Ik open de elektrische zonwering en ga voor de grote ramen staan.

Waar is de tijd dat we met de zes leden van de Sandwichclub daarbeneden op de kade zaten met bungelende benen, en een fles goedkope vodka en een pak sinaasappelsap tussen ons in? Otto was altijd als eerste dronken en begon dan de waanzinnigste wedstrijden te bedenken, zoals die keer dat hij Stijn uitdaagde de Schelde over te zwemmen. Stijn had het bijna gedaan, hij was zelfs in het water gesprongen, de idioot. Altijd zo roekeloos. Gelukkig had een voorbijganger de hulpdiensten gebeld en was hij mopperend weer uit het water getrokken. Wat voelden we ons onoverwinnelijk toen. Onsterfelijk, zelfs.

'Goedemorgen, schat.' David kust mijn wang. 'Jij bent er vroeg bij. Je kon niet slapen zeker?'

'Nee, raar gedroomd,' geef ik toe.

'Ik ren even naar de bakker, alles is op. Heb je een speciaal verzoek?'

De gedachte aan eten doet me kokhalzen, maar ik wil hem niet ongerust maken. Het heeft David zoveel moeite gekost om me van mijn eetobsessie af te helpen. 'Een croissant mag altijd,' zeg ik dus.

David stapt in zijn sneakers en trekt zijn bomberjack aan. Ik haat die jas, maar hij is eraan gehecht. Zijn haar staat nog alle kanten op en zijn stoppelbaard ziet er ruig uit. 'Tot zo,' zegt hij.

'Tot zo, *petit loup*,' antwoord ik, wat me een scheve grijns oplevert.

Ik neem een wollen sjaal van de kapstok en trek die over mijn kamerjas aan. Dan schuif ik de terrasdeur open en stap naar buiten, de kou in. Op mijn terras staan twee lage houten stoelen en een tafeltje met daarop een kleurrijke aarden asbak uit Tunesië. Daar reis ik geregeld naartoe, om stoffen uit te kiezen. Naast de asbak ligt een pakje Camelsigaretten, van David. Ik neem er een en stop de sigaret tussen mijn lippen. Van mijn handen maak ik een kuipje tegen de ijzige wind en ik houd het vlammetje van de aansteker ertegenaan. Dan loop ik naar de balustrade en laat me erover hangen, terwijl ik van de sigaret trek. Het wolkje rook dat ik uitblaas, laat zich meedrijven met de wind en ik kijk toe hoe het oplost in de nog donkere lucht.

De Sandwichclub. Het was een idiote naam, maar wij vonden hem geweldig. Later zou zowel Cleo als Otto er de eer voor opeisen, maar als je het mij vraagt, koos de naam ons, en niet omgekeerd. Cleo was een grote jaren tachtigfan, nog voor dat opnieuw hip was, en een van haar favoriete films – die ze ons trouwens ook keer op keer liet kijken – was *The Breakfast Club*. Ik denk dat het eerst haar idee was om ons ook zo te noemen, als grap, maar daar was eigenlijk zo goed als niemand voor te vinden, al vond Otto het idee wel hilarisch.

'Nu je het zegt, Cleo is helemaal Claire,' zei hij, terwijl hij een zak paprikachips leegat. 'Dat was ook zo'n prinses. En Stijn is natuurlijk Emilio Estevez. Hoe heette die ook alweer in de film?'

'Andrew!' riep Cleo enthousiast. Als ze al beledigd was door de vergelijking met het nuffige, verwende rijkeluismeisje Claire uit de film, liet ze het niet zien. Het was dan ook *spot on*. Cleo was Claire, maar dan met zwarte krullen in plaats van rode.

'Ja, Andrew, die hunk die in elke sport uitblonk, helemaal jij,' grijnsde Vincent sarcastisch, waarop Stijn hem een speelse stomp tegen zijn schouder gaf en terugwierp: 'Dan ben jij de nerd.'

'O, ja! Helemaal!' lachte Danni.

Vincent trok zijn wenkbrauwen even op, maar gaf geen commentaar. Hij was inderdaad de enige van ons zes die echt iets gaf om zijn cijfers, al lag dat meer aan de verwachtingen die zijn ouders, en dan vooral zijn vader, van hem hadden.

'Dat zijn er al drie,' zei Otto kauwend. 'Maar nu wordt het moeilijk, want wie van ons is John Bender, de coole rebel? Ik ben wel een rebel, maar niet cool.'

'Daar heb je gelijk in,' zei Stijn droog.

'Ik ben cool,' zei Danni met dat zelfvertrouwen dat ik zo in haar benijdde.

'Jij bent raar,' zei Cleo.

'Top, bedankt.'

'Nee, echt. Heel raar. Jij kunt de weirdo zijn, Allison.'

'Die griet die niet praat en zichzelf snijdt? Dan ben ik liever de rebel,' zei Danni, terwijl ze van de bank waarop we zaten sprong en deed alsof ze op een golf surfte, met haar benen gebogen en haar zelfgerolde sigaret tussen duim en wijsvinger.

'Dat kan niet, want Bender is een man,' zei Cleo op dat betweterige toontje van haar.

'Ja, en?' zei Danni, die met haar baggy broek en petje inderdaad wel wat weg had van het personage dat door Judd Nelson werd gespeeld.

'*Whatever*,' zei Cleo. Met een wuivend gebaar maakte ze duidelijk dat ze er geen discussie over ging voeren.

'Typisch,' zei Danni.

Otto kieperde het laatste restje van de zak chips in zijn mond en verfrommelde die toen. Zijn mondhoeken zagen oranje en zijn trui hing vol chipskruimels. 'Oké,' zei hij. 'Danni is de rebel. Stijn de sportieve hunk. Vincent is de nerd en Cleo is prinses Claire. Maar wie ben ik?'

'Al zeker niet weirdo Allison, tenzij jij ook een genderswitch wilt doen,' zei Cleo. Lag het aan mij of begon er een gemeen toontje in haar stem door te klinken? We kenden haar nog maar enkele maanden, dus ik kon nog niet helemaal hoogte van haar krijgen. Het was wel verbluffend hoe snel ze zich in ons leven had geïnfiltreerd.

Vincent rolde met zijn ogen. 'Jongens, stop er maar mee,' zei hij. '*The Breakfast Club* ging over vijf jongeren die samen op de middelbare school zaten en elkaar amper kenden, tot ze samen detentie kregen. Ten eerste zijn wij met zes, dat is er dus één te veel, en ten tweede zijn wij vrienden, geen vreemden. En bovendien, waarom moeten we een naam hebben? Dat is zo kinderachtig, we zijn toch geen twaalf meer?'

'Omdat dat leuk is,' pruilde Cleo. 'En we hebben ze bijna allemaal! Als Otto en Danni de rol van Bender delen, dan is Seren Allison. Perfect!'

Ik voelde het bloed naar mijn wangen stijgen bij het horen van mijn naam. Allison was mijn favoriete karakter in *The Breakfast Club*, omdat ze introvert was en net als ik geen woord te veel zei. Bovendien ging ze altijd volledig in het zwart gekleed. Ze was de goth van het groepje, en eerlijk, dat was ik ook. Maar om daar door Cleo op te worden gewezen, was nog iets helemaal anders. Als het uit haar mond kwam, klonk het als een belediging en niet als compliment.

'Seren lijkt helemaal niet op Allison,' protesteerde Danni nog, wat haar een dankbare blik van mij opleverde. Maar voor Cleo was het onderwerp allang niet meer interessant, en ze negeerde niet alleen Danni's opmerking, maar ook mij, wat alleen maar bevestigde dat ze gelijk had. Net zoals Allison uit *The Breakfast Club* was ik ook onzichtbaar.

Ondanks de luchtige toon werden onze rollen die middag wel voor eens en voor altijd duidelijk verdeeld. Zo ging dat op de middelbare school, ieder in zijn hokje. Cleo was onze leider vanaf het moment dat ze voet bij ons op school zette, met Stijn als haar nummer twee. Wij volgden. Toen we niet lang na ons Breakfast Club-moment op een zonnige middag naar het Stadspark gingen om onze lunch daar in het gras aan de vijver op te eten, en Otto een zak zachte sandwiches opende en die aan ons uitdeelde, grapte een van ons iets over de bende van de sandwich. Was het Otto zelf? Zou kunnen. Cleo sprong toen in ieder geval overeind en riep heel hard: 'De Sandwichclub! Dat is het!' en onze naam was geboren. Vanaf toen was ik officieel lid. De Sandwichclub was een groepje van zes vrienden met evenveel verschillende persoonlijkheden, tot die ene dag waarop mijn leven permanent een andere wending nam en ik besloot om na mijn afstuderen nooit meer naar mijn oude school terug te keren. Niet voor een reünie, niet voor een speech. Al nodigt de school de koning voor me uit, ik zet daar geen voet meer binnen.

Ik schrik op van een brandend gevoel tegen mijn wijsvinger en duw de sigaret uit in de asbak, waar het nog nagloeiende oranje puntje als een stervende ster uitdooft. Dan schuif ik de terrasdeuren open en stap naar binnen, waar het intussen heerlijk warm is. Met de bittere nasmaak van nicotine in mijn mond loop ik naar de badkamer. Ik zet de douchekraan open en ontdoe me van de sjaal en kamerjas. Onder het warme water probeer ik de voorbije dagen en nachten van me af te wassen.

Er is niets veranderd. De Sandwichclub hield op te bestaan op 24 december 2014, en daarmee ook mijn band met Stijn, Cleo en de anderen. Of ze nu dood zijn of niet. Ik besluit de brief van de reünie straks mee te nemen naar kantoor en Birgit te vragen me te excuseren. Ik doe het niet, punt uit.

Als ik even later de douche uit stap en me afdroog, hoor ik David weer binnenkomen. Mijn outfit voor vandaag heb ik gisterenavond al klaargelegd en snel stap ik in een bronskleurige jurk van mijn wintercollectie. De glans van de zijde vangt en reflecteert het licht in de slaapkamer, wat de groene kleur van mijn ogen doet uitkomen. Een zwart kasjmieren vestje geeft een extra gesofisticeerde *touch* aan de look. Mijn outfit is het enige wat me staande houdt momenteel.

David heeft de tafel al gedekt en een verse cappuccino voor me gemaakt. 'Dag schoonheid,' zegt hij goedkeurend.

Mijn croissant ligt op een bordje. Ernaast ligt een zwarte envelop. 'Dank je, schat. Wat is dit?'

'Die zat in de brievenbus. Jouw naam staat erop. Wil jij ook vers sinaasappelsap? Ik ga wat persen.'

Ik knik en hij verdwijnt naar de keuken. Ik weeg de envelop, die glanzend is en zwaar aanvoelt, met een afwerking die luxueus aandoet. Hij doet denken aan een morbide huwelijksuitnodiging, met zijn hoogwaardige papier en gewicht. Mijn vingertoppen strijken over de randen en ik zie geen adres, noch postzegel, wat wil zeggen dat hij persoonlijk in de bus werd gestopt. Er staat ook geen afzender op de achterkant. Alleen mijn naam, Seren, staat in gouden kalligrafieletters op de voorzijde geschreven. Het is alsof de afzender anoniem wil blijven en de inhoud alleen voor mijn ogen is bedoeld. Ik weet dat sommige marketingbureaus dit bewust doen om de exclusiviteit van een evenement te benadrukken, maar het is de eerste keer dat ik zelf zo'n uitnodiging ontvang.

Geïntrigeerd open ik de envelop en haal er een dik vel papier uit dat in drieën is gevouwen. Eenmaal open, leg ik de brief op tafel en lees wat er staat:

Toen waren er nog vier.
Dacht je echt dat jullie ongestraft
zouden blijven?
Geniet van je laatste dagen,
want geen van jullie zal Kerstmis halen.
Voor altijd,
Cleo.

5

Omdat mijn hersenen een uitnodiging verwachtten, registreer ik niet meteen wat er in de brief staat. In eerste instantie slaan de woorden nergens op. Pas als ik hem een tweede keer lees, dringt de betekenis tot me door. Mijn adem stokt. De randen van mijn zicht worden wazig, en met bevende vingers stop ik het vel papier terug in de envelop.

Wat is dit voor een misselijke grap?

David mag dit niet zien.

David mag die brief niet lezen.

Niemand mag dat. Nooit.

Ik stop hem onder mijn vestje. 'Even naar het toilet!' roep ik naar de keuken, maar mijn stem komt niet boven het geluid van de elektrische citruspers uit. Ik ren bijna naar de badkamer, neem ondanks mijn belofte aan mezelf opnieuw een pilletje en ga op de klep van de wc zitten tot de paniekaanval naar de achtergrond verdwijnt. Dan moffel ik de zwarte envelop weg in de tampondoos waar ik ook mijn pillen bewaar. Daar kijkt David toch niet. Ik open de koudwaterkraan en plens water in mijn gezicht.

De zinnetjes dansen voor mijn ogen:

Toen waren er nog vier

geen van jullie zal Kerstmis halen

Kippenvel verspreidt zich over mijn armen. Was Stijns dood geen ongeval? Heeft iemand het op ons gemunt, op leden van de Sandwichclub?

Kan niet.

Onmogelijk.

Ben ik de enige die zo'n brief kreeg? Hoe is die überhaupt in mijn brievenbus terechtgekomen? De persoon die hem afleverde, weet dus waar ik woon en is het gebouw binnengekomen. Hadden we maar een bewakingscamera daar, dan wist ik het zo.

'Seren? Je sap staat klaar!' roept David.

Ik geef snel een paar tikjes op mijn wangen om weer wat kleur te krijgen. *Controle, Seren. Controle.* Dan loop ik weer naar de woonkamer en ga aan tafel zitten. David schenkt ons beiden vers sap in. 'En? Wat was dat voor brief?' vraagt hij.

'Een uitnodiging voor een vernissage, van iemand hier uit het gebouw. Ik heb het al even opgezocht en het zijn vreselijke landschappen met boten en windmolens, dus ik ga vriendelijk bedanken.' Ik schrik er zelf van hoe vlot de leugen mijn mond verlaat. Oefening baart kunst.

David lacht en schuift mijn glas naar me toe. 'Hier, drink op. Vitamientjes.'

Gehoorzaam zet ik het glas aan mijn mond. *Wat moet ik doen? Wat moet ik in hemelsnaam doen?*

'Zie je het nog zitten om te gaan vanmiddag?' onderbreekt David mijn gepeins. Ik heb niet geluisterd, hij was me iets aan het vertellen. 'De tentoonstelling in Gent?' zegt hij als hij mijn verwarring opmerkt.

Juist. De fototentoonstelling van Davids mentor. Ik had vandaag vrij genomen om er samen met hem heen te gaan. Mijn gezicht betrekt. Dat lukt me nooit, een hele middag smalltalk en doen alsof alles oké is, terwijl ik een tsunami aan emoties doormaak.

Ik pulk aan de croissant. 'David, sorry. Ik ga passen. Ik kan niet stoppen met aan Stijn te denken. Hij was maar een jaar ouder dan ik, achtentwintig. Dat is veel en veel te jong om te sterven. Zijn ouders moeten in shock zijn, en Rebecca ook.'

'Ja, moeilijk voor te stellen, zoiets,' zegt David zacht. 'Ik kan me indenken dat je hoofd er niet naar staat. Heb je liever dat ik ook thuisblijf?' vraagt hij, de lieverd.

'Nee, nee, ga jij maar. Ik ga even langs kantoor en ik zou dringend nog wat moeten schetsen,' zeg ik. 'Daar heb ik dan meteen tijd voor.' Ik hoop dat mijn stem zelfverzekerd genoeg klinkt.

'Als je het zeker weet. Heb je deze week nog een afspraak met Vivian?' vraagt hij en ik knik bevestigend.

'Vanavond al.'

'Het zal je goed doen er met haar over te praten, om de schok te verwerken.'

Ik nip van mijn cappuccino. David weet niet dat ik zelfs Vivian niet in vertrouwen kan nemen. Ik wilde dat ik met hem over de Sandwichclub kon praten.

'Kan ik nog iets voor je doen voor ik vertrek?' vraagt hij.

'Nee, schat. Ga maar. Het komt me eigenlijk wel goed uit dat ik even tijd voor mezelf heb.'

Met dat antwoord lijkt David tevreden, maar zelf voel ik mijn bezorgdheid alleen maar aan intensiteit toenemen. Het kan bijna niet anders of iemand uit de Sandwichclub heeft die brief in mijn bus gestopt.

Maar wie?

Ik tel op mijn vingers. Stijn en ikzelf vallen alvast af, dus dan blijven er nog over: Otto, Vincent en Danni. Danni was het zeker niet, zij zou zoiets nooit doen. In geen miljoen jaar. Ik heb mijn beste vriendin dan misschien tien jaar niet meer gezien, ik weet nog steeds wie ze is en waartoe ze in staat is. Danni houdt een peperkoeken hart onder haar stoere uiterlijk verborgen en zoiets verandert niet. Vincent misschien? Maar wat heeft hij erbij te winnen om me de stuipen op het lijf te jagen? Vincent had dat opportunistische trekje wel, maar hij is niet in staat tot moord. Of wel? Nee, beslist niet.

Trouwens, is er wel een moord gepleegd, of wil iemand een gemene grap uithalen? In dat laatste geval, als ik echt moet kiezen, dan ga ik voor Otto. Hij had altijd al een apart gevoel voor humor. Maar zou hij zo ver gaan?

Ik zucht. Waar ben ik mee bezig? Dit is hopeloos.

Er is maar één ding waarvan ik echt heel zeker ben en dat is dat Cleo die brief niet zelf heeft geschreven.

6

Als David is vertrokken, plof ik neer op de bank. Eerst probeer ik de maalstroom in mijn hoofd tot rust te brengen door wat te schetsen en enkele nieuwe ontwerpen uit te werken, maar ik betrap mezelf erop dat ik de hele tijd in het ijle zit te staren. Wie houd ik ook voor de gek, dit heeft geen zin. Alsof ik aan iets anders kan denken dan aan die brief.

Normaal zou ik gaan hardlopen, maar dat durf ik niet goed vanwege dat pilletje. Ik wil niet door mijn benen zakken en door omstanders uit de Schelde moeten worden gevist. Stel je voor. Ik besluit mijn schetsboek weg te leggen en naar kantoor te lopen. Ik moet Birgit toch nog spreken over die reünie en een wandeling zal me goed doen.

Ik pak mijn zwarte wollen jas van de kapstok en zet een crèmekleurige baret op mijn haren, neem de lift naar beneden en loop het gebouw uit. De kou doet me huiveren, dus knoop ik mijn jas dicht terwijl ik door de Suikerrui laveer, mijn ademhaling zichtbaar tegen de grijze lucht. Het is druk, met voornamelijk toeristen die zich vergapen aan de oude Antwerpse gebouwen en kasseistraten. De geur van glühwein plaagt mijn neusgaten en naast me gilt een kind: 'Mama, kijk, Sinterklaas!' terwijl hij aan de arm van zijn moeder trekt.

Ik volg de blik van de jongen en zie inderdaad een lange man met een witte baard en een rode jas, omringd door kinderen. Het doet me denken aan die keer dat we voor Sint en Piet mochten spelen op school. Elk jaar kregen de laatstejaars de opdracht om als Sint en zijn roetpieten langs de klassen van de lagere jaren te gaan en daar de boel op stelten te zetten. Tenminste, de schooldirecteur wilde niet per se dat we de boel op stelten zetten, maar dat was natuurlijk precies wat er gebeurde. Toen het eindelijk onze beurt was, werd door de zesdejaars unaniem beslist dat Vincent Sinterklaas zou zijn. Logisch, met zijn lange gestalte en diepe stem. Ik glimlach als ik eraan denk hoe hij bij iedere klasdeur door zijn knieën moest zakken om door de deuropening te kunnen, met die mijter op zijn hoofd. Wij – de overige leden van de Sandwichclub – waren allemaal als roetpieten verkleed en Otto en Stijn hadden de grootste lol om de kinderen de idiootste spelletjes te laten doen om hun snoep te verdienen. Ze gooiden zo hard met de mandarijnen dat de school een week later nog steeds naar fruitsap rook. Ik denk eigenlijk – achteraf bekeken – dat Otto dronken was die dag. Toen ging het dus al bergafwaarts met hem en dat was nog voor alles naar de haaien ging.

Vincent ging helemaal op in zijn rol van Sinterklaas en liet iets te vaak de knapste meisjes van de klas op zijn schoot zitten, wat Danni en mij op het laatst zo begon te irriteren dat we zelf ieder op een knie sprongen in de laatste twee klaslokalen, zodat er niemand meer bij kon. Toen we helemaal klaar waren met onze ronde vielen we lachend ons eigen klaslokaal binnen.

'Ik kan niet geloven dat je daarmee wegkwam!' riep Otto. 'Heb je het gezicht van die van Frans gezien toen je haar op schoot trok? Hilarisch!'

Vincent grijnsde onder zijn valse baard. Hij was een van de meest beheerste en verantwoordelijke mensen die ik kende en ik had hem nog nooit zo... ongeremd gezien. Alsof dat sinterklaaspak hem de vrijheid schonk om zijn ware aard te tonen en eens helemaal uit de bol te gaan. Iets wat ik voor mezelf ook wenste.

Helaas kon Vincent er geen genoeg van krijgen en maakte hij de fout dat hij in zijn rol bleef hangen. Hij nam een stoel, zette die vooraan in de klas en ging erop zitten. Daarna klopte hij op zijn knie. 'Cleo, kom eens bij Sinterklaas,' zei hij.

Cleo – die net als wij allemaal nog als roetpiet was verkleed – schreed als de diva die ze was naar Vincent toe en sprong bij hem op schoot. Ik stond naast Stijn en voelde elke spier in zijn lijf aanspannen en verstijven. Cleo en hij waren sinds een half jaar een stel en hij was er duidelijk niet van gediend dat zijn liefje bij een andere jongen op schoot zat. Zelfs niet bij Sinterklaas.

Maar Vincent had niets in de gaten en speelde vrolijk verder. 'Zo, Cleo. Vertel eens aan de Sint: ben jij een braaf meisje geweest dit jaar?'

Cleo grinnikte ondeugend, keek even naar Stijn en fluisterde toen iets in Vincents oor. Ik weet niet wat ze zei, maar Vincent werd zo rood als zijn sintpak en voor ik besefte wat er gebeurde, vloog Stijn op het tweetal af.

'Zo is het mooi geweest, Cleo,' snauwde hij, terwijl hij haar in één beweging van Vincents schoot trok en hem dreigend bleef aanstaren.

De klas werd muisstil. Ik zag een adertje in Stijns hals kloppen en ik zweer dat ik dacht dat hij Vincent naar de keel zou vliegen, maar in een mum van tijd stonden Danni en Otto naast Vincent, als twee lijfwachten. 'Ho, ho!' riepen ze tegelijk.

En toen deed Cleo wat ze altijd deed. Alsof er niets was gebeurd, sloeg ze haar armen rond Stijns nek en kuste hem poeslief op de mond. 'Niet boos zijn, Stijntje,' zei ze zangerig, terwijl ze een hand op zijn borst legde. De hele klas keek toe toen ze zei: 'Ik vertelde gewoon aan Sinterklaas wat ik dit jaar graag als cadeautje zou krijgen, en weet je wat ik zei? Jij.' Wat niemand zag, was dat ze recht in mijn ogen keek toen ze dat zei. Ze wist heel goed hoe verliefd ik was op Stijn.

Zo was Cleo. Een charmante, manipulatieve dramaqueen. Zelfs na al die tijd heeft ze nog invloed op mijn leven.

Opeens besef ik waar ik echt heen wil. Naar kantoor kan ik straks nog, dat is niet dringend. Waar ik veel meer behoefte aan heb, is geruststelling.

Ik versnel mijn tempo en loop naar de tramhalte in de Katelijnevest. Een plotselinge windvlaag doet me huiveren, de kou bijt door mijn jas en ik trek hem dichter om me heen. Ik heb geluk. Tram 7 arriveert al na een paar minuten met het krijsende geluid van metaal op metaal. Ik stap snel aan boord, scan mijn bewijs en laat me op een lege stoel bij het raam neerzakken. Een oudere man komt naast me zitten. Hij ruikt naar rode wijn en sigaren.

Ik staar door het raam naar buiten, en het passerende stadsbeeld vervaagt terwijl we over de tramsporen rijden. Wanneer we voorbij mijn oude school rijden, kijk ik de andere kant op.

De oude man stapt uit aan het Harmoniepark, waar weer een nieuwe lading passagiers instapt. Een meisje met een hoofdtelefoon waaruit bonkende muziek klinkt, ploft naast me neer. De raampjes van de tram dampen aan. Er zijn stickers naast geplakt: DIT RAAM STAAT OPEN VOOR JOUW GEZONDHEID, zeggen die. Niet dus.

'Berchem, Drie Koningen,' kondigt de vrouwelijke computerstem aan.

Ik kom overeind en wurm me voorbij het meisje met de hoofdtelefoon. Mijn benen voelen stijf en zwaar aan, en ik stap uit de tram op de natte stoep en steek over. Eerst loop ik door de Driekoningenstraat. Het valt me op dat het er hier veel minder groezelig uitziet dan vroeger, maar misschien is dat niet zo, en ligt er een groezelig laagje over mijn herinneringen. Wanneer ik een zijstraat in loop en daarna nog een, ben ik even de weg kwijt. Alles ziet er zo anders uit. Ik pak mijn telefoon erbij en zoek het juiste adres op: ik ben een straat te vroeg ingeslagen. Ik keer terug op mijn schreden en deze keer neem ik de juiste route. Rijen bakstenen huizen staan als schildwachten naast elkaar. Hier is geen vrolijke kerstmuziek te horen en behalve enkele uitzonderingen is er geen versiering te bespeuren. Ik loop door de griezelig rustige straat, mijn voetstappen weergalmen tegen de kasseien, en sla de hoek om naar Cleo's straat. Hier is niets veranderd. Na tien jaar ziet alles er nog precies hetzelfde uit.

Haar oude gebouw doemt voor me op. Haar ouders hadden het kleine appartement op de eerste verdieping voor haar achttiende verjaardag gekocht. 'Om van me af te zijn,' had Cleo gegrijnsd, en dat was niet gelogen.

Cleo was een nakomertje. Ze had een veel oudere broer die allang niet meer thuis woonde en ze woonde bij haar ouders in een van die prachtige huizen op de Cogels-Osylei. Dat huis was zeker een miljoen waard. Cleo's ouders runden een groot hr-bedrijf – Chevalier's – en wilden al langer terug naar Vilvoorde verhuizen, om dichter bij hun hoofdkantoor in Brussel te wonen. Het waren workaholics van de ergste soort. Of zijn dat nog steeds. Ik heb de mensen niet meer gezien sinds ik ben afgestudeerd. In ieder geval konden ze blijkbaar niet wachten tot Cleo op eigen benen zou staan. Ze was een jaar blijven zitten, maar daar wilden ma en pa Chevalier geen rekening mee houden. Zodra Cleo meerderjarig was, kon ze ophoepelen. Hoe vaak ik Cleo's drang naar drama en aandacht ook heb vervloekt, ergens had ik ook wel medelijden met haar.

Ik loop de portiek in en lees de namen op de belletjes. Cleo's naam staat er uiteraard niet meer tussen. Ik denk terug aan de feestjes die we hier vroeger hielden, waarbij we de hele nacht muziek door de boxen lieten knallen, terwijl de buren op de muren bonkten. Zonder dat ik het kan tegenhouden, komt de herinnering aan ons allerlaatste feestje bovendrijven: de *sleepover* vlak voor Kerstmis. Alsof het gisteren was, proef ik weer de zoete smaak van de glühwein die Cleo had gemaakt, waarvan iedereen zo dronken werd. Ik voel me een beetje duizelig worden en leun met mijn voorhoofd tegen de betegelde muur van de hal.

'Kan ik u helpen?' vraagt opeens een stem ergens achter me. Ik draai me geschrokken om en zie een vrouw met argwaan naar me kijken. Ze heeft haar sleutelbos tussen haar vingers gestoken, iets wat ik zelf ook doe als ik me onveilig voel.

'Eh, ik kende iemand die hier vroeger woonde,' leg ik uit.

De vrouw schudt haar hoofd, haar ogen vernauwen zich. 'Drugs en alcohol, altijd hetzelfde liedje,' mompelt ze voordat ze langs me heen schuift en door de voordeur van het gebouw naar binnen verdwijnt.

Ik schaam me rot. 'Sorry,' mompel ik nog naar de dichtslaande deur. Ik loop de portiek weer uit en steek de straat over. Ik kijk even naar boven, naar Cleo's raam. Het blauwige licht van een televisiescherm flikkert er doorheen. Even stel ik me Cleo voor, lachend en dansend op de sofa, zich niet bewust van het duistere lot dat haar zou overkomen.

Ach, doe niet zo dramatisch, Seren.

Ik begin terug te lopen. Er steekt een koude wind op die mijn haar als zweepslagen in mijn gezicht slaat. Ik trek mijn baret dieper over mijn oren. Meer herinneringen drijven naar boven: Stijn, zo wit als een doek. Otto die maar bleef janken. En Vincent, die veranderde in de Godfather.

Ik bal mijn vuisten en steek ze diep in mijn zakken, houd mijn blik naar de stoep gericht en stap met grote passen verder, terug naar de tramhalte, maar de herinneringen blijven komen, onverbiddelijk, en mijn ademhaling verandert in een soort hijgen. Mijn zicht vervaagt en ik struikel, grijp naar een lantaarnpaal voor ondersteuning. De wereld kantelt om me heen en ik dwing mezelf om diep adem te halen, worstel om de controle over mijn lichaam en geest terug te krijgen. Mijn adem scheurt in mijn keel, paniek overspoelt mijn zintuigen. Ik moet hier weg. Nu. Ik ren de hoek om en zie de tramhalte in de verte. Zonder nog om te kijken, ren ik de straat over, naar de verlichte tramhalte, en zak neer op het plastic bankje, happend naar lucht.

Alles wat ik wil, is die afschuwelijke periode uit mijn leven afsluiten, voor eens en altijd. Ik dacht dat het zou helpen om terug te keren naar de plek waar het misliep. Alsof dat gebouw me iets zou kunnen vertellen. Ik wilde gewoon zekerheid dat het niet Cleo was, die ik zag in de tram, maar wat verwachtte ik eigenlijk? Dat ze voor het raam naar me zou staan zwaaien? Ik weet dat het stom van me was om daarheen te gaan. Maar tegelijkertijd weet ik ook dat het verleden niet voor altijd begraven kan blijven.

7

In de wachtkamer van Vivians praktijk wiebel ik heen en weer op een houten stoel en vraag me af hoeveel leugens er in dit huis al verteld zijn. Beetje ironisch wel, want is een therapeut niet net die ene persoon tegen wie je verondersteld wordt de waarheid te zeggen? Liegen tegen je therapeut is nog erger dan liegen tegen jezelf, want je betaalt er veel geld voor, maar ik wil er heel wat voor verwedden dat ik niet de enige ben die het doet.

Waarom ik dan toch naar Vivian ga? Niet alles is een leugen. Mijn eetstoornis is helaas echt. Als tiener was ik altijd erg slank, op het magere af, maar niemand die daar toen wat van zei of dacht. Mijn moeder had andere dingen aan haar hoofd, zoals een dode echtgenoot. Was ik te dik geweest, dan was het waarschijnlijk een ander verhaal. Mensen hebben altijd opinies over mensen die de norm overschrijden, niet zo vaak over mensen die eronder blijven bengelen, zoals ik. Maar ik paste altijd perfect in maatje 34 en kreeg daarvoor zelfs complimenten. Goed bezig, Seren, jezelf uithongeren is echt zo knap! Niemand had door dat ik mijn lunch geregeld de vuilnisbak in flikkerde. Nou, niemand, Danni wel. Maar zij was de enige. Ik heb mijn geheimpje altijd vrij goed verborgen kunnen houden en ik hield de touwtjes strak vast.

Alleen nadat Cleo verdween, liep het bijna mis. Bijna had mijn moeder me laten opnemen. Maar ik herpakte me die zomer en toen ik eenmaal op de modeacademie zat, had ik mijn routine gevonden. De modewereld en ik hadden dezelfde prioriteiten: slank zijn was het allerbelangrijkste. Ik paste er perfect.

Af en toe maak ik nog een uitschuiver. Het is nu eenmaal een harde wereld. Vivian is een van mijn manieren om mijn leven op de rails te houden en daarvoor hoef ik haar niet per se alles te vertellen, maar wel genoeg. Ze weet dat mijn controledrang ontstaan is toen mijn vader stierf. Ze weet dat een van mijn vriendinnen tien jaar geleden spoorloos verdween en dat ik af en toe door een donkere periode ga. Zij zorgt ervoor dat ik mezelf op die momenten niet in de duisternis verlies, zoals ik nu dreig te doen. Sinds Stijn gevallen is. Sinds ik die brief kreeg. Controle is wat ik nodig heb en daarom ben ik hier.

'Seren? Kom binnen,' roept Vivian van bovenaan de trap.

Ik klim de steile houten trap op naar Vivians kantoor. Het is er gezellig ingericht, met een kleurig tapijt en lichte houten meubels. Op de achtergrond speelt een of ander etherisch muziekje, soms zet ze klassieke muziek op. Opera, daar houdt ze van, weet ik. Ik kan Vivian het beste beschrijven als een combinatie tussen Anna Wintour en Stevie Nicks. Ze ziet eruit als een hippie, met lange jurken en rokken, behangen met kettingen, maar haar rode haar draagt ze in een supersteile bob en ze gaat de deur niet uit zonder tonnen make-up en met een enorme donkere zonnebril op haar neus. Zon of geen zon. Alleen hierbinnen zet ze die bril af en haar bruine ogen met de lachrimpeltjes eromheen kijken me vriendelijk aan.

'Ga zitten! Hoe gaat het met je?' vraagt Vivian.

Ik zucht.

'Ah, op die manier. Vertel,' zegt ze, met haar notitieblok in de aanslag.

'Heb je gehoord van die man die afgelopen weekend in het Hilton is gestorven?' begin ik.

'Die van de trap viel? Ja, ik heb er iets van gelezen. Wacht even. Dat was toch niet tijdens die modeshow die jij organiseerde? Zeg me niet dat je hem kende?' Ik knik. 'Ach, Seren, dat spijt me. Wie was hij?'

'Een jongen met wie ik in de klas heb gezeten. Stijn.'

'Nee toch!' zegt Vivian. 'Heb je het zien gebeuren?'

'Nee, dat niet. Ik gaf een speech op dat moment. De politie onderzoekt nu of het een ongeval was of niet.' Ik pauzeer even.

'Ik sprak hem nog, misschien zelfs als laatste. Hij kwam me buiten opzoeken vlak voor ik mijn speech moest geven.'

Vivian kijkt me fronsend aan. 'Stijn, zeg je? Zat hij in dat vriendengroepje van je?'

'De Sandwichclub. Ja,' zeg ik. Vivian weet niet zoveel, maar meer dan David. Hem heb ik zelfs nooit over mijn vrienden verteld. Opeens heb ik een onverklaarbare drang om over Stijn te praten. 'Ik was vroeger stapelverliefd op Stijn,' beken ik. Mijn stem trilt en dat had ik niet verwacht. Vivian zegt niets, ze kijkt me gewoon aan, wachtend op wat ik wil vertellen. 'Hij zat eerst een jaartje hoger dan ik, maar in het vierde middelbaar bleef hij zitten en toen kwam hij bij ons terecht. Bij Danni, Otto en mij.'

We zaten allemaal op onze vertrouwde plaats: Danni en ik zaten samen aan een bank op de laatste rij, en Otto zat aan de bank naast ons, alleen. Onze titularis riep de namen af, en hij was al bij de 'T' toen Stijn binnenkwam, zonder kloppen. Hij zwaaide gewoon nonchalant de deur open, maakte een buiging en liep naar de achterkant van de klas. In onze richting dus.

'Meneer De Clerck, bedankt om ons met uw aanwezigheid te vereren,' zei de titularis, met een sarcasme dat van zijn woorden droop als zoete chilisaus.

'*The pleasure is all mine*,' zei Stijn, want het was de klas van Engels.

Ik kon mijn ogen niet van hem afhouden, hoe hij zich met zijn slome loopje en die scheve grijns naar de enige vrije plek in de klas bewoog en zich naast Otto liet neerploffen. Zo sexy.

Danni gaf me een por, waardoor ik net op tijd wegkeek, anders had hij me zien staren. 'Heb jij geluk, zeg,' fluisterde ze. Ze wist heel goed dat ik al twee jaar hongerig naar Stijn keek tijdens elke pauze. Ik stompte haar terug. Alsof ik ooit kans zou maken.

Vivian doorbreekt mijn stilzwijgen. 'En, wat doet zijn dood nu met je?'

Ik haal mijn schouders op. 'Ik was natuurlijk allang niet meer verliefd op hem. En ik heb David nu.' Weer zwijg ik.

'Maar het heeft indruk op je gemaakt,' vult Vivian aan. Ik knik. 'Het is heel normaal dat je verdriet hebt, Seren, laat het toe,' zegt ze.

Ik knik opnieuw, maar bal tegelijkertijd mijn vuisten. Tranen prikken achter mijn ogen. Ik kan haar niet over de dreigbrief vertellen, maar wel over de reünie. 'Er is meer. Uitgerekend nu kreeg ik een uitnodiging van onze oude school. Voor een reünie, tien jaar, en ze vragen of ik een speech wil geven.'

'En wat voelde je toen je die uitnodiging zag?'

Ik zucht. Ja, wat voelde ik? Pure paniek was het eerste wat ik voelde toen ik dat schoolembleem van het Lyceum zag, en daarna? 'Verdriet, angst, pijn, onzekerheid,' som ik op. 'Alsof de grond onder mijn voeten tot gruis verbrokkelde. Eerst bracht Stijn een hoop herinneringen naar boven, daarna de school.'

Vivian noteert driftig iets in haar boekje en zegt: 'Wat jullie toen hebben meegemaakt, was erg traumatisch. Om er nu opnieuw mee te worden geconfronteerd kan pijnlijk zijn, zelfs na tien jaar.' Ze laat een stilte vallen. 'Maar soms is het goed om oude demonen het hoofd te bieden.'

Ik weet waar ze heen wil en zeg: 'Ik ga niet. Ik zet daar geen voet meer binnen.'

'Oké, prima. Jij beslist. Maar mag ik je vragen waarom niet? Is er op de school zelf iets gebeurd wat je wil vertellen?'

Ik herinner me de manier waarop Cleo zichzelf op Stijns schoot drapeerde, hem bijna bereed, tijdens de lunch, terwijl de rest van de school toekeek. Ik weet nog steeds hoe ik die steek van verlangen in mijn buik voelde bij het zien van die twee samen. Hoe close ze waren.

'Nee, er is niets gebeurd, maar zoveel van mijn herinneringen aan Cleo vinden daar plaats. En niet alleen aan Cleo, ook aan Stijn en de rest van ons zes. Ons leven speelde zich bijna uitsluitend op school af. Ik denk dat ik gewoon bang ben dat ik weer ga *spiralen*.'

'Je bent bang dat je opnieuw gaat stoppen met eten?'

Ik knik. 'David maakt zich nu al zorgen.'

'Heb je het er met hem over gehad?'

Ik haal mijn schouders op.

'Hoe gaat het tussen jou en David?' vraagt ze.

'Prima, hij werkt hard,' zeg ik, terwijl ik aan een losgekomen velletje op mijn duim friemel. 'Hij helpt me veel.'

'Heb je hem over Stijn verteld?'

'Hij was erbij, zondag. Hij weet dat ik samen met hem op school zat.'

'En dat je verliefd was?'

'Nee, dat niet. Het was ook maar een kalverliefde. Het is nooit iets geworden.' Mijn stem klinkt benepen.

'Wat weet David eigenlijk, Seren?'

'Niet zoveel. Dat ik in de klas zat met een meisje dat spoorloos verdween op 24 december 2014.'

'Cleo,' zegt Vivian.

'Cleo,' beaam ik.

'Weet hij van de Sandwichclub?'

'Nee,' zeg ik, met enige twijfel in mijn stem. 'Ik heb nooit de noodzaak gezien hem daarover te vertellen.'

'Jullie waren toch erg close, nietwaar? Dat groepje was belangrijk voor jou.'

Ze heeft helemaal gelijk. We deden alles samen. De Sandwichclub was mijn familie, daarom hing ik zo aan hen. En ik weet dat het voor de anderen ook zo was. We hadden het niet makkelijk, niemand van ons zes. Waarom heb ik David dan nooit over hen verteld?

'Toen Cleo verdween... Ik weet het niet. Alles viel uit elkaar. Onze wereld stortte in,' probeer ik uit te leggen. Ik voel de tranen opnieuw achter mijn oogleden branden en het beeld van ons zes, ineengestrengeld onder de dekens tijdens een van onze sleepovers, schiet voorbij. 'Het leek of ik na mijn vader nu ook mijn broers en zussen was verloren. Het deed verschrikkelijk veel pijn. Toen ik naar Parijs verhuisde, zag ik een kans om met een schone lei te beginnen en te vergeten wat er was gebeurd. Niet dat het me is gelukt, maar daarom heb ik David nooit over hen verteld. Hij is nu mijn familie. De Sandwichclub bestaat niet meer.'

Ik val stil en staar in de verte. Na een lange pauze haal ik diep adem en ontmoet Vivians blik. 'Dus nee, ik wil niet naar die reünie. Wat heeft het voor zin? Ik heb geen van mijn vrienden nog gezien of gesproken sinds mijn afstuderen. Onze levens zijn zo veranderd.' Ik denk weer even na. 'Weet je, Vivian, ik ben bang om te weten te komen dat zij net zoveel lijden als ik. Of misschien zelfs meer. Ik zou me weer schuldig voelen dan, en daar heb ik de energie niet voor. Voor mezelf zorgen, is al moeilijk genoeg.'

Vivian reikt over de salontafel heen naar mijn hand en knijpt er zachtjes in. 'Je hoeft je nergens schuldig om te voelen. En je angsten onder ogen zien, is nooit gemakkelijk, maar het is vaak de enige manier om ze echt te overwinnen,' zegt ze. 'Deze reünie kan een kans zijn om antwoorden te vinden en om opnieuw contact te maken met de mooie momenten van je verleden.' Haar ogen verzachten. 'En je bent niet meer alleen. Je hebt David nu.'

Ach, Vivian. Ze bedoelt het natuurlijk goed. En met de informatie die ze heeft, heeft ze gelijk. Maar niemand, behalve wij zes, weet wat er echt is gebeurd. 'En wat als ik niet ga?' vraag ik.

'Uitstel van executie. Uiteindelijk zullen je angsten je inhalen,' glimlacht Vivian. 'Vermijding is wat je hier in de eerste plaats heeft gebracht. Het is wat ervoor heeft gezorgd dat je de controle verloor, waardoor je eetstoornis de kans kreeg te groeien. Je hebt natuurlijk gelijk dat elkaar weerzien na al die jaren moeilijk zal zijn. Maar je bent een sterke, capabele vrouw en je hebt niets te bewijzen. Hoe denk je dat je vrienden op de uitnodiging gaan reageren? Zouden zij wel willen komen?'

'Daar heb ik ook al aan gedacht,' beken ik. Maar dan moet ik weer aan die rare dreigbrief denken. Stel dat een van hen die in mijn bus stopte, zou die persoon dan naar de reünie gaan? Die gedachte duw ik weer weg. 'Je hebt helemaal gelijk,' zeg ik. 'Ik maak me te veel zorgen.'

'Nee, hoor. Wat je doormaakt, is perfect normaal. Stel dat je gaat, Seren, wat zou je kunnen helpen om die avond door te komen?'

Ik blaas luidruchtig mijn adem uit. 'Goed voorbereid zijn, veronderstel ik. Mezelf focussen op mijn speech en niet op de mensen.' Even krijg ik een flashback naar afgelopen zondag, toen mijn speech zo bruusk werd beëindigd.

'Is er niets waarnaar je uitkijkt? Of iemand die je wel graag terug zou zien?'

Ik denk even na. 'Ik heb geen idee wat er van hen is geworden. De enige die ik soms mis, is Danni,' geef ik toe.

'Wat zou je tegen Danni zeggen als je haar vandaag toevallig tegenkwam?'

'Hoi pipeloi,' zeg ik met een grijns.

'Is dat iets van *Pippi Langkous*?' vraagt Vivian.

'*Jan, Jans en de Kinderen*,' zeg ik. 'Daar hadden Danni's broers hele stapels stripboeken van en die lazen we van voor naar achter en van achter naar voor.' Ineens kan ik mijn tranen niet meer bedwingen, ik snik gênant luid en grijp naar de zakdoekendoos op tafel om mijn neus te snuiten. Het gevoel overrompelt me. Het is zo lang geleden dat ik nog op die manier aan Danni heb gedacht dat het me overvalt. Ik mis haar plots zo erg dat het pijn doet. Godverdomme Cleo, denk ik woedend. Je hebt alles kapotgemaakt. Maar meteen daarna voel ik me schuldig om die gedachte.

Vivians wekkertje verlost me tsjirpend uit mijn lijden. 'Onze tijd zit er helaas op, Seren,' zegt ze zacht. Ik dep met een zakdoekje onder mijn ogen. 'Ga je erover nadenken, over die reünie?'

Terwijl ik overeind kom, knik ik bevestigend, maar diep in mijn binnenste weet ik dat ik het niet ga doen. Want is een reünie niet zo'n beetje het hoogtepunt voor leugens? Het is de plek bij uitstek waar iedereen elkaar de loef wil afsteken en wil laten zien hoe ver ze het wel hebben geschopt. De kneusjes van de klas willen hun pestkoppen bewijzen dat ze het hebben gemaakt en de pestkoppen komen niet, want die hebben betere dingen te doen dan dat.

Wanneer ik even later weer buiten sta, adem ik diep in en voel de kilte van de winterlucht mijn longen vullen. Ik wil een sigaret roken, maar heb er al twee gehad vandaag.

Ik kijk omhoog naar de loodgrijze lucht, waar donkere wolken onheilspellend boven me bijeen vlokken, een voorteken van de storm die zowel binnen als buiten mijn geest broeit.

8

Ik haast me naar de Nationalestraat, waar mijn kantoor ligt. Op de gelijkvloerse verdieping is mijn conceptstore gevestigd, met de nieuwe Dark Angel-collectie. Als ik de deur van de winkel open, komt de warmte me tegemoet. Chrissy, de winkelverantwoordelijke, groet me met een knikje, terwijl ze zich over een klant ontfermt. Chrissy is zo iemand die het altijd te koud heeft. Ze doet me denken aan Wednesday Addams en ziet er meestal uit alsof ze net slecht nieuws heeft gekregen.

De wintercollectie doet het prima. Mijn ontwerpen worden gekenmerkt door donkere kleuren, asymmetrische silhouetten en natuurlijke materialen zoals leer en zijde, maar, hoewel ik altijd zwart als basiskleur zal blijven gebruiken, heb ik deze keer gekozen voor brons als accentkleur. De klant waarmee Chrissy bezig is, heeft een van mijn hoog getailleerde zwarte broeken aan, gecombineerd met een strakke bronskleurige velours coltrui. Ik ben echt gek op dat brons, het is mijn nieuwe lievelingskleur. Ik heb er ook een supervrouwelijke strakke jurk in ontworpen, en leggings die ik zelf stuk draag. Maar het trotst ben ik op de lange donkergrijze jeansrok, die over een broek in dezelfde stof wordt gedragen. Androgyn. Anders. Maar wel draagbaar.

In mijn branche staat de tijd nooit stil. Als je aandacht even verslapt en je niet mee bent, of je nieuwste collectie niet net dat tikje meer heeft dan die van je collega's, word je zonder medelijden neergesabeld en – nog erger – genegeerd. Alle lofzang die ik vandaag krijg, kan zich volgend seizoen tegen me keren. En hoe hoger ik opklim, hoe dieper ik kan vallen. Hoe trots ik ook ben op deze collectie, ze is allang niet meer relevant.

Ik loop de trap op naar mijn kantoor. Het is er een stuk minder glamoureus dan je zou verwachten, maar ik ben tenslotte nog steeds een startende ondernemer en ik investeer alles terug in mijn zaak. De huur van dit pand kost me al een arm en een been, en behalve Chrissy en Birgit zijn alle mensen met wie ik werk onderaannemers en freelancers.

Birgit is echt een geschenk. Ik had via een selectiebureau al een tiental kandidaten voor de baan van assistent geïnterviewd, maar niemand voldeed. Of ze waren te duur, of ze waren te onervaren. Ik zocht iemand die als mijn rechterhand kon werken, met veel verantwoordelijkheidszin, maar dat bleek onbetaalbaar. Tot David me Birgits nummer gaf. Zij was hem aangeraden via een fotograaf die hij kende. Het bleek een schot in de roos, al moet ik bekennen dat ik eerst mijn twijfels had. Ik had natuurlijk in Parijs gewerkt en gezien hoe de assistenten van Simonne Sohier eruitzagen. Dat waren bijna allemaal ex-modellen, en Birgit is dat niet. *Au contraire*. Ze is de meest onopvallende persoon die je je maar kan indenken, heel gewoontjes. Ze is niet klein en niet groot, niet dik en niet dun. Niet mooi, maar ook niet lelijk. Ze draagt haar bruine haren kort en laat elke zes weken haar blonde highlights bijwerken. Dat is voor zover ik weet de enige luxe die ze zichzelf gunt. Ze draagt nooit make-up en heeft niets met mode, maar, zo was me door David op het hart gedrukt, dat was ook niet wat ik zocht. Ik had iemand nodig die goed was in plannen en organiseren, die problemen kon oplossen en als een moederkloek voor de modellen kon zorgen tijdens de shows. Iemand die geen noemenswaardig eigen leven heeft, geen man, geen kinderen, en die er dus altijd kan zijn. Zo iemand is Birgit. Haar enige opvallende eigenschap is dat ze een litteken op haar bovenlip heeft, net zoals Joaquin Phoenix. Ze zag me kijken, die eerste keer, en vertelde dat ze met een hazenlip was geboren. Ik heb haar dezelfde dag nog een contract aangeboden en kon niet geloven dat ze akkoord ging met het eerste loonvoorstel dat ik haar deed.

Als ik de deur van het kantoor openduw, springt Birgit als een veer achter haar bureau vandaan. 'Seren, er is hier iemand van de politie voor jou,' zegt ze. 'Ik denk dat het over die toestand van afgelopen weekend gaat.'

Mijn hart begint een halve slag sneller te slaan, maar ik had dit verwacht. Het was mijn modeshow, Rebecca was mijn model en Stijn was haar vriend. 'Oké,' zeg ik, terwijl ik mijn jas ophang. 'Zit hij in de vergaderruimte?'

'Het is een zij, en ja. Ik heb haar al koffie gegeven. Kan ik voor jou nog iets brengen?'

'Nee, dank je,' zeg ik en ik loop naar de achterkant van het kantoor waar we een kleine ruimte gezellig hebben ingericht met sofa's en planten. De deur staat op een kier en na een korte roffel om mijn aanwezigheid aan te kondigen, stap ik naar binnen.

De vrouw die in een van de zwarte nepleren fauteuils zit, is klein. Ze moet een jaar of veertig zijn. Ouder dan Vivian, schat ik, maar jonger dan Birgit, die vijftig is. Ze heeft haar asblonde haar, dat aan haar slapen grijs wordt, in een laag staartje gebonden en draagt een pak dat voor geen meter past. Ofwel kent ze haar eigen kledingmaat niet, of ze is recent heel veel afgevallen.

Ik weet toevallig dat het dat laatste is, want ik herken deze vrouw, al weegt ze minstens tien kilo minder dan toen ik haar voor het laatst zag.

'Mevrouw Engels, goedemiddag,' zegt ze, terwijl ze overeind komt om me de hand te schudden.

'Inspecteur Ooms,' zeg ik, voor ze zichzelf kan voorstellen. Helena Ooms. Een van de rechercheurs die Cleo's zaak onderzocht. Hoeveel uren heb ik in het bijzijn van die vrouw doorgebracht? Ontelbaar veel. Te veel.

'Ah, u weet nog wie ik ben,' zegt Helena Ooms met een glimlach. Ze heeft fijne lijntjes om haar ogen en mond. Droge huid, maar wel vlekkeloos met kleine poriën, merk ik op. 'Het is trouwens hoofdinspecteur inmiddels, maar ik werk inderdaad nog steeds voor de Gerechtelijke Politie Antwerpen.'

‘Proficiat. Wat kan ik voor u doen?’ zeg ik droog.

Helena Ooms gebaart me te gaan zitten aan de vergadertafel, wat ik doe. Haar koffiekop staat nog onaangeroerd. ‘Hoelang is het precies geleden dat wij elkaar voor het eerst zagen?’ vraagt ze, terwijl ze naar het kopje reikt en ervan nipt.

‘Ehm,’ antwoord ik, ‘dat moet tien jaar geleden zijn geweest, denk ik?’

‘Bijna op de dag, inderdaad. 25 december 2014.’

Ik zat die ochtend met mijn moeder en mijn broer Sebastiaan aan het kerstontbijt toen de politie aanbelde. Cleo’s ouders hadden mij en de rest van de Sandwichclub de avond ervoor al gebeld om te vragen of we wisten waar Cleo was. Ze was de vierentwintigste niet thuisgekomen, en intussen was er een onderzoek geopend en was de politie naar haar op zoek. Het voelde allemaal zo onwerkelijk toen.

‘Dat was een moeilijke tijd,’ zeg ik. ‘Bent u daarom hier?’

‘Nee. Ik wilde het graag met u hebben over zondag. Ik onderzoek het ongeval van meneer De Clerck.’

‘Stijn,’ zeg ik.

‘Inderdaad.’

Er zijn zoveel dingen die ik wil vragen. *Was het een ongeval? Heeft zijn vriendin Rebecca er iets mee te maken? Werd hij vermoord? Ben ik in gevaar?* Maar ik zeg: ‘Hoe kan ik u helpen?’

Helena Ooms bestudeert haar notities. ‘U stond op het podium toen het lichaam werd ontdekt, lees ik hier. Klopt dat?’

‘Ja, ik gaf mijn speech op dat moment.’

‘En is u iets opgevallen?’

Ik schud mijn hoofd. ‘Ik zou niet weten wat. Er waren vijfhonderd mensen en ik stond met een schijnwerper op me gericht op dat podium. Ik kon alleen de eerste rijen tafels zien.’

‘U hebt niemand backstage zien gaan?’

Ik haal mijn schouders op. ‘Daar heb ik echt niet op gelet. Het was een komen en gaan van mensen, de obers liepen ook af en aan.’

‘Wist u dat Stijn De Clerck naar het benefiet zou komen, mevrouw Engels?’

Haar officiële toon geeft me de kriebels. ‘Nee,’ zeg ik oprecht.

‘Wist u dat hij samen was met een van de modellen die in uw show liep?’

‘Dat kwam ik die dag zelf pas te weten,’ zeg ik. ‘Zo goed ken ik die meisjes niet, daarvoor kunt u beter met mijn assistent Birgit praten.’ Ik leg mijn handen open op de tafel, in de hoop er oprecht uit te zien. ‘Ik heb echt geen idee wat er is gebeurd. Ik wilde dat ik u kon helpen, maar ik zie niet hoe.’

Helena Ooms kijkt me onderzoekend aan. Ze speelt met haar kopje. Dan schuift ze het opzij en buigt zich naar me toe. ‘Ik ga open kaart met je spelen, Seren.’ Geen *mevrouw Engels* meer. ‘Ik weet niet goed wat ik hiervan moet denken. Verplaats je eens even in mijn positie. Toen ik in het onderzoeksteam zat naar aanleiding van de verdwijning van Cleo Chevalier, was jij een van de vijf die haar het laatst hadden gezien. En nu, bijna op de dag af tien jaar later, komt haar vriendje van indertijd op verdachte manier ten val. En daar was jij ook bij. Ik vind dat op zijn minst opmerkelijk. Wat vind jij?’

Mijn mond voelt kurkdroog. *Op verdachte manier.* Had ik Birgit maar om een glas water gevraagd. ‘Verdenkt u mij soms? Cleo leefde nog toen ik haar voor het laatst zag, dat weet u. Daar zijn getuigen van,’ zeg ik, maar mijn stem beeft. ‘En wat Stijn betreft: ik stond op het podium. Alle ogen waren op mij gericht. Hoe kan ik in hemelsnaam tegelijkertijd backstage zijn geweest?’

‘Ik verdenk je niet, Seren, ik heb gewoon wat vragen. Heb je Stijn die zondag gesproken?’

Tientallen mensen hebben me waarschijnlijk met hem gezien, dus het heeft geen zin daarover te liegen. ‘Ja, hij kwam met me praten terwijl ik buiten een sigaret stond te roken,’ zeg ik.

‘Wat wilde hij?’

Ik haal mijn schouders op. 'Hallo zeggen, dat is alles.'

'Verder niets?'

'Nee, echt niet,' zeg ik, blij dat ik eerlijk kan zijn wat Stijn betreft.

'Hebben jullie elkaar de afgelopen jaren nog gezien?'

'Sinds we samen op school zaten? Nee,' zeg ik. 'Ik weet dat hij niet verder wilde studeren en is gaan werken, meer niet. Tot ik hem zondag zag.'

'Het was toeval dat hij in het Hilton was?'

'Daar heb ik ook al over nagedacht en ik ben tot de conclusie gekomen van wel. Rebecca was pas vorige week gevraagd om een ander model te vervangen, dus Stijn moet lastminute hebben besloten om mee te gaan.'

'Denk je dat hij wist dat jij er ook zou zijn?'

Ze tutoyeert me nog steeds en ik vraag me af wat dat betekent. 'Dat kan,' zeg ik. 'Maar het kan ook dat hij echt niet wist dat ik de eigenaar van het Dark Angel-label ben. Zoals ik al zei, hadden we geen contact en bovendien ben ik vooral bekend bij vrouwen.'

'Het was stom toeval?'

'Ja,' zeg ik. 'Het was toeval, en hij kwam me groeten uit beleefdheid, dat is alles. Daarna heb ik mijn speech gegeven.'

'Hoeveel tijd zat daartussen, denk je?'

'Waartussen?'

'Tussen jullie ontmoeting buiten en de speech.'

Ik denk even na. Ik nam de trap terug naar boven, ging naar het toilet en daarna backstage om de microfoon om te doen, en daarna moest ik ook nog even wachten. 'Ik weet het niet, een half uur misschien?'

'En je hebt Stijn niet meer gezien, hoewel hij zich ook backstage bevond?'

'Dat zei ik toch? Ik heb hem niet meer gezien, nee. Birgit – mijn assistent – heeft me geholpen mijn microfoon om te doen en daarna ben ik het podium op gegaan. Ik ben verder niet backstage geweest, noch in de trappenhal. Pas tegen het einde van de speech hoorde ik iemand gillen.'

'Oké, goed. Dank je, Seren. Ik heb nog één vraag: denk jij dat er een verband is tussen de dood van Stijn De Clerck en de verdwijning van Cleo Chevalier?'

Ik probeer uit alle macht mijn gezicht in de plooi te houden, maar mijn sympathisch zenuwstelsel doet wat het wil en ik voel mijn wangen kleuren. De brief staat zo diep op mijn netvlies gebrand dat ik bang ben dat Ooms hem in mijn ogen kan lezen:

Toen waren er nog vier.
Dacht je echt dat jullie ongestraft
zouden blijven?
Geniet van je laatste dagen,
want geen van jullie zal Kerstmis halen.
Voor altijd,
Cleo.

'Welk verband zou er kunnen zijn?' vraag ik met geveinsde kalmte.

'Misschien wist hij iets over die zaak, iets wat niet bekend mocht worden.'

'Zoals?'

'Ik hoopte dat jij me dat kon vertellen.'

'Het spijt me, dat kan ik niet.'

'Dus je blijft bij je verhaal?'

'Welk verhaal?' vraag ik, oprecht in de war.

'Over wat er met Cleo is gebeurd,' verduidelijkt ze.

Ik weet niet wat ik moet zeggen, dus zwijg ik. Ik zie mezelf weer aan tafel zitten waar de resten van het kerstontbijt nog op lagen. *Het is jouw schuld niet, Seren.* De woorden van mijn moeder, toen ik instortte zodra de politie weer weg was.

Het was niemands schuld. Daar waren we het allemaal over eens. Cleo was gewoon verdwenen. Zelfs nu, tien jaar later, is er van haar nog steeds geen spoor.

'Ze was toch voor het laatst op de trein gezien, nietwaar?' zegt Ooms, alsof ze dat niet allemaal precies weet.

Ik speel haar spel mee en knik; dit is bekend terrein. 'Ja, op videobeelden was nog te zien dat ze opstapte om naar haar ouders in Vilvoorde te gaan, ze zou er kerstavond vieren.'

'Maar daar kwam ze nooit aan,' zegt Ooms, terwijl ze mijn blik vasthoudt. 'Niemand weet waar ze dan wel naartoe ging. Ze is in geen enkel station uitgestapt en alleen haar rugzak werd achteraf teruggevonden. Alsof ze in rook is opgegaan op die trein van Berchem naar Vilvoorde. Spoorloos verdwenen.'

Ik staar terug. Waar wil ze hiermee naartoe? 'Hoofdinspecteur Ooms, ik weet niet wat u van me verwacht, maar ik kan u echt niets meer vertellen. Ik mis Cleo al tien jaar met heel mijn hart. Het doet pijn. Soms denk ik zelfs dat ik haar zie, in de tram, of op een terrasje. Als ik u kon helpen, zou ik het doen.'

Na enkele seconden lijkt Ooms een besluit te nemen en ze verbreekt ons oogcontact. Voor ze haar stoel achteruit duwt, schuift ze nog een kaartje naar me toe. 'Ik heb Cleo's zaak nooit losgelaten, Seren. We zullen haar vinden. Ooit. Bel me als je aan iets denkt. Wat dan ook.'

'Ik zou niet weten wat, maar ik beloof het,' zeg ik. Ik kan de leugens bijna niet meer tellen nu.

9

David en ik hebben afgesproken bij Zaowang, ons favoriete Antwerpse sushirestaurant, en ik arriveer als eerste. De geur van verse vis en sojasaus hangt in de ruimte, samen met de vage melodie van wat ambientmuziek. Ik kies een tafel in de verste hoek en ga met mijn rug naar de muur zitten, zodat ik de ingang kan zien. Een van mijn vele trucjes om een situatie te controleren, zou Vivian zeggen.

Als David binnenkomt, voel ik de spanning in mijn borst als vanzelf losser worden. Zijn blauwe ogen vinden de mijne vanaf de andere kant van de ruimte en zijn glimlach doet mijn gespannen zenuwen tot rust komen.

'Dag schoonheid,' zegt hij. Hij buigt zich voorover en zoent me. Zijn geur van L'Eau d'Issey, vermengd met tabak, is zo vertrouwd dat ik er bijna emotioneel van word, na deze stressvolle dag. 'Wat gaan we eten?' vraagt hij, terwijl hij neerploft.

Eten is het allerlaatste wat ik wil, maar om geen argwaan te wekken, zeg ik: 'Zullen we een boot bestellen?'

'Prima. Ik heb zin in een wijntje, jij?'

Daar snak ik al naar sinds Helena Ooms mijn kantoor uit liep. 'Voor mij een glaasje chablis,' zeg ik.

David wenkt de serveerster die onze bestelling opneemt en even later nippen we beiden van een koel glas witte wijn.

'Hoe was je dag?' vraagt hij.

'Heftig.'

'Vertel?'

Ik neem eerst nog een slok wijn. 'Een inspecteur van de politie zat me op te wachten op kantoor, om te praten over zondag.'

David fronst licht. 'Ja, dat was te verwachten natuurlijk, dat dat nog een staartje zou krijgen. Weten ze al meer?'

'Neen. Ze wilde weten waar ik was toen Stijn viel, daar ging ze diep op in.'

Hij kijkt me vragend aan. 'Dat heb je in je verklaring toch al verteld? Jij stond op het podium.'

'Ja,' knik ik, 'dat zei ik ook. Ze wilde ook weten of ik nog contact met hem heb gehad de afgelopen jaren.' David trekt zijn wenkbrauwen vragend op. 'Wat niet zo is,' ga ik verder. 'Maar–' Ik zwijg even. Er is zoveel wat David niet weet en dat wil ik graag zo houden. Maar ik kan niet alles verzwijgen. 'Stijn kwam me opzoeken, vlak voor de speech, toen ik buiten stond te roken.'

David fronst. Ik zie dat hij zich ongemakkelijk voelt, onzeker zelfs, iets wat ik van hem niet gewend ben. 'Oké,' zegt hij, terwijl hij een prop maakt van zijn servet. 'Ik zal maar niet vragen waarom je me dat niet hebt verteld?'

'Het was echt niets, hij kwam gewoon dag zeggen,' zeg ik, 'en ik weet niet waarom ik dat niet heb gezegd. Ik heb er eerlijk gezegd niet meer bij stilgestaan. Alles werd zo chaotisch, snap je? Maar er valt echt niets te vertellen, dat zei ik tegen de politie ook al. Ik stond een sigaret te roken en Stijn stond opeens naast me. Hij vertelde dat zijn vriendin een van de modellen was en dat hij daarom meegekomen was. Ik heb amper drie woorden met hem gewisseld, want ik moest backstage zijn, en dat was het.' Ik onderdruk een rilling als ik aan Stijns adem op mijn wang denk.

David legt zijn hand op de mijne. 'Seren, als die Stijn een ex-vriendje van je was, dan ben ik daar echt niet door geïntimideerd, hoor.'

'Nee, dat was hij niet,' protesteer ik. 'Hij was–' De serveerster arriveert met onze sushiboot en ik wacht tot ze weer weg is. Zwijgend nemen we onze stokjes en David klemt er een stukje van de California Roll tussen, dat hij vervolgens in de sojasaus doopt en daarna in zijn mond stopt. Ik neem er ook een, maar leg het op mijn bord.

'Dus. Die Stijn,' zegt David, al kauwend, 'vertel. Boyfriendmateriaal of niet? Ik wil alles weten.'

Ik schiet bijna in de lach. David is absoluut niet het jaloerse type. Hij is eigenlijk helemaal geen machoman, integendeel. In onze relatie ben ik degene die de meeste rekeningen betaalt. Het appartement staat op mijn naam, ik heb het contract alleen ondertekend en ik betaal het ook zelf. David huurt wel nog een eigen studio, dat hadden we zo afgesproken om onszelf de ruimte te gunnen. Af en toe heb ik behoefte om een paar dagen alleen te zijn en dat respecteert hij. Hij maakt er ook totaal geen probleem van als ik in het restaurant de rekening vraag. Geen idioot gedoe met creditcards die onder tafel aan elkaar worden doorgegeven. Wat is dat ook voor iets, eigenlijk? Nee, David draagt bij wat hij kan. Hij werkt deeltijds in de kebabzaak en verder neemt hij het leeuwendeel van het huishouden op zich. Als hij een betere job vindt, verandert dat misschien, maar tot die tijd is dit onze situatie en we vinden dat allebei prima.

'Je wil graag meer over Stijn weten?' grijns ik.

'Als er iets te vertellen valt,' grijnst hij terug.

'Goed dan, maar het is echt niet spectaculair. Stijn was Cleo's vriendje. Ik ben misschien wel heel even verliefd op hem geweest, maar dat was voordat Cleo bij ons op school kwam.'

'En hem onder je neus vandaan kaapte,' zegt David, terwijl hij zijn sushistokjes omhooghoudt.

'Zoiets, ja.'

'Maar je was wel goed bevriend met hem?'

Ik knik. 'Hij maakte deel uit van het vriendengroepje waarmee ik optrok.'

David hangt aan mijn lippen. 'Je hebt me eigenlijk nooit veel verteld over die periode, of wie je vrienden waren. Ik ben soms wel benieuwd naar wat voor tiener je was.'

Ik probeer zo nonchalant mogelijk mijn schouders op te halen. 'Veel valt er niet te vertellen, we waren met zijn zessen en we noemden onszelf de Sandwichclub. Ik was een erg onzekere tiener, dus deel uitmaken van dat groepje gaf me een veilig gevoel. Ik hoorde erbij. Maar door wat er met Cleo gebeurde, probeer ik niet te vaak aan die tijd terug te denken, snap je? Het is soms te pijnlijk.'

'Ja, tuurlijk, je wil niet de hele tijd worden herinnerd aan wat er met je vriendin gebeurde. Logisch. Maar je weet dat je met mij over alles kan praten, hè, Ser? Ik kan me voorstellen dat dit een moeilijke tijd is voor je. Eerst dat ongeval van die Stijn, dan de politie op je dak. Ik zie dat het aan je vreet.'

Ik denk even na. Wil ik erover praten? Over de Sandwichclub? Sinds ik die dreigbrief kreeg, lijkt het wel alsof ze bezit hebben genomen van mijn hoofd. 'Weet je,' zeg ik. 'Ik vraag me soms wel af wat er van mijn vrienden is geworden. Wat voor werk ze doen, of ze getrouwd zijn, kinderen hebben, dat soort dingen.'

David zwijgt en klemt een stukje Spicy Dragon Roll tussen zijn stokjes, terwijl hij me aankijkt. Ik voel de vragen op zijn lippen branden, maar hij laat mij de teugels in handen houden. Als ik ooit voor iemand mijn hart wil openen, dan is het wel voor hem. Ik besluit de deur op een kier te zetten, neem een slokje wijn en zeg:

'Goed. De Sandwichclub. We waren met drie jongens en drie meisjes.' Ik houd mijn hand op en tel. 'Eerst was er Danni, zij was mijn beste vriendin sinds het eerste middelbaar. Zij was het geweten van ons groepje. Als ze me hier zou hebben gezien met die gigantische sushiboot voor mijn neus, zou ze daar zeker wat van hebben gezegd. Volgens Danni was elk leven heilig, en ze weigerde dieren te eten. Ze probeerde ons natuurlijk ook tot het veganisme te bekeren.' Ik glimlach bij de herinnering aan de vele discussies tussen Otto – de oppercarnivoor – en Danni over dit onderwerp. 'Danni zorgde er ook voor dat we altijd naar de beste muziek luisterden. Ze kende elke nieuwe band en wist vaak maanden op voorhand welke muziek hip zou worden. Ze was zo iemand die altijd en overal oortjes in had en als je haar aandacht wilde, moest je aan haar mouw trekken, anders hoorde ze je niet.'

David – zelf ook een grote muziekliefhebber – knikt goedkeurend, terwijl hij de sushiboot langzaam verorbert. Ik tel weer op mijn vingers. 'Dan had je Vincent, die elk jaar tot klasvertegenwoordiger werd verkozen. Hij was een echte *fils à papa*, die altijd en overal de leiding wilde nemen. Hij was de enige van ons die echt zijn best deed voor school, wilde in alles de beste zijn. Ken je dat type? Hij kon trouwens ook bij stomme spelletjes totaal niet tegen zijn verlies. Als hij kans zag om vals te spelen, dan deed hij dat.'

'Klinkt niet echt als een leuke kerel,' zegt David, terwijl hij geconcentreerd een brokje wasabi in de sojasaus mengt.

'Ik doe hem erger overkomen dan hij was. Hij was superverantwoordelijk en zorgde ervoor dat we niet in de problemen kwamen. Danni en hij waren ook erg close, ze kenden elkaar al van de lagere school. Vince werd toen gepest, omdat hij altijd van die nette kleren droeg. Hemdje, v-halstruitje. Je kent het wel. Die twee vonden elkaar om de een of andere reden. Het was een bizar stel. De ene lang, rijk en ambitieus, de andere klein, zo arm als een straatkat en zonder enige vorm van ambitie.' Ik grinnik. 'Vincent was al oud voordat hij twaalf was. Heel anders dan de andere jongens, Stijn en Otto. Stijn was echt de typische vlotte sportman. Hij had dat soort charisma dat iedereen onweerstaanbaar vond.' Ik aarzel even en neem nog een slokje. Veel meer wil ik over Stijn niet kwijt. 'En Otto was de outsider van het groepje. Ontzettend slim, met een waanzinnig gevoel voor humor, maar tegelijkertijd doodongelukkig.'

David kijkt verbaasd op. 'O? Hoe weet je dat?'

'Hij gebruikte die humor als een schild, denk ik. En het schransen, dat ook. Waar je hem ook zag, hij was altijd wel ergens op aan het kauwen. Ik denk dat hij leed onder de verwachtingen die zijn ouders van hem hadden.' Ik denk even na. Nu er afstand van tijd en ruimte is, lijkt het makkelijker om mijn vroegere vrienden te zien voor wie ze echt waren, onder het stoere tienerlaagje. Vincents ouders hadden ook hoge verwachtingen, maar Vincent ging daar heel anders mee om dan Otto.

'Welke verwachtingen hadden ze dan van hem?' vraagt David.

'Ze hadden een apotheek en Otto zou die overnemen. Die zaak was al generaties in handen van zijn familie, maar hij gruwde van het idee. Hij wilde voor NASA gaan werken.'

'Wow, da's ambitieus.'

'Ik weet zeker dat hij het had gekund, hij was een soort genie, maar hij deed bijna niets voor school. Maakte zijn taken nooit af en dergelijke. Ik denk dat hij meestal zelfs te stoned was om te weten in welke les hij zat.'

David is echt geïnteresseerd in wat ik te vertellen heb, en eet zonder het te beseffen de hele sushiboot leeg. Hij heeft totaal niet in de gaten dat ik zelf amper eet. 'Wel jammer dat iemand zijn talent zo verspilt,' zegt hij. 'Weet je wat er van hem is geworden?'

Ik schud mijn hoofd ontkennend. 'Maar weet je, hoe hard hij zijn schoolcarrière ook verpestte, Otto was wel een echte vriend voor ons. Stijn solde vaak met hem, soms ging hij daarbij zelfs vrij ver, en ook Vincent durfde wel eens de draak met hem te steken, maar Otto was de meest loyale vriend die je maar kon hebben. Hij zou voor ieder van ons door het vuur zijn gegaan.'

'Da's mooi. Als ik je zo hoor, was Danni jouw beste vriendin en Otto je beste vriend, klopt?'

Ik glimlach. Hij heeft helemaal gelijk. 'Goed geluisterd,' zeg ik.

'Heb je echt geen foto's van jullie?'

Mijn glimlach verdwijnt. 'Misschien enkele, maar ik heb de meeste verwijderd.' In mijn camerarol staan nog amper foto's van tussen 2012 en 2014. Soms laat mijn telefoon me een fotoherinnering zien van voor die tijd, toen ik alleen Danni en Otto kende, maar ook die foto's verwijder ik dan meteen.

'Oké,' zegt hij. 'En dan was er dus ook nog Cleo?'

Ik knik. 'Cleo voegde zich pas later bij ons, ergens halverwege het vijfde middelbaar.' Ook weer zo'n dag die in mijn geheugen gegrift staat. 'Nog voor ze die eerste dag op school kwam, had ze al een reputatie. We wisten dat ze van haar vorige school was geschopt maar niet waarom.'

'Daar zal een aardig stukje over geroddeld zijn dan.'

'Je hebt geen idee. Van blowen op de toiletten tot seks hebben met de wiskundeleraar en alles daartussen. Ik ben pas achteraf te weten gekomen dat ze iemand had betaald om haar huiswerk te maken, dat was de reden waarom ze van school werd gestuurd.'

David grinnikt. 'De realiteit is meestal minder sexy dan de roddel,' zegt hij.

'Klopt. Anyway, ze kwam van een katholieke school in Berchem en was het gewend een uniform te dragen, dus toen dat niet meer hoefde, ging ze helemaal los. Die eerste dag had ze een felroze crop top aan met *Girls just wanna have fundamental rights* erop en een zwarte minirok. Het was januari toen, hè. Ze moet het ijskoud hebben gehad.' Ik zie haar voor me alsof het gisteren was, met haar donkere krulhaar, en voor ik het weet, zit ik weer in de klas Latijn, waar we die maandagochtend het eerste uur doorbrachten.

'Cleopatra Chevalier,' las de leraar Latijn van zijn klassenlijst, waarop Stijn in de lach schoot en deed alsof hij van zijn stoel viel. Ook Otto moest grinniken.

'Het is Cleo,' zei Cleo, en ze keek hooghartig de klas rond. 'Zonder "patra".'

Danni rolde haar ogen naar me, maar ik hield Stijn in de gaten en zag meteen dat hij als een blok voor het nieuwe meisje viel, zijn ogen bleven aan haar slanke figuur plakken terwijl ze zich tussen de rijen schoolbanken door naar de vrije plek naast Vincent begaf.

Nu nog doet mijn buik pijn bij die herinnering, maar David merkt er niets van. Hij is gefocust op het laatste stukje sushi dat steeds tussen zijn stokjes uit valt.

'Cleo las veel,' ga ik verder, 'van die dikke boeken. *The Secret History*, en zo. Ze was geobsedeerd door de jaren tachtig. Muziek, films, outfits, alles. Danni werd er helemaal gek van. Ze was echt een geval apart en kwam de hele tijd in de problemen. Ze werd minstens een keer per maand betrapt op winkeldiefstal. Altijd kleine dingetjes, hoor, lippenstift of nagellak. Een keer had ze een pak maandverband in haar tas gestopt. Niet dat ze het niet kon betalen, want haar ouders waren superrijk. Die haalden haar keer op keer uit de problemen. Cleo was nergens bang van, leek het wel. Ik keek ontzettend naar haar op. In het begin tenminste.'

David heeft het stukje sushi eindelijk overmeesterd en spoelt het weg met een bodempje wijn.

Ik spiegel zijn beweging en drink mijn glas ook leeg. 'Koffie?' vraag ik.

Hij knikt en wenkt de serveerster. Wanneer de tafel is afgeruimd, neemt hij mijn beide handen in de zijne, zijn warme aanraking is troostend. 'Weet je wat me opvalt?' vraagt hij. Ik kijk hem zwijgend aan. 'Hoe je hen beschrijft, je vrienden... ze klinken me nogal, ehm, aanwezig. Grote persoonlijkheden. Heb je je nooit overschaduwd gevoeld door hen?'

'Soms wel,' geef ik toe. Het klopt dat ik de stille volger was. Vaak zat ik alleen maar toe te kijken, terwijl de rest zat te dollen of in een diepgaande discussie verwikkeld zat. 'Maar ze gaven me een veilig gevoel, ik voelde me beschermd,' leg ik uit. 'Thuis kreeg ik dat gevoel niet.'

'Ik snap het,' knikt David. Hij weet hoe moeilijk ik het had na mijn vaders dood.

'Maar dat veilige gevoel was voorbij toen Cleo verdween,' ga ik verder.

‘Wil je erover praten? Het hoeft niet, hè.’ Hij geeft me nog een kneepje in mijn handen en laat ze dan los, zodat de serveerster onze koffie op tafel kan zetten.

‘Nee, het is oké,’ zeg ik, en ik ga mentaal terug naar december 2014. ‘Nadat Cleo was verdwenen, werden wij allemaal verdachten.’ Mijn stem valt even weg en David schenkt een glas water voor me in. ‘Pas toen we allemaal waren ondervraagd en er verder geen aanwijzingen werden gevonden, werd haar zaak een cold case. Maar omdat niemand officieel werd beschuldigd, konden we allemaal de dader zijn. Het dreef ons uit elkaar,’ leg ik uit. ‘En dat is de reden dat ik niet graag meer aan de Sandwichclub denk.’

David brengt nadenkend zijn koffiekop naar zijn mond. ‘Wat denk jij zelf eigenlijk dat er met Cleo is gebeurd? Is ze iemand met foute bedoelingen tegengekomen?’ vraagt hij. Zijn doordringende ogen boren in de mijne boven de rand van zijn kopje.

Ik aarzel. ‘Ik weet het niet zeker. Cleo was altijd al labiel, weet je? Ze was al jaren in therapie en worstelde met veel problemen waarvoor wij te jong waren om ze echt te begrijpen. Haar gezinssituatie was een puinhoop, ze woonde al zo jong alleen, en soms leek ze zo... verloren. Alsof ze steeds verder van ons afdreef. Er waren mensen die dachten dat ze misschien zelfmoord had gepleegd, maar daar was ook geen solide bewijs voor.’

David leunt achterover in zijn stoel. Ik zie een flikkering van pijn over zijn gezicht gaan. ‘Dat moet voor jullie allemaal zo moeilijk zijn geweest. Ik begrijp waarom het nog steeds aan je vreet, zelfs tien jaar later.’

‘Precies.’ Ik staar naar mijn koffie. ‘Het is de reden dat ik naar Parijs ben verhuisd. Ik wilde weg van alle herinneringen, ergens anders opnieuw beginnen.’

‘Heeft het geholpen?’ vraagt David.

'Grotendeels,' geef ik toe, en ik gun hem een kleine glimlach. 'Maar zo nu en dan, vooral rond Kerstmis, komt het allemaal terug. Het is als een wond die nooit helemaal geneest.'

'Wat zegt Vivian daarover?'

'Ach, je kent haar. Confronteer je angsten. Loop niet weg. Dat soort dingen.'

David grinnikt. 'Dat klinkt als Vivian, inderdaad. Maar je zei net zelf dat je je soms afvraagt wat er de afgelopen tien jaar met de rest is gebeurd,' zegt hij. 'Hoeveel zijn er nog over? Vier, met jou erbij?'

Ik knik. Danni, Vincent, Otto en ik.

'Waarom ga je niet toch naar die schoolreünie? Of zoek ze eens op online. Facebook of zo. Als je hun lelijke gezichten nu ziet, kan het zijn dat heel dat verleden minder intimiderend aanvoelt,' zegt hij.

'Lelijke gezichten, hè?' Ik grinnik en geef hem een speelse duw. Ik waardeer zijn poging om ons gesprek weer wat luchtiger te maken, maar besef tegelijkertijd dat er enige waarheid in zit. 'Ja, misschien. Ik kan wel eens wat opzoeken. Maar die reünie doe ik niet. Ik weet zeker dat de anderen er precies hetzelfde over denken. Het heeft geen zin naar die school terug te keren.'

'Jij beslist. Zeg, even iets helemaal anders. Jij weet nog dat we morgen naar je broer gaan?' vraagt David.

'Sinterklaas!' roep ik uit. 'Verdorie, ik heb er door die hele toestand niet meer aan gedacht cadeautjes te kopen voor de kinderen,' geef ik met enig schuldgevoel toe.

'Ik koop morgen wel wat als ik het sinterklaaspak ophaal,' zegt David. 'Jij hebt al genoeg gedoe. Wat denk je van wat knutselspullen?'

Ik knik zwijgend, maar dat ik zoiets simpels ben vergeten, knaagt aan me. Een van de redenen dat ik sta waar ik sta, is dat ik altijd en overal de touwtjes in handen houd, en nu voel ik diezelfde touwtjes rafelen.

Tijdens de wandeling naar huis komen we langs het kleurige reuzenrad dat zijn rondjes om en om draait. We staan even stil om te kijken, maar ik blijf er zo lang naar staren dat het beeld wazig wordt en ik de kring van lichtjes zie veranderen in iets anders: de lichten van een trein.

De trein waarop Cleo zat, en die zich steeds verder van mij verwijdert, de duisternis in.

10

Ik zit in een auto, een Poppy-wagen die ik heb gehuurd, en ik ben alleen. Waar is David? Ik weet het niet. Net zoals ik ook niet weet waar ik naartoe ga. Ik grijp het stuur met beide handen vast en volg de auto voor me. Er komt een tram voorbijgereden, tram 7. Deze keer laat ik me niet verrassen. Ik weet wie erin zit. Ik verwacht het zelfs. De tram en ik stoppen voor het rode licht. Ik kijk naar links en zie door het tramraampje een vrouw met donker krulhaar, maar ze kijkt niet op of om. Als het licht op groen springt, rijdt de tram verder en ik volg. Drie haltes verderop stapt de vrouw uit, aan de Mechelsesteenweg. Haar krullen wippen op en neer als ze de straat oversteekt, pal voorbij mijn auto.

Cleo. Het is Cleo.

Ik parkeer de wagen voor een garagepoort en ren achter haar aan. Ik roep haar naam, maar ze loopt verder zonder om te kijken. Toch weet ik zeker dat het Cleo is, ze loopt als Cleo, is gekleed als Cleo. Op een hoek vlak bij onze oude school, aan het kasseistraatje waar we vroeger stonden te roken, haal ik haar eindelijk in.

'Cleo,' hijg ik. 'Wacht even! Wat doe jij hier?'

Cleo draait zich naar me om en staart me aan, met lege ogen. *Waar zijn haar ogen?* Ze prikt met een vinger in mijn schouder. 'Wat ik hier doe? Wil je dat echt weten?' Haar grijns is gruwelijk, haar lippen wijken van haar tandvlees, dat rottend rond haar tanden hangt. 'Ik ben terug, lieve Seren. En deze keer kom je niet zo makkelijk van me af.' En dan lacht ze. IJskoud en kakelend.

Met een schok word ik wakker. Het is nog donker en in een impuls reik ik naast me in bed naar David, om de geruststelling van zijn aanraking te voelen, maar zijn plek is leeg en koud. Bijna voel ik een nieuwe angstaanval opkomen en ik knipper wild met mijn ogen om zeker te zijn dat ik niet nog steeds droom, tot ik me herinner dat hij vandaag een vroege trein moest nemen. Ik laat me terugvallen in de kussens en sla mijn handen voor mijn ogen. Ik zou er alles voor over hebben om hem te vertellen wat er is gebeurd. Om dit geheim, dat zo zwaar weegt, niet alleen te hoeven dragen. Maar ik kan het hem niet vertellen.

Ik kan het hem nooit vertellen.

Zijn suggestie om op te zoeken wat er van mijn toenmalige vrienden is geworden, trekt aan me als een magneet. Ik heb er al die jaren geen behoefte aan gehad. Net zoals ik bewust naar Parijs was vertrokken, en er geen enkel probleem mee had om alles wat ik kende achter te laten, vond ik het ook prima om Danni, Vincent, Otto en Stijn nooit meer terug te zien. Het was het pact dat we hadden gesloten, maar zelfs al hadden we dat niet gedaan, ik kon hen niet meer in de ogen kijken. Die laatste paar maanden op school, toen we nog verplicht samen les volgden, waren een echte hel. Zelfs Stijn wilde ik niet meer zien. Vooral Stijn.

Ik kleed me aan en zet koffie. Buiten hangt de lucht zwaar en grijs boven de Schelde, die er al even grimmig uitziet. Als ik de ramen openschuif, stroomt de koude lucht naar binnen. De drang om naar buiten te stappen en een sigaret op te steken, is groot, maar ik weersta hem deze keer. Er ligt een dunne lijn tussen verslaving en gecontroleerd gebruik. Het is niets voor mij om me zo te laten leven. Ik schuif het raam met een klap weer dicht en neem een besluit. Ik wil weten wat er van hen is geworden. Van Danni, Otto en Vincent. Ik moet het gewoon weten. En ik wil erachter komen wie die kutgrap met die brief met me heeft uitgehaald. Ik kijk op de klok. Tijd genoeg voor ik op kantoor moet zijn.

Ik installeer me op de sofa met mijn laptop op schoot. Met wie zal ik beginnen?

Vincent Volders.

Voor ik op Enter druk, haal ik me Vince voor de geest zoals ik hem kende. Lang en mager, met zijn donkerblonde haar, steeds kort en keurig geknipt. Hij was een echt heertje.

De cursor knippert even voordat hij een stroom resultaten uitspuugt. Meester Volders, *high profile* advocaat en CEO van een tech-startup. Hij is dus inderdaad in de voetsporen van zijn vader getreden. Ik zie heel wat vermeldingen in de zakelijke pers over hem, artikels over overnames en rechtszaken. Ik open de afbeeldingentab en wat ik zie, is precies wat ik me had voorgesteld. Vincent is werkelijk geen spat veranderd. Zijn haar ligt nog steeds in diezelfde zijscheiding, zijn kledij is precies hetzelfde als tien jaar geleden, behalve op de foto's waarop hij een toga draagt. Ik ga op zoek naar zijn socialemediaprofielen in de hoop wat meer persoonlijke informatie over hem te vinden. LinkedIn geeft een uitgebreid profiel, maar geen extra informatie. Ik vind geen Facebookprofiel, geen Instagram. Het lijkt erop dat Vincent heel erg over zijn privacy waakt.

Terwijl ik verder in zijn digitale voetafdruk duik, kom ik een artikel tegen waarin wordt vermeld dat Vincent onlangs een spraakmakende klant verdedigde die werd beschuldigd van verduistering. Het stuk prijst zijn juridische bekwaamheid en strategisch denken, maar onthult ook een koude en berekenende kant van hem. Ik voel een plotselinge rilling over mijn ruggengraat lopen en scrol terug naar de foto's. Zijn glimlach is nog steeds hetzelfde, een beetje scheef, met een rij oogverblindend witte tanden die kaarsrecht staan dankzij twee jaar intensief beugel dragen, maar zijn ogen... Ik buig me dichter naar het scherm toe. Zijn ogen zien er anders uit. Kil.

Ik huiver en sluit de laptop. Wat zit ik me nu aan te stellen? Natuurlijk zien zijn ogen er anders uit. Hij is niet meer dezelfde persoon als toen, net zomin als ik dat ben. Wat wij meemaakten, heeft ons getekend voor het leven en dat zie je, maar alleen als je heel goed kijkt. Iets wat de meeste mensen toch niet doen.

Kan Vincent de briefschrijver zijn?

Ik schud mijn hoofd. Vincent is sluw, ja. Berekenend, dat ook. Maar zeker niet dom. Er is geen enkele reden voor hem om slapende honden wakker te maken. Integendeel, het was Vincent die... Nee, niet aan denken. Ik heropen de laptop en typ Danni's naam in. Haar echte naam.

Danielle De Deken.

Niets te vinden. Toch maar Danni proberen dan. Dat geeft wel resultaat.

Ik kan er niets aan doen. Een brede grijns verschijnt op mijn gezicht als ik Danni's profielfoto op Facebook zie. Mijn vriendinnetje. Mijn Danni. Toen ik haar de laatste keer zag, waren haar haren vlammend rood geverfd en had ze een ringetje door haar neus. Dat ringetje lijkt nu te zijn vervangen door een bescheiden steentje. Danni's lichtbruine haren zijn in een korte asymmetrische coupe geknipt en haar blauwe ogen kijken lachend in de camera. Weer buig ik dichter naar het scherm toe, op zoek naar–

Ja, naar wat, eigenlijk?

Pijn? Verdriet? Spijt?

Maar in tegenstelling tot bij Vincent zie ik in Danni's ogen niets anders dan de sprankel geluk die ze uitstraalt. Ze ziet er fantastisch uit. Niet mooi, of zo, dat is ze nooit geweest. Niet in de klassieke zin, in ieder geval. Maar wel gelukkig. Ik scrol door haar profiel, dat slechts gedeeltelijk is afgeschermd, en kom voorbij enkele foto's waarin ze recent werd getagd. Ze draagt een wit uniform en ik kom erachter dat Danni als kinderverpleegkundige werkt op het UZA in Edegem. Op een andere foto is ze op een feestje en staat ze naast een blonde vrouw. Iets in de blik van de vrouw doet me stilstaan bij de foto. Die twee zijn close, dat zie je zo. Ik voel een steekje van jaloezie door mijn buik gaan, maar wat had ik nu gedacht? Dat Danni nooit nog een andere vriendin zou hebben? Dat wij zes jaar lang *besties* waren en elkaar alles vertelden, wil niet zeggen dat ze na mij niet hetzelfde heeft kunnen opbouwen met een ander meisje. Of vrouw. Ik scrol verder en de blonde vrouw duikt bijna overal op, net als twee kleine kinderen van wie er eentje zo op Danni lijkt dat het haar zoontje wel moet zijn. Dan zie ik een foto die me hardop 'Natuurlijk!' doet zeggen. Ik sla met mijn vlakke hand tegen mijn voorhoofd. Op de foto, die al enkele jaren oud is, staan Danni en de blonde vrouw samen een taart te snijden. Een bruidstaart. Hoe kon ik zo blind zijn?

Ik klap de laptop weer dicht en gun mezelf een pauze om mijn gedachten te ordenen. Verrast het me, dat Danni lesbisch is? Had ik dat moeten weten?

Ik herinner me onze gesprekken over de jongens op school, maar als ik daar nu zo over nadenk, was ik het altijd die daarover begon. Danni deed wel mee aan de conversatie, maar initieerde deze nooit. Eigenlijk, besef ik, heb ik haar nooit horen zeggen dat ze een jongen leuk vond. Alleen dat een jongen misschien wel leuk was voor mij. Hoe blind kan een tiener toch zijn, zo gefocust op zichzelf dat ze zoiets essentieels niet doorheeft. Of was ik de enige die niet wist dat Danni op meisjes viel? Ineens twijfel ik overal aan. Ik bijt op het velletje van mijn ringvinger, een tic die ik alleen heb als ik me onzeker voel. Ik probeer me onze interacties voor de geest te halen, en de keren dat Danni en ik samen in de wc-hokjes van school hadden doorgebracht om van outfit te wisselen. Zat daar meer achter?

Nee, doe niet zo stom. Dat had ik wel gemerkt, daar ben ik zeker van.

En dan was er nog dat moment waarop we allemaal dachten dat zij en Vincent een stel waren.

'Ooo, Geeky en Freaky zijn verliefd, zo schattig,' had Cleo gegrapt, omdat ze zo vaak met elkaar optrokken. '*It's a geeky freaky love story!*'

Zelfs ik geloofde toen dat Danni verliefd was op Vincent. Dat bewijst nog maar eens hoe onbetrouwbaar mijn oordeel was. Danni en Vincent waren gewoon maatjes die elkaar al kenden sinds de lagere school en dat had ik kunnen weten als ik niet altijd mijn kop in het zand had gestoken.

Ik ben nu helemaal op dreef en open de laptop weer. Het is tijd om te weten te komen hoe het Otto is vergaan.

Otto Wouters, typ ik.

Mijn vingers dansen over het toetsenbord en pauzeren zo nu en dan om op een link te klikken of door een feed te scrollen, maar na een tijdje geef ik het op. Ik kan niets over hem vinden. Geen Facebookaccount, Instagram of LinkedIn. Nou ja, niet iedereen zit op sociale media, maar van Otto had ik verwacht een feed vol idiote gifjes en memes te vinden. Dan herinner ik me de apotheek van zijn ouders en typ *Apotheek Wouters* in, maar ook daarmee beland ik op een dood spoor. De apotheek bestaat niet meer.

Huh. Ik had altijd gedacht dat Otto het familiebedrijf zou overnemen, aangezien er van NASA ongetwijfeld niets terecht zou komen, maar nu is er een schoenenwinkel op de plaats van de oude apotheek gevestigd. Ik kijk op mijn telefoon. Ik moet bijna vertrekken. Even twijfel ik. Er is nog één naam die ik wil opzoeken, maar is dat wel een goed idee? Allicht niet, maar de drang is sterker dan ikzelf.

Ik houd mijn adem in als ik op de eerste link met Stijns naam klik. Zelfs na al die jaren kan ik de gevoelens die ik ooit voor hem had niet van me afschudden, net zomin als het schuldgevoel dat aan me vreet. Ik adem diep in en weer uit, en begin dan door zijn Instagram te scrollen. Zijn feed is een parade van selfies in de sportschool en kiekjes van Stijn met waterige oogjes en een biertje in zijn hand, zijn arm om de schouders van een kameraad geslagen. Maar ook van witte stranden en een onderwaterwereld. Blijkbaar was Stijn ook een gecertificeerde duiker. Ik blijf even stilstaan bij een foto van een jonge vrouw met gitzwart haar die gretig naar de camera staart, alleen gekleed in een minibikini.

Rebecca.

Jaloezie en verlangen vermengen zich diep in mijn maag, terwijl nieuwe beelden mijn aandacht opeisen, ongevraagd. Het schoolfeest. De smaak van Stijns mond – bier en kauwgum – op de mijne toen we ons in de jongenskleedkamers verstopten. Onze eerste echte kus, die meteen ook onze laatste was.

Met een klap sla ik de laptop weer dicht. Ik grijp mijn jas van de haak, rits mijn laarzen aan en loop het appartement uit. Eenmaal beneden adem ik diep in, als een drenkeling die net weer boven water komt. Het enige wat ik moet doen, is overeind blijven, en aan de oppervlakte blijven trappelen. Ik doe het al tien jaar, dus die drie weken tot aan Kerstmis kan ik vast ook aan.

Birgit zet een kop koffie voor me neer, terwijl ik door mijn mails ga en de post van vandaag open. Ze heeft de rekeningen en de reclame er al uitgefilterd, het zijn dus vooral uitnodigingen en enkele mode- en designmagazines waarop ik geabonneerd ben. Ik laat de enveloppen snel door mijn handen gaan om mezelf gerust te stellen dat er niet weer zo'n anonieme brief bij zit en mijn oog valt op een zware envelop met een grijze rand. Een rouwbrief.

Ik slik, open de envelop, haal er het crèmekleurige papier uit en kijk dan recht in Stijns ogen.

Onverwachts ging van ons heen
Stijn De Clerck

Intens verdrietig om het plotse verlies,
maar dankbaar voor de tijd die we samen hadden.

Zijn ouders
Sylvia Eeckhout en Dirk De Clerck

Zijn plus-ouders
Miguel Dos Santos
Annabel Thienpondt

Zijn broer en zus
Arend en Mila De Clerck

Zijn grote liefde
Rebecca Staelens

Ik moet twee keer knipperen bij het lezen van Rebecca's naam. Even had ik verwacht bij 'grote liefde' Cleo Chevalier te zien staan, wat natuurlijk onzin is. Maar dat Rebecca Stijns grote liefde was, is ook onzin. Hoelang waren die twee eigenlijk samen? Zes maanden? Ik snuif en Birgit kijkt met opgetrokken wenkbrauwen naar me.

'Het is een uitnodiging voor de uitvaart van Stijn, de man die verongelukte op de modeshow,' zeg ik.

'Ach gut, jij kende hem natuurlijk. Ga je erheen?'

Dat is een goede vraag. Ik kende Stijn nog amper. Hij is quasi een vreemde voor me, dus het voelt ongepast. Vermoedelijk komen er alleen vrienden van hem en natuurlijk ook van Rebecca, om haar te steunen. Als er nu iéts is waar ik geen behoefte aan heb, dan is het om de knappe vriendin te condoleren van de man op wie ik ooit smoorverliefd was.

Dus nee, net zomin als ik naar die schoolreünie wil, wil ik naar Stijns begrafenis. Maar dan denk ik aan hoofdinspecteur Ooms met haar onderzoekende blik. Maak ik mezelf verdacht als ik niet ga? Het was mijn modeshow, en ik heb misschien wel als laatste persoon met Stijn gesproken.

Ik staar in mijn koffiekop en probeer de knoop in mijn maag te ontwarren. 'Ik weet het nog niet,' zeg ik ten slotte.

Birgit knikt begrijpend. 'Wanneer is het?'

Ik lees de uitnodiging opnieuw. 'Zaterdag,' lees ik hardop en ik open mijn agenda, op zoek naar een excuus om niet te gaan. David en ik zijn uitgenodigd voor een filmpremière in Metropolis. Een rode-loperding waar ik niet veel zin in heb, maar hij wel. Overdag staat er helemaal niets. Ik trommel met mijn nagels op mijn bureau. Zouden de anderen ook een uitnodiging hebben gehad? Of kreeg ik deze alleen omdat het ongeluk tijdens de modeshow gebeurde?

Mijn telefoon vibreert.

Ik ben tegen vier uur terug en ga dan het sinterklaaspak ophalen. Heb je nog extra inspiratie voor cadeautjes?

Ik vertrouw op jou, stuur ik terug. *Hoe laat kom je daarnaartoe?*

Zes uur?

Top, tot straks xxx

Ik leg de rouwbrief opzij en probeer me verder op mijn werk te concentreren, maar – zoals al de hele week het geval is – lukt het me met moeite. Ik krijg alleen het hoogstnoodzakelijke gedaan en vertrek vroeger dan anders naar huis om me om te kleden voor de feestelijkheden van vanavond.

11

Mijn broer is slechts drieënhalf jaar ouder dan ik, maar heeft altijd gedaan alsof ik een klein kind ben en doet dat nog steeds. Hij sloeg een klas over op de middelbare school en ging op zijn zeventiende al naar de universiteit, waar hij Informatica studeerde, en nu doet hij iets voor een groot chemiebedrijf. Vraag me niet wat. Sebastiaan haalt zijn neus op voor alles wat niet academisch is en probeerde me indertijd over te halen om geen Mode maar Romaanse Filologie te gaan studeren. 'Je hebt toch geen snit en naad gestudeerd,' zei hij. 'Je hebt verdorie zes jaar Latijn achter de kiezen!' Ik denk dat hij probeerde om de rol van mijn vader over te nemen, met weinig tot geen succes.

Zijn vrouw Jolien is wel oké, ze is Nederlandse, maar ook haar wereld staat ver van de mijne. Die twee gaan bijna nooit op reis, tenzij naar de Belgische kust, of – als ze in een heel avontuurlijke bui zijn – een keer naar Frankrijk. Hun nieuwgebouwde huis ligt precies tussen het huis van mijn moeder en dat van Joliens ouders in. Handig voor de kinderen. Het zal wel.

Vanavond is de woonkamer van Sebastiaan en Jolien feestelijk versierd ter ere van Sinterklaas en zoals te verwachten viel, ligt Sebastiaan uitgestrekt op de bank, terwijl hij met zijn luide stem iets over zijn werk aan onze moeder vertelt, terwijl Jolien, die de deur voor me opendeed, weer naar de keuken snelt. Mijn broer is echt het mannetje in huis. Ik denk niet dat hij veel bijdraagt aan het huishouden, hoewel Jolien ook best lange dagen werkt. Maar ze kunnen natuurlijk altijd op mijn moeder rekenen. Haar leven lijkt pas weer zin te hebben gekregen toen haar kleinkinderen werden geboren. Soms vraag ik me af of ze wel beseft dat ze zelf ook moeder is, en niet alleen oma.

Mijn moeder geeft me een knuffel. 'Dag Sterretje,' zegt ze, haar koosnaampje voor mij.

'Hé mam,' zeg ik en ik geef haar een zoen. Ik buk me naar Sebastiaan en druk mijn wang even tegen de zijne. 'Hé Seba,' zeg ik. Hij bromt iets terug en roept dan: 'Jongens! Hou het rustig of de Sint komt niet, begrepen!'

Zijn waarschuwing heeft niet het minste effect. Noah en Noor rennen gillend door de kamer, ze achtervolgen elkaar onder tafels en rond stoelen in een eindeloos spelletje tikkertje. Hun gegil roostert mijn zenuwen en ik dank de farmaceutische goden alvast voor de pijnstiller die straks mijn hoofdpijn zal verzachten.

Jolien drukt me een glas cava in de hand en zet kommetjes chips op tafel, wat de kinderen gedurende precies dertig seconden afleidt. Hun ogen schieten van het raam naar de deur, ongeduldig wachtend op de komst van de goedheiligman, terwijl de chipskruimels in het rond vliegen.

Noor, die vijf is, rent naar het raam. 'Komt hij nu bijna?' vraagt ze ongeduldig, haar kleine handjes tegen het glas gedrukt, waar ze een vette afdruk achterlaten.

'Elk moment nu, lieverd,' stelt Jolien haar gerust. Ik bewonder haar geduld. Mijn moeder kijkt glimlachend naar het enthousiasme van de kinderen, terwijl Sebastiaan alweer aan een nieuw verhaal is begonnen. Beseft hij niet dat niemand luistert? Als David hier was, zou hij wel zo beleefd zijn te doen alsof. Maar noch ik, noch mijn moeder doet de moeite en Jolien heeft haar handen vol aan Noah, die met zijn knuisten in de chipsbakjes graait.

Ik kijk naar hen met een mix van genegenheid en onbehagen. David is een stuk ouder dan ik en tot nu toe hebben we nooit serieus gepraat over het stichten van een gezin. Ik ben nog maar zevenentwintig, en mijn carrière heeft momenteel voorrang, dat weet David. Het is dus nog niet aan de orde gekomen, of ik heb de vraag altijd kunnen ontwijken. Maar dat zal niet blijven duren.

Terwijl Sebastiaan nog steeds aan het woord is, wordt er plots luid op de deur gebonkt. Met een kreet haast Noah zich naar het raam en gluurt naar buiten. Zijn ogen worden groot.

‘Hij is er!’ schreeuwt hij, terwijl hij op en neer springt.

Noor racet om zich bij haar broer te voegen, haar snoetje rood van opwinding. ‘Mama! Gaan we de deur openmaken?’

Jolien loopt met een grote glimlach naar het raam. ‘Ze hebben gelijk. Kijk, papa! Het is Sinterklaas!’

Sebastiaan komt zowaar overeind van de bank en roept luid: ‘Zullen we onze geëerde gast gaan begroeten?’

‘Ja! Ja!’ gillen de kinderen, en ze trekken hun vader naar de deur. Die opent met een zwaai en daar staat David, gekleed in een prachtig rood en gouden sinterklaaskostuum, compleet met een lange witte baard en een staf. Dat moet hem heel wat hebben gekost, kan ik niet laten te denken. Hij heeft echt moeite gedaan. Wat lief.

‘Goedenavond, lieve kinderen!’ dondert David met zijn diepste stem. Hij gaat helemaal op in zijn rol en stapt met zware tred naar binnen. Noah en Noor staan haast te hijgen van spanning, hun ogen wijd open van verwondering.

‘Wauw! Hij is het echt!’ fluistert Noah, met Noor achter zich. Vanaf een veilige afstand nemen de kinderen elk detail van Davids transformatie in zich op.

‘Welkom, Sinterklaas,’ zegt Jolien. ‘Gaat u zitten, u zult wel moe zijn na die lange reis. Wilt u misschien eerst iets drinken?’

‘Heel graag,’ buldert David, en Jolien overhandigt hem een biertje. Zijn ogen, amper zichtbaar tussen baard, snor en mijter, flitsen even naar de mijne en hij geeft me een knipoog die me doet smelten vanbinnen.

Dan klopt hij naast zich op de bank. ‘Kom, kinderen, kom bij Sinterklaas zitten. Of willen jullie niet weten wat er in deze zak zit?’ Noah en Noor schuifelen onzeker naar hem toe, Noor zoekt in de blik van haar moeder naar goedkeuring en gaat dan aan de ene kant zitten, Noah aan de andere. ‘Lieve kinderen, zijn jullie dit jaar braaf geweest?’

‘Ja, Sinterklaas!’ zeggen ze in koor.

David grijnst. 'Goed zo, dan hebben jullie dit alvast verdiend,' zegt hij, terwijl hij uit de grote jutezak die hij bij zich heeft snoep en speculaas uitdeelt, en voor elk van de kinderen een chocolade 'N'. Hij geniet hiervan, zijn grijns is zo breed dat ik bang ben dat de lijm van zijn baard het gaat begeven. Ik bewonder Davids vermogen om in elke rol te stappen, of het nu die van de perfecte vriend is, die van charmante barman of de belichaming van Sinterklaas zelf.

Noor klapt in haar handjes, haar gezichtje gloeit van puur geluk. 'Dank u, Sinterklaas.'

'Het is mij een genoegen, lieve dame,' zegt David met een gracieuze buiging. 'Zullen we eens kijken wat er nog meer in deze zak zit?' De kinderen hangen nu bijna over David heen, hun eerdere schroom lijkt te zijn weggesmolten. David begint de cadeautjes een voor een uit zijn zak te halen, en elk geschenk ontlokt opgetogen geschreeuw.

'Dit is voor jou, Noah,' zegt David, die de jongen een kleurig ingepakt cadeau geeft. 'En dit is voor jou, Noor,' gaat hij verder, terwijl hij een pakje met daarop regenbogen en eenhoorns aan het opgetogen kleine meisje geeft.

'Wat zeggen jullie dan?' zegt Sebastiaan streng. Hij zit alweer op de bank.

'Dank je, Sinterklaas!' roepen de kinderen in koor, terwijl ze ijverig het papier aan flarden scheuren. Noah laat een triomfantelijke 'woow!' horen terwijl hij een nieuwe set Lego omhooghoudt en vervolgens de stukken over de vloer verspreidt. 'Kijk, tante Seren! Ik heb het ruimteschip dat ik wilde gekregen!'

Ik glimlach en woel door zijn stekelige haartjes. 'Geweldig, kerel. Ik weet zeker dat je daar uren plezier mee zult hebben.' Mijn keel wordt strakker als ik zie hoe Noor straalt als ze haar nieuwe knutselset heeft uitgepakt, met glitterpennen in prachtige kleuren en stickers met sterren en paarden en weet ik wat David nog allemaal voor haar heeft gekocht.

'Kijk, oma!' zegt ze stralend, de glitterpennen in haar handje geklemd.

David wendt zich nu tot mij, zijn doordringende ogen glinsteren door zijn nepbril heen. 'En jij, Seren, ben jij erin geslaagd om dit jaar van de lijst met ondeugende kinderen te blijven?'

Ik weet niet waarom, maar plots voel ik me ontzettend ongemakkelijk. Is het omdat ik David niet herken in dat malle pak, of omwille van wat er is gebeurd? Ik weet het niet, maar ik voel mezelf ineens naakt en kwetsbaar, alsof iedereen mijn diepste zielenroerselen ziet. Ik verman mezelf en forceer een grijns in de hoop licht en zorgeloos te klinken, en antwoord: 'Ik doe mijn best, Sinterklaas.' Gelukkig vraagt hij me niet om bij hem op schoot te komen zitten en gaat hij nog even verder met grapjes maken tegen Jolien en Sebastiaan.

'Oké, jullie twee,' zegt Jolien even later. 'Tijd om naar bed te gaan.'

'Mogen we onze cadeautjes mee naar boven nemen?' vraagt Noah, zijn ogen smekend.

'Natuurlijk,' antwoordt zijn moeder met een glimlach. 'Nemen jullie nog afscheid van Sinterklaas?' De kinderen vliegen om Davids nek en dan brengen Sebastiaan en Jolien hen naar boven. Het geluid van hun opgewonden gebabbel weergalmt door het huis, terwijl David zich haastig uit het pak wurmt en alles in de grote jutezak stopt. Waar de mijter op zijn hoofd stond, is een rode lijn te zien en hij zweet een beetje. Ik ben blij hem weer in zijn normale doen te zien.

'Dag petit loup,' zeg ik, alsof we elkaar nu pas zien, en hij antwoordt met een zweterige zoen.

'David, dat was heel lief van je,' zegt mijn moeder.

'Geen probleem, Irene, met plezier.'

'Je hebt de kinderen echt de avond van hun leven bezorgd,' gaat ze verder. 'We moeten dit vaker doen. De laatste keer dat we allemaal samen waren, was Pasen. Jullie kunnen het toch niet zó druk hebben?'

Dat is aan mij gericht, dat weet ik. Maar ik heb geen zin in gekibbel, dus zwijg ik.

David geeft mijn hand een geruststellend kneepje. Hij weet precies hoe hij mijn moeder moet aanpakken. Met zijn grootste glimlach zegt hij: 'Je hebt helemaal gelijk, Irene. We zullen ons best doen om vaker te komen. De kinderen zijn trouwens echte schatten, het is totaal geen moeite.'

Ik voel een kriebel in mijn onderbuik bij die laatste woorden. Was dat een hint naar mij toe? Gelukkig brengt mijn moeder een ander onderwerp ter sprake voordat ik er te diep over kan nadenken. 'O, Seren! Nu was ik dat bijna vergeten! Weet je van wie ik vandaag telefoon kreeg? Van het secretariaat van het Lyceum!'

Ik schrik. 'Ah? Wat wilden ze?'

'Ze vroegen of ik hun je mobiele nummer kon geven. Dat heb ik natuurlijk niet gedaan, maar ze vertelden me dat ze je heel graag als gastspreker voor de komende reünie willen uitnodigen. Weet jij daarvan?'

'Nou zeg,' zeg ik geïrriteerd. Gaat het niet wat ver om me zo achter mijn vodden te zitten? Ik had Birgit trouwens toch gevraagd me te excuseren? Maar dan bedenk ik dat ik dat door de komst van Helena Ooms naar mijn kantoor helemaal ben vergeten. Verdorie. *Controle, Seren.* Mijn greep op mijn glas bubbels, mijn derde intussen, wordt strakker. 'Ja, mama, ik weet het, maar ik heb besloten niet te gaan,' zeg ik.

'O, echt? Dat is jammer,' zegt ze. Ik hoor de vraag al aankomen voor ze die stelt. 'Je zegt toch niet nee om wat er toen met Cleo is gebeurd, hoop ik?' Ik werp haar over de rand van mijn glas een scherpe blik toe. 'Maar dat is tien jaar geleden!' zegt ze. 'Is het geen tijd om verder te gaan?'

'Ik bén verdergegaan,' bijt ik haar toe, niet in staat om mijn irritatie te verbergen. 'Ik heb gewoon geen tijd, dat is alles.' Ik voel David naar me kijken, de leugen staat op mijn gezicht geschreven, dat kan niet anders.

Sebastiaan komt de trap afgelopen. 'Het is hier zo stil? David, nog een biertje? Goed gedaan, man. Bedankt.'

David knikt 'Ja, graag' en kijkt bezorgd naar me. Ik weet dat hij een manier zoekt om me te helpen, maar die is er niet.

'Ik ruim alvast een beetje op,' zegt mijn moeder, en ze volgt Sebastiaan naar de keuken.

'Is er iets?' vraagt David.

Ik staar naar mijn glas, terwijl ik uit de keuken gemompel en gerinkel hoor komen. Mijn moeder vertelt Sebastiaan ongetwijfeld over mijn onbegrijpelijke neiging om in het verleden te blijven hangen. 'Ik heb een uitnodiging voor de uitvaart van Stijn gekregen, aanstaande zaterdag,' zeg ik.

'En, ga je?'

'Ik weet het niet. Een begrafenis is zoiets persoonlijks. Ik ben bang dat het ongepast is als ik ga.'

'Wiens begrafenis?' Mijn moeder is blijkbaar terug de woonkamer in gekomen met een doek om de chipskruimels op te vegen. Hoe slaagt ze er toch altijd in zo rond te sluipen? Ze wordt op de voet gevolgd door Sebastiaan, die David een pintje overhandigt.

'Niemand, mama,' zeg ik, maar tegelijkertijd zegt David: 'Iemand waarmee Seren in de klas zat.' Ik geef hem een vlammende blik, maar het is te laat. Ook Sebastiaan heeft het gehoord.

'Wat? Wie is er dood?'

Ik zucht gelaten. 'Stijn.'

'Stijn De Clerck, de basketballer?' vraagt hij. Ik vergeet altijd dat Sebastiaan op dezelfde school als ik heeft gezeten, al was het dan jaren eerder.

'Ja, die. Hij is degene die zondag tijdens de modeshow van de trap viel.'

'Huh, da's kras,' zegt mijn broer. 'De vloek van de Sandwichclub: eerst Cleo, nu Stijn. Ik zou maar oppassen,' gaat hij verder in een poging om grappig te zijn. Zijn opmerking snijdt als een mes door me heen.

'Ga je naar de begrafenis?' vraagt mijn moeder, en ik haal mijn schouders op.

Jolien – die op dat moment de trap af komt en ziet hoe mijn broer zijn vierde biertje in één teug achterover giet – komt met een frons naast haar man zitten.

'Natuurlijk gaat ze niet, moeder. Je kent Seren toch,' zegt Sebastiaan luid.

'Wat wil je daarmee zeggen?' spuw ik verontwaardigd terug.

Hij schudt zijn hoofd. 'Dat weet je goed genoeg.'

'Sebastiaan, laat Seren met rust,' komt Jolien tussenbeide.

'Nee, ik wil het wel horen,' zeg ik. 'Wat weet ik goed genoeg, grote broer?'

'Jongens,' probeert mijn moeder de boel te sussen.

Sebastiaan gaat rechtop zitten en houdt zijn wijsvinger naar me op. 'Jij, Seren, bent een vluchter. Altijd al geweest. Zodra er iets niet volgens plan verloopt, ga jij ervandoor.'

Ik ben te verbijsterd om kwaad te worden. 'Dat is niet waar,' protesteer ik zwak.

'Nee? Naar Parijs gaan, was geen vlucht om met Cleo's verdwijning om te gaan?'

Ik kan hem alleen maar aanstaren. Hoe durft hij? Hij kende Cleo niet eens. Of Stijn. Ik wil tegen hem schreeuwen dat hij het niet begrijpt, dat hij onmogelijk kan weten met welke kwelling ik elke dag leef. In plaats daarvan reik ik naar mijn glas en laat de rest van de cava in één wanhopige slok in mijn keel lopen. De warm geworden drank brandt in mijn mond. Niemand van de mensen die hier in de woonkamer zitten, kent mij echt. Niemand weet wat ik weet. Mijn leven is een leugen, en daarvoor betaal ik de prijs.

'Ik denk niet dat Seren vlucht,' zegt David zachtjes. 'Ik zie hoe ze haar best doet en hoe hard ze werkt om beter te worden, samen met haar therapeut. Als zij vindt dat ze niet klaar is om naar een schoolreünie of de begrafenis van een klasgenoot te gaan, dan denk ik dat we dat moeten respecteren.'

Ik rol met mijn ogen. Mijn bezoekjes aan Vivian zijn iets heel persoonlijks en David heeft niet het recht om dat aan mijn familie te onthullen. 'Het gaat goed met me,' zeg ik bars. 'Je hoeft geen excuses voor me te verzinnen.'

'Ik maak geen excuses, ik geef om je,' zegt David. Hij probeert mijn hand vast te pakken, maar ik trek me terug. Mijn moeder en Jolien wisselen een bezorgde blik, een stille communicatie tussen hen. Ik kan hun oordeel bijna horen. *Seren is kwetsbaar. Delicaat. Gebroken.* Sebastiaan lijkt zijn interesse in het onderwerp alweer te zijn verloren en zit op zijn telefoon te scrollen.

'Ik denk dat we beter kunnen gaan,' zeg ik, terwijl ik overeind kom.

Mijn moeder en Jolien lopen mee naar de deur om ons eruit te laten. Geheel tegen haar gewoonte in geeft mijn moeder me een knuffel. 'Je moet niets doen waar je nog niet klaar voor bent, Seren,' zegt ze zachtjes. 'Maar het proberen te negeren, zal de pijn niet doen verdwijnen. Neem het van mij aan.' Ze kijkt me strak in de ogen en heel even zie ik iets van begrip. Denkt ze nu aan mijn vader en hoezeer ze toen zelf in ontkenning leefde?

Ach, mama toch. Als het dat maar was. Als ik maar gewoon verdriet had om de verdwijning van mijn goede vriendin Cleo, dan was ik daar vast allang overheen geweest.

Maar helaas is het niet zo eenvoudig.

12

'Advocatenkantoor Volders, goedemorgen.'

'Goedemorgen, Seren Engels voor Vincent Volders alstublieft.' Na de opmerking van Sebastiaan over mijn vluchtgedrag gisteravond is er een vonkje in me ontbrand. Ik heb de hele nacht liggen woelen – wat deels ook lag aan het feit dat ik niets had gegeten en bijna een hele fles cava op had – en besloot vanochtend om koste wat kost te achterhalen wie die verduivelde brief heeft geschreven.

'Meester Volders is in vergadering,' antwoordt de receptionist. 'Kan ik een boodschap doorgeven?'

'Kunt u hem vragen mij terug te bellen?' Ik geef hem mijn naam en mobiele nummer en hang op.

Vincent is dus inderdaad in de voetsporen van zijn ouders en grootouders getreden, precies zoals iedereen had verwacht. In tegenstelling tot Otto heeft hij zich niet verzet tegen het pad dat voor hem werd uitgetekend en volgde hij het zonder af te wijken. Vincents vader was vroeger al een succesvolle advocaat, zo een die op televisie kwam bij zaken die het nieuws haalden. Zijn moeder was magistraat en als ik me goed herinner, was zijn grootvader rechter. Het stond dus in de sterren geschreven. Vincents kantoor – dat ik tijdens mijn online research makkelijk heb gevonden – is gelegen op de Amerikalei, wat gek genoeg niet ver van mijn eigen kantoor is.

Zal hij me terugbellen? Het nieuws over Stijns dood moet hem ongetwijfeld hebben bereikt. Een man als Vincent Volders is altijd op de hoogte van wat er in de wereld gebeurt, en zeker van wat er in Antwerpen reilt en zeilt, maar als ik hem juist inschat, is Vincent iemand die alleen om zichzelf en zijn carrière geeft. Zo deelde hij zelden zijn huiswerk met mij of de rest van de club. Hij was de enige voor wie school iets betekende. Hij was in alles de beste, of probeerde dat te zijn. Hij was supergoed in Latijn, maar zijn vertalingen kreeg niemand van ons ooit te zien, behalve Otto. Het enige vak dat Vincent nooit onder de knie kreeg, was wiskunde. En laat dat nu Otto's sterkste kant zijn geweest. Vincent slaagde erin Otto zijn wiskundehuiswerk te laten maken. In ruil mocht Otto Vincents Latijnse vertalingen overschrijven. Die regeling werkte prima tot Cleo op het toneel verscheen en zij ook een krak in Latijn bleek te zijn, waardoor Otto Vincents diensten niet meer nodig had en Vincent dus voor het eerst een onvoldoende haalde voor wiskunde. Wat Otto dan weer een gigantisch schuldgevoel bezorgde, zodat hij Vincent uiteindelijk toch weer hielp. Voor niets.

Het lijkt allemaal zo helder nu, die toxische dynamiek die er speelde. Otto – met zijn NASA-droom – had een gouden hart. Hoewel we hem soms wel uitlachten met zijn raketten – vooral Vincent en Stijn deden dat, omdat zijn droom zo onbereikbaar leek – weet ik zeker dat Otto het in zich had. Ik vraag me af, aangezien de apotheek er niet meer is, of hij erin is geslaagd. Heeft hij de sprong dan toch genomen, *to infinity and beyond*?

Ik staar naar het donkere scherm van mijn telefoon. Wat maak ik mezelf wijs? Vincent gaat me heus niet terugbellen. Het papiertje met mijn nummer ligt waarschijnlijk al opgefrommeld in zijn vuilnisbak. Het klokje van mijn mobiel zegt dat het bijna 12.00 uur is. Lunchtijd. Vincent is vast het type dat buitenshuis gaat lunchen, liefst met zakenrelaties. Als hij nu op kantoor is, zoals de receptionist zei, moet hij een keer naar buiten komen. Ik sluit mijn MacBook en kom overeind.

'Ik heb een lunchafspraak,' zeg ik tegen Birgit, terwijl ik de garderobekast open en mijn zwarte wollen jas eruit pak. 'Kan uitlopen. Bel me maar als er iets dringends is, oké?' Birgit steekt haar duim omhoog en ik loop de houten trap af, door de winkel heen, naar buiten.

Ik sla mijn armen over elkaar om me tegen de snijdende wind te beschermen en loop voorbij de Aalmoezenierstraat waar een feestzaal is waar ik vroeger wel eens uit de bol ging. Het was vooral Danni die fan was en met het idee kwam om naar een fuif van de studenten Geneeskunde te gaan, zonder de jongens. Gewoon, meisjes onder elkaar. Danni, Cleo en ik.

De geneeskundestudenten in hun witte jassen met hun presidiumlintjes eroverheen waren stomdronken, maar dat waren wijzelf ook. Voor Danni en Cleo was dat niets bijzonders, maar ik liet mezelf zelden toe de controle te verliezen. Toen al niet. Die avond voelde ik me vrij en licht, herinner ik me. We dansten op ABBA en op hitjes uit de jaren tachtig waar Cleo gek op was, en op New Wave-deuntjes die Danni geweldig vond. Alles was zoals het moest zijn. De alcohol zorgde ervoor dat mijn remmingen verdwenen en ik voelde me licht en vrij. Cleo complimenteerde me zelfs met mijn outfit, een fluwelen jurk die ik in een vintagewinkel had gevonden. Ik had hem ingekort, de lange mouwen eraf gehaald, en hem iets smaller in de taille gemaakt.

'Ruilen?' vroeg ze.

Ik keek haar stomverbaasd aan. 'Wat ruilen?' vroeg ik.

'Je outfit. Met de mijne.' Ze wenkte me naar de toiletten en ik volgde haar, met Danni luid zingend in ons kielzog.

Cleo had een leren rokje aan met een zijden blouse erop. Het was een van haar minder schreeuwerige outfits en hij was zeker tien keer zoveel waard als mijn jurk. 'Weet je het zeker?' vroeg ik, toen ze me een wc-hokje in duwde.

'Ja zeg, die jurk van je is echt de bom!' Ze was al half ontbloot en stond in haar beha voor me. Ze opende de ritssluiting van het rokje en liet het over haar benen naar beneden glijden.

Ik volgde haar voorbeeld en kleedde me met rode wangen uit. Cleo had een perfect figuur, met een smalle taille en een flinke boezem. Ze trok de jurk over haar hoofd. Ze was iets kleiner dan ik, maar haar hakken waren hoger, waardoor de jurk perfect viel. Dankzij haar decolleté paste hij haar exact zoals ik me had voorgesteld dat hij eruit zou zien. Hij stond haar zoveel beter dan mij.

‘En?’ vroeg ze.

‘Hij staat je echt geweldig,’ zei ik, terwijl ik het rokje aantrok, dat iets te laag op mijn onbestaande heupen viel. Het bloesje paste wel prima.

‘Jou ook,’ zei ze, en ze keek bewonderend naar mijn veel langere benen.

Nadat Danni onze outfits ook had goedgekeurd, liepen we de zaal weer in. Ik kon mijn ogen niet van Cleo afhouden. Ze droeg iets wat ik had gemaakt. Ik! Toegegeven, ik had de jurk niet zelf ontworpen, maar dat was de eerste keer dat het idee in me opkwam dat ik voor andere mensen kleren zou kunnen maken.

Op mijn telefoon controleer ik het huisnummer van Vincents kantoor en ik wandel langs de statige herenhuizen tot ik voor een imposante houten deur sta. Op een bronzen plaatje lees ik: ADVOCATENKANTOOR VOLDERS met daaronder ‘Enkel op afspraak’ en een telefoonnummer. Naar binnen gaan heeft geen zin, dan word ik toch afgewimpeld door de receptionist, dus besluit ik de Leien over te steken en aan de overkant te wachten tot Vincent naar buiten komt. Wanneer het begint te miezeren, ga ik onder het afdak staan van een restaurant dat nog gesloten is.

Ik hoef niet lang te wachten.

Ook al heb ik Vincents foto gezien, en ook al verwachtte ik hem, toch doet het me wat om hem in levenden lijve op straat te zien staan. Ik bestudeer hem van op afstand. Ik sta te ver weg om zijn gezicht te zien, toch weet ik zeker dat hij het is. Vooral zijn loopje verraadt hem. Vincent liep altijd al met veel zelfvertrouwen. Zelfs als tiener nam hij nooit die typische nonchalante houding aan die Stijn en vooral Otto wel vertoonden. Dat slungelige, niks-kan-me-raken slofloopje, met sneakers die de grond permanent leken te raken, zoals bij langlaufers. Nee, Vincent liep al als een succesvolle advocaat toen hij nog in de luiers zat.

Hij is echter niet alleen. De drie mannen die hem vergezellen, dragen net zoals hijzelf een maatpak. Ze hebben allemaal een sjaaltje rond hun hals geknoopt, alsof ze dat hebben afgesproken.

Voor ik van gedachten kan veranderen ren ik de Leien over. 'Vincent,' zeg ik, als ik dicht genoeg ben genaderd, maar het lawaai van het verkeer op de Leien overstemt me. 'Vincent,' zeg ik nog een keer, luider.

Hij draait zich om met een brede glimlach, en stopt dan abrupt. De andere mannen zetten nog een paar passen en stoppen dan ook. Even lijkt het of hij me niet herkent, maar dan zie ik het besef bij hem doordringen. Ik zie het in zijn lichtblauwe ogen, die van de ene op de andere seconde in ijs veranderen.

'Seren,' zegt hij. Een vaststelling, geen groet. 'Wat doe jij hier?'

'Ik moet je spreken,' zeg ik. 'Dringend.'

'Nu?' vraagt hij, een blik over zijn schouder werpend. 'Ik ben op weg naar een zakenlunch.'

Ik negeer zijn excuus. 'Heb je het gehoord, van Stijn?'

Vincents uitdrukking wordt mogelijk nog kouder. 'Seren, dit is niet het moment, noch de plaats,' zegt hij tussen opeengeklemde kaken.

Ik voel mijn kunstmatig verhoogde zelfverzekerdheid wegsmelten en moet snel handelen, voor ik dadelijk in de Seren van tien jaar geleden verander. De onzichtbare en schichtige versie. 'Ik heb een brief gekregen, weet jij daarvan?' ga ik stug verder, maar er zit een trilling in mijn stem.

Vincent zet een paar stappen dichter naar me toe en roept over zijn schouder: 'Gaan jullie maar vast, ik kom zo. Bestel wat je wil.' En dan, met zijn gezicht zo dicht bij het mijne dat ik een stapje achteruitzet: 'Wij hadden een afspraak, Seren. Wat moet dit voorstellen?'

Ik slik. Dat hadden we. Meer dan een afspraak, het was een pact. 'Dat weet ik,' zeg ik. 'Maar nu is Stijn dood, en daarna kreeg ik een dreigbrief.' Ik aarzel even voor ik eraan toevoeg: 'Van Cleo.'

Vincent kijkt me verbluft aan. Dan schudt hij zijn hoofd vol ongeloof. 'Meen je dit? Ik dacht dat het goed ging met jou. Jij bent toch een succes in de mode? Mijn verloofde dweept met je. Ze vindt je geweldig. Ik weet dat Stijn in het Hilton van de trap is gevallen. Dat is tragisch en afschuwelijk. Maar ik heb gezworen nooit meer terug te kijken en dat ga ik nu niet veranderen omdat jij spoken ziet.' Hij schudt meewarig zijn hoofd. 'Als je me wilt excuseren, ik moet weer aan het werk.' Hij draait zich op zijn hakken om en beent met lange passen weg.

Ik staar Vincent na tot hij achter de hoek verdwijnt en speel het gesprek opnieuw af. Keek hij verbaasd toen ik over de brief begon? Het leek of hij er niets van afwist, maar hoe zeker kan ik daarvan zijn? Vincent is advocaat, het is zijn werk om te liegen. Als ik er al zo goed in ben, dan is hij olympisch kampioen. Hij wist in ieder geval wel van Stijn, maar ik had niet de indruk dat hij er erg kapot van was. Al waren ze nooit erg dik, die twee. Ik leg mijn hoofd in mijn nek en staar naar de grijze lucht, alsof ik daar een antwoord zal vinden.

Wie heeft die brief naar me gestuurd? Ik ben geen stap verder gekomen. Als Vince echt nergens van weet, bedenk ik, blijven alleen Otto en Danni nog over.

13

Ik trek mijn jas aan en werp nog een laatste blik in de spiegel.

'Weet je zeker dat je niet wil dat ik meega?' vraagt David voor de zoveelste keer.

'David!' snauw ik harder dan ik wil.

'Sorry, begrepen,' zegt hij, beide handen in de lucht. 'Ik ben gewoon bezorgd. Wil je nog iets van de Delhaize?'

Ik schud mijn hoofd. Ik wil hier weg, weg van David. Zijn bezorgdheid over me begint verstikkend te werken. Hij heeft natuurlijk door dat ik niet genoeg eet, noch slaap, en ik begrijp hem wel, maar zijn gevraag of ik zeker weet dat alles in orde is, brengt een razernij in me naar boven die ik niet gewend ben. Hij doet alsof ik van glas ben gemaakt. Het irriteert me mateloos.

David denkt dat het door de opmerking van mijn broer komt over dat ik altijd wegvlucht als er problemen zijn, dat ik heb besloten om naar Stijns uitvaart te gaan. Dat ik iets wil bewijzen. Maar dat is niet zo. Het is mijn verantwoordelijkheid te gaan, als organisator van de modeshow. De voorzitter van de Rotary Club zal er vast ook zijn. Bovendien heeft het weerzien met Vincent iets met me gedaan. Ik ben een grens over gegaan door hem op te zoeken. De geest is uit de fles, zeg maar, dus waarom zou ik me nog inhouden? Ik wil weten van wie die brief komt en Stijns uitvaart is een logische volgende stap. Ik ben benieuwd wie er nog meer zal zijn.

Ik heb geen zin om zelf te rijden, dus loop ik naar de Groenplaats en neem daar een taxi, om mezelf een ellendig lange busrit te besparen. 'Schoonselhof, alsjeblieft,' zeg ik tegen de chauffeur.

'Het crematorium of de begraafplaats?' vraagt hij.

Stijn wordt gecremeerd, maar de uitvaartdienst begint pas over een uur. Ik denk even na en kijk naar mijn laarzen. Die hebben een lage hak en het is droog vandaag. 'Zet me maar af bij de begraafplaats,' zeg ik. Een wandeling zal me goed doen.

Even later slenter ik over mooi verzorgde paadjes langs de imposante grafzerken van overleden Antwerpse goden en godinnen. Ik blijf af en toe staan om de opschriften te lezen. De zon komt zowaar even piepen en ik wil alles doen om maar niet aan Stijn te hoeven denken. Ik huiver en trek mijn sjaal dichter om me heen. Het lichaam van een adonis, tot stof verworden.

Zouden we ons leven anders hebben geleid, vraag ik me af, als we hadden geweten wat er ging gebeuren?

Zou Stijn me nog steeds hebben gekust op dat kerstfeest? Zouden we hebben meegespeeld in dat stomme toneelstuk over Ariadne?

Ik loop voorbij het graf van Paul van Ostaijen, La Esterella en Herman De Coninck. Bij het standbeeld dat op het graf van Hendrik Conscience staat, blijf ik even staan, meegesleurd door een herinnering aan een halloweenfeestje waarna Otto het ijzeren hek van de Sint-Carolus Borromeuskerk op het Conscienceplein open had weten te krijgen en we met zijn zessen op de trappen waren gaan zitten met een fles goedkope sangria die Danni prompt daarna uitkotste. Otto begon toen keihard op de houten deur van de kerk te bonzen en Seven Nation Army van The White Stripes te zingen. Natuurlijk bleef dat niet onopgemerkt en toen we de sirenes hoorden, namen we allemaal de benen. Maar het was weer Otto die te laat doorhad wat er gebeurde. Hij kon nog amper op zijn benen staan – laat staan dat hij kon vluchten – dus werd hij opgepakt. Niet voor de eerste, en zeker niet voor de laatste keer.

Ik wandel naar het crematorium. De deur van zaal Chrysant staat open, dus loop ik daar naartoe. De dienst is intussen begonnen, ik hoor de ceremoniemeester door een microfoon praten. Ze vertelt een anekdote over de bekerfinale van het basketbal en hoe Stijn in de laatste minuut het winnende punt scoorde. Dat is vast iets wat Stijns vader voor haar heeft opgeschreven.

Ik wikkel mijn sjaal om mijn hoofd en kijk voorzichtig naar binnen. Ik wil zien wie er nog meer aanwezig is. Meer specifiek wil ik weten of Danni er is, of Otto. De zaal zit barstensvol. Mensen staan tot achteraan, tegen de muur, er zijn niet voldoende stoelen. Ik zie minstens twee sportploegen, allemaal jongens en meisjes in identieke trainingspakken met een logo erop. Basketbalploegen, vermoedelijk. Stijn moet trainer zijn geworden na zijn eigen basketbalcarrière bij de jeugd. Ik laat mijn ogen over de aanwezigen glijden, maar zie niemand die ik ken. De rijen vooraan worden aan mijn zicht onttrokken, maar ik vermoed dat Rebecca en Stijns ouders daar zitten. Die wil ik zeker niet zien vandaag.

Stijns jongere zus Mila neemt het woord. Ze heeft een vel papier vast en wil iets voorlezen, maar haar stem stokt en ze krijgt niets meer gezegd. Er worden neuzen gesnoten in de zaal en Stijns oudere broer Arend komt zijn zus te hulp. Hij neemt het papiertje uit haar handen en geeft haar een knuffel, wat een kettingreactie aan gesnik in de zaal teweegbrengt. Plots schaam ik me te pletter. Kijk mij hier staan: bang dat iemand me zal herkennen, terwijl voor die mensen de wereld is ingestort.

Snel stap ik weer naar buiten, de koele decemberlucht in. Ik graai in mijn handtas tot ik op de bodem een geplet pakje Vogue vind en steek er een op.

'Dag Seren, ik had niet verwacht jou hier te zien,' zegt een stem.

Ik draai me om en zie Helena Ooms geleund tegen een bordeauxkleurige Ford Transit staan. Uiterlijk ziet ze er ontspannen uit, maar ik weet meteen dat ze hier niet is om over koetjes en kalfjes te praten.

'Mevrouw Ooms,' zeg ik, met een knikje. Ik trek van de sigaret om me een houding te geven.

'Slechte gewoonte,' zegt ze.

Ik haal mijn schouders op. 'Ik houd het onder controle,' zeg ik. 'Drie per dag, met een uitzondering voor speciale gelegenheden zoals deze.'

'Ik zou het niet kunnen. Eén trekje en ik ben weer begonnen,' antwoordt ze.

Ik wapper met mijn hand om te vermijden dat de rook in haar gezicht waait. Het begint lichtjes te motregenen. 'Waarom had u mij hier niet verwacht?' vraag ik.

Ze haalt nonchalant haar schouders op. 'Uit ons gesprek laatst had ik begrepen dat er tussen jullie geen band meer bestond en ik kan me voorstellen dat je het druk hebt. Vandaar.'

'Ik wilde mijn respect betonen. Het ongeval gebeurde tijdens mijn modeshow, dus vond ik dat wel gepast.' Ooms knikt, blijkbaar tevredengesteld met mijn antwoord. 'En u? Waarom bent u hier?' kan ik niet laten te vragen. 'Is dit in het kader van het onderzoek naar Stijns dood?'

Ze knikt opnieuw. 'Het kan nooit kwaad om te kijken wie er naar de uitvaart komt.'

'U gelooft niet dat het een ongeval was?'

Ze schudt haar hoofd. 'Ik niet, nee. Maar officieel is het dat wel.'

'O,' zeg ik, lichtelijk verward. 'Wat wil dat zeggen?'

'Stijn had alcohol en cocaïne in zijn bloed, een redelijke hoeveelheid. Het onderzoek is officieel gesloten en zijn dood wordt als een ongeluk beschouwd.'

Ik voel de hitte van de sigaret mijn vingers naderen, een lange askegel heeft zich gevormd en ik brand me bijna. Haastig gooi ik de peuk op de grond en duw hem uit met mijn hak. Als Stijns val een ongeluk was, wat doet dat mens hier dan? 'Dus als ik het goed begrijp, bent u hier op eigen houtje?' vraag ik, met iets van ongeduld in mijn stem.

Ooms slaat haar armen over elkaar en knikt. 'Inderdaad. Ik wil graag nog wat verder graven.' Ze blijft me onderzoekend aankijken en ik voel me naakt onder haar blik.

'En dat doet u hier, dat graven?' Ik wijs om me heen, naar de begraafplaats. 'Wat denkt u te vinden, behalve botten?'

Ze lacht. ‘Dat zal ik weten als ik het zie,’ zegt ze. ‘Nu ben ik vooral nieuwsgierig naar wie er de uitvaart bijwoont. Soms is dat verrassend.’

Ik maak aanstalten te vertrekken. ‘Oké, veel succes,’ zeg ik. ‘Ik moet gaan, dus tenzij ik u nog ergens mee kan helpen–’

Ze houdt me tegen met een handbeweging. ‘Ogenblikje nog, Seren,’ zegt ze. ‘Ik wil nog even iets zeggen.’

‘Ja?’ vraag ik.

‘Het is nog altijd niet te laat om te praten,’ gaat ze verder. ‘Als er iets is wat je me wil vertellen, doe dat dan nu. Je kunt dit nog rechtzetten.’

Ik weet niet of het de vermoeidheid, de stress, de honger of een combinatie van alles is, maar op dat moment valt mijn beheerste masker weg en midden op de parkeerplaats gooi ik mijn armen omhoog en roep ik gefrustreerd: ‘Ik heb u toch al gezegd dat ik niets weet! Ik stond op het podium! Wat is daar zo moeilijk aan te begrijpen? Ik. Weet. Niets.’

Ooms knippert even met haar ogen, maar verder lijkt ze niet van haar stuk gebracht. Ze blijft zwijgend naar me staren, geeft me de tijd om te kalmeren en zegt dan: ‘Sorry, ik was niet duidelijk. Ik heb het niet over Stijn. Ik heb het over Cleo.’

Ik verstijf.

‘Ik weet dat Cleo niet zomaar verdween,’ gaat ze verder. ‘En ik weet ook dat jij en de rest van je clubje weten wat er met haar is gebeurd. De waarheid zal bovenkomen, Seren, en als je slim bent – wat ik denk dat je bent – zorg je ervoor dat je aan de kant van de goeden staat wanneer dat gebeurt. Geloof me, ik zit dicht tegen een doorbraak.’

Doorbraak? Welke doorbraak?

Ik bal mijn vuisten en probeer mijn stem zo kalm mogelijk te doen klinken als ik zeg: ‘Mevrouw Ooms, u vergist zich. Ik zeg het u nog één keer: Cleo stapte in het station van Berchem op de trein, dat is alles wat ik weet. Ik was zelfs niet in de buurt van het station. De laatste keer dat ik haar zag, was tijdens de sleepover bij haar thuis. Ze was toen springlevend, zoals u weet. Nu zou ik graag willen dat u me verder met rust laat.'

Ze blijft me aanstaren, alsof ze probeert te achterhalen wat ik denk, en om mijn gezicht in de plooi te houden, probeer ik verwoed aan alles behalve Stijn en Cleo te denken. Ik haal me mijn agenda voor de komende week voor de geest. Ik probeer me te herinneren wanneer ik vergaderingen ingepland heb staan. Ik denk aan welke kerstcadeautjes ik voor wie wil kopen. Er gaan niet meer dan enkele seconden voorbij, maar het lijken uren te zijn.

Eindelijk knikt Ooms, kennelijk overtuigd. 'Goed. Ik ben de vijand niet, Seren. Maar...' – ze lijkt te twijfelen – 'wat als mijn gevoel over de dood van Stijn me niet bedriegt?'

Ik haal mijn schouders op, ik voel me hondsmoe. 'Wat dan?' vraag ik lusteloos.

'Heb je daar echt nog niet bij stilgestaan? Eerst Cleo, nu Stijn. Wie is de volgende?'

Ik huiver. Is het mogelijk dat Ooms weet dat ik een dreigbrief kreeg? 'Hoe bedoelt u? Denkt u dat iemand mij iets wil aandoen?' vraag ik.

'Ik weet het niet zeker, maar het zou kunnen,' zegt ze.

'Maar waarom?'

'Daar heb ik geen antwoord op. Ik hoopte dat jij me dat zou kunnen vertellen.'

'U maakt me ongerust. Als u denkt dat Stijn werd vermoord...' – ik pauzeer even, het woord laat een bittere smaak achter in mijn mond – 'is het dan niet uw plicht mij te zeggen wat er aan de hand is? Hoe kan ik mezelf beschermen als ik niet weet wat u hebt ontdekt? Wie verdenkt u?'

'Er is officieel niemand verdacht. Maar van de vijfhonderd aanwezigen op het benefiet kunnen we slechts van drie tafels niet met zekerheid zeggen waar de gasten zich bevonden op het vermoedelijke ogenblik van het ongeval. En een van die tafels, was de jouwe.'

Ik denk even na. 'En u denkt dat de persoon die Stijn heeft vermoord – als dat zo is – aan een van die tafels zat?' Ik probeer me de gezichten van mijn tafelgenoten opnieuw voor de geest te halen. Er was een man in een te strak hemd, en een vrouw met een ingewikkeld kapsel, en... Ik ben te zeer overstuur om ze helder te krijgen.

Ooms ziet mijn verwarring. 'Seren, ik wilde je niet bang maken, maar ik weet nu eenmaal dat je me niet alles vertelt. *Nú* is het moment om open kaart te spelen als je iets verzwijgt. Maakt niet uit wat. Over Cleo, over Stijn, wat dan ook.'

O, als ik dat maar zou kunnen. De woorden dansen rond in mijn hoofd, vormen meerdere zinnen en vallen dan weer uit elkaar. Ik kan het niet. Ik mag het niet. We hebben een pact.

'Ik kan u niets vertellen,' zeg ik. 'En als u me wilt excuseren, ik moet echt gaan.'

Ooms knikt en houdt haar handen op. 'Mijn aanbod blijft voorlopig geldig, maar er zit een houdbaarheidsdatum op. Zodra ik concrete bewijzen heb, ga jij net zo hard voor de bijl als je vrienden.'

Ik antwoord niet meer en draai me om, mijn handen diep in de zakken van mijn lange wollen jas gestopt. Wat weet Ooms? Heeft ze iets ontdekt? Wat dan?

In de bus terug naar Antwerpen graai ik in mijn handtas naar mijn sleutelbos en pak mijn sleutelhanger stevig beet. Ik maakte hem na Cleo's verdwijning van een kleurig stukje stof dat me aan haar deed denken.

Nee, verzeker ik mezelf, terwijl ik de stof door mijn vingers laat glijden. Ooms weet niets. Helemaal niets.

14

Hoe kan ik de rest van het weekend doorkomen zonder gek te worden?

Als ik thuiskom na de uitvaart is David er niet, dus trek ik mijn loopoutfit aan en ga een uurtje langs de Schelde rennen om mijn hoofd leeg te maken, met matig resultaat. Eenmaal weer thuis is David er nog steeds niet. Ik laat een bad vollopen, knijp er de halve fles ontspannende badolie in leeg en laat me wegzakken in het schuim. Ik weet niet hoelang ik erin lig, maar ik moet de warmwaterkraan meermaals weer opendraaien om niet onderkoeld te raken.

Drie tafels, had Helena Ooms gezegd. Er waren drie tafels waarvan de politie niet met zekerheid kon zeggen waar de gasten zich bevonden op het moment dat Stijn van de trap viel. Welke de andere twee waren had ze niet gezegd, maar ze leek te denken dat iemand die bij mij aan tafel zat iets met het ongeval te maken had. Ik haal me de tafelopstelling van die dag voor de geest en bestudeer de gezichten van de gasten, maar ik krijg ze niet helder. Ik zou Birgit ernaar moeten vragen, zij weet vast precies wie dat waren.

Als David thuiskomt van de Vogelmarkt – waar hij bloemen voor me heeft gekocht en de olijven die ik zo lekker vind – en me in het lauwe badwater vindt, denkt hij natuurlijk dat ik van streek ben door de uitvaart. Hij begint meteen als een moederkloek voor me te zorgen. Deze keer laat ik hem begaan, te moe om ertegenin te gaan. David installeert me op de bank en zet een pot kamillethee voor me.

'Netflix?' vraagt hij.

Ik trek een fleecedeken over me heen en laat me in de zachte kussens wegzakken. 'Zet *Gossip Girl* maar op,' zeg ik, want wat is er beter dan naar een stel perfect geklede New Yorkse *socialites* kijken, met hun van leugens aan elkaar geregen levens, om zo te kunnen vergeten dat je eigen leven op het punt staat te imploderen?

Blair Waldorf. Serena Van der Woodsen. Ik omarm ze als oude vriendinnen en voor ik het weet, val ik in slaap.

Om 18.00 uur kust David me wakker. 'Hé, schone slaapster. Ben je er weer?'

Ik ga verward rechtop zitten. De televisie staat uit en buiten is het al donker. Ik ben met nat haar in slaap gevallen en het hangt aan een kant onflatteus over mijn wang, maar het dutje heeft me deugd gedaan.

'Het spijt me dat ik je wakker moest maken, maar we hebben die voorpremière vanavond, weet je nog?'

Ja, dat weet ik nog. Die staat al weken in onze agenda. *The Lord of the Rings: The War of the Rohirrim.* Niet mijn favoriete soort film, maar David is een enorme Tolkienfan.

'Of wil je liever thuisblijven? Ik kan ook alleen gaan?' stelt hij voor.

'Nee, nee. Ik ga me klaarmaken,' zeg ik. 'Geef me een half uur.' Ik kan me niets ergers voorstellen dan vanavond alleen thuis zijn, dus doe ik wat ik altijd doe: ik schilder met make-up een overtuigend masker op mijn gezicht, trek een killer outfit aan waar de meiden in *Gossip Girl* heel wat over te vertellen zouden hebben en stap samen met David in de taxi die ons naar het bioscoopcomplex brengt.

Terwijl de lichten in de cinemazaal doven en het scherm tot leven komt, leun ik tegen David aan en voel me gerustgesteld door zijn warme lijf en regelmatige ademhaling. 'Sorry dat ik zo kattig deed,' fluister ik, en hij antwoordt door me dichter tegen hem aan te drukken. Mijn leven mag dan een aaneenschakeling van leugens zijn, mijn liefde voor David is tenminste oprecht.

Ik probeer me op de film te concentreren, maar het is hopeloos.

Twee uur lang staar ik naar het grote scherm zonder echt te kijken. Het is alsof ik de scènes door een dichte mist zie, en het geluid klinkt gedempt als dat van een verre trein die voorbijrijdt.

Tijdens de borrel achteraf veins ik hoofdpijn om niet te lang te hoeven socializen en gelukkig heeft David er geen problemen mee op tijd naar huis te gaan. Zijn bezorgdheid over me speelt nu in mijn voordeel.

'Slaapwel, mijn liefste,' zegt hij als we even later in bed liggen en het duurt slechts enkele minuten voor ik zijn ademhaling hoor verdiepen.

Uiteraard lig ik zelf nog urenlang wakker. Na mijn dutje op de bank van vanmiddag vindt mijn lichaam het wel mooi geweest. Ik woel en draai, tot ik uiteindelijk gefrustreerd uit bed stap en voorzichtig op mijn tenen de kamer uit sluip, om David niet wakker te maken.

In de periode na Cleo's verdwijning had ik ook last van slapeloosheid. De dokter zei me toen dat ik niet in bed mocht blijven liggen, maar iets moest doen dat leuk genoeg was om me uit mijn piekermaalstroom te halen, maar net niet opwindend genoeg om me klaarwakker te maken. In mijn geval betekent dat: schetsen.

Ik ga in kleermakerszit op de bank zitten met mijn schetsboek op schoot en begin te tekenen. Meestal heb ik maar een paar minuten nodig om in een flow te komen. Mijn routine is om een willekeurige vrouwenfiguur te schetsen en dan te bedenken wat voor iemand ze is, wat voor werk ze doet, wat haar passies zijn; waarna er als vanzelf een silhouet dat bij haar persoonlijkheid past uit mijn potlood tevoorschijn komt.

Deze keer krijg ik de vrouw echter niet meteen goed. Haar gezicht is eerst te smal en daarna te breed. En ook haar ogen worden niet zoals ik het wil. Het is niet zo dat ik mijn figuurtjes heel gedetailleerd teken, het zijn tenslotte slechts modellen voor de kleding – veredelde kapstokken dus – maar als ik de vrouw achter het figuurtje niet voel, blokkeert mijn creativiteit. Ik begin een paar keer opnieuw voor ik eindelijk voel dat het goed zit en kijk dan tevreden naar het resultaat.

Het onderbewustzijn is een raar ding. Ik krab aan mijn kin en kijk nog een keer naar de potloodlijnen in mijn schetsboek, om zeker te zijn dat ik het goed zie. Dan glimlach ik. Van alle vrouwen die ik ken, heb ik uitgerekend die ene getekend die geen bal om mode geeft.

Danni.

Danni die er, zodra ze onder het juk van haar moeders meisjesdroom uit was geraakt, altijd lekker slonzig bij liep. Soms benijdde ik haar om haar onbezorgdheid en nonchalance. Wat moest het heerlijk zijn om zo door het leven te kunnen gaan, zonder op voorhand alles te hoeven plannen, zoals ik deed. En nog steeds doe. Ik ga nooit de deur uit zonder mijn outfit tot in de puntjes te hebben samengesteld.

Alles wat Danni wilde, was plezier maken en rebelleren tegen alles waar ze 'tegen' was. Met dat laatste had ze haar handen wel vol. Zo was ze onder andere tegen het eten van dieren, het gat in de ozonlaag, en 'madammen in een bontjas'. Ze was tegen oorlog, tegen honger en tegen ijsberen die geen ijs meer hadden. Misschien was dat wel waarom Danni en Vincent zo goed bevriend waren. Ze hadden hun politieke engagement gemeen. Niet dat Vincent iets om de ijsberen gaf, maar hij en Danni waren de enigen van ons clubje die met politiek bezig waren. Zij wisten precies wie er aan de macht was en wie waarvoor stond. Die twee keken er zo naar uit achttien te worden en te mogen gaan stemmen, terwijl dat de rest van ons toen ijskoud liet.

Ik geef mijn Danni-schets met het asymmetrische kapsel een androgyne outfit, met een brede broek en een lange jas met epauletten, en blijf even naar de tekening kijken. Het idee dat Danni geld zou uitgeven aan een designeroutfit is natuurlijk bespottelijk, toch sta ik mezelf toe het me voor te stellen. Ze zal toch niet altijd in dat witte verplegersuniform rondlopen?

Ik teken twee kinderen naast het figuurtje. Een gedachte flitst voorbij. Als alles anders was gelopen, zou ik niet alleen nog steeds bevriend zijn met Danni, ik zou naar alle waarschijnlijkheid ook peettante van een van haar kinderen zijn geweest, zo close waren we.

Maar het heeft geen zin om daaraan te denken. De bedoeling was dat ik niet zou piekeren, herinner ik me. Ik klap het schetsboek dicht en stap opnieuw mijn bed in. Helaas blijft Danni's gezicht door mijn hoofd spoken en pas tegen de vroege ochtend val ik eindelijk in slaap.

David laat me uitslapen, het is toch zondag, maar zodra ik de deur hoor dichtvallen en weet dat hij naar de fitness is vertrokken, pak ik mijn laptop erbij en surf ik naar Danni's Facebook. Afwezig scrol ik door de foto's die openbaar staan. Danni met haar vrouw Abby, Danni met haar kinderen. Danni in haar witte uniform.

Ik laat me achterover zakken in de kussens. Zouden Danni en Vincent nog contact hebben met elkaar? Volgens Vincent heeft hij alle contact met de Sandwichclub verbroken, maar Danni en hij waren zo close, ook al stonden ze meestal lijnrecht tegenover elkaar. Dat geef je toch niet zomaar op?

Jawel, Seren, dat doe je wel.

Maar ze moeten elkaar toch ooit eens tegen het lijf zijn gelopen? Antwerpen is niet zo groot dat je erin kan verdwijnen. Wat zouden ze dan hebben gedaan? Elkaar negeren? Ik kan het me zo moeilijk voorstellen. Als ik morgen Danni in de Delhaize tegenkom, duik ik dan weg achter een rek blikvoeding?

Ja, vermoedelijk wel.

Maar Danni niet. Ze was altijd al zo sociaal en impulsief. Haar kennende zou ze mijn naam roepen voor ze besefte wat ze deed.

Ik loop naar de keuken om koffie te zetten en kruip met een warme mok weer in bed. Even aarzel ik, maar dan klik ik op het profiel van Abby, Danni's vrouw. Ik lees dat ze accountant is. Dat had ik niet verwacht, dat is zo volwassen. Ik had eerder gedacht dat Danni met iemand zoals zijzelf samen zou zijn, iemand die creatief is, of ook met kinderen werkt, maar niet dus.

Abby's account is net als die van Danni slechts gedeeltelijk afgeschermd en ik surf doelloos door de berichten en foto's. Er is iets aan Abby wat me bekend voorkomt. Kan het dat ik haar eerder heb gezien? Ik bestudeer de foto's wat beter. Op elk kiekje ligt Abby's haar perfect in de plooi, in tegenstelling tot dat van Danni. Ook haar outfits zijn onberispelijk. Klassiek, zou ik durven zeggen.

En dan zie ik het. Ineens begrijp ik waarom Abby me zo bekend voorkomt. Ze is de vrouwelijke versie van Vincent! Ik kan ondanks de stress die ik voel een grijns niet onderdrukken. Cleo had dus al die tijd toch gelijk: Danni viel wel degelijk op Vincent, alleen was die liefde niet lichamelijk.

15

Birgit brengt me zonder dat ik het hoef te vragen een dubbele espresso en laat me zo veel mogelijk met rust, maar *the show must go on.* Als het mogelijk was geweest, zou ik een paar dagen vrij hebben genomen, maar helaas, die luxe heb ik niet.

Het voordeel van mijn drukke werkdag is dat ik eindelijk even niet aan de waarschuwing van Helena Ooms kan denken. Bovendien montert het gevoel productief te zijn me een beetje op, maar na mijn laatste afspraak van de dag – een online vergadering met een nieuwe stoffenleverancier die ik een kans wil geven – begint de piekerstorm opnieuw.

Kan Danni de briefschrijver zijn? Ken ik haar toch niet zo goed als ik dacht? Of was het Vincent? Werkten ze misschien zelfs samen? Maar waarom dan?

'De notulen van de vergaderingen van vandaag zitten in je mailbox. Kan ik verder nog iets doen?' vraagt Birgit.

'Nee, dank je. Ga maar naar huis,' zeg ik. 'Ik blijf nog even.'

'Prima, tot morgen!' roept ze vrolijk.

Dan schiet me iets te binnen. 'Of wacht even, Birgit!'

Ze steekt haar hoofd om de deur. 'Ja?'

'Heb jij nog ergens een overzicht van de tafelopstelling van het benefiet?'

Birgit, die haar jas al aanhad, knoopt die weer los. 'Ik denk het wel, waarom heb je die nodig?'

Ik wapper met mijn hand, alsof het om iets onbelangrijks gaat. 'Er zat iemand bij me aan tafel aan wie ik had beloofd iets door te sturen, maar ik weet haar naam niet meer.'

'Oké, moment,' zegt ze. Ze loopt naar haar pc, brengt haar scherm tot leven en typt een paar woorden in. 'Het was een vrouw dus? Wat heeft ze nodig?'

Ik besef dat Birgit – als de goede assistent die ze is – dit klusje uit mijn handen wil nemen en de vrouw in mijn plaats wil contacteren. 'De naam van een hotel in Parijs,' lieg ik.

'Maar ik doe het zelf wel, hoor, ik moet die informatie ook nog opsnorren. Mail die lijst maar door.'

'Als je het zeker weet.'

'Heel zeker. Ga jij maar naar huis.'

'Oké, hij zit in je mailbox,' zegt ze.

Als Birgit de deur achter zich dichttrekt, open ik de mail en lees de namen een voor een. Mijn eigen naam staat erop, en die van David, natuurlijk. De voorzitter van de Rotary Club en zijn vrouw staan er ook op, al heb ik de voorzitter zelf geen enkele keer aan tafel zien zitten. Die man had het veel te druk. Zou dat de reden zijn waarom onze tafel niet helemaal van de lijst kon worden geschrapt? Om zeker te zijn, loop ik alle namen langs.

De man die rechts van me zat, met zijn te strakke overhemd, heet Guillaume Van der Sande. Mijn Google-inspanningen vertellen me dat hij eigenaar van een vleesverwerkingsbedrijf is, wat me niets verbaast, en dat hij bovendien twee bekende bistro's in Antwerpen Zuid uitbaat. Naast hem zat zijn vrouw Sabine Tack. Ik herinner me haar als de vrouw met het hoog opgestoken blonde haar. Zij is de eigenaar van Beauty for You, een kappersketen. Zowel Guillaume als Sabine is begin veertig, en van geen van beiden kan ik me voorstellen dat ze iets tegen Stijn zouden hebben, of dat ze hem überhaupt kennen.

De vrouw die naast Sabine zat, heet Bea Braem. Haar naam zegt me vaag iets en ik zie meteen waarom. Bea is een ex-model en tv-presentatrice en het internet bezorgt me een overvloed aan foto's en video's. Haar gloriedagen dateren van voor mijn tijd, en het soort programma's dat ze presenteerde, was bovendien niet aan mij besteed, maar ik kan zien dat ze de status van Bekende Vlaming meer dan verdient. Ze heeft sinds haar publieke carrière ook niet stilgezeten en is vandaag de dag de trotse eigenaar van een keten vintage kledingboetieks.

Ook wat Bea betreft, zie ik het verband met Stijn niet. Als ex-model kan ze natuurlijk wel in Rebecca's kringen bewegen, maar dat betwijfel ik. Rebecca is een beginnend model. Een klasbak als Bea Braem heeft wel wat beters te doen dan met Rebecca of Stijn op te trekken.

De man die naast Bea zat, blijkt haar broer te zijn, Tom Braem. Hij is tevens haar zakenpartner, lees ik, maar verder vind ik niet veel interessants terug. Tom Braem komt een stuk minder in de schijnwerpers dan zijn zus. Naast Tom zat Peter Stuyvers, weer een naam die een belletje doet rinkelen. Zijn gezicht zegt me helemaal niets, maar na een paar klikken begrijp ik waarom: hij is radiopresentator. Bovendien is hij de partner van Tom Braem.

Ik zucht. Dit brengt me echt geen stap verder. Helena Ooms heeft haar onderzoek vast uitgebreid gedaan, en als zij niets heeft gevonden wat deze mensen aan Stijn linkt, waarom zou ik dat dan wel kunnen?

Tenzij ze wel iets heeft en het me niet wilde vertellen.

Ik wrijf in mijn vermoeide ogen en lees verder. Behalve de voorzitter en zijn vrouw staan er nu nog drie namen op de lijst. De eerste is Suzy Zaman.

Ik frons. Dat is een aparte naam, en ik weet zeker dat ik die onlangs ergens ben tegengekomen. Maar waar? Weer brengt Google soelaas. De allereerste link die ik openklik, bezorgt me het antwoord al en brengt me naar de website van Advocatenkantoor Volders.

Krijg nu wat.

Vliegensvlug lees ik verder.

Suzy Zaman is niet alleen advocate, ze is blijkbaar ook de verloofde van Vincent Volders!

Mijn verloofde dweept met je. Dat is wat Vincent had gezegd. Het is wel heel toevallig dat ze net aan *míjn* tafel zat, tijdens *míjn* modeshow. Mijn hoofd tolt van de mogelijkheden die zich uitrollen. Ik probeer me voor de geest te halen of Suzy Zaman aan tafel zat toen ik mijn speech ging geven, maar het lukt me niet. Ze moet ongeveer recht tegenover me hebben gezeten, maar de kandelaars en bloemstukken die in het midden van de tafel stonden, benamen me het zicht op haar.

En later, op het podium, had ik alleen maar oog voor David.

Ik moet dit in ieder geval met Helena Ooms bespreken. En met Vincent. Waarom heeft hij verzwegen dat Suzy erbij was toen Stijn viel?

Er blijven nog twee stoelen over, maar die blijken bezet te zijn geweest door een ouder stel uit West-Vlaanderen dat vip-plekjes had gewonnen met een wedstrijd die door Radio Sociaal was georganiseerd, de zender waarvoor Peter Stuyvers werkt. Dat die twee iets met de zaak te maken zouden hebben, lijkt me wel erg vergezocht, dus schrap ik hen.

Blijft over, op de eerste plaats, met stip: Suzy Zaman.

Mijn hand zweeft boven mijn telefoon. Mijn vingers jeuken om nu meteen naar Vincent te bellen en hem te confronteren met wat ik te weten ben gekomen, maar de kans dat ik hem aan de lijn krijg, is nihil. En eerlijk is eerlijk, het wordt dringend tijd dat ik Danni zie. Ik durf er mijn drie sigaretten per dag op te verwedden dat zij wél met me wil praten.

Ik besluit de koe meteen bij de horens te vatten.

Bus 22 heeft een halte op de Groenplaats en ik hoef niet lang te wachten voor ik de warme bus naar het UZA in kan stappen. We rijden door Wilrijk, waar Vincent vroeger woonde, en ik bal mijn vuisten zo stevig dat ik met mijn nagels halve maantjes maak in de muis van mijn hand.

Hoe dichter we bij het ziekenhuis komen, hoe enthousiaster ik word bij het vooruitzicht Danni terug te zien, maar wanneer het UZA met haar horizontale architectuur eindelijk voor me opdoemt, wordt die vreugde toch even getemperd. Sinds mijn oma stierf ben ik hier niet meer geweest, en ik kan me de geur nog zo voor de geest halen: ontsmettingsmiddel en Mr. Proper, met een vleugje verwelkte bloemen. Ik loop de grote hal binnen en begeef me naar de receptie.

De receptioniste voegt met haar vanilleparfum nog wat extra aan de geurenmix toe, wat me een wee gevoel in mijn maag geeft. 'Kan ik u helpen?' vraagt ze vriendelijk.

Ze heeft een lieve lach, met rimpeltjes die van in de hoeken van haar ogen naar buiten uitwaaieren, en zit aan een bureau dat bezaaid is met papieren en dossiers. Er staat een naamplaatje met in vette letters JEANINE erop voor haar neus.

'Ik zou Danni De Deken graag spreken,' zeg ik. 'Kan dat?'

Ze fronst even, typt iets op haar toetsenbord, en tuurt dan naar het computerscherm. 'Ai, u treft het niet. Mevrouw De Deken is er niet vandaag, ze is kennelijk ziekgemeld,' zegt Jeanine. 'Kan ik een boodschap doorgeven voor als ze weer terug is?'

Dat is een stevige domper. Ik twijfel even en vraag dan: 'Weet u wanneer ze terugkomt?'

Jeanine schuift de bril die aan een kleurrijke ketting om haar hals hangt op haar neus en tuurt opnieuw naar haar scherm. 'Nee, sorry, geen idee.'

Nee, natuurlijk niet. Als Danni ziek is, komt ze pas terug als ze weer beter is. Aan de andere kant, als ze nu thuis is, kan ik haar daar bezoeken. Ik heb alleen geen idee waar ze woont. Of wat haar telefoonnummer is. Maar Jeanine misschien wel?

'Verdorie,' zeg ik. 'Ik had haar graag nog een keer gezien. We waren vroeger vriendinnen, maar ik ben naar het buitenland verhuisd en nu heb ik haar gegevens niet meer. Hebt u misschien een telefoonnummer van haar?'

Jeanine glimlacht en ze klinkt oprecht teleurgesteld als ze zegt: 'Helaas mag ik geen privégegevens van personeelsleden doorgeven aan vreemden.'

De roze ballon van blije verwachting die ik de hele weg hiernaartoe achter me aan voelde dansen, spat uit elkaar. 'Nee, natuurlijk mag u dat niet. Dat begrijp ik,' zeg ik verslagen. 'Toch bedankt.'

Dat was tijdverlies.

Het is bijna 18.00 uur. Spits dus. Ik loop naar buiten, naar het bushokje, waar een meisje van een jaar of zestien een boek zit te lezen. Ze kijkt afwezig op als ik dichterbij kom en laat dan – allicht gerustgesteld bij mijn aanblik – haar ogen weer op haar boek vallen. Ik laat me naast haar op de bank neerzakken, pak mijn telefoon, stuur Danni een vriendschapsverzoek via Facebook – benieuwd hoe ze daarop gaat reageren – en typ meteen een berichtje.

Hé Danni, long time no see. Er is iets waarover ik je dringend zou willen spreken. Maakt niet uit wanneer. Geef je een seintje terug? Groetjes, Seren.

Zo. Nu kan ik niet veel anders meer doen dan wachten.

Het is donker intussen, maar de parkeerplaats en ook de bushaltes zijn goed verlicht. Ik staar naar de auto's die af en aan rijden, naar mensen die in en uit het ziekenhuis gaan, sommige op krukken, andere in een rolstoel. Ik staar naar mijn eigen laarzen en lees de reclame voor een autoverzekering van Ethias minstens drie keer. Dan glijdt mijn blik naar het boek waarin het meisje zo verzonken is. Ik ben geen grote lezer, niet zoals Cleo dat was, of Otto, maar ik hou van mooie dingen en dit boek heeft een elegante omslag. Nachtblauw, met gouden figuren die er in reliëf op liggen. Vanuit mijn ooghoeken probeer ik het beter te zien. Ik zie wijnranken met druiven eraan. Het geheel doet Grieks aan, mythologisch. Ik krijg een kriebel in mijn buik. Ik denk dat ik weet welk boek, of tenminste, welk verhaal dit is.

Ineens slaat het meisje het boek dicht en komt overeind. De bus is gearriveerd. Met luid gesis gaan de deuren open en ik bevrijd mezelf uit mijn trance en stap snel in. Ik scan mijn vervoersbewijs en loop door het gangpad van de bus naar achteren, waar het meisje op een vrije plek is gaan zitten, het boek opnieuw voor haar neus.

Deze keer kan ik perfect lezen wat de titel is: *Ariadne*.

16

Tien jaar eerder (2014)

'Ariadne!' riep Cleo uit. 'De vrouw die de Minotaurus versloeg!'

Ik wist niet waarover ze het had en keek met opgetrokken wenkbrauwen naar Danni, die er al even weinig van begreep en haar schouders ophaalde.

'Het schooltoneel!' riep ze nu. 'Hebben jullie de oproep niet gekregen?'

Onder leiding van mevrouw Linskens, onze lerares Nederlands, werd er elk jaar een toneelstuk gespeeld door het zesde jaar, waarvoor iedereen die dat wilde auditie kon doen. Niemand van ons had er ook maar een seconde aan gedacht om mee te doen, integendeel. We lachten er een beetje om.

'Oproep?' zei Vincent. 'Je wilt toch niet meedoen? Ben je vergeten hoe hard we de slappe lach hadden vorig jaar, met de opvoering van *Romeo en Julia*?'

Het was lunchpauze en we zaten in ons favoriete café, een bruine kroeg waar het nog steeds naar sigaretten stonk, hoewel je er al sinds de vorige eeuw niet meer mocht roken.

'Natuurlijk wil ik meedoen,' zei Cleo, terwijl ze haar flesje cola zero met een klap neerzette. 'Ik wil de hoofdrol. Ariadne.'

'De hoofdrol nog wel,' zei Danni. Ze gaf me onder tafel een samenzweerderig duwtje.

Otto hing onderuitgezakt op de houten cafébank met een zak chips op zijn schoot. 'Ehm, wat je daarnet zei, van dat doden van de Minotaurus,' zei hij. 'Ging die eer niet naar Theseus?' We keken hem allemaal verbaasd aan en hij keek onschuldig terug. 'Wat? Ik heb ook Grieks gevolgd, hoor. Als ik me goed herinner, was het Theseus die het labyrint in ging om de Minotaurus met zijn zwaard om te brengen en niet Ariadne.'

Cleo, die bij Stijn op schoot zat, zette haar handen op tafel en boog zich naar Otto. 'Als je de mythe echt kende, dan zou je moeten weten dat die macho van een Theseus nooit uit het labyrint was gekomen zonder de hulp van Ariadne. Het is omdat zij tegen haar vader koning Minos in opstand kwam dat het monster werd gedood, en de rest is onzin. Verzonnen door het patriarchaat!'

Otto graaide onverschillig in zijn zak chips. 'Als jij het zegt.'

'Waarom wil je per se in dat stuk spelen?' vroeg Vincent.

'Omdat Cleopatra hier dweept met alles wat Grieks is,' spotte Stijn, die zijn armen om haar heen sloeg. Cleo zat nu bijna een jaar bij ons op school en we lachten bijna nooit meer om haar naam, Stijn was de enige die dat aandurfde.

'Cleopatra was Egyptisch, niet Grieks,' wierp Cleo terug, maar ze schonk hem een glimlach.

'Ze was Ptolemaeïsch, om precies te zijn,' zei Otto al kauwend. 'Maar om Stijn toch het voordeel van de twijfel te geven: het Ptolemaeïsche Rijk werd ook wel Grieks Egypte genoemd.'

'Ja, whatever,' zei Cleo. 'Cleopatra was cool.'

Een verveeld uitziende serveerster kwam de lege glazen en flesjes van onze tafel halen en vroeg: 'Kan ik voor iemand nog iets brengen?'

Otto boerde luid en zei: 'Voor mij nog een pintje, alstublieft.'

'Voor mij ook,' zei Stijn.

Toen het meisje weer weg was, zei Danni: 'Nu we het er toch over hebben, Cleo, hoe kom jij eigenlijk aan jouw naam?'

Stijn viel haar meteen bij. 'Ja, hoe? Het is niet dat jouw ouders Grieks of Egyptisch of Ptoledinges zijn, toch? Je achternaam is Chevalier.'

'Dat zijn jullie zaken niet,' zei Cleo defensief.

'Dat klopt,' zei Vincent. 'Maar als je wil dat wij op je stemmen voor de rol van Ariadne, zou ik het toch maar vertellen.'

'Hebben jullie echt zo'n oninteressant leven dat je dat boeiend vindt?' vroeg Cleo, maar ik zag dat ze zich al gewonnen gaf.

'O ja, absoluut,' zei Otto. 'Vreselijk oninteressant. Vertel!'

'Er valt niets te vertellen. Mijn ouders houden van de oudheid. Egypte, de piramides, het Romeinse Rijk, dat soort dingen. En bovendien was Cleopatra een bijzondere vrouw. Ze was niet alleen de laatste farao, ze sprak ook meerdere talen en was een briljante wetenschapper. Ik schaam me er niet voor dat ik naar haar werd vernoemd.' Ze stak haar kin omhoog. 'Nu blij?'

'Dat was inderdaad geen smeuïg verhaal,' zei Otto zogenaamd teleurgesteld. 'Weet je zeker dat er verder niets over te vertellen valt? Een piramide in de tuin, of een graftombe met een verborgen schat, of zo?'

Cleo rolde met haar ogen. 'Kunnen we dit onderwerp laten rusten?'

De serveerster kwam terug en zette twee pintjes op tafel, en een schaaltje nootjes.

'Whoa!' riep Cleo. 'Zet dat weg, alsjeblieft!'

'Ze is allergisch voor noten,' zei Stijn verontschuldigend tegen de serveerster, die het schaaltje met een bozige uitdrukking weer op haar dienblad zette en wegliep.

'Djeezes,' zei Cleo. 'Wil ze me dood hebben, of zo?'

Cleo overdreef altijd vreselijk over haar allergie. Eerlijk gezegd twijfelde ik of die wel echt was, ik had haar nog nooit met een EpiPen gezien, bijvoorbeeld.

'Niet van het onderwerp afwijken,' zei Vincent. 'Ik heb nog een vraag. Had jij geen oudere broer?'

Cleo's wangen kleurden roze. 'Ja, en?'

'Hoe heet hij?'

Cleo: 'Waarom wil je dat nu weer weten?'

'Ik ben gewoon benieuwd. Mensen die hun dochter Cleopatra noemen, hoe noemen die hun eerstgeboren zoon? Zoiets houdt me 's nachts wakker,' zei Vincent met een brede grijns.

Stijn wipte met zijn knieën op en neer, waardoor Cleo onelegant omhoog veerde. 'Verlos ons, alsjeblieft, Cleopatra. Vertel het ons!' zei hij smekend.

'Nee,' zei Cleo, terwijl ze met een gezicht als een donderwolk van Stijns schoot schoof en naast Otto op de bank ging zitten. 'En trouwens, jij weet heel goed hoe hij heet. Doe niet zo gemeen.'

'Als jij het niet wilt zeggen en Stijn mag het niet, mogen wij dan raden?' vroeg Danni, die overal een spel van maakte. 'Eenmaal knipperen als het fout is en tweemaal als het juist is.'

'Nee,' zei Cleo.

'Hercules,' zei Danni tegelijkertijd. Haar ogen blonken van de pret.

'Alexander de Grote,' zei Vincent.

'Adolf,' zei Stijn, die het spelletje maar wat graag meespeelde.

Cleo kwam opnieuw overeind. 'Ik zei nee. Stop ermee of je kan de volgende sleepover ergens anders houden.'

'Ptolemaeus de dertiende,' zei Otto.

'Wie is dat in hemelsnaam?' vroeg Danni.

'Zo heette de broer van Cleopatra, die eveneens haar man was.'

Cleo gooide haar handen in de lucht. 'Stop het!' riep ze.

'Dat is walgelijk,' zei Stijn, hij negeerde haar protest compleet.

Otto haalde zijn schouders op. 'Zo ging dat toen. De farao's regeerden in duo's, een zus en een broer, als reïncarnatie van Isis en Osiris.'

'Otto, kerel, als jij die breincapaciteit van jou nu eens voor schoolwerk zou inzetten. Zou dat geen plan zijn?' vroeg Vincent.

Otto graaide weer in zijn zak chips. 'School boeit me niet.'

'Maar incest duidelijk wel,' zei Stijn.

'Ik meen het, hoor, jullie staan er alleen voor,' zei Cleo, met haar armen over elkaar geslagen. Haar frustratie over ons was voelbaar, maar haar dreigement was loos. We wisten goed genoeg dat wij Cleo's beste vrienden waren. Er moest al veel gebeuren voor ze echt kwaad werd of onze geplande sleepover annuleerde.

Danni deed alsof ze partij voor Cleo koos. 'Oké, zo kan-ie wel weer, jongens. Laat Cleo met rust. Mag ik mijn gok nog aanpassen? Schrap Hercules, ik ga voor Archibald.'

Vincent verslikte zich in zijn cola van het lachen. 'En ik voor Ed Sheeran,' sputterde hij.

Cleo liet zich met gemaakte tragiek weer op de bank zakken. 'Oké, goed dan! Ik zal het jullie zeggen, maar onder één voorwaarde.'

'Niks voorwaarde,' protesteerde Vincent. 'Die hadden we al. Wij zouden op jou stemmen voor de rol van Ariadne.'

Cleo schudde gedecideerd haar hoofd. 'Niets daarvan. Ik krijg die rol toch wel, met of zonder jullie hulp.'

'Wat wil je dan?' vroeg Danni nieuwsgierig.

'Dat jullie meespelen,' zei Cleo met een grijns die het kuiltje in haar wang tevoorschijn toverde.

'Ik denk het niet,' zei Stijn. 'Ik ga echt niet aan het grootste nerdfestival van het jaar meedoen, no way.'

'Ik ook niet,' viel Vincent hem bij. 'Sorry, Cleo, ik heb daar geen tijd voor.'

'Mannen, doe niet zo flauw,' zei Danni. 'Ik vind het een topidee! Het is ons laatste jaar hier op school, zou het niet tof zijn als we allemaal samen op het podium stonden?'

'Echt niet,' smaalde Stijn.

Danni negeerde hem echter. Ze was helemaal voor het idee gewonnen. 'Cleo, wie zou ik dan spelen?' vroeg ze.

'Jij bent de Minotaurus, dat lijkt me duidelijk,' zei Otto voor Cleo kon antwoorden.

'Haha,' zei Danni. 'Wie ben jij dan?'

'Dionysus, dat spreekt voor zich,' zei Otto.

'Wie is dat nu weer?' vroeg Stijn.

'Dat zal je wel zien,' zei Otto.

Stijn keek naar Cleo. 'Komt er een kusscène met jou in, liefje?'

Cleo's ogen bliksemden naar Stijn en hij zweeg. 'Otto en Danni willen duidelijk al meedoen,' zei ze, en toen keek ze naar mij. 'Seren, je hebt nog helemaal niks gezegd. Wat denk jij?'

Ik voelde vijf paar ogen op me branden en wist met mezelf geen raad. De kans dat ik op een podium zou kruipen, was kleiner dan nul. 'Ik ehm–' stotterde ik.

Danni gaf me een geruststellend klopje op mijn been. 'Ik heb een idee! Seren kan de kostuums maken!' zei ze.

Cleo knikte. 'Dat is geen slecht voorstel, maar ze zou toch ook een rol moeten hebben? Geen grote misschien, maar toch.'

'Dat gaat niet gebeuren, Cleo,' zei Vincent. 'Jij bent duidelijk helemaal geobsedeerd door dat toneelstuk, maar wij zijn dat niet.'

'Weet je het zeker?' vroeg Cleo. 'Wist je dat mevrouw Linskens iedereen die meespeelt een extra punt voor Nederlands op het rapport geeft?'

Vincent fronste zijn wenkbrauwen. 'Is dat zo?'

'Ja. Het zou je gemiddelde omhoog krikken. En iedereen weet dat leraren een oogje toeknijpen voor extra repetities.' Bij dat laatste keek ze naar Stijn.

'Bedoel je dat we kunnen spijbelen zonder gevolgen?' vroeg hij.

'Dat is precies wat ik bedoel, liefje,' zei ze poeslief. 'Zo zit het leven nu eenmaal in elkaar. Als je op een goed blaadje staat, kan je veel gedaan krijgen.'

'Is dat wat je op je vorige school deed? Op een goed blaadje staan?' vroeg Stijn met een vuile lach, wat hem een stomp tegen zijn schouder opleverde.

'Wel,' zei Vincent, 'als het echt zo is dat Linskens extra punten geeft…'

'En het staat goed op je cv later als je meedoet aan zulke dingen,' wierp Cleo op.

'… dan wil ik het misschien wel overwegen,' zei Vincent. 'Maar alleen als het een klein rolletje is.'

Cleo klapte in haar handen. 'Top! En jij, Stijn?'

Stijn rolde verveeld met zijn ogen. 'Ik wil alleen meedoen als ik een actiescène heb of jou mag kussen op het podium.'

'Dat noteer ik als een ja,' zei Cleo. 'En jij, Seren? Wat denk je? Een klein rolletje?'

Ik haalde mijn schouders op. Als al mijn vrienden meededen, wilde ik niet achterblijven. 'Misschien eentje waarin ik niets hoef te zeggen?' probeerde ik.

'Als figurant, bedoel je?' vroeg Cleo.

'Seren kan een boom zijn,' zei Vincent.

'Of een muis. Speelt er ook een muis mee in dat stuk?' vroeg Stijn en hij zond me een vette knipoog die mijn benen in slappe spaghettisliertjes veranderde.

'Laat maar,' zei ik.

'Luister niet naar hen,' zei Cleo. 'En maak je daar maar geen zorgen over, de rollen verdelen we later wel. Dus, doen jullie mee?'

We keken elkaar allemaal aan. Danni knikte geestdriftig van ja en ook Otto leek wel gegrepen door het idee. Zelfs Vincent was ervoor gewonnen.

'Waarom niet,' zei Stijn uiteindelijk.

'Maar dan moet je ons nu wel zeggen hoe je broer heet,' zei Otto.

'*Fine*,' zei Cleo met een diepe zucht. 'Je zou er toch achter komen. Hij heet César.'

'Eh, zoals het hondeneten?' vroeg Danni teleurgesteld. 'Of nee, wacht. César, is dat geen hondentrainer? Cesar Millan?'

'Ik denk niet dat Cleo's ouders aan honden dachten toen ze hun zoon César noemden,' zei Vincent droog.

'Neen, dat denk ik ook niet,' viel Otto hem bij.

'Ze hadden natuurlijk ook voor Julius kunnen kiezen,' zei Vincent weer. Hij en Otto wisselden een blik van verstandhouding uit.

'Inderdaad, maar dan hadden we die prachtige dubbele c-klanken moeten missen,' zei Otto. 'César en Cleopatra. Mooi is dat.'

Het werd even stil, terwijl we allemaal deze nieuwe informatie verwerkten. Zelfs ik, met mijn geringe kennis van de oudheid, wist wie Julius Caesar – oftewel César – was. En ja, zelfs ik wist dat Caesar en Cleopatra minnaars waren geweest én samen een kind kregen.

'Wow!' riep Danni.

'Da's echt ziek,' zei Vincent.

'Wel origineel,' zei Otto.

'Toch?' zei Cleo.

De herinnering aan die dag is zo helder en de onbezorgdheid die we toen kenden laat een steek van verlangen door mijn buik gaan. De bus die me van het ziekenhuis naar de Groenplaats brengt, stopt in Wilrijk op de Bist en het meisje met het boek van Ariadne stapt uit.

Natuurlijk kreeg Cleo de hoofdrol.

Cleo Chevalier kreeg altijd alles wat ze wilde en schaamde zich nergens voor. Je moest vroeg opstaan om haar wangen rood te laten kleuren. Ik zal haar interpretatie van Ariadne in ieder geval nooit vergeten.

Ik controleer mijn telefoon, maar Danni heeft mijn bericht nog niet gelezen. De bus vertrekt opnieuw en ik sluit mijn ogen.

17

Ik staar door het raam naar de takken van de kale boom die heen en weer zwiepen. Ik weet niet wat voor boom het is. Mijn hele leven woon ik al in de stad, tussen de mensen, waar het leven altijd sneller lijkt te gaan dan op het platteland. En dat is prima. Alleen nu niet. Nu wilde ik dat ik even op het pauzeknopje kon drukken. Tussen twee telefoontjes door controleer ik voor de zoveelste keer de Messenger-app, maar Danni heeft mijn bericht nog steeds niet gelezen.

Als ik haar echt wil spreken, zal ik een andere manier moeten vinden. Helena Ooms heb ik niet meer gehoord, en sinds die eerste brief na Stijns val, waarvan ik nog steeds niet zeker weet of het een ongeval was of niet, is er niets meer gebeurd. Ik heb zelfs niet meer over Cleo gedroomd en haar 'geestverschijning' heb ik ook niet meer gezien. Misschien is het omdat ik zoveel werk heb dat ik niet veel tijd heb om na te denken. David was alvast blij toen ik gisterenavond een heel bord vol van zijn befaamde teriyaki-wokschotel naar binnen schoof.

Opnieuw open ik Facebook en surf naar Danni's profiel, alsof ik met het scrollen door haar foto's een antwoord zal vinden. Mijn hand bevriest boven de muispad als ik zie dat er een nieuw bericht op staat. Snel begin ik te lezen, en ik begrijp meteen dat Danni dit niet zelf heeft geschreven. Danni's vrouw Abby heeft het bericht op haar profiel geplaatst, met een krantenartikel eraan gelinkt. Mijn ogen vliegen over de titel.

vrouw aangevallen in antwerpen. politie vermoedt haatmisdrijf.

Nee, niet Danni. Niet mijn Danni!

Met mijn gezicht aan het scherm gelijmd, lees ik Abby's oproep aan de vrienden van Danni om het artikel zo veel mogelijk te delen, in de hoop te weten te komen wie Danni dit heeft aangedaan.

Mijn handen zijn ijskoud en ook de rest van mijn lichaam begint te beven, terwijl ik het artikel en het tekstje van Abby in sneltempo lees. Daarna lees ik het nog een keer, maar wat langzamer.

Danni was naar een hippe lesbobar in Antwerpen gegaan, aan de Pieter Potstraat. Toevallig weet ik waar die is, niet ver van waar ik woon. De bar heeft een knalroze gevel waar *no dicks allowed* op staat en ik weet nog dat ik moest grijnzen om het gedurfde exterieur toen ik het de eerste keer zag. In het artikel staat dat Danni net was gepromoveerd tot hoofdverpleegkundige, en dat het een grapje van een paar van Danni's collega's was om haar te verrassen met een klein feestje in de bar, maar toen Danni na het avondje stappen naar de parkeergarage op de Groenplaats liep, werd ze neergeslagen. Niemand heeft gezien wat er gebeurde. Een vrouw die haar hond uitliet, belde de hulpdiensten nadat ze Danni op straat vond. Ze had meerdere messteken gekregen en had veel bloed verloren. Sindsdien ligt ze in coma.

Danni ligt in coma.

Ik klap mijn laptop dicht en loop naar de keuken, waar ik de koudwaterkraan laat lopen en mijn polsen eronder houd. Dan vul ik een glas water en drink dat in drie slokken leeg. Ik dwing mezelf logisch na te denken en niet meteen in de val te trappen door de paniek een kans te geven. Is er een verband met wat er met Stijn gebeurde? Er zijn grote verschillen. Om te beginnen is Danni niet dood en Stijn wel. En ik heb geen brief gekregen. Tenminste, niet dat ik weet. Ik adem diep in en uit. Het enige wat deze twee voorvallen gemeen hebben, is dat zowel Danni als Stijn in de Sandwichclub zat en Cleo kende. Dat is natuurlijk al veel, maar pas als ik een brief krijg, weet ik zeker dat er een verband is. Maar wat als die deze keer niet bij mij wordt afgeleverd? Misschien was die na Stijns dood de enige brief die ik zou krijgen en worden ze steeds aan iemand anders bezorgd? Dat ik na Cleo de meest belangrijke persoon was voor Stijn, was geen geheim. Stel dat er nu ook een brief is, wie krijgt die dan?

Vincent.

Maar die wil niet met me praten. Ik overweeg even of ik een bericht bij zijn receptionist zal achterlaten, maar verwerp de gedachte meteen weer. Wat ga ik zeggen? Vincent, kan je even kijken of je toevallig een doodsbedreiging hebt ontvangen?

Nee. En trouwens, als hij zo'n brief krijgt, zal hij me vast zelf bellen.

Ik loop weer naar mijn bureau en negeer de bezorgde blik van Birgit. Ik word zo moe van het redeneren met mezelf, en voor de zoveelste keer word ik ermee geconfronteerd hoe alleen ik in dit alles sta. Het maakt me kwaad. We waren met zijn zessen. We deden alles samen, waarom moet ik dit helemaal alleen doorstaan? Kon ik David maar in vertrouwen nemen. Wat zou hij zeggen, als ik alles vertelde?

Stop. Nee. David mag niks weten. Hij zou me aangeven. Dat zou elk weldenkend mens doen.

Goed. Dit helpt me niet verder. Ik open mijn laptop opnieuw, en surf naar Abby's Facebookprofiel.

Haar volledige naam is Abigail Turner, ze is Engelse, maar woont in België sinds haar kleutertijd. Haar accountantskantoor ligt in Oelegem, een dorp aan de rand van Antwerpen. Ik staar naar het scherm en klik dan mijn agenda open. Ik heb hier geen tijd voor, dat weet ik, maar ik kan het me ook niet permitteren niets te doen. Mijn agenda vertelt me dat ik om 16.00 uur een afspraak heb. Haal ik dat?

Ik kijk over mijn schouder naar Birgit die druk aan de telefoon is. Ik moet haar opslag geven, besef ik. En een gigantische kerstbonus. Het is haar eerste kerst bij mij en ik wil haar graag laten voelen hoezeer ik haar waardeer. Even overweeg ik haar uit te nodigen bij me thuis, ze is tenslotte alleen. Maar dan moet dit gedoe eerst achter de rug zijn.

Ik neem een besluit en kom achter mijn bureau vandaan. Terwijl ik mijn jas uit de garderobe pak en mijn tas over mijn schouder hang, roep ik: 'Ik moet even onverwacht weg. Hou jij de boel hier overeind?'

Birgit legt een hand over het mondstuk van de telefoon. 'Je hebt die vergadering–'

'Weet ik. Om vier uur,' onderbreek ik haar. 'Tegen die tijd ben ik zeker terug.'

Ik kijk op de app waar de dichtstbijzijnde Poppy-wagen staat en hol er op een drafje heen. Nu maar bidden dat het Antwerpse verkeer ook wil meewerken. Rond het middaguur is het normaal niet te druk op de Ring, maar in Antwerpen weet je het nooit.

Met vrachtwagens die me links en rechts voorbij denderen, manoeuvreer ik over de Ring en de E34. Ik kom nooit aan deze kant van de stad. Hier liggen de buitenwijken waar mensen naartoe verhuizen wanneer ze kinderen krijgen, zodat die in het groen kunnen spelen. Dat is iets wat ik niet meteen verwacht te doen.

Ik rijd het dorpscentrum van Oelegem in en kom langs een kerk, een bakker, een slager en een kapper. Is dit echt het dorp waar Danni haar thuis van heeft gemaakt? Het lijkt hier zo doods. Zo tegenstrijdig met Danni's levendigheid.

Het huis van Abby en Danni ligt in een doodlopende straat. Het is vierkant en wit, met hoge ramen en een netjes getrimde donkergroene haag. ACCOUNTANTSKANTOOR TURNER EN CO zegt een zwart bord met witte letters. Ik parkeer de wagen op de oprit en bel aan.

De deur gaat zo snel open dat het niet anders kan of Abigail Turner had de kruk al vast, wat me even doet terugdeinzen. Of misschien is het Abby's aanblik die me dat stapje achteruit doet zetten.

Ik had haar natuurlijk al op foto's gezien, maar nu ik haar in levenden lijve zie, ben ik toch wel onder de indruk.

Goed gedaan, Danni.

Abby is lang en slank, ze draagt een strakke jeans met daarop een blazer en aan haar voeten zitten klassieke pumps. Ze heeft kort blond haar dat met veel gel strak in een zijstreep gestyled is. Haar ogen staan vermoeid en als ze me ziet, trekt ze verbaasd haar wenkbrauwen op.

'Hadden wij een afspraak?' Haar toon is vriendelijk, bezorgd zelfs. Ik bedenk dat deze vrouw door de hel moet gaan, met een partner in het ziekenhuis, een eigen zaak en twee kleine kinderen. Veel slapen zal ze niet doen. Waarschijnlijk denkt ze dat ze vergeten is een afspraak te annuleren.

Snel stel ik haar gerust. 'Sorry, nee, we hadden geen afspraak. Ik kom spontaan even langs. Mijn naam is Seren, ik ben een oude vriendin van Danni,' zeg ik.

'O,' is alles wat ze antwoordt, maar haar schouders ontspannen zich iets.

'Ik heb gehoord wat er is gebeurd,' ga ik verder. 'Ik had Danni pas nog een berichtje gestuurd en ik wist niet–' Ik weet even niet goed wat ik moet zeggen. 'Hoe gaat het met haar? Is ze al bij bewustzijn?'

Abby's vermoeide blik maakt plaats voor een van verdriet. Ze schudt haar hoofd. 'Nee. Seren, zei je?'

Ik knik. 'We zaten samen op school. Op het Lyceum.'

Ze wrijft even over haar slapen en kijkt me dan aan. 'Ik ging haar net bezoeken. Volgens de artsen kan ze elk moment wakker worden, of nooit meer.' Ze slikt.

Mijn hart krimpt in elkaar. Wat als Danni sterft voor ik haar heb kunnen spreken? Tot heel deze toestand begon, realiseerde ik me niet hoe erg ik haar miste en nu is het misschien te laat. 'Ik besef dat je me niet kent en dat dit allicht heel vreemd lijkt, zeker gezien de omstandigheden, maar–' Verdorie, hoe leg ik dit uit? Abby kijkt me met opgetrokken wenkbrauwen aan en haar ogen worden waakzaam. Ik doe dit helemaal verkeerd. Snel maak ik mijn zin af. 'Ik moet je dit vragen. Heb jij toevallig onlangs een vreemde brief ontvangen?'

Abby fronst. 'Een brief? Nee, Danni kreeg wel een uitnodiging voor de reünie van het Lyceum, maar die heeft ze versnipperd.' Ze ontgrendelt haar auto en doet een paar stappen in de richting van de Audi, maar dan stopt ze abrupt. 'Ben jij een van die zes? Uit dat clubje?'

'De Sandwichclub,' bevestig ik.

'Ja, dat dacht ik al. Als je me nu wilt excuseren, ik moet echt gaan,' zegt Abby.

'Wacht!' roep ik. De wanhoop in mijn stem doet Abby stilstaan, autosleutel in de hand. 'Een van ons is onlangs verongelukt. Stijn. Hij viel van de trap, in het Hilton. Misschien heeft Danni daar iets over gezegd?'

'Nee,' zegt Abby. Ze klinkt geïrriteerd.

Nog even en ik ben haar kwijt.

Ik begin snel te praten. 'De Sandwichclub was een groepje van zes, maar een van ons – Cleo – verdween tijdens ons laatste jaar op school.'

'Dat weet ik.'

'Oké, goed. En vorige week stierf Stijn dus opeens, heel onverwacht. En nu hoorde ik dat Danni ook–' Ik maak mijn zin niet af, want ik wil niet beweren dat Danni ook zal sterven, al is dat misschien wel zo.

Gelukkig is Abby een snelle denker. 'Jij denkt dat dit geen toeval is?' Haar open gezicht is duidelijk leesbaar, ik heb haar van haar stuk gebracht.

'Ik weet dat het krankzinnig klinkt, maar ik denk echt dat iemand ons kwaad wil doen, de overgebleven leden van de Sandwichclub.'

'Ik begrijp je ongerustheid. En ik waardeer dat je me waarschuwt. Maar eerlijk gezegd denk ik dat Danni gewoon pech heeft gehad. Verkeerde tijd, verkeerde plek, verkeerde mensen. Zoiets. Het lijkt me nogal vergezocht dat iemand hierachter zit. Hoelang is het geleden dat die Cleo verdween?'

‘Op 24 december tien jaar geleden.’

Ze knikt. ‘Tragisch. Vreselijk verhaal. Danni heeft me verteld hoe die zaak jullie vriendschap kapotmaakte. Ze heeft hard gewerkt om er weer bovenop te komen. Maar ik kan je niet helpen. Danni ligt in coma, ik kan haar niets vragen. De politie heeft ook nog niemand opgepakt.’

‘Ik weet het. Ik hoop dat je gelijk hebt en dat ik me dingen inbeeld,’ zeg ik, terwijl ik met de sleutels in mijn hand speel. ‘Maar mag ik je tenminste mijn nummer geven? Voor als Danni wakker wordt, of je toch iets te weten mocht komen?’

Abby kijkt me enkele seconden recht aan en denkt na, maar dan lijkt ze te beslissen dat het geen kwaad kan en wisselen we nummers uit.

Wanneer ze even later in haar Audi stapt, zie ik een kinderzitje dat op de achterbank is gemonteerd en een Bumba-zonnescherm dat met zuignappen tegen het raam is bevestigd en probeer ik heel hard om niet aan Danni’s kinderen te denken. Laat haar het alsjeblieft halen, bid ik.

Ik stap in mijn Poppy-wagen, zet de radio aan en begin aan de terugrit naar Antwerpen.

Terug op kantoor hoor ik de gedempte stemmen van de mensen van het marketingbureau al door de deur heen en ik haast me om mijn jas uit te trekken. Om ze nog even bezig te houden, heeft Birgit ze in de vergaderruimte gezet met koffie en gebakjes van Charlie’s, in de Volksstraat. Altijd een hit.

Ik adem nog even diep in voor ik de deur open. ‘Bedankt om even op me te wachten!’ tsjirp ik met mijn succesvolle-modeontwerpsterstem.

Wanneer twee uur later de laatste marketeer het kantoor heeft verlaten, is het donker buiten. Ik staar naar mijn reflectie in het raam. De ontmoeting met Abby heeft iets in me losgemaakt. Er is een scheurtje gekomen in het verband dat ik al jaren op die oude wond houd en het pus begint eruit te lopen.

Als ik aanstalten maak om naar huis te vertrekken, houdt Birgit me tegen. 'Wacht even, Seren, er is nog post voor je gekomen. Hier.' Ze overhandigt me een zwarte envelop. 'Een uitnodiging, denk ik,' zegt ze.

Ik laat de envelop bijna vallen, alsof mijn handen in brand staan. Het is met zekerheid dezelfde envelop. Ook mijn naam, in krullerige gouden letters, is op dezelfde manier in kalligrafie geschreven. 'Wanneer is die bezorgd?' stamel ik.

Birgit trekt haar schouders op en kijkt me verwonderd aan. 'Hij zat beneden in de brievenbus, in de winkel. Chrissy is hem komen brengen. Waarom? Is alles oké, Seren? Je lijkt wel een geest te hebben gezien. Ga anders even zitten?'

Ik verman me. Het laatste wat ik wil, is hier op kantoor blijven. Ik moet naar buiten, de frisse lucht in. 'Nee, het is niets. Dank je, Birgit,' zeg ik, terwijl ik de envelop in mijn jaszak stop. 'Te snel overeind gekomen, dat is alles.'

De hele wandeling naar huis brandt de brief in mijn zak, maar ik durf hem niet te openen voor ik op veilig terrein ben.

Eenmaal thuis loop ik met mijn jas en laarzen nog aan recht naar de keuken en schenk een glas rode wijn in. David is er niet. Met het glas in mijn hand en de brief in mijn zak, ga ik naar het terras. Pas als ik een sigaret tussen mijn lippen heb en een eerste diepe haal heb genomen, vind ik de moed de envelop te openen. Op het vel papier dat erin zit, staat slechts één simpel zinnetje:

Toen waren er nog drie.
Voor altijd,
Cleo.

18

Ik heb zes uur ononderbroken geslapen voor ik met een ruk wakker schrik uit een droom die ik me – gelukkig – niet kan herinneren. David ligt vredig naast me. Hem niet in vertrouwen nemen, is een van de moeilijkste dingen die ik tot nu toe in mijn leven heb gedaan.

Ik sta geruisloos op, al weet ik dat David kan slapen als een baksteen. Noch het geluid van de douche, noch dat van de koffiemachine wekt hem. Zeker niet op dit vroege uur. Terwijl ik me klaarmaak om te vertrekken, overtuig ik mezelf ervan dat wat ik van plan ben een goed idee is.

Ik heb besloten opnieuw naar Vincents kantoor te gaan.

Deze keer wil ik er vroeg zijn, zodat ik hem kan onderscheppen voor hij naar binnen gaat. Hij *móét* nu naar me luisteren, en ik weet zeker dat hij dat zal doen als ik hem over Danni vertel.

Ik trek de deur achter me dicht zonder David nog te zien. De hele wandeling naar Vincents kantoor voel ik de brief in mijn jaszak branden. Het kleine stemmetje dat me zegt meteen naar Helena Ooms te gaan, leg ik het zwijgen op. Ik weet dat Vincent onbetrouwbaar is. Anders had hij me wel verteld dat zijn verloofde aan mijn tafel zat op het benefiet. Maar toch. Hij leek oprecht verbaasd toen ik hem vorige week aansprak, het leek helemaal niet zo dat hij verwachtte me ooit nog te zien. En als ik moet kiezen tussen Ooms of Vincent, kies ik toch nog steeds voor Vince, al weet ik dat hij een talentvolle leugenaar is.

Uit mijn zorgvuldig afgesloten geheugen wurmt zich plots weer een herinnering naar boven. Haarscherp zie ik Danni, Otto en mezelf bij Vincent in de auto stappen nadat we naar een feestje in een jeugdhuis in Wommelgem waren geweest. Stijn en Cleo reden apart en waren al vertrokken. Ik weet nog dat ik me een beetje onzeker voelde over Vincents bekwaamheid om te rijden. Had hij niet de hele avond bier zitten hijsen? Maar hij stelde me gerust en beweerde met een onschuldig gezicht dat hij maar drie biertjes op had en verder alleen maar Sprite had gedronken.

Na kort overleg met Danni, en vooral nadat we hadden vastgesteld dat er geen andere manier was om thuis te geraken, want geld voor een taxi hadden we niet, vertrokken we. Vincent aan het stuur, een ladderzatte Otto naast hem en Danni en ik achterin.

Eerst zat ik nog verkrampt door het raam te kijken en hield ik bij elke tegenligger mijn hart vast, maar toen bleek dat Vincent inderdaad rustig en verantwoordelijk reed, ontspande ik me wat. Tot we in de verte blauwe flikkerlichten zagen.

'Verdomme!' vloekte Vincent. 'Alcoholcontrole.'

Otto, die in slaap was gevallen, opende zijn ogen. 'Controle? Da's toch geen probleem, man?'

Vincent vertraagde. Hij zocht naar een vluchtweg, maar vond er geen. 'Zodra we stilstaan, wisselen we van plaats,' zei hij tegen Otto. 'Ik kruip naar achteren en jij komt achter het stuur zitten.'

'Wat? Ben je gek? Ik ben megadronken!' protesteerde Otto.

'Ik meen het, Otto. Hou je klaar,' zei Vincent bars.

We naderden de laatste wagen in de rij en Vincent stopte de auto enkele meters erachter. 'Nu!' riep hij, en hij rukte zijn riem los en kwam met zijn lange smalle lijf tussen Danni en mij in zitten. We waren te verbouwereerd om te reageren.

'Nee! Ik doe het niet!' riep Otto.

Toen legde Vincent zijn hand op Otto's schouder. 'Je bent me nog een gunst verschuldigd, makker, daar hoef ik je toch niet aan te herinneren, hoop ik? Of wil je dat ik die foto's laat zien?' siste hij. 'Snel! Voor ze je zien. Kruip over de pook.'

Arme Otto. Waarom hij toegaf, en over welke foto's het ging, weet ik niet, maar hij wurmde zich moeizaam over de middenconsole heen naar de bestuurdersstoel.

Otto's rijbewijs werd natuurlijk meteen ingevorderd en tot op de dag van vandaag kan ik de blik in Vincents ogen helder voor me zien, met die kille berekening. Hij had gewacht op het juiste moment om een schuld te vereffenen en dat was Vince ten voeten uit. Hij draaide alles zo dat het in zijn kraam paste, zonder er rekening mee te houden wat de gevolgen waren voor iemand anders. Meer dan tien jaar later echoot zijn onverschilligheid over Otto's lot nog altijd na in mijn hoofd, terwijl ik voor Vincents kantoor sta te wachten.

Zoals ik had gehoopt, parkeert Vincent zijn auto om kwart over acht op een speciaal voor hem gereserveerde parkeerplaats vlak voor het gebouw en loopt hij met grote passen op me af.

'Verdomme, Seren. Ik had je gevraagd me met rust te laten.' Hij kijkt me woedend aan, maar ik blijf overeind. Zonder iets te zeggen, druk ik de brief in zijn handen.

'Wat is dit?' snauwt hij, maar een frons verschijnt op zijn voorhoofd.

'Lees dan. Dit is de tweede brief die ik kreeg. De eerste kreeg ik na Stijns dood. Deze kreeg ik gisteren.'

Vincent vouwt het vel papier open. 'Toen waren er nog drie,' leest hij. 'Waar slaat dat op?'

'Waarop dénk je?' zeg ik kwaad. 'Wij waren met zes, weet je nog? Of met vijf, als je Cleo niet meerekent. Na Stijn waren er nog vier, en nu, na Danni nog drie.'

Vincent kijkt op. Zijn irritatie is volledig verdwenen en maakt plaats voor ongerustheid. 'Danni? Wat is er met Danni?'

Goed. Toch iets wat onze berekende advocaat niet koud laat. Mijn intuïtie over de onbreekbare band tussen Vincent en Danni heeft me dus niet in de steek gelaten. 'Ze ligt in coma,' zeg ik, milder nu. 'Ze werd neergestoken na een avondje stappen.'

Vincent veegt met zijn hand over zijn wangen. Ze zijn tiptop geschoren en ik kan zijn overweldigende aftershave ruiken. Het geurtje schreeuwt macht en prestatie en komt niet overeen met hoe hij nu voor me staat, met hangende schouders. Danni heeft nog steeds dat speciale plekje in zijn koude hart. De kans dat Vincent haar iets zou aandoen, is dus nihil, besef ik. Hij is niet de dader. 'Maar ze leeft nog?' vraagt hij zachtjes, zonder bravoure.

Zijn geschoktheid doet me helemaal ontdooien en ik laat mijn stekels voor hem zakken. 'Ze leeft nog, Vincent, maar het is niet zeker of ze het zal halen. Danni was mijn vriendin ook. Ik heb je hulp nodig. Iemand heeft het op ons gemunt.'

Hij schudt zijn hoofd en mompelt iets onverstaanbaars. Dan staart hij weer naar de brief. Ik zie hoe zijn ogen zich fixeren op het woord 'Cleo' en hij lijkt even na te denken. 'Waarom jij, Seren?' vraagt hij vervolgens. 'Waarom krijg uitgerekend jij die brieven? Waarom ik niet?'

Ik slik. Uiteraard vraag ik me dat ook af. Was ik makkelijker te vinden omwille van mijn semi-bekendheid? Dat lijkt me niet. Ik heb van Vincent en Danni zelf in enkele uren tijd voldoende informatie gevonden om, als ik dat zou willen, post aan hen te bezorgen, dus dat is het niet. 'Ik heb werkelijk geen idee,' zeg ik.

Vincent staart weer naar de brief. 'Eén ding is in ieder geval duidelijk: iemand wil wraak,' zegt hij grimmig.

Een klem zet zich rond mijn hals en perst de lucht uit mijn lijf. Dit is de eerste keer dat ik een volwaardig gesprek voer met iemand over het gebeuren en dat maakt alles opeens veel echter. 'Maar waarom dan?' piep ik. 'Wraak waarvoor?'

De huid in Vincents hals wordt rood en vlekkerig, en hij snauwt me toe. 'Wraak voor Cleo natuurlijk. Waarvoor anders?'

'Ja, maar,' stamel ik, 'niemand weet toch wat er is gebeurd, behalve wij? Wie doet dit dan?'

Vincent kijkt om zich heen, alsof hij er zeker van wil zijn dat niemand ons afluistert. 'Hoe moet ik dat weten?' sist hij. 'Cleo zelf heeft die brief in ieder geval niet geschreven.'

Mijn wangen staan in brand. 'Dat weet je zeker?' fluister ik, mijn keel schor.

Hij staart me aan alsof ik gek ben geworden. 'Natuurlijk weet ik dat zeker, Seren. Ben jij wel goed bij je hoofd?'

Ik deins achteruit door zijn reactie en raak de muren van het gebouw achter me. Een fietser komt langsgereden en kijkt ons intens aan, alsof hij klaar is om in te grijpen. 'Hé, rustig aan,' zeg ik. 'Ik weet ook niet wat ik moet denken. Maar als jij die brieven niet hebt geschreven, en Cleo en ik ook niet, en Stijn is dood, en Danni ligt in coma, dan–'

'Dan blijft er maar één iemand over en dat is Otto,' maakt hij mijn redenering af. 'Maar als je denkt dat hij tot zoiets in staat is, dan ben je dommer dan ik dacht. En als je me nu wilt excuseren–' Hij maakt aanstalten naar binnen te gaan en me gewoon op straat te laten staan, als een stuk vuil.

Ik voel woede opborrelen. 'Zo makkelijk kom je niet van me af, Volders,' bijt ik hem toe. 'Jij zit evenzeer in de penarie als ik als er iemand buiten de Sandwichclub meer weet dan hij zou moeten weten. Waarom wil je me niet helpen?'

Hij buigt zich dreigend naar me toe. 'Omdat ik hier niets mee te maken wil hebben. Cleo is tien jaar geleden verdwenen en hoe tragisch dat ook was, ik ben verdergegaan met mijn leven. Deze conversatie is nu ten einde, Seren. Wat dit ook is, ik sta erbuiten.'

'Dat denk ik niet,' zeg ik luid. 'Waarom heb je me niet gezegd dat je verloofde ook op het benefiet was in het Hilton? Ze zat zelfs aan mijn tafel!'

Hij kijkt me verbluft aan, maar ik bal mijn vuisten en ga stug verder. 'Ja, Suzy Zaman. Jouw verloofde. Dacht je echt dat ik daar niet achter zou komen? Waarom heb je dat verzwegen?'

'Jezus, Seren, dat is toch niet relevant?'

'Nee? Stijn is door iemand van de trap geduwd–'

‘Dat is niet bewezen,’ onderbreekt hij me.

‘O, sorry meneer de advocaat,’ spuw ik terug. ‘Stijn is *vermóédelijk* door iemand van de trap geduwd, en de politie weet van een aantal mensen niet precies waar ze zich bevonden op het moment van het ongeval. Van iemand die aan *míjn* tafel zat, onder andere. Dus dat zijn heel zeker mijn zaken.’

Vincent klemt zijn kaken op elkaar. ‘Hoe weet je dat?’ vraagt hij.

‘Ik heb mijn assistente de gastenlijst laten opsnorren.’

Hij schudt zijn hoofd. ‘Nee, hoe weet je dat van de politie? Heb je met hen gesproken?’

Ik knik. ‘Natuurlijk heb ik dat. Helena Ooms heeft zelf contact met me gezocht.’

‘Ooms!’ roept hij uit. ‘Waarom heb je in hemelsnaam met háár gesproken? Ben je helemaal gek geworden? Weet je dan niet meer hoe zij ons het vuur aan de schenen heeft gelegd?’ Hij prikt met zijn vinger tegen mijn borst en ik zet weer een stapje achteruit. ‘Jij, Seren, jij had je toen bijna versproken. Neem een advocaat en laat die het woord voor je voeren, alsjeblieft. Je hebt de ballen noch de intelligentie voor zoiets als dit, geloof me.’

Zijn zelfingenomenheid maakt me razend. Hoe durft hij? Ik ben niet meer de Seren van toen, die als een speelbal heen en weer werd geworpen en de waarheid niet meer van de leugen kon onderscheiden. ‘Ik praat met wie ik wil,’ zeg ik. ‘En de volgende keer dat ik Ooms spreek, zeg ik haar dat jouw liefje erbij was die dag. Ik ben benieuwd wat ze daarvan zal denken.’

Vincent gooit zijn hoofd in zijn nek en lacht de meest valse lach die ik ooit heb gehoord. ‘Doe wat je wil. Suzy heeft hier net zomin iets mee te maken als ik.’

‘Goed,’ zeg ik strijdvaardig. ‘Dat zullen we nog wel zien dan. Ik ga dit in ieder geval niet laten rusten tot ik weet wat er aan de hand is. Met of zonder jouw hulp.’

‘Ik waarschuw je Seren, laat het los.’

Ik kijk hem recht in de ogen. 'Zweer me dat je hier niets mee te maken hebt. Dat je die brieven niet hebt geschreven.'

Vincent houdt zijn linkerhand omhoog en legt de rechter op zijn hart. 'Ik zweer het.'

Ondanks alles weet ik dat hij de waarheid spreekt. Zijn verbazing over de brieven, en vooral over Danni, was niet gespeeld. Dat betekent dat ik Otto moet vinden.

Alsof hij weet wat ik denk, zegt Vincent: 'En laat Otto met rust. Het is niet goed met hem gegaan na school. Het laatste wat ik over hem weet, is dat hij in een ontwenningskliniek zat. Hij is een hopeloos geval en hij staat hierbuiten, neem dat alsjeblieft van me aan.'

Dan draait hij zich om en loopt met grote passen naar de voordeur van het imposante kantoorgebouw. Net voor hij naar binnen verdwijnt, kijkt hij nog eens naar me om en zegt: 'Ik meen het, Seren. Laat het los.'

En weg is hij.

19

Tien jaar eerder (2014)

Het was lunchpauze en we zaten in het klaslokaal van Nederlands. Otto had een zak sandwiches bij zich die hij een voor een opat, terwijl Vincent Otto's wiskundehuiswerk overschreef. Stijn zat erbij met een gezicht als een oorwurm en balanceerde zijn stoel op de achterpoten, waarbij hij met zijn hoofd gevaarlijk dicht bij de rand van de vensterbank kwam. Ik vermoed dat hij boos was omdat hij niet naar buiten kon. Stijn moest zijn energie kwijt kunnen, zo zat hij nu eenmaal in elkaar. Danni zat met haar ogen dicht door haar oortjes naar muziek te luisteren en ik schetste wat in een schriftje. Verder zaten er in het lokaal nog wat leerlingen die ik niet kende, uit andere klassen, tegen elkaar te fluisteren. De enige die met rechte rug klaarzat, was Cleo.

'Goed,' zei mevrouw Linskens, terwijl ze een omvangrijke stapel papier op tafel liet vallen. 'Dit is het voorlopige script; als het goed is hebben jullie dat per mail ontvangen.' Ze keek over haar bril heen de klas rond, maar alleen Cleo knikte geestdriftig. 'Ik zal kort samenvatten waar het toneelstuk over gaat, maar ik verwacht van jullie dat je het volledige script hebt gelezen tegen de volgende keer, zodat we de rollen kunnen verdelen. Akkoord?'

Er steeg wat gemompel op, maar daarna bleef het stil en waren alleen het gemaal van Otto's kaken en de diepe zucht die Stijn slaakte te horen.

'Ik moet zeggen dat ik blij verrast ben met de opkomst dit jaar,' ging Linskens onverstoorbaar verder, terwijl ze nadrukkelijk naar Stijn keek. 'Meneer De Clerck, wat een verrassing u hier te zien,' zei ze met een glimlach.

Bij die onverwachte aandacht verloor Stijn plots zijn evenwicht en hij greep Cleo, die naast hem zat, bij de arm om niet te vallen. Snel zocht hij zich een houding en zei: 'De wonderen zijn de wereld nog niet uit, hè, mevrouw. Wie weet heb ik het licht gezien.'

'Wie weet,' antwoordde ze. 'Ik ben in ieder geval erg benieuwd naar wat je in je mars hebt.'

'Ik ook,' mompelde een van de andere leerlingen en er klonk gegrinnik dat abrupt stopte na een strenge blik van Linskens.

'We hebben niet zoveel tijd, dus ik steek meteen van wal,' zei ze. '*Ariadne zit in de knoop* gaat over Ariadne en Phaedra, de dochters van koning Minos, die over Kreta heerste.'

'Minos, is dat die ene die alles in goud veranderde?' kwam Vincent tussenbeide, vast om zijn kennis over Griekse mythologie te laten zien.

'Nee, dat was *Midás*,' zei Otto, terwijl Stijn een proest onderdrukte. Tussen Stijn en Vincent heerste die eeuwige strijd, die typische competitiedrang tussen mannen om te laten zien wie beter was dan de ander. Stijn was beter in alles wat met sport te maken had, Vincent in alles waarvoor je je hersenen moest gebruiken. Als een van de twee op zijn eigen domein werd geklopt, was dat winst voor de ander. Otto daarentegen was totaal niet competitief en geen van beide jongens zag hem als een bedreiging.

'Inderdaad, Otto,' zei Linskens. 'Koning Midas was degene die wenste dat alles wat hij aanraakte in goud veranderde, maar dat is een andere mythe. Koning Minos van Kreta was zoals vele koningen een ijdele man met een groot ego. Toen zijn jongste zoon werd geboren en die half stier, half mens bleek te zijn, liet hij onder zijn paleis een labyrint bouwen. Hij sloot het schepsel – dat hij Minotaurus noemde – daarin op.'

'Ehm, mevrouw Linskens?' onderbrak Danni haar. Ze had haar oortjes uitgedaan, maar ik hoorde de muziek nog zachtjes spelen.

'Ja, Danni?'

'Hoe kan die zoon een halve stier zijn geweest? Had koning Minos dan… ehm, u weet wel, *hét* met een stier gedaan?'

Mevrouw Linskens kreeg een lichte blos op haar wangen. 'Nee, Danni, dat had hij niet,' zei ze.

'Maar hoe–' zei Danni.

'Hoe denk je?' grijnsde Otto, die nu languit in zijn stoel hing, met een lege sandwichzak voor zich. 'Als het niet de koning was, dan–'

Danni dacht even na. 'Zijn vrouw? De koningin? Had zij–'

'Bingo,' zei Otto.

'Wat?' vroeg Stijn, plots een en al aandacht. 'Wat had die koningin gedaan?'

Mevrouw Linskens zuchtte. 'Jongens, alsjeblieft. Dit maakt geen deel uit van het stuk. Als jullie echt zoveel interesse hebben in mythologie – wat me trouwens zeer verheugt – dan beveel ik je warm aan er zelf meer over te lezen of om je bij meneer Van Diest, de leraar Grieks, te informeren. Kan ik verder?'

'Als u zeker weet dat het niet belangrijk is,' zei Danni.

'Dat is het niet,' zei Linskens. 'Dus. De Minotaurus groeide uit tot een gevaarlijk monster en elk jaar opnieuw moest er een offer aan hem worden gebracht om hem koest te houden, dus werden vanuit Athene zeven jongens en zeven meisjes op een schip gezet om aan de Minotaurus te worden gevoerd.'

'Waarom?' vroeg Danni. 'Wat hadden die Atheners met de Minotaurus te maken?'

'Koning Minos achtte hen verantwoordelijk voor de dood van zijn oudste zoon en dit was zijn wraak,' zei mevrouw Linskens.

'Ik kan het al niet meer volgen,' zuchtte Stijn. 'Dit is veel te ingewikkeld.'

'Zo moeilijk is het nochtans niet,' zei Cleo, die tot dan toe opvallend stil was gebleven. 'Koning Minos zocht gewoon een excuus om zijn spierballen te laten rollen en dat zijn jongste telg een mensenetend monster was, kwam hem goed uit. Niks beters om je onderdanen bang te maken dan een Minotaurus onder je paleis.'

Otto grinnikte en ik zag de blik die hij naar Cleo wierp. Hij was al net zo gecharmeerd van Cleo als de rest van ons. Misschien zelfs meer. Ik hoopte voor hem dat Stijn er niet achter zou komen.

'Juist, Cleo,' zei Linskens. 'Op een dag, toen prinses Ariadne achttien was en het schip uit Athene aanmeerde, liep er echter een heuse prins mee tussen de jongens en meisjes die zouden worden geofferd. Zijn naam was Theseus en zijn missie was om het monster, de Minotaurus dus, te doden.'

'Ah, eindelijk wat actie,' zei Stijn.

'Een idioot was het, ja,' zei Cleo. 'Meer spier dan brein.'

'Was jij erbij, of zo?' vroeg Stijn.

'Nee, maar zijn actiehelden dat niet altijd? *I'll be back*, en zo?' smaalde Cleo. Die twee waren dan misschien wel een stel, als ze kans zagen elkaar een steek onder water te geven, dan deden ze het.

'Terminator was een robot, geen mens,' verdedigde Stijn zijn zaak.

'Ah, dat verklaart alles,' zei Cleo meesmuilend.

'Als ik verder mag?' zei Linskens. 'Theseus wilde het monster dus doden, maar moest ook een manier vinden om daarna weer uit het labyrint te komen, en daar komt Ariadne in het verhaal.'

'De draad!' riep Danni.

Vincent slaakte een diepe zucht, hij vond heel het gebeuren duidelijk oersaai, maar Stijn was sinds het Minotaurusverhaal een en al oor. Zijn stoel stond op alle vier de poten en hij legde zijn ellebogen op tafel. 'Welke draad? Wat was daarmee?' vroeg hij.

Cleo tikte met haar wijsvinger tegen Stijns slaap. 'Kom op De Clerck, laat die grijze massa hierboven ook eens wat trainen. Nog nooit gehoord van de draad van Ariadne?'

Stijn duwde haar hand van zich weg. Ik kon zien dat hij het niet fijn vond zo op zijn plaats te worden gezet, maar hij ging niet tegen Cleo in. 'Nee, leg uit.'

Cleo keek even naar mevrouw Linskens, die haar armen omhoog wierp. 'Doe maar, Cleo, naar jou luisteren ze waarschijnlijk beter.'

Dat hoefde je Cleo Chevalier geen twee keer te zeggen. Vol vuur maakte ze het verhaal af: 'Ariadne gaf Theseus stiekem een bol draad die hij kon afwinden toen hij het labyrint in ging, om zo zijn weg terug te vinden. Hij versloeg de Minotaurus, redde de overige dertien jongens en meisjes en vluchtte samen met Ariadne op een schip dat klaarlag. Hij beloofde haar mee naar Athene te nemen.'

'Hoera!' riep Danni.

'Nee, niks hoera. Weet je wat die eikel daarna deed?' zei Cleo.

'Cleo, let op je taal,' zei Linskens.

'Sorry, mevrouw. Maar geef toe dat Theseus geen gentleman was.' Linskens glimlachte even en Cleo ging verder. 'Ik geef de korte samenvatting: Theseus, onze held op sokken, maakte een tussenstop onderweg terug naar Athene, op het eiland Naxos. Daar deed hij zijn ding met Ariadne om daarna als een dief in de nacht met zijn schip weg te varen en Ariadne alleen achter te laten. Sympathiek, niet?' Cleo keek even om zich heen, ze genoot duidelijk van de aandacht. 'Maar het wordt nog erger. Als Theseus in Athene aankomt, vertelt hij eerst iedereen dat Ariadne plotseling is gestorven en dat hij haar op Naxos heeft begraven, om daarna te trouwen met haar kleine zusje Phaedra!'

'Fijne kerel,' mompelde Danni. 'Is dat het einde van het stuk?'

'Nee,' zei Linskens. 'Wat Cleo zegt klopt grotendeels, maar Ariadne wordt gered door de god Dionysus en trouwt met hem.'

'En is dat het einde?' vroeg Danni.

'Zo ongeveer, ja,' zei Linskens ongemakkelijk.

'Nee!' riep Cleo. 'Zo mag het niet eindigen! Ariadne neemt wraak op Theseus!'

'Dat is niet hoe de mythe gaat, Cleo.'

'Het is dan ook een mythe, hè, mevrouw,' zei Otto. 'Cleo heeft een punt. Kunnen we niet zelf beslissen hoe het eindigt?'

Mevrouw Linskens begon haar geduld te verliezen. Ze wees naar de stapel papier voor haar. 'Het script is al geschreven, Otto, dus nee, dat kan niet.'

'Ook geen klein stukje?' drong Otto aan.

'Nee.'

'Maar er moet toch iemand sterven?' mengde ook Vincent zich in de discussie. 'Is dat niet altijd zo in Griekse tragedies?'

'Ja! Phaedra sterft,' zei Otto. 'Ze pleegt zelfmoord.'

'Ja, dat klopt, maar–' zei mevrouw Linskens.

'Waarom pleegt ze zelfmoord?' vroeg Danni. 'Omdat ze met die Theseus moet trouwen?'

'Nee,' grijnsde Cleo. 'Omdat ze verliefd was op haar stiefzoon en hij niet op haar.'

'Wacht. Wát?' riep Danni.

'Wat was dat met die Grieken?' zei Stijn. 'Deden die het allemaal met elkaar, of zo? Het lijkt wel *Mooi en Meedogenloos*.'

'Nu heb je waarschijnlijk spijt dat je nooit Grieks hebt gevolgd?' zei Otto.

Stijn schudde zijn hoofd. 'Wat een onzin, allemaal. En jullie vinden jezelf dus slim? Tss.'

'Jongens, als ik nog even mag. We hebben nog vijf minuten,' zei Linskens. 'Ik wil het graag nog over de te verdelen rollen hebben voor de pauze voorbij is.' De klas werd weer stil en Linskens noemde de personages op: 'We hebben dus Ariadne zelf, haar zus Phaedra, hun vader koning Minos en de Minotaurus. En dan hebben we ook nog Theseus en Dionysus.'

'Ik ben Ariadne,' zei Cleo.

'Dat had ik al begrepen, Cleo,' zei mevrouw Linskens. 'Heeft iemand anders al een voorkeur? Ik kan niet garanderen dat je de rol krijgt die je wil, dus geef me het liefst twee opties.'

'Ik wil de actieheld zijn,' zei Stijn.

'Theseus,' noteerde mevrouw Linskens. 'En als tweede optie?'

Stijn haalde ongeïnteresseerd zijn schouders op. 'Weet ik niet.'

'Ik weet het nog niet, dus wil ik eerst het script lezen,' zei Danni.

'Idem,' zei Vincent.

'Ik weet het wel,' zei Otto. 'Ik ben Dionysus.'

'Dat had je vorige keer ook al gezegd,' zei Danni. 'Waarom wil je die rol per se?'

'Goh,' zei Otto vanuit zijn onderuitgezakte positie. 'Dat lijkt me nogal logisch.'

'Dionysus is de god van de wijn,' zei Vincent. 'Hij was een beetje een Bourgondiër, snap je?' Hij wreef met zijn handen over zijn denkbeeldige buik en grijnsde samenzweerderig naar Stijn, die het uitproestte. Als er één ding was waarover Stijn en Vincent het wel eens waren, was het dat ze graag de draak staken met Otto's figuur.

'Ah,' zei Danni, met een zijdelingse blik naar Otto, die nors voor zich uit staarde.

Hij reageerde nooit op de beledigingen. Maar wat als hij nu heeft besloten dat wel te doen?

20

Terwijl David de kerstboom optuigt, zit ik op de sofa en pel een mandarijn. Eerst de buitenste harde schil, dan de witte velletjes. Een voor een trek ik ze van de oranje vrucht. David heeft een muziekje opgezet, iets van Barbara Hendricks, en in de oven staat een appelcake te garen. Het zou een idyllisch tafereel zijn als ik niet de hele tijd met mijn gedachten bij Otto zou zitten. Om hem uit mijn hoofd te weren, focus ik me op de boom. Het is zo'n nepding dat er levensecht uitziet. David had hem al toen hij nog in zijn appartement in Parijs woonde en verhuisde hem mee naar Antwerpen. Typisch David, om zo'n gevaarte mee te zeulen. Verder had hij bijna niets meegenomen, behalve wat oude foto's en zijn kleren, en een paar pannen en potten van Le Creuset. Zijn volledige inboedel paste in nog geen tien kartonnen dozen.

Ik kijk naar hem vanaf mijn plekje op de bank, terwijl hij de doorzichtige plastic bak met daarin tientallen kleurige kerstballen opent. Ook die heeft hij vanuit Parijs meegebracht. Of toch de meeste. We hebben er ook een paar samen gekocht toen we op een zonnige dag in augustus spontaan een antiekwinkeltje in de Kloosterstraat waren binnengestapt en daar twee dozen oude glazen ballen hadden gekocht.

'David?'

'Hm?'

'Wat heb jij eigenlijk met Kerstmis?'

Hij kijkt verstrooid op terwijl hij het flinterdunne touwtje van een antieke goud-roze kerstbal om een tak van de boom knoopt. 'Hoe bedoel je?' vraagt hij.

'Gewoon,' zeg ik. 'Je komt niet uit een hechte familie, en ik kan me niet voorstellen dat je goede herinneringen hebt aan de feestdagen. Dus waarom vind je dit dan zo belangrijk?'

Hij lijkt even na te denken. Ik heb Davids ouders nooit ontmoet. Hij brak met hen, of zij met hem, dat is maar hoe je het bekijkt. Hij was geen lieverdje, vroeger. Drugs, knokken, winkeldiefstal, noem maar op. Dat was toen hij nog minderjarig was. Toen hij gepakt werd met een verfbus in zijn handen, waarmee hij de gevel van een chic warenhuis had beklad, was hij echter negentien, en vloog hij de gevangenis in. Zijn ouders, beiden harde werkers die niet konden begrijpen wat hun enige zoon bezielde, weigerden hem te helpen de torenhoge boete te betalen, en sindsdien heeft hij geen contact meer met hen. Hij neemt het hen niet kwalijk, weet ik, maar de behoefte om de relatie weer op te pikken is er niet.

'Misschien kan ik er juist daarom zo van genieten,' zegt hij. 'Omdat ik dat vroeger niet deed. Een soort inhaalbeweging.'

Ik knik. Dat kan ik begrijpen, maar zelf heb ik echt een hekel aan die hele kerstsfeer. Al dat opgeklopte gedoe kan me gestolen worden. Maar ik wil voor David de pret niet drukken. Als ik hem daar zo zie staan, tussen de slingers en de glitterende ballen, doet hij me ineens zo aan mijn vader denken dat ik mijn tranen moet bedwingen. Papa nam vroeger altijd de leiding over het opzetten van de boom, met mij en mijn broer als trouwe helpers. Ik mocht de slingers ophangen, want die waren niet breekbaar, en Sebastiaan de ballen. De piek zette mijn vader erop. Sinds hij er niet meer is, heb ik geen boom meer versierd. Hoe mijn moeder ook zeurde, ik vertikte het. Maar ik kon nog steeds wel genieten van de feestdagen. Tot Cleo verdween.

'Schat?'

'Huh, wat?' schrik ik op.

David staat balancerend op het keukentrapje naar me te kijken. 'Wat heeft die mandarijn je misdaan?' vraagt hij.

'O, verdorie!' roep ik uit als ik zie dat het sap tussen mijn vingers door op mijn schoot sijpelt. Ik heb de arme vrucht helemaal tot moes geknepen. Ik trek wat papieren zakdoekjes uit de doos op de salontafel en ruim het slagveld zo goed mogelijk op. Dit gebeurt te vaak de laatste tijd. Ik ga zo op in het verleden dat ik vergeet waar ik in het hier-en-nu mee bezig ben. Snel loop ik naar de keuken om de prop papier met de geplette mandarijn erin weg te gooien. Ik was mijn handen en laat het koude water nog even over mijn polsen stromen.

Als ik de woonkamer weer in loop, is David zo goed als klaar met de boom. 'Wat denk je?' vraagt hij met een brede grijns.

'Mooi,' zeg ik.

'Niet te?' vraagt hij. 'Ik kan er wat uit halen als het te veel is?'

'Nee hoor, hij ziet er prima uit.'

'Top. Dan is het nu tijd voor de finishing touch. Geef je me de piek even aan?'

Ik rommel in de doos en probeer een mentale afstand te creëren tussen mezelf en de vrolijke figuurtjes, strikjes, engeltjes en weet ik wat er allemaal nog meer in zit. 'Hier,' zeg ik.

David zet de zilveren piek voorzichtig op de boom. 'Klaar! Wil jij de lichtjes aandoen?'

'Tuurlijk,' zeg ik zo vrolijk als ik kan. Ik loop naar het stopcontact en steek de stekker erin.

'Tadaaa!!' roept David wanneer de lichtjes van de boom beginnen te flikkeren. Hij komt van het trapje en pakt me stevig vast. 'Mooi toch, hè,' zegt hij. Het is niet echt een vraag.

'Heel mooi,' zeg ik, maar ik moet echt vechten om niet te beginnen gillen. 'Zal ik warme chocolademelk voor ons maken?'

'Dat is een topidee,' zegt David. 'Lekker voor bij de appelcake.'

Terwijl David in de weer is met het snijden van de cake giet ik amandelmelk in een steelpannetje en zet dat op het vuur. Zodra de melk begint te koken, schud ik er wat cacaopoeder bij en begin te roeren. Het potje kaneel dat David voor de cake heeft gebruikt, staat nog op het aanrecht en wanneer de chocolademelk klaar is, giet ik deze in mokken, spuit er een toefje slagroom op en schud er dan wat kaneelpoeder overheen.

Klaar.

Nu moet ik alleen die knoop in mijn maag nog ontrafeld krijgen.

'Schat? Waar blijf je?' vraagt David, die de keuken komt binnengelopen. 'Die chocolademelk gaat er niet beter op worden. Sta je weer te dagdromen?' Hij zegt het luchtig, maar de bezorgdheid sijpelt alweer tussen de woorden door.

'Ja, sorry, ik moest aan papa denken,' lieg ik half – ik heb tenslotte net nog aan hem gedacht – en geef hem een mok.

'Ach, lieverd toch,' zegt hij, en plant een kus op mijn kruin. 'Kerst is echt je seizoen niet, hè?'

Ik glimlach naar hem, breek stukjes van het warme gebak en stop er een in mijn mond.

We nestelen ons samen op de sofa en David zet de tv aan om naar het middagnieuws te kijken, een gewoonte die ik hem niet afgeleerd krijg. Zonder echt te kijken staar ik naar het scherm, waardoor ik niet meteen besef wat ik zie. Dan begint mijn zicht zich te focussen als de lens van een automatische camera.

Ik zie een uitgebrande auto.

Brandweerwagens.

Politie.

Een straat die me vaag bekend voorkomt.

Ik ga rechtop zitten, en David zet het volume luider.

'De bom was zo krachtig dat de ramen in een omtrek van vijftig meter werden vernietigd,' zegt de voice-over. 'De buurt is ontruimd en de politie vraagt om de ruime omgeving te vermijden.'

'Wat is dat? Heb jij gehoord wat er is gebeurd?' vraagt David.

Mijn keel is droog. 'Nee,' zeg ik. Ik kijk intens naar het beeldscherm. De camera beweegt weer en de straat komt duidelijker in beeld.

'Is dat de Amerikalei?' vraagt David ontzet.

Ik knik, maar krijg geen woord gezegd. Een akelig gevoel nestelt zich rond mijn maagstreek. De chocolademelk waarvan ik nog maar enkele slokken heb gedronken, lijkt langs mijn slokdarm weer naar boven te willen kruipen. De camera glijdt voorbij de huizen waarvan de ramen aan diggelen zijn. De nieuwslezer komt in beeld en leest met een ernstig gezicht zijn tekst voor, terwijl onderin een tekstband voorbij scrolt.

'Het slachtoffer, een bekende advocaat uit het Antwerpse die zijn kantoor op de Amerikalei heeft, overleefde de aanslag niet,' zegt hij.

O, nee. Nee. Nee. Nee.

Ik wil gillen.

Ik wil krijsen en roepen.

Ik wil de haren uit mijn hoofd trekken.

Ik wil die verdomde chocolademelk naar het televisiescherm gooien. Ik wil naar buiten rennen.

'Ser? Wat is er?' David legt zijn hand op mijn been.

Ik proef bloed. Ik heb zo hard op mijn lip gebeten dat mijn tand erdoor zit. Ik krijg geen woord gezegd.

Vincent is dood.

Ik kan het niet geloven. Dit is menens. Dit is echt menens.

Ik hoor de nieuwslezer nog iets zeggen over een autobom en dat de politie een theorie heeft, maar ik kan me niet op zijn woorden focussen. Hij kan evengoed Russisch praten, zo weinig dringt er tot me door. Maar dat doet er niet toe. Ik weet namelijk precies waarom Vincent werd vermoord. En ik weet nu ook honderd procent zeker dat hij niet de briefschrijver was.

Vincent geloofde me niet. Hij wilde dat ik het liet rusten. Dat ik Otto niet zou gaan zoeken. Maar Vincent heeft – net zoals ik – deze zaak vreselijk onderschat. Ik kan zijn wens onmogelijk eren.

'Seren?' vraagt David nog een keer.

Ik leg mijn hand op de zijne en ga in elk uiteinde van mijn lichaam op zoek naar de kracht om overeind te blijven. 'Een autobom, midden in de stad,' zeg ik. 'Wat een schok.'

‘En niet eens zo ver van jouw kantoor,’ beaamt David. ‘Het loopt echt de spuigaten uit met die drugsbendes.’

Ik knik, maar ik weet zonder twijfel dat er straks weer een nieuwe brief op me ligt te wachten. En deze keer weet ik zeker van wie die komt.

21

Ik word met een schok wakker en kijk op de klok: 5.00 uur. Dat betekent dat ik amper twee uur heb geslapen, want ik heb het nog 3.00 uur zien worden voordat ik eindelijk wegzakte.

Gisteren, nadat ik de nieuwsuitzending samen met David had gezien, ben ik onder het mom van een migraineaanval de hele middag onder de dekens gevlucht, terwijl David naar zijn film-noirbox keek. Ik was zo bang mezelf te verraden dat ik niets anders kon bedenken, maar slapen deed ik niet. Er raasde te veel cortisol door mijn lijf.

In de woonkamer is het nog donker en ik ontsteek een sfeerlampje, zodat ik nergens tegenaan loop. Dan ga ik aan tafel zitten en open mijn laptop, op zoek naar meer nieuws over de bomaanslag. Ik laat mijn ogen over elk krantenartikel dat ik vind glijden. Volgens de politie was Vincent bezig een zaak op te bouwen tegen een drugsbende. Die zaak was uitgebreid in de media besproken en de inspecteur die met de moord op Vincent was belast, besloot dat het motief klaar en duidelijk was: niet alleen wist Vincent te veel, hij was bovendien een te grote bedreiging geworden voor de Antwerpse onderwereld. Ik klik op enkele video's van interviews met collega's in de hoop een glimp van Suzy Zaman te zien, maar zij komt nergens aan bod. Wel is duidelijk dat de advocatenwereld op zijn kop staat, en door enkele advocaten wordt politiebescherming geëist.

Het klinkt natuurlijk allemaal logisch, zo'n wraakactie uit het drugsmilieu, maar hoe groot is de kans dat Vincent net *nú* door de drugsmaffia wordt vermoord? Het is me net iets te toevallig, en elke zenuw in mijn lichaam zindert van de onderdrukte paniek. Vooral de machteloosheid valt me zwaar.

Wat moet ik doen? Hier blijven wachten tot de brief komt? Want dát die komt, is het enige waar ik echt zeker van ben.

Ik pak mijn sleutel en neem de lift naar beneden. De grote hal ligt er verlaten en stil bij. Logisch, op dit vroege uur op een zondag. In enkele passen ben ik bij onze brievenbus en gluur ik onder de klep.

Leeg.

Dit is waar mijn leven nu uit bestaat, blijkbaar. Wachten op de brief die bevestigt wat ik al weet: iemand vermoordt een voor een de leden van de Sandwichclub, en alleen Otto en ik blijven nog over.

Als ik weer boven kom, hoor ik de douche lopen. Ik zet koffie voor ons beiden en voor David stop ik een ovenbroodje in de oven en maak ik zachtgekookte eitjes.

'Mm, lekker,' zegt hij als hij even later binnenkomt in een wolk van deodorant, zijn haren nat. 'De winkels zijn open vandaag. Wat denk je ervan om al wat aan kerstshopping te doen?'

'Op een koopzondag? Dan is het superdruk,' zeg ik.

Hij kijkt me vorsend aan. 'Je kan je niet eeuwig opsluiten, Ser. Het zal je goed doen om onder de mensen te komen. En kerst staat al heel snel voor de deur. Moet jij geen cadeautjes kopen?'

Ik besef dat hij gelijk heeft. Feit is dat ik vandaag niet op zoek kan naar Otto zonder bij David argwaan te wekken. Hoe frustrerend het ook is, ik kan morgen pas iets ondernemen, als ik op kantoor ben. Maar als ik vandaag weer de hele dag binnenblijf, word ik helemaal knetter. Het is nu al zo erg. Bovendien heb ik nog helemaal niets. Geen enkel cadeau, zelfs geen kaartje.

Twee sterke koffies en een koude douche later staan we beneden, goed ingepakt tegen de kou. David neemt mijn hand en samen lopen we naar buiten, de winterlucht in.

'Zullen we eerst naar Dille & Kamille gaan?' vraagt David. Dat is een van zijn favoriete winkels.

Ik laat me door hem over de kasseistraten meetronen door de mensenmassa heen. Het wiel van een kinderwagen botst tegen mijn enkel. Een toerist die de weg kwijt is en van links naar rechts zwenkt, knalt tegen me op. Ik vloek even. We wandelen voorbij café De Muze en ik kijk door de ramen naar binnen alsof ik verwacht Danni in haar Foo Fighters-hoody te zien. Er branden kaarsjes op de tafels. Over de hobbelige Melkmarkt wandelen we verder voorbij de Wasbar, om dan links de hoek om te slaan naar Dille & Kamille.

In de winkel is het heerlijk warm. David loopt meteen door naar de thee-afdeling en begint te snuisteren tussen de vele soorten kruidenthee. Ik blader afwezig in een kookboek. Niet dat ik er ooit iets uit zou klaarmaken, maar ik vind kookboeken rustgevend. Ze hebben een duidelijke structuur, met hun ingrediëntenlijst en stap-voor-stapinstructies, en zijn mooi vormgegeven. Dat kan ik waarderen.

'Wilde je die voor je moeder kopen?' vraagt David, die weer naast me is verschenen met een winkelmandje aan zijn arm.

'Nee hoor, ik kijk gewoon,' zeg ik. Een cadeautje kopen voor mijn moeder is aartsmoeilijk. Onze relatie is ingewikkeld en onze interesses liggen mijlenver uit elkaar. Niks wat uiterlijk vertoon betreft, boeit haar. Terwijl dat net hetgeen is waar ik voor leef. Mijn motto is: als het er aan de buitenkant mooi uitziet, dan zal het dat vanbinnen ook wel zijn. Onzin, natuurlijk. Maar zo overleef ik al zevenentwintig jaar.

Ik leg het kookboek weer neer. Nog zoiets waarin wij verschillen. Mijn moeder houdt net als David van koken, terwijl eten voor mij gewoon iets is wat nodig is om te overleven. Meer niet. Maar misschien heeft David gelijk en is een kookboek wel een goed idee. Of een leuke bakvorm voor koekjes. Dan kan ze die samen met Noah en Noor maken als ze op visite komen.

Ik probeer me te herinneren wanneer de laatste keer was dat mijn moeder koekjes bakte met Sebastiaan en mij, maar kan me het moment niet voor de geest halen. Dat moet nog voor mijn vaders dood zijn geweest. Uiteindelijk koop ik een doos thee en koekjes voor haar, mooi verpakt in een houten doosje. Nog een plantje erbij en klaar.

Davids mandje zit intussen propvol. 'Wat heb jij allemaal gekocht?' vraag ik nieuwsgierig.

Hij grijnst. 'Top secret.' David doet niets liever dan cadeautjes kopen en mensen gelukkig maken. Hij is echt een veel beter mens dan ik. Wanneer gaat hij dat zelf ook inzien?

'Waar wil je nu heen?' vraagt David, als we weer buiten staan.

'Local Store, voor kerstkaartjes?' stel ik voor. Mijn favoriete Antwerpse wijk is de autovrije Wilde Zee, waar je in de sfeervolle straten niet alleen verschillende spin-offs van grote merken vindt, maar ook enkele delicatessenwinkels én de heerlijkste koffiebars. 'Dan kunnen we meteen een extra cafeïneshot nemen,' zeg ik.

Arm in arm wandelen we door het overdekte winkelcentrum van de Groenplaats, steken dan over naar de Schrijnwerkerstraat en eindigen aan de Oudaen. De Local Store is een hippe ontbijt- en lunchzaak waar ze ook originele cadeautjes en kaartjes verkopen van jonge ontwerpers. Ik vind er altijd wel iets leuks. Pas als we er bijna zijn, besef ik dat de zaak pal naast de politietoren ligt en even houd ik mijn pas in als ik aan Helena Ooms denk. Dan herinner ik me dat het oude gebouw is verkocht en leegstaat. Helena Ooms werkt hier niet meer, gelukkig.

Het is gezellig druk binnen en David vindt een tafeltje aan het raam voor ons. Ik ga strategisch precies zo zitten dat ik de hele zaak kan zien, inclusief iedereen die binnenkomt en naar buiten gaat.

David bestelt voor zichzelf een broodje en een kop groene thee, en een latte voor mij, en we praten even over de aankomende Parijse modeweken, waarnaar David mij zoals elk jaar zal vergezellen. Hij kijkt er al net zo erg naar uit als ik om terug naar 'onze' stad te gaan.

'Mis je Parijs soms?' vraag ik.

Hij knikt. 'Ja, eigenlijk wel. Maar Antwerpen is ook leuk.'

Ik weet dat hij dat zegt om mij niet te kwetsen en knik

zwijgend. Was het een vergissing om terug naar hier te verhuizen? Aan de ene kant wel, want hoe groter de afstand tussen mij en mijn verleden is, hoe beter. En David had meer kansen in Parijs. Maar anderzijds had ik mijn label daar nooit zo succesvol kunnen opstarten als hier. De concurrentie in Parijs is te groot, en ik als Belgische zou geen schijn van kans hebben gemaakt. Misschien, binnen een paar jaar, kunnen we terugverhuizen, wie weet.

David vertelt over de fototentoonstelling van de academie, waaraan hij binnenkort zal meewerken.

'Heb je al voldoende materiaal?' vraag ik.

'Nee, ik ben nog niet helemaal tevreden. In principe heb ik wel genoeg om uit te kiezen, maar ik zou nog graag een of twee natuurbeelden hebben, iets dat contrasteert met mijn andere werk. Tot nu toe heb ik alleen maar stadsbeelden en portretten.'

'Ja, wat natuur ertussen zou voor een mooi evenwicht zorgen,' beaam ik. 'Waar dacht je aan?'

'Ik heb deze week wel wat tijd, misschien trek ik er een dagje op uit naar de heide.'

'Ja, mooi. Of naar zee?' zeg ik.

'Misschien,' zegt hij. Er klinkt muziek van buiten en David grinnikt. 'Wie we daar hebben,' zegt hij.

Ik volg zijn blik en zie een grote man verkleed als de Kerstman. Rondom en achter hem lopen kinderen. Ze lachen en gillen, terwijl de Kerstman snoep rondstrooit.

Ik staar naar het tafereel en krijg een wee gevoel in mijn buik. Iets aan de manier waarop de Kerstman zich voortbeweegt, komt me bekend voor. Het nonchalante zwaaien van zijn armen. De manier waarop hij zijn hoofd scheefhoudt. De deur van de Local Store staat op een brede kier en ik hoor de man 'Ho ho ho!' roepen.

Herken ik die stem of beeld ik het me in?

Ik probeer het gezicht van de Kerstman beter te zien, maar het gaat schuil achter de witte baard en snor. Ik kan niet zien welke kleur ogen hij heeft. *En toch.* Dan kijkt de man opeens naar binnen. Recht naar mij.

Zonder iets tegen David te zeggen, ren ik het café uit, naar buiten, de kou in. De stoet van Kerstman, ouders en kinderen is al voorbij het oude politiekantoor gelopen, maar ik ren erachteraan. 'Hé, stop!' roep ik. 'Stop!' Een aantal kinderen kijken verbaasd achterom. Ik wurm me door het groepje heen. 'Otto!' roep ik.

'Kan ik u helpen?' vraagt een van de ouders.

Ik negeer haar. 'Otto!' roep ik nog een keer. De stoet komt tot stilstand, de commotie die ik veroorzaak, is tot vooraan geraakt en ook de Kerstman is gestopt.

'Kan ik u helpen, mevrouw? Bent u uw zoontje kwijt?' vraagt de vrouw nog een keer. Ik schud mijn hoofd en loop naar de Kerstman, die zich naar me omdraait. Ik sta vlak voor hem en staar hem recht aan.

Recht in zijn blauwe ogen.

O, nee.

'Sorry,' stamel ik.

De man die als Kerstman is verkleed, is Otto helemaal niet. Nog in geen miljoen jaar. Ja, hij is even groot, misschien, maar daar stopt de vergelijking. Zijn neus is breder en zijn ogen zijn blauw in plaats van bruin. Ik kijk om me heen en besef dat ik word omringd door een troep kinderen die me vreemd aankijken.

'Ik eh...' begin ik te stotteren wanneer ik mijn fout inzie. Mijn benen voelen slapjes.

'Seren!' roept David, die achter me aan is gehold. 'Wat is er aan de hand?'

'Ik dacht... Ik dacht... Ik dacht dat ik Otto zag,' stotter ik verder. Waarom dacht ik in hemelsnaam dat deze man Otto was? En waarom sta ik midden op straat 'Otto' te roepen naar de Kerstman, terwijl er kinderen bij zijn? Ik schaam me te pletter. 'Het spijt me vreselijk,' zeg ik. 'Ik was in de war.'

'Kan gebeuren,' zegt de vrouw, maar ze kijkt me nog steeds fronsend aan. Na een paar tellen waarin de besluiteloosheid door de lucht zoemt als een vervelende wesp, roept de Kerstman weer 'Ho ho ho!' en vliegt het snoep in het rond alsof er niets is gebeurd. De stoet zet zich opnieuw in beweging.

David slaat zijn arm om mijn schouders en neemt me mee terug de Local Store in, maar ook daar voel ik de nieuwsgierige blikken op me branden. Ik moet er echt krankzinnig hebben uitgezien. Wie weet ben ik dat ook gewoon. Ik zie spoken.

'Kom, pak je jas,' zegt David. 'Ik betaal en dan zijn we hier weg.'

Gehoorzaam neem ik mijn jas van mijn stoel en ik pak de tassen met onze aankopen van de grond. Even later staan we weer buiten.

'Geef mij die tassen maar,' zegt David. 'Zullen we even naar de kaaien lopen?'

Ik knik zwijgend. Hoe ga ik dit uitleggen?

'Zullen we hier even gaan zitten?' vraagt hij. Hij wijst naar een bankje.

'Is goed,' antwoord ik.

De laatste jaren zijn de Scheldekaaien helemaal veranderd. Vroeger stond het hier vol havenhangars. Nu is er een fietspad, een wandelpad en zelfs een strookje gras – voor de honden – aangelegd. De elektrische steps zoeven voorbij.

'Wat was dat allemaal?' vraagt David wanneer we zitten. 'Dacht je echt dat je Otto zag? Die grapjas die je kende uit je schooltijd?'

Otto. Dionysus. De god die met Ariadne trouwde.

Otto, die misschien Vincent vermoordde, en Stijn.

Wat kan ik tegen David zeggen? Ik ben helemaal gek aan het worden. Ik verlies de pedalen elke dag een beetje meer.

Ik verberg mijn gezicht in mijn handen. 'Ja,' zeg ik, met verstikte stem. 'Dat dacht ik.'

‘Oké,’ antwoordt hij, maar hij begrijpt er niets van, dat hoor ik aan zijn stem. Die klinkt breekbaar en onzeker. David is mijn beschermer, maar hij weet niet waartegen hij vecht en dus ook niet welke wapens hij moet gebruiken. Hij snapt niet waarom ik me zo bizar gedraag als ik denk een oude klasgenoot te zien. Wie reageert er nu ook zo? Ik leek wel een hysterische kip toen ik op die arme Kerstman afliep.

In gedachten vertel ik het hem. Ik zeg hem waarom ik panikeerde toen ik dacht Otto te zien. Ik zeg hem dat ik denk dat Otto me wil vermoorden, en dat hij dat met Stijn en Vincent ook heeft gedaan, en dat hij Danni heeft neergestoken. De woorden bonken tegen mijn hersenpan. Help me. HELP ME!

Maar ik zeg natuurlijk niets. Ik leg mijn hoofd tegen zijn schouder en David legt zijn arm om me heen. Meer kan hij niet doen.

Dit loopt uit de hand, ik voel het.

Dan zegt David: ‘Je volgende afspraak met Vivian is pas over een week. Misschien moet je haar toch maar even bellen?’

En ik hoor mezelf zeggen: ‘Ik denk dat je gelijk hebt.’

22

Nog even en het is Kerstmis. Als ik moet geloven wat er in de eerste brief stond – *Geniet van je laatste dagen, want geen van jullie zal Kerstmis halen* – dan zijn mijn dagen geteld. Tussen het beantwoorden van mijn mails door neem ik de tijd om door het raam van mijn kantoor naar de drukke Nationalestraat onder me te kijken. Een tram dendert langs en een overmoedige autobestuurder denkt die snel even in te kunnen halen, waardoor hij bijna een moeder met een kinderwagen van het zebrapad maait. Overal waar ik kijk, heerst er chaos, lijkt het wel. Maar nergens is die chaos groter dan in mijn eigen hoofd.

Het eerste wat ik vanochtend deed toen ik op kantoor aankwam, was de brievenbus van zowel de winkel als het kantoor leegmaken, iets wat Birgit en Chrissy normaal doen, maar er was geen brief. Een heel klein stukje van me hoopt dat toeval wel bestaat en dat Vincents dood een losstaand geval is.

Ik heb om 13.00 uur vanmiddag een videoconference met Vivian ingepland, en wanneer Birgit tijdens de lunchpauze even naar buiten loopt om boodschappen te doen, pak ik een blaadje papier en noteer in een paar bulletpoints waar ik met Vivian over kan praten en hoe ik dat gesprek kan aanpakken zonder te veel te zeggen. Het eenvoudigste zou natuurlijk zijn om de brieven aan Vivian te laten zien, maar dat is geen optie. Ik kauw op mijn onderlip. Het is een groot risico om Vivian erbij te betrekken, maar als ik niemand in vertrouwen kan nemen, ontplof ik en Vivian voelt veilig gezien haar patiënt-therapeutrelatie met mij. Ze mag niet zomaar alles wat ik zeg doorbrieven.

Denk ik.

Voor de zekerheid googel ik even wat een therapeut in België kan en mag doen met wat een cliënt hun vertelt. Pas als ik lees dat ook hier het beroepsgeheim geldt, haal ik diep adem en bel Vivians nummer.

Haar verschijning biedt een kleurrijke onderbreking van mijn zwarte gedachten. Ze heeft een paarse blouse aan, met daarop een gele kralenketting. De combinatie doet pijn aan mijn ogen en ik knipper even. 'Vivian, als ik jou iets vertel, dan blijft dat toch onder ons, hè?' vraag ik nadat ze me heeft begroet.

Vivian buigt zich meteen bezorgd dichter naar haar scherm toe. 'Natuurlijk, Seren. Wat is er aan de hand?'

Ik slaak een diepe zucht en zoek naar de juiste woorden. 'Er is iets gebeurd,' begin ik. 'Je weet nog dat ik je vertelde over die oud-klasgenoot van me, die van de trap in het Hilton viel?'

Vivian knikt. 'Jazeker. Die man voor wie je vroeger gevoelens koesterde.'

'Ja, die,' zeg ik, en weer twijfel ik en wik en weeg ik mijn woorden. 'Het bizarre is dat sindsdien nog twee van mijn vrienden...' Ik haper. Hoe zeg ik dit zonder Vivian te alarmeren? Alles wat ik wil, is een luisterend oor, en iemand tegen wie ik mijn angst kan ventileren. 'Nou, kijk, het zit zo,' herbegin ik. 'Een week na Stijns ongeluk werd mijn vriendin Danni na een avondje stappen aangevallen. Ze ligt in coma.'

'Ach, Seren, wat erg. Zij was toch degene met wie je zo close was?'

Ik knik. 'Ja, maar er is meer. Die bomaanslag van zaterdag?'

Vivian fronst. 'Op de Amerikalei?'

'Ja. Die advocaat die is omgekomen, was Vincent. Ook een van de leden van de Sandwichclub.'

Ik zie Vivians geschokte uitdrukking en plots begint mijn onderlip te trillen en kan ik de woorden niet meer binnenhouden. Dit is te groot om helemaal alleen op mijn schouders te dragen. 'Ik ben bang, Vivian,' snik ik. 'Ik slaap amper, en eet nog minder. Mijn vrienden van toen sterven een voor een en ik weet dat dit waanzinnig klinkt, maar ik ben bang dat iemand het op ons heeft gemunt. Op mij. Ik denk dat ik in gevaar ben en–'

Ik sla mijn handen voor mijn mond, alsof ik de woorden terug kan duwen, maar het is te laat. Ik weet niet wat er opeens over me heen kwam. Of jawel, dat weet ik wel. Ik heb me versproken, net als toen. Vincent had gelijk, ik heb hier de ballen niet voor.

Vivian kijkt me aan over haar bril heen. 'Maar Seren toch. Je zou voor minder bang worden. Jij denkt dus dat die zaken verband houden?'

Ik knik. Het is nu toch te laat om mijn woorden terug te nemen. 'Het is zo extreem dat het bijna geen toeval kan zijn, vind je niet?'

Vivian kijkt bedachtzaam. 'Goh. Het is wel vreemd inderdaad. Maar als er een verband is, dan moet je hiermee naar de politie stappen. Dat besef je toch?'

Natuurlijk wist ik wel dat ze zoiets zou kunnen zeggen, maar ik moet haar overtuigen. Ik schud van nee. 'Ik wil niet naar de politie.'

'Je wilt niet naar de politie,' herhaalt Vivian. 'Mag ik vragen waarom niet? Dit klinkt ernstig.'

'Omdat...' Ik kijk naar de bulletpoints die ik heb opgeschreven en probeer mijn verhaal goed te structureren. 'Omdat, toen Cleo verdween, wij allemaal verdacht waren,' begin ik. 'De politie dacht dat wij haar iets hadden aangedaan.'

'Wat bedoel je daarmee?' vraagt Vivian.

Zelfs mijn moeder keek in die periode anders naar me, alsof ze me voor het eerst zag en zich afvroeg of ik in staat zou zijn om iemand te vermoorden. Dat doet wat met je. Ik leg mijn handen op mijn schoot, waar Vivian ze niet kan zien. Handen liegen namelijk niet zo goed als lippen dat doen.

'Toen Cleo als vermist werd opgegeven door haar ouders,' leg ik uit, 'bleek al snel dat wij degenen waren die haar het laatst hadden gezien. Op de sleepover in Cleo's appartement. Pas nadat de politie beelden had gevonden van Cleo die op de trein stond te wachten, nam de druk op ons wat af. Maar dat was pas dagen later het geval en in die korte tijd had de pers een eigen verhaal verzonnen waar iedereen wel pap van leek te lusten. Zo gaat dat, blijkbaar. Alles voor de verkoopcijfers. Ik denk dat tot op de dag van vandaag veel mensen nog steeds denken dat wij er iets mee te maken hadden.'

'En is dat zo?' vraagt Vivian.

'Nee, natuurlijk niet,' zeg ik zacht. 'Cleo verdween pas *ná* ze op de trein was gestapt. Wat er ook met haar is gebeurd, het gebeurde *nadat* wij allemaal onze eigen weg waren gegaan. We hebben alle vijf een alibi en niemand van ons treft ook maar enige schuld.' Ik heb deze woorden zo vaak uitgesproken dat ik ze bijna zelf geloof. Er was geen enkel bewijs, alleen vermoedens. En dan was er natuurlijk die domme verspreking van mij.

'Voilà,' zegt Vivian. 'Je zegt het zelf. Jullie zijn onschuldig. De politie had natuurlijk de taak om elk mogelijk spoor te volgen, maar ze hebben niemand van jullie vervolgd. Dus waarom stap je dan nu niet met dit verhaal naar hen toe?'

Ik kijk weer op mijn papiertje, als houvast. 'Ik kan het niet aan, Vivian. Niet nog eens. Ik wil niet dat die hele zaak weer wordt opengereten als een oude wond. Echt niet. Weet je hoe zwaar dat was? Om uren aan een stuk te worden ondervraagd? Elk detail van ons leven werd op de rooster gelegd. Kun je je voorstellen hoe dat was? De ouders van Vincent schakelden een hele batterij advocaten en detectives in om hun eigen zoon te vrijwaren van enige verdenking en op zoek te gaan naar alternatieve verdachten. Toen begonnen de roddels over mij. Ik zou Cleo uit de weg hebben willen ruimen om kans te maken bij Stijn. Absurd was het! Ik kon Stijn niet meer in mijn buurt verdragen. We mochten niet met elkaar praten en iedereen meed ons als de pest. Het was de zwartste periode uit mijn leven en ik wil zoiets niet meer meemaken. Nooit meer. Die laatste maanden op school waren de hel. Hoe ik erin ben geslaagd om mijn diploma te halen, of zelfs te overleven, is een wonder.'

Vivian knikt begrijpend. 'Je bent bang dat je leven, dat je na al die jaren eindelijk weer op de rails hebt gekregen, opnieuw zal ontsporen als het onderzoek wordt heropend en dat je weer in oude patronen zal terugvallen,' vat ze samen. Met die 'oude patronen' bedoelt ze mijn eetstoornis en obsessies.

'Ja, dat ben ik,' zeg ik. 'Heel erg bang.'

Ze denkt even na. 'Als ik het goed begrijp, denk jij dus dat deze overlijdens en de aanval op Danni iets met de verdwijning van Cleo te maken hebben en dat de politie daarom die oude zaak zal heropenen.'

Natuurlijk, denk ik. Maar dan neem ik een ogenblik de tijd om te antwoorden zonder iets over de brieven prijs te geven. 'Het lijkt erop dat iemand ons in de gaten houdt, ja. Wij waren een stel normale tieners voor Cleo verdween. Het moet wel met haar te maken hebben.'

En dan zegt Vivian iets waarmee ik geen rekening heb gehouden: 'Seren, denk jij dat Cleo hier zelf achter zit?'

Ik adem scherp in en zie de brieven voor me, ondertekend door haar. Ik *wéét* dat Cleo ze niet zelf heeft geschreven, of, tenminste, ik *denk* dat ik dat weet. Verwarring neemt het over en ik begin te stotteren. 'Dat kan toch niet, Vivian? Als Cleo nog leefde, zou ze toch al veel eerder contact hebben opgenomen? Haar ouders hebben een herdenkingsdienst voor haar gehouden! Dat zou ze die mensen toch niet aandoen?' Terwijl ik de woorden uitspreek die ik indertijd ook tegen de politie zei toen ze dachten dat Cleo misschien was weggelopen, neemt een donkere twijfel plots bezit van mijn geest. Weet ik het wel echt zeker? Heel zeker? Dan verman ik me. Natuurlijk weet ik dat. Vincent heeft het zelf bevestigd.

'Nee, misschien niet,' zegt Vivian. 'Maar mensen doen soms rare dingen. Wat denk jij zelf dat er met Cleo is gebeurd?' vraagt ze. 'Heb je een theorie?'

Ik neem een zakdoekje en dep mijn ogen. 'Ik denk dat ze dood is. Allang. Cleo was labiel, dat wisten we. Ze was gecompliceerd en kon soms vreemd uit de hoek komen. Ik wil niet beweren dat ze depressief was, maar–'

'Je denkt dat ze zelfmoord heeft gepleegd?' vult Vivian aan.

'Het is zeker een mogelijkheid,' zeg ik.

'En... jouw theorie is nu dat iemand jullie haar dood kwalijk neemt? Na al die tijd?'

Het klinkt vergezocht, belachelijk zelfs, dat hoor ik ook. Ik haal mijn schouders op. 'Ik weet het niet.'

'Stel dat iemand jullie wil straffen, terecht of onterecht. Wie kan dat dan zijn?' vraagt Vivian. De vraag der vragen.

Ik wil Otto niet bij naam noemen. Aan de ene kant is hij de enige die nog overblijft, maar zolang ik hem niet kan vinden, en voorlopig lijkt hij van de aardbodem verdwenen, kan hij evengoed zelf ook dood zijn.

'Ik weet het niet, Vivian,' zeg ik dus. 'Er is niemand aan wie ik denk.'

'Je stelt me hier voor een dilemma, Seren. Je zei daarnet dat je bang bent om oude wonden open te rijten. Is het niet veel erger om er nieuwe bij te krijgen?'

Ik slik. 'Hoe bedoel je?'

'Als wat je zegt klopt, ben je inderdaad in gevaar. En jij niet alleen. Je brengt de mensen om je heen ook in gevaar. David, bijvoorbeeld.'

Ik zie vlekken voor mijn ogen en voel de tranen eruit druppen. Vivian leunt voorover. Als ik in haar kantoor zou zitten, zou ze een hand op mijn arm leggen, maar nu probeert ze met haar doordringende blik de afstand tussen ons te overbruggen.

'Seren, als ik geloof dat het leven van mijn cliënt in gevaar is, heb ik de plicht dat te melden.'

Ik verstijf. 'Nee,' breng ik uit. 'Dat wil ik niet!'

'Ik moet,' dringt ze aan. 'Jouw welzijn staat voorop. Je bent in gevaar, dat heb je zelf gezegd. Ik kan die verantwoordelijkheid niet dragen, dat moet je toch ook begrijpen? Stel dat jou iets overkomt!'

Ik heb zoveel spijt dat ik haar in vertrouwen heb genomen. Hoe stom kan je zijn?

Vivian kijkt me ernstig aan. 'Als jij zelf de politie verwittigt, dan hoef ik het niet te doen. Je kan toch ten minste laten weten dat er een verband is tussen de overlijdens van die twee mannen en de aanval op Danni? Zet hen op het juiste spoor.'

Ik neem weer een zakdoek en snuit mijn neus. Heeft Vivian gelijk? Breng ik David en mijn familie in gevaar als ik niets doe? Ben ik een egoïst door te doen alsof mijn neus bloedt? Helena Ooms is slim. Hoelang nog voor ze zelf het een en ander met elkaar in verband brengt? Ik zit muurvast. Welke kant ik ook op ga, ik ben de pineut.

'Het is goed,' zeg ik. 'Ik zal de politie bellen en hen op het verband wijzen, maar ik blijf anoniem. Ik wil niet dat ze weten dat die informatie van mij komt.'

'Brr, geen weer om een hond naar buiten te laten,' zegt Birgit even later als ze binnenkomt. Haar jas drupt nog na van de regen en nu pas zie ik dat het buiten pijpenstelen giet.

'Was er toevallig nog post voor me?' vraag ik.

Birgit kijkt verwonderd. 'Nee, jij had vanochtend de brievenbussen toch al leeggemaakt? Verwachtte je nog iets? Als je wilt, ga ik even kijken.'

'Nee, laat maar,' zeg ik, en ik stort me weer op mijn werk, zonder te hebben gegeten.

Wanneer mijn dag er eindelijk op zit, ren ik de trap af en controleer opnieuw beide brievenbussen: nog steeds niets.

Op weg naar huis loop ik de Delhaize binnen. David komt laat thuis vandaag, hij had iets gemompeld over een verrassing, iets waarmee ik heel blij zou zijn. Arme David, wist hij maar dat het enige wat ik echt wil een teletijdmachine is, dan zou hij zich de moeite besparen. Ik wil hem iets te eten voorschotelen vanavond, maar ik kan nog geen ei bakken zonder de pan voorgoed te ruïneren, dus koop ik bij de versafdeling een kant-en-klare lasagne.

Aan de zelfscankassa hangen prepaid telefoonkaartjes in een rekje en zonder er te veel over na te denken, leg ik er eentje bij de rest van mijn boodschappen. Het idee om de politie te bellen, staat me ontzettend tegen, maar ik kan Vivian niet zomaar actie laten ondernemen, dus moet ik het zelf doen. Ik scan de lasagne, het prepaidkaartje, het pakje sigaretten en de fles rode wijn – die ik spontaan in mijn mandje heb gestopt – en reken af.

In gepeins verzonken loop ik de winkel uit. Wat ga ik de politie vertellen? En hoe kan ik hen op het verband wijzen zonder dat ze Cleo's zaak weer oprakelen? Is dat überhaupt mogelijk? Als ik vertel dat de zaken van Stijn De Clerck, Danielle De Deken en Vincent Volders verband houden met elkaar, dan duurt het geen vijf tellen voor Cleo's dossier weer op hun radar verschijnt. En wat dan? Dan staan ze voor ik het weet bij mij aan de deur. Anderzijds, als ik het niet doe, staat er binnenkort mogelijk een moordenaar aan de deur. Dan heb ik toch liever Helena Ooms, denk ik.

Ik neem de roltrap naar boven en loop over de Groenplaats naar huis, voorbij het Hilton. Het is zo ironisch dat ik Stijn tien jaar niet meer zag en nu haast elke dag langs de plek kom waar hij stierf. Het is allemaal zo'n vreselijke puinhoop. Ik probeer aan iets anders te denken en stop mijn AirPods in mijn oren. Meestal helpt het om naar een podcast te luisteren wanneer mijn brein overuren draait, maar vandaag kan zelfs dat me niet redden. Het geneuzel van de podcasthost gaat als een onsamenhangende woordenbrij aan me voorbij. Ik weet zelfs niet waarover de aflevering gaat. Ik versnel mijn pas en manoeuvreer door een groepje studenten dat met veel lawaai uit De Muze komt, het café waar ik zelf uren met Danni heb gesleten. Echt alles hier in Antwerpen herinnert me aan de Sandwichclub. Misschien heb ik een fout gemaakt door terug te keren en moet ik de optie om terug naar Parijs te gaan, en daar nieuwe herinneringen te maken samen met David, nu echt serieus bekijken. Ik neem me voor er met hem over te praten.

De verlichte hal van mijn gebouw verwelkomt me als een oude vriend en ik open snel de brievenbus, maar ook die is leeg. Eenmaal boven zet ik de oven aan en ga met mijn schetsblok aan tafel zitten. Als ik de politie ga bellen, mag ik niets aan het toeval overlaten. Ik schrijf een script en hou me daaraan, dan kan er niets misgaan.

Op 1 december viel Stijn De Clerck van de trap in het Hilton op de Groenplaats. Op 7 december werd Danielle De Deken aangevallen in het centrum van Antwerpen. Op 13 december stierf advocaat Vincent Volders bij een bomaanslag. Ze zaten allemaal op dezelfde school en waren vrienden. Er is een verband.

Zou dat voldoende zijn? De namen, de datums en de connectie tussen hen. Meer hoeven ze niet te weten, ze kunnen de rest zelf wel uitzoeken en dan heb ik mijn plicht gedaan. Mijn plan is om te bellen, het script af te ratelen en weer neer te leggen. Meer niet.

Ik peuter het prepaidkaartje uit de plastic verpakking en probeer dan mijn mobiel open te krijgen. De nagel van mijn wijsvinger breekt en ik vloek wanneer hij tot in het vlees scheurt. Een druppel bloed vormt zich op mijn vingertop. Even staar ik gebiologeerd naar de steeds dikker wordende rode druppel, tot hij plots in een stroompje langs mijn vinger glijdt. Ik loop naar de keuken, houd de vinger onder stromend water en wikkel er daarna een stukje keukenpapier omheen. Ik heb een pleister nodig, maar waar liggen die dingen? Ik ga naar de badkamer en rommel in de kastjes tot ik ze uiteindelijk onder in de doos waarin we onze medicijnen bewaren terugvind. Onhandig draai ik de pleister rond mijn vinger. Niet makkelijk zo, met één hand. Het doosje Tampax waarin ik mijn noodrantsoen kalmeringsmiddelen bewaar, roept naar me. Ik heb er sinds vorige week geen meer genomen. Ik overweeg even of het een goed idee is om dat nu wel te doen, zodat ik kalm en beheerst klink aan de telefoon.

Nee, beter van niet, wie weet wat ik dan zeg. Ik kan het best zonder.

Ik loop weer naar de woonkamer, waar de simkaart geduldig op me ligt te wachten. Er plakt een beetje bloed aan. Ik kijk naar het kleine ding en lees dan het tekstje dat ik schreef nog eens door.

Opeens zie ik heel helder wat een dom idee dit is. Als de politie deze informatie krijgt, gaan ze meteen het verband leggen met Cleo en dan hebben we de poppen aan het dansen.

God, wat is dit frustrerend. Ik draai alsmaar in rondjes. Welke kant ik ook op ga, ik loop tegen een muur op, lijkt het wel. Een muur van glas. Ik kan perfect zien wat er aan de andere kant ligt, maar ik kan er niet doorheen zonder het glas te breken en zelf gewond te geraken. Ik kauw op mijn wang. Ik ben de enige die dit besluit kan nemen. Vivian zei dat ik in gevaar was, maar ze kent maar de helft van het verhaal. De vraag die alleen ik kan beantwoorden, is de volgende: welke van de twee opties vind ik erger? A, de zekerheid de politie aan mijn deur te vinden als ik ze nu bel, of B, het vermoeden dat Otto achter me aan zit.

Zekerheid, of vermoeden. Wat kies ik?

Ik peuter aan de pleister, die niet helemaal goed plakt omdat mijn vinger nog nat is. Dan scheur ik het vel papier met het script uit mijn schetsblok, pak de simkaart en loop ermee naar mijn thuiskantoor. Samen met wat oude rekeningen draai ik de hele mik door de papierversnipperaar.

Zo.

Wat een idee om de politie op mijn spoor te zetten. Vivian had me bijna overtuigd.

Ik voel een kloppende hoofdpijn opkomen en duw tegen mijn oogbollen tot ik flitsen zie verschijnen.

Vanuit de keuken klinkt een zoemsignaal om me te verwittigen dat de oven is voorverwarmd. Ik schuif het aluminium bakje met de lasagne erin, open de fles merlot en schenk mezelf een royale hoeveelheid in. Even later sta ik met een wollen sjaal om me heen geslagen op het terras, een glas wijn in de ene en een sigaret in de andere hand. Het reuzenrad schittert in rode en groene kleuren. Beneden me zorgt de straatverlichting voor een magische sfeer, maar ik voel me allesbehalve in feestelijke stemming. Ik inhaleer diep en loop mijn opties na, maar kan er maar één bedenken: Otto is de missing link. Als ik hem vind, kan ik dit oplossen. Maar waar is hij? Dat is de hamvraag waarop ik nog steeds geen antwoord heb gevonden ondanks mijn uitgebreide zoektocht.

Mijn telefoon vibreert. *Onderweg!* stuurt David.

Ben thuis. Tot zo! antwoord ik. Via tekstberichten is het altijd veel makkelijker om enthousiast te klinken.

Het kost zoveel energie om steeds maar te doen alsof alles in orde is. Dingen die een ander normaal gezien onbewust doet, moet ik heel bewust plannen en uitvoeren. Alleen als ik helemaal alleen ben, zoals nu, kan ik mezelf zijn. Al weet ik eerlijk gezegd ook niet goed meer wie dat is. Na al die jaren heb ik wel zo mijn eigen trucjes om 'normaal' over te komen. Eén daarvan is dat ik me voorstel wat mijn fake persona nu zou doen. De Seren die niet denkt dat iemand haar wil vermoorden. Bekijk het als een soort van avatar. Er is de echte Seren, de Dark Angel dus, met haar donkere verleden, en de nep-Seren, de succesvolle Antwerpse ontwerper die thuis wacht op haar vriend.

Ik duw mijn peuk uit en drink mijn glas leeg. De alcohol heeft de onrust in mijn hoofd wat getemperd.

Wat zou nep-Seren nu doen?

Da's niet zo moeilijk. Nep-Seren zou het thuis gezellig maken, dus dat is wat ik nu ook doe. Ik ga naar binnen en sluit de ramen. Ik doe alle sfeerlampjes in de woonkamer aan, zet de thermostaat een tikje hoger en dek de tafel. Ik neem zelfs de moeite om een kaarsje aan te steken en de wijn te decanteren.

Ik controleer de lasagne, de kaas pruttelt goudgeel, en ik zet de oven een standje lager. Dan ga ik naar de slaapkamer en kleed me om in een comfortabel zittend joggingpak van een zijdezachte stof. Het begint te werken, ik voel me rustiger worden. Ik zoek naar een leuke afspeellijst op mijn telefoon en kies uiteindelijk voor een album van The XX. Daar houden we allebei van. Tegen de tijd dat David het appartement binnenkomt, is alles klaar en vlieg ik hem om de hals. Zijn wangen voelen heerlijk koel tegen mijn huid.

'Hé! Wat ben jij enthousiast, zeg,' zegt hij glunderend. 'En wat ruikt hier zo lekker?'

Ik maak me van hem los en grijns terug. 'Lasagne.'

'Laat me raden. Delhaize?'

'Yep. Helemaal goed. Speciaal voor jou gekocht en in de oven gezet. Heb je honger?'

Hij grinnikt en gooit zijn jas over de bank. 'Als een paard. Wat bof ik toch met jou,' zegt hij.

Ik haal de lasagne uit de oven en schep hem een groot stuk op. David schenkt voor ons beiden een glas wijn in. 'Vertel,' zeg ik, 'waar ben je geweest?'

David is een en al enthousiasme over zijn dag en vertelt me vol vuur over foto's die hij heeft gemaakt voor de tentoonstelling. Heel langzaam kruipt de warmte die van David uitstraalt ook bij mij naar binnen. 'Het Zoniënwoud is echt zo mooi,' zegt hij, met zijn mond vol. 'Daar moeten we samen nog een keertje heen.'

Ik frons. 'Het Zoniënwoud? In Brussel? Ik dacht dat je naar de Heide zou gaan?'

Hij kijkt even verstrooid naar me op. 'Ja, dat was het plan, maar ik ben van idee veranderd. Ik ken Brussel nog altijd veel beter dan Antwerpen, dus ik dacht dat het beter was om op een plaats te zijn waarmee ik feeling heb, snap je?' Hij verslindt de lasagne alsof het zijn laatste avondmaal is, en ik bestudeer zijn glunderende gezicht, de donkere stoppels op zijn wangen, zijn felblauwe ogen en drink intussen van de rode wijn. David kent Brussel als zijn broekzak, omdat hij er lange tijd heeft gewoond nadat hij thuis was weggelopen. Hoe dat precies in elkaar steekt, weet ik niet. Hij praat er niet graag over, en als er íéts is waarvoor ik begrip heb, dan is het wel dat mensen nu eenmaal sommige dingen uit het verleden liever niet oprakelen. Dat hebben we in ieder geval gemeen.

'Ben je klaar voor goed nieuws?' vraagt David nadat hij de lasagne tot op de laatste kruimel heeft verorberd.

Ik kijk hem vragend aan. 'Gaat dit over die verrassing?'

Hij knikt en zijn ogen stralen. 'Ik heb iets achtergehouden voor je. Ik wilde het eerst zeker weten, maar dat ben ik nu, dus...'

'Dus wat? Kom op, houd me niet zo in spanning!' zeg ik, alvast blij dat ik niet de enige ben die dingen verbergt.

'Ik heb een nieuwe baan,' zegt hij glunderend. 'Als souschef.'

'Echt? Waar?'

'Bij In de Balans.'

'Dat meen je niet! Schat, dat is fantastisch nieuws!' roep ik uit. Ik kom overeind en omhels hem. In de Balans is een van de betere restaurants in Antwerpen, en hoewel het geen sterrenstatus heeft, is het toch een enorme stap vooruit voor David. Eindelijk kan hij weg uit die kebabzaak. Ik ben oprecht blij voor hem. 'Wanneer begin je?' vraag ik.

'Woensdag. Goed, hè? Mijn loon gaat erop vooruit, dus dan kan ik wat meer bijdragen.'

'Je weet toch dat dat me niet uitmaakt, petit loup,' zeg ik, terwijl ik een zoen op zijn stoppelbaard plant. Hij ruikt naar gras en ook wat naar zweet.

'Jou niet, maar mij wel,' zegt hij ernstig. 'Ik kan niet voor altijd afhankelijk zijn van jou, Seren. En bovendien, ik wil een mooie toekomst opbouwen, voor ons allebei.'

'Je bent de liefste,' zeg ik, terwijl ik van zijn schoot spring. 'Maar nu moet je gaan douchen, want er hangt een geurtje om je heen.'

'Tot uw orders, generaal,' zegt David.

Terwijl hij gaat douchen, ruim ik de tafel af en daarna plof ik neer op de bank met het laatste beetje van de merlot. Ik staar naar mijn iPhone. Otto had geen broers of zussen en de familie-apotheek bestaat niet meer, maar iets zegt me dat Otto's ouders het soort mensen zijn dat nog over een vaste telefoonlijn beschikt. Als ik hun telefoonnummer vind, ben ik *in business*. Het probleem is alleen dat ik daarvoor een adres nodig heb. Ik probeer me te herinneren waar Otto woonde. Ik ben nooit bij hem thuis geweest. Niemand van ons, trouwens. Zelfs Danni niet, en zij kwam overal. Ik graaf diep in mijn geheugen. Woonde hij niet ergens aan het Stadspark? Gefrustreerd leg ik mijn telefoon naast me neer. De naam Wouters komt veel te vaak voor. Dan herinner ik me opeens toch iets. Ik heb Otto een keer een appartementsgebouw op de Mechelsesteenweg zien binnengaan toen ik met de tram voorbijreed. Het lag vlak om de hoek van het Lyceum en volgens mij woonde zijn oma daar toen. Zou zij nog leven? Een klein beetje hoop gloeit in me op. Ik weet zeker dat ik het gebouw herken als ik ervoor sta. Als ik het huisnummer heb, vind ik het telefoonnummer vast ook.

David komt de woonkamer weer in. Zijn bomberjack ligt nog op de bank, waar hij hem had neergegooid, en hij hangt hem aan de haak. 'O,' zegt hij. 'Bijna vergeten! Dit zat in de bus.' Hij neemt iets uit een van de jaszakken en houdt hem omhoog. 'Voor jou,' zegt hij.

Hij ploft naast me neer en werpt de zwarte envelop met een zwier op mijn schoot. Bijna spring ik overeind, alsof hij een rat naar me toe wierp, maar ik slaag erin rustig te blijven. Uiteindelijk komt dit niet als een verrassing. Integendeel.

'Dank je,' zeg ik, en ik bekijk de envelop zogenaamd ongeinteresseerd. Mijn naam staat erop. In krullige letters. Ik leg hem op de salontafel en neem de afstandsbediening. 'Zullen we nog eens naar *Severance* kijken?' vraag ik. Mijn stem klinkt beheerst. Het is geen act, deze keer. Nu ik weet dat de brief er is, lijkt het of er een last van mijn schouders is gevallen. Ik voel geen angst of paniek. Niets van dat alles. Het enige wat ik voel, is opluchting, en ik denk: eindelijk.

David kijkt me even raar aan, maar ik schenk hem een bevallige glimlach en kruip tegen hem aan. Ik heb het me dus niet ingebeeld en ik ben ook niet paranoïde. Dat is ergens best wel een geruststelling.

'*Severance*?' zegt David. 'Is daar nog geen nieuw seizoen van?'

'Bijna. Maar het eerste seizoen is al zo lang geleden dat ik er niets meer van weet.'

David geeft toe, en terwijl de personages in de serie een hersenoperatie ondergaan die hen van twee verschillende persoonlijkheden voorziet, waarbij de ene niets weet van de andere en ze tussen twee werelden switchen door een hele bijzondere lift te nemen, denk ik: kon ik ook maar in een lift stappen en alles vergeten. Ik zou nooit meer naar mijn echte leven terugkeren. Dan kon ik voor altijd nep-Seren zijn.

Pas uren later, als David voor de tv in slaap is gevallen, pak ik heel stil de envelop van tafel. Hij voelt vertrouwd aan. Mijn handen zijn kalm als ik hem open en de brief eruit haal. Er staat niets in wat ik nog niet wist. Natuurlijk was Vincent niet toevallig net nu vermoord.

De boodschap is kort maar krachtig:

Toen waren er nog twee.
Voor altijd,
Cleo.

23

Eindelijk lijkt mijn geluk gekeerd. Voor het eerst zet ik een stap vooruit en dat wordt hoog tijd. Gisteren ging ik na mijn werk op zoek naar dat appartementsgebouw waar ik Otto ooit naar binnen had zien gaan. Het bleek niet moeilijk te vinden en toen ik de rij belletjes bestudeerde, lachte de naam Wouters me vrolijk toe. Ik wilde geen tijd verliezen en belde meteen naar de inlichtingen om het vaste telefoonnummer te pakken te krijgen, waarna ik me liet doorverbinden.

Wat bleek?

Het was niet Otto's oma die mijn oproep beantwoordde, maar zijn vader. Blijkbaar waren Otto's ouders na de dood van oma Wouters naar haar appartement verhuisd. Toen ik naar Otto vroeg, wilde zijn vader me eerst niets vertellen. Pas toen hij zich herinnerde wie ik was, ontdooide hij een beetje, maar alsnog wilde hij niets kwijt aan de telefoon. Na wat aandringen, ging hij ermee akkoord dat ik vanavond even zou langskomen, en hier sta ik nu, in de hal van het appartementsgebouw op de Mechelsesteenweg.

Het regent pijpenstelen en ik heb een sprintje moeten trekken van de tramhalte tot aan het gebouw, want ik ben mijn paraplu vergeten. Als ik op het belletje druk, vallen de druppels van mijn jas op de tegelvloer van de hal en vormen daar een klein plasje.

'Seren Engels, ik had u gebeld,' zeg ik, wanneer de stem van Otto's vader door de intercom klinkt.

'Vierde verdieping,' antwoordt hij bars.

De dikke glazen deur gaat met een zoemend geluid van het slot en ik duw tegen het gevaarte. Het appartementsgebouw is oud, nog van voor de tijd dat alles er identiek moest gaan uitzien. Ik had bijna verwacht zo'n oude tralielift naar boven te moeten nemen, maar de benedenhal is best modern.

Terwijl de lift me naar boven brengt, kijk ik in de spiegel en probeer ik me Otto voor te stellen. Hier. In deze lift. Met zijn brede postuur en volle haardos, en een zak paprikachips. Wat zou hij zeggen, als hij me hier zag?

'Hé, Seren. Tof dat je hier bent, nu hoef ik niet bij je appartement in te breken, want dat is goed beveiligd, zeg. Wil je liever van de trap worden gegooid of geef je de voorkeur aan messteken? Dat laatste is wel wat *messy*, haha!'

Ik grimas naar mezelf. De lift komt tot stilstand en ik stap naar buiten. Links en rechts van me is een deur, degene links van me staat open.

'Dag Seren, kom binnen.' Een kleine vrouw – Otto's moeder – verschijnt in de deuropening. 'Geef je jas maar hier,' zegt ze.

Ik zie geen gelijkenis met Otto, in elk geval niet meteen. Deze vrouw is zo klein en tenger dat het haast niet te geloven is dat ze Otto ooit baarde. Gedwee volg ik haar naar de woonkamer. Het gebouw ligt op een hoek, waardoor er overal ramen zijn. De woonkamer is ruim en – moet ik toegeven – smaakvol ingericht. Ik merk enkele antieke stukken op, maar ook designmeubels. Een gigantische boekenkast neemt een van de muren in beslag. Ik weet niet waarom, maar in mijn verbeelding waren Otto's ouders cultuurbarbaren, heikneuters. Niet mensen die boeken lezen, of visgraatparket hebben. Ik dacht dat ze meer van het laminaattype zouden zijn. Otto was zelf heel belezen, maar ik kreeg van hem altijd de indruk dat zijn ouders dat niet waren. Ik heb me vergist, zo blijkt.

'Ga zitten,' zegt Otto's moeder, terwijl ze naar een brede bank wijst. 'Iets drinken?'

'Nee, dank u, dat hoeft niet, mevrouw Wouters. Ik wil u niet te lang ophouden,' zeg ik.

'Noem me maar Gerda, hoor.' Haar ogen zijn zacht en vriendelijk, en heel even zie ik daarin een glimp van Otto.

Ik kijk om me heen en bestudeer de abstracte schilderijen aan de muur. Om een gesprek aan te knopen, wil ik er een opmerking over maken, maar op dat moment kondigt Otto's vader zijn komst aan met zware voetstappen die over het parket bonken.

'Seren Engels. Diegene die het heeft gemaakt,' zegt hij met diepe stem. Ik ben even van mijn stuk gebracht, niet alleen door zijn opmerking – hoezo *diegene die het heeft gemaakt*, Vincent was toch ook heel succesvol? – maar vooral door de sterke gelijkenis van de man met Otto. Hij is groot en breed, net zoals zijn zoon, heeft dezelfde volle bos haar – al is die bij hem grijzend en wat dunner bovenaan – en laat zich met een kreun in een fauteuil zakken.

'Goedenavond, meneer Wouters,' weet ik uit te brengen. 'Bedankt om even tijd voor me te maken.'

Ik kan niet ophouden naar hem te staren. Dit is hoe Otto eruit zal zien over dertig jaar.

'Je wilde over Otto praten?' onderbreekt hij mijn stilzwijgen. Ik wil mijn ingestudeerde verhaal beginnen af te draaien, maar hij houdt me tegen. 'Ik vrees dat we je weinig kunnen vertellen. Wat ons betreft bestaat hij niet meer.'

Dat had ik niet zien aankomen. Geschokt kijk ik van hem naar zijn vrouw, maar Gerda staart naar het Perzische tapijt alsof ze de weg kwijt is in het labyrint van kleurige patronen.

Hebben ze het Otto zo kwalijk genomen dat hij de apotheek niet heeft overgenomen?

'Het spijt me erg dat te horen,' zeg ik. 'Heeft u geen enkel idee waar hij kan zijn?'

Otto's vader schudt zijn hoofd. 'En ik wil het niet weten ook.'

'Jef!' zegt Otto's moeder. 'Wat moet Seren wel niet denken?' Ze wendt zich tot mij. 'Wij zijn geen slechte ouders, echt niet. Het is gewoon...' Haar stem breekt en ze zwijgt weer.

De vrouw lijkt vervuld te zijn van schuldgevoel, een emotie die ik maar al te goed ken. Ik brand van nieuwsgierigheid, maar weet niet wat ik moet zeggen – of hoe ik het moet zeggen – dus zwijg ik en probeer begripvol te kijken, terwijl ik diep vanbinnen het ongeduld voel borrelen en pruttelen als de kaas op een hete lasagne.

De stilte maakt me ongemakkelijk, en net wanneer ik denk dat ik maar beter kan vertrekken, doet Jef Wouters zijn mond open. 'Ik zal je vertellen wat we weten, omdat jij erbij was toen het misliep.'

'Oké,' zeg ik, bij gebrek aan een ander woord, en ik knik dankbaar.

'Nadat dat meisje verdween, die Cleo, is het met onze Otto niet zo goed gegaan. Je weet vast dat hij zijn diploma met de hakken over de sloot heeft gehaald dat jaar.' Hij kijkt naar me en ik knik opnieuw. Dat weet ik nog heel goed. Otto spijbelde vaak die laatste maanden. 'De enige reden dat hij het uiteindelijk wel haalde, was omdat ik de directeur goed kende.' Jef Wouters wacht even en kijkt me dan recht aan. 'Ik vermoed dat jullie het allemaal wel moeilijk gehad zullen hebben, maar om de een of andere reden kwam Cleo's verdwijning bij Otto harder aan. Hij kreeg zijn leven daarna niet meer op orde. Ik weet niet waarom.' Zijn blik blijft priemen en ik vraag me af of hij echt niets weet. Zou Otto zijn ouders iets hebben verteld? Onwaarschijnlijk, gezien de frêle band die hij met hen had, maar je weet maar nooit. Hoe vaak heb ik zelf niet op het punt gestaan om iets te zeggen? Schuldgevoel is een raar ding. Je hebt de neiging te praten over wat er is gebeurd, in de hoop de last te verlichten, maar dat is een illusie. De schuld verdwijnt niet door ze uit te spreken, het schuldgevoel dus ook niet.

'Is Otto naar de universiteit gegaan?' vraag ik.

Jef Wouters knikt. 'Hij begon eerst aan de studie van apotheker, maar dat was een ramp.'

Hij heeft het dus toch geprobeerd. Arme Otto. Dat kan hij alleen maar hebben gedaan in de hoop van dat schuldgevoel af te komen.

Terwijl zijn vader praat, houd ik tersluiks het gezicht van Otto's moeder in de gaten. Zo breed als haar man is, zo smal en fragiel is zij zelf. Een schaduw. Dit gezin is gebroken en ik sta hier te dansen op de scherven. Als het niet zo belangrijk zou zijn dat ik meer te weten kom, dan was ik allang vertrokken.

Jef Wouters vertelt verder: ‘Otto is een aantal keren van studie veranderd, maar als je niet naar de colleges gaat, heeft dat weinig zin.’ Ik kan de bitterheid in zijn stem haast proeven. ‘Die jongen had alle kansen om iets van zijn leven te maken, maar wat deed hij ermee? Helemaal niets. Drinken. Dat wel. En weet ik veel wat voor andere troep hij snoof en slikte.’ Hij zwijgt even en dan, met verstikte stem, zegt hij: ‘Ik heb geen zoon meer.’

Ik hoor hier niet te zijn. Dit is een privékwestie en ik voel me als een gluiperige indringer nu ik de naakte radeloosheid van deze ouders zo voor me uitgespreid zie liggen. Ik had nooit kunnen vermoeden dat uitgerekend Otto het zo moeilijk zou hebben. Hij was de grapjas van ons zessen. De nonchalante niets-kan-me-raken-kerel. En hij had ouders die er voor hem waren en het beste voor hem wilden. Hoe hard Otto deze mensen en hun plannen voor zijn toekomst ook verafschuwde, ze boden hem een veilig thuis en de kans om iets van zijn leven te maken. Wat heeft hem zo over de rand geduwd? Wat heeft hij gezien of gedaan dat wij niet weten?

‘Otto vermoordde een meisje,’ beantwoordt Otto’s moeder geheel onverwacht mijn ongestelde vraag.

Even wordt de lucht uit mijn longen geschopt, het lijkt alsof alle zuurstof uit de kamer is verdwenen en ik grijp met beide handen de bank vast.

‘Gerda, zwijg toch!’ roept Jef. Zijn gezicht is rood aangelopen, zijn stem breekt.

‘Het is de waarheid,’ zegt Gerda nu, haar handen om haar glas geslagen en een verbeten trek om haar mond.

Ik open de mijne, maar sluit hem weer. Niet in staat te reageren. Verward kijk ik van de een naar de ander, maar beiden vermijden ze mijn blik.

Dan zucht Jef Wouters. 'Ik heb een borrel nodig. Nog iemand?'

Zonder iets te zeggen, loopt Gerda naar de barkast. Zwijgend schenkt ze drie glazen in met een goudkleurige vloeistof en overhandigt ons ieder een glas. Ik nip van het mijne en voel de alcohol in mijn keel branden, terwijl Jef het zijne in één teug achterover giet en met een klap neerzet.

'Goed,' zegt Jef. 'Je kunt maar beter het hele verhaal kennen, nu je toch hier bent. Toen Otto was gestopt met studeren, begon hij te werken. Niets boeiends. Hij werkte een paar weken in een fabriek, daarna in een bar – wat geen goed idee was – en daarna begon hij op de Meir als verkoper in een telecomwinkel. Mobiele telefoons, abonnementen, dat soort dingen. Dat ging een tijdlang goed.'

'We dachten echt dat het beter met hem ging,' komt Gerda tussenbeide. 'Hij dronk minder. Zelfs bijna niet meer.' Haar stem breekt en ze neemt een slokje voor ze verdergaat. 'Maar die dag sloot de winkel vroeg, omdat ze een kerstborrel hielden. Het was 24 december, zie je, dus iedereen wilde op tijd naar huis.'

24 december, daar heb je die datum weer, denk ik.

'Otto zou samen met ons kerstavond vieren. Ik had gekookt, mijn zus en haar kinderen zouden ook komen.' Ze snuft.

'Gerda, je hoeft niet alles te vertellen,' zegt Jef geïrriteerd. 'Het komt hierop neer: Otto was stomdronken. Hij had zich op die kerstborrel lazarus gezopen aan de glühwein.'

'Je weet niet hoeveel hij had gedronken!' spreekt Gerda hem tegen. 'Misschien werd hij wel zo dronken *omdát* hij de alcohol niet meer gewend was,' zegt ze. 'Hij dronk allang niet meer, op dat moment.' Ze richt zich tot mij. 'Kijk, Seren, *ik* denk dat hij het moeilijk had die dag doordat hij aan Cleo moest denken, dat was toen nog maar twee jaar geleden, en dat hij daarom toch is gaan drinken.'

'Dat doet er niet toe, het resultaat blijft hetzelfde,' zegt Jef. 'Die idiote zoon van ons stapte na die kerstborrel in de auto.

Altijd ging hij met het openbaar vervoer naar zijn werk, maar omdat hij die dag spullen bij zich had voor de borrel, glazen en snacks en zo, was hij met de auto. Hij draaide de Leien op en schepte een fietser. Een meisje van twaalf.'

Gerda onderdrukt een snik. 'Ze was op slag dood.'

Mijn handen zweten. Dit is acht jaar geleden gebeurd en ik heb het nooit geweten. Nochtans woonde ik toen nog in Antwerpen. Ik zat op de academie. Otto moet zich zo alleen hebben gevoeld. En zo schuldig.

'Otto is dat ongeval nooit te boven gekomen,' bevestigt Gerda mijn vermoeden. 'Het was te veel. Eerst Cleo, toen dit.'

Ik voel me verscheurd. Hadden we toch bij elkaar moeten blijven na Cleo? Was het verkeerd geweest om elk contact te verbreken? Destijds waren we er allemaal zo zeker van dat we het juiste deden, we overtuigden elkaar daarvan, maar nu...

'Hij kreeg twee jaar voorwaardelijk,' zegt Jef. 'En we hebben hem sindsdien niet meer gezien.' Hij komt overeind. 'Voor mij is hij zo goed als dood. Ik heb geen zoon meer en dat is alles wat ik erover kwijt wil. Goedenavond.' Met een knik van zijn hoofd loopt hij de kamer uit. Ik hoor zijn zware voetstappen zich verwijderen tot er ergens achter in het appartement een deur dichtslaat.

'Ik weet niet wat ik moet zeggen,' mompel ik. 'Het spijt me dat ik het niet wist. Ik had misschien–'

'Je hoeft je niet te verontschuldigen,' zegt Gerda. 'Het is niet jouw schuld.'

Maar dat is het wel, in zekere zin.

'Heeft Otto in de gevangenis gezeten?' vraag ik met een klein stemmetje.

Gerda knikt. 'Heel even, in voorarrest. En hij was zijn rijbewijs kwijt.' Dan komt ze overeind, loopt naar de grote boekenkast en neemt er een fotoalbum uit. Ze legt het album op de salontafel en bladert erdoor, tot ze tussen de pagina's een envelop tegenkomt die ze eruit pakt.

'Ik heb mijn zoon nog wel gezien,' zegt ze zacht. 'Jef weet dat niet. Voor mij is en blijft Otto mijn kind, wat hij ook heeft gedaan.' Ze opent de envelop en haalt er een foto en een krantenartikel uit. 'Het laatste wat ik van hem weet, is dat hij in Brussel leeft, meestal op straat. Hij is verslaafd. Ik heb geprobeerd hem te helpen, maar ik denk dat hij niet geholpen wil worden. Soms neem ik de trein naar Brussel en ga ik naar hem op zoek. De ene keer vind ik hem, de andere keer niet.' Ze wrijft in haar handen. 'Ik weet niet waarom je hem wilt zien, maar je bent de eerste persoon in jaren die naar hem vraagt. Soms lijkt het of hij nooit heeft bestaan.' Tranen glinsteren in haar ogen en ze duwt de foto in mijn handen. 'Dit is de meest recente foto die ik van hem heb, maar die is ook al oud. In het artikel wordt hij ook vermeld door een journalist die een reportage over daklozen maakte.' Ik kijk naar het artikel, het dateert van enkele jaren geleden. 'Als je hem echt wilt vinden, Seren, start dan bij het Noordstation. Daar maak je de meeste kans.'

Ik bedank haar en sta even later met een tollend hoofd weer beneden. Het regent niet meer, maar diepe plassen liggen als donkere spiegels op de grijze straatstenen. Ik sta onbeweeglijk op het voetpad, niet goed wetend wat te doen, dus begin ik te lopen. Om mezelf af te leiden, luister ik naar de cadans van mijn hakken op het voetpad.

Tak. Tak. Tak. Tak.

Het helpt niet, integendeel. Voor ik het besef, heb ik het geluid veranderd naar dat van een trein die over de sporen dendert.

Takketak. Takketak. Takketak.

Ik stop mijn vuisten diep in mijn zakken en houd mijn hoofd gebogen. Ik zet alle feiten die ik heb ontdekt op een rijtje en probeer orde te scheppen in deze vreselijke warboel.

Feit 1: Otto heeft een dodelijk ongeval veroorzaakt waarbij een meisje van twaalf is gestorven.

Feit 2: Van alle driehonderdvijfenzestig dagen die er in een jaar zijn, gebeurde dit op een vierentwintigste december.

Feit 3: Otto is voor het laatst gezien in Brussel, waar hij als dakloze leeft.

Dat is alles wat ik zeker weet, de rest moet ik invullen. Ik sta voor het rode licht om de Britselei over te steken.

Hij draaide de Leien op en schepte een fietser, zei Otto's vader.

Ik kijk om me heen. Is dit waar het gebeurde? Ik stel me een meisje op de fiets voor. Ze heeft een rugzak op haar rug, haar haren wapperen in de wind. Of, bedenk ik, misschien regende het en droeg ze een regenjas met de kap omhoog, waardoor ze niet kon zien dat Otto eraan kwam met zijn auto.

Hoe moeilijk ik het zelf ook heb gehad, het is in niets te vergelijken met wat Otto en zijn ouders hebben doorstaan. Hoe ga je verder, na zoiets? Hoe moet het voor Otto zijn geweest om te zien dat ik een succes van mijn leven maakte, terwijl hij zelf alsmaar dieper wegzakte? En dan Vincent. Wie weet is Otto hem zelfs tegen het lijf gelopen in de rechtbank. Het is tenslotte een klein wereldje. Zou Otto geprobeerd hebben om met Vincent contact op te nemen na het ongeval, om hem om hulp te vragen? Mijn hart breekt stilletjes. Ik kan me Vincents antwoord daarop zo voorstellen.

Het licht springt opnieuw op rood. Ik heb het groene mannetje volledig gemist. Auto's zoeven me voorbij. Tram 7 komt de hoek om gereden en weer kijk ik intensief naar alle raampjes, op zoek naar dat ene hoofd met de zwarte krullen dat onmogelijk in de tram kan zitten. Uiteraard tevergeefs.

Op de tram hangt reclame voor dekbedden en uit het niets dringen mijn diep weggestopte herinneringen me een beeld op van Cleo's krullende haar dat donker contrasteert op een hagelwit hoofdkussen. Even wit als haar gezicht.

Wat. Een. Puinhoop.

Er komt een oudere man naast me staan, met een wit hondje. Vanuit mijn ooghoek zie ik dat het beestje snuffelend in de richting van een plasje braaksel in de goot schuifelt, maar zijn baasje trekt hem weg voor hij zich eraan tegoed kan doen. Ik doe de ademhalingsoefening die Vivian me heeft geleerd.

Vier tellen inademen.

Vier tellen vasthouden.

Vier tellen uitademen.

Niet aan Cleo denken.

Niet. Aan. Cleo. Denken.

Otto wilde wraak. Hoe meer ik erover nadenk, hoe beter ik het plaatje vorm zie krijgen. Zijn leven was om zeep, terwijl dat van ons gewoon verder kabbelde alsof er niets was gebeurd en dat nam hij ons kwalijk. Het was niet eerlijk. Net zoals het die keer dat Vincent hem het dronken rijden in de schoenen schoof ook niet eerlijk was. Ik kan me heel goed voorstellen dat Otto Vincent iets wilde aandoen. Ook wat Stijn betreft, hoef ik niet lang na te denken. Stijn pestte Otto voortdurend. Ik weet niet of het kwam omdat hij altijd zo competitief moest zijn, vanwege zijn sport, maar hij kon je precies daar raken waar het pijn deed. Net als Cleo, trouwens. Die twee hadden elkaar echt gevonden. Ik snap niet waarom ik dat toen niet zag. Alsof ik jaren nodig had om die patronen te ontwarren. Danni wist het wel, zij waarschuwde me voor Stijn.

Danni.

Het licht springt op groen en ik steek eindelijk het eerste stuk van de Britselei over tot aan het middenstuk, de man met de hond volgt op de voet.

Danni zit me al de hele tijd dwars. Ik kan voor ieder lid van de Sandwichclub wel een reden bedenken waarom Otto wraak zou willen nemen, zelfs voor mij, maar niet voor Danni. Otto zou Danni nooit pijn doen. Nooit.

Waarom heeft hij het dan toch gedaan?

Mijn mobiel piept. *Heb je de politie al gebeld? Ik maak me zorgen.* Vivian.

Ik staar even naar het scherm, stop de telefoon weer in mijn zak en steek over. Uit het niets verschijnt een tram luid bellend naast me en een hand grijpt mijn jas. De hand trekt me achteruit en in een reflex stap ik mee naar achteren en probeer mijn evenwicht te bewaren.

'Mevrouw! U was er bijna geweest!' De hand behoort toe aan de man met de hond. Hij heeft mijn jas nog steeds vast. 'U kan hier niet zomaar oversteken, dat is levensgevaarlijk! Had u niet gezien dat het rood was?'

'Sorry,' stamel ik en ik mompel iets over afgeleid zijn en even niet opgelet, en zo. Vanonder zijn hoed kijkt de man me bozig aan, alsof hij wel betere dingen te doen heeft dan verwarde vrouwen van de straat wegtrekken. Ik staar naar het verkeerslicht en focus me erop alsof mijn leven ervan afhangt. Wat letterlijk zo is.

Ik bijt op mijn lip. Bijna was ik door het rode licht gelopen. Bijna was ik er niet meer geweest.

Bijna. Net zoals Danni *bíjna* was gestorven, maar niet echt.

Waarom is Danni niet dood? Waarom Stijn en Vincent wel, maar Danni niet? Heeft ze gewoon geluk gehad of is de enige reden dat ze nog leeft dat haar aanvaller niet de intentie had dat ze zou sterven? Hij takelde Danni nét voldoende toe om het er geloofwaardig te doen uitzien. Het moest lijken alsof hij haar dood wilde.

Het licht springt op groen en ik moet me inhouden om niet hardop uit te spreken wat ik denk, terwijl ik voorzichtig links en rechts kijkend achter de man met de hond aan oversteek. Gelukkig gaat de man rechtsaf, terwijl ik rechtdoor naar het Leopoldplein loop.

Als je het nuchter bekijkt, is het echt heel simpel: Danni is niet dood, omdat Otto dat niet wilde. Hij had het niet in zich om haar te doden. Hij kon het niet. Ik kan de feiten nog zo veel en zo vaak bestuderen en binnenstebuiten keren, Otto is de enige die hierachter kan zitten. Hoe hard ik ook wil dat het niet waar is.

Tenzij Cleo nog leeft.

Dat is onwaarschijnlijk, maar niet minder onwaarschijnlijk dan dat Otto een moordenaar is, dus hou ik de optie open. Eén ding is zeker: Otto is de sleutel en hoe sneller ik hem kan lokaliseren, hoe beter.

Maar hoe doe ik dat?

Ik loop voorbij de Bourlaschouwburg en sla de Huidevetterstraat in, waar de dure winkels me met hun sfeervol verlichte etalages warm verwelkomen. Ik kan mijn eigen zaak niet zomaar achterlaten om dagenlang in Brussel rond te struinen, op zoek naar een dakloze man. Ik heb nog ontzettend veel werk en ik kan Birgit niet voor alles laten opdraaien. Maar misschien lukt het me om dit weekend even te ontsnappen, zonder David. Op zaterdag moet hij werken in het restaurant, dus dan kan hij zeker niet mee. Als ik Birgit in het complot betrek, kan ik David wijsmaken dat ik een aantal Brusselse winkels wil gaan bekijken als potentiële verkooppunten voor Dark Angel. Om het nog realistischer te maken, kan ik haar vragen ook wat echte afspraken te maken. Ik versnel automatisch mijn pas bij dit nieuwe plan. Het enige nadeel is dat ik nog twee dagen in onwetendheid moet doorbrengen.

Ik steek de Meir over, die er op dit avonduur verlaten bij ligt, en besluit via de Katelijnevest naar huis te lopen. Het sneetje van de simkaart jeukt en ik peuter wat aan de pleister. Mijn tas begint te vibreren als mijn telefoon gaat. Ik herken het nummer niet, maar neem toch op.

'Met Seren Engels.'

'Dag Seren, je spreekt met hoofdinspecteur Helena Ooms.'

Ik sta abrupt stil. Vroeg of laat zou ze me bellen, dat wist ik natuurlijk wel, maar ik had gehoopt dit gesprek nog te kunnen uitstellen. Ik vraag me af of Vivian haar misschien toch zelf heeft gebeld, maar verwerp die mogelijkheid meteen. Dat zou ze niet doen zonder het mij te zeggen. Ik schraap mijn keel. 'Goedenavond, hoofdinspecteur, wat kan ik voor u doen?' zeg ik op mijn meest professionele toon.

'Ik wilde even horen hoe het met je gaat,' vraagt Ooms.

'Het gaat prima,' zeg ik kortaf.

'Heb je nog nagedacht over wat ik je de vorige keer vroeg?'

'Mevrouw Ooms, ik kan u niets meer vertellen over Cleo, dat heb ik u al gezegd,' antwoord ik geïrriteerd.

'Ja, dat heb je inderdaad gezegd, maar ik hoopte dat je van idee zou veranderen als ik je wat tijd gaf,' zegt ze vriendelijk. Die vrouw is niet van haar stuk te brengen. 'Maar goed, daarvoor belde ik niet echt. Ik heb iets wat ik met jou zou willen bespreken. Kan je morgen naar het politiekantoor komen?'

'Gaat het over Stijn? Weet u wat er met hem is gebeurd?'

'Ik bespreek dit liever niet aan de telefoon, Seren. Ik hoop dat je dat begrijpt. Bovendien is er iets wat ik je wil laten zien.'

Weet ze het van Vincent en Danni en heeft ze zelf het verband gelegd? Ik voel een zenuwkriebel van mijn maag naar mijn keel kruipen en ik moet mijn best doen om mijn stem niet te laten haperen. 'Ik heb het momenteel nogal druk, ben ik bang,' weet ik uit te brengen. 'Kan het wachten?'

'Ik begrijp dat dit vervelend is, maar helaas kan dat echt niet. Lukt morgen in de loop van de middag? Zo rond drie uur? Ik kan me aanpassen.'

'U kunt me toch ten minste zeggen waarover het gaat?' vraag ik.

'Liever niet, Seren. Ik bespreek dit liever persoonlijk. Om drie uur in het mastergebouw in Berchem. Ik beloof je dat het niet lang zal duren.'

De vrouw weet van geen ophouden. Ze zal niet rusten voor ze me heeft gesproken, besef ik, dus zucht ik diep om haar mijn ongenoegen kenbaar te maken, maar geef dan toe. 'Goed dan. U wint. Maar meer dan een half uur kan ik u niet geven.'

'Meer heb ik niet nodig. Weet je waar we zitten?'

'Nee,' zeg ik. Sinds de oude politietoren niet meer in gebruik is, heb ik geen idee van waaruit de Antwerpse politie opereert.

‘Je krijgt een e-mail van me ter bevestiging van de afspraak. Neem die mee. Het adres staat er ook in. Tot morgen, Seren.’ Ooms hangt op.

Zonder dat ik het besefte, heb ik tijdens ons gesprek niet alleen de pleister van mijn vinger getrokken, maar ook het sneetje weer opengeprutst.

Ik stop de gewonde vinger in mijn mond en proef de metalige smaak van bloed.

24

Het regent eens niet, vandaag. Het is zelfs bizar warm voor een dag in december. Om tijd te besparen, neem ik een taxi naar het nieuwe politiekantoor in Berchem, zo verlies ik hopelijk niet te veel tijd. Want met elke dag die voorbijgaat, neemt mijn voorraadje tijd af.

Ik loop de glazen schuifdeuren door en sta even verbouwereerd rond me heen te kijken. Het lijkt hier wel de securitycontrole op de luchthaven, en de zenuwen gieren meteen door mijn keel. Een personeelslid wijst naar een automaat links van me, en ik begrijp dat ik mijn identiteitskaart erin moet stoppen, en ook mijn e-mailadres moet ik intoetsen. Daarna wordt mijn handtas gecontroleerd en op een transportband gezet, en moet ik zelf door een screeningdetector lopen, die gelukkig niet begint te piepen, waarna ik een badge krijg, wat blijkbaar betekent dat ik ben goedgekeurd en in de wachtruimte plaats mag nemen.

Dit is niet wat ik verwachtte. Ik weet niet wat ik dan wel verwachtte, maar deze moderne geoliede machine zeker niet. Een van de muren van de wachtruimte is donkerblauw geschilderd met daarop in het wit een gigantisch logo. Defensor Libertatis, staat erop, en om de tijd te verdrijven probeer ik me mijn Latijnse lessen te herinneren en de betekenis ervan te achterhalen. Verdediger van de vrijheid? Vrijheidsstrijder?

'Dag, Seren. Bedankt voor je komst. Ik waardeer het dat je hier tijd voor maakt,' zegt Helena Ooms, die plots voor mijn neus staat met een laptop onder haar arm.

Ik knik stuurs – ze heeft me uiteindelijk niet echt veel kans gegeven om hier onderuit te komen – en volg haar een deur door naar een lange gang met deuren aan weerszijden. Sommige staan open en ik zie identieke kale ruimtes met elk een tafel en enkele stoelen. Een televisiescherm. Camera's.

Verhoorkamers.

'Hier kunnen we rustig praten,' zegt Ooms, en ze gaat een van de kamers binnen. Ze wijst naar een stoel, en door haar autoritaire houding lijkt het gebaar meer op een bevel dan op een uitnodiging. Ze ziet er anders uit dan de laatste keer. De grijze uitgroei in haar haren is bijgewerkt en de blonde kleur ziet er stijlvol uit, minder gelig dan eerder. Ook haar kleren lijken beter te passen, al zijn ze verre van modieus te noemen.

Ik ga zitten en schuif wat heen en weer op de stoel, die daardoor luid kraakt, terwijl Ooms tegenover me komt zitten, haar laptop openklapt en er een kabeltje instopt dat uit het televisiescherm komt. 'Luister, ik heb echt niet veel tijd,' zeg ik, maar Ooms houdt haar hand naar me op.

'Ik zal meteen met de deur in huis vallen,' zegt ze. 'Vincent Volders. Heb je het gehoord?'

Ik knik. Soms heeft het nu eenmaal geen zin om te liegen. 'De autobom. Ik zag het op het nieuws.'

Ooms kijkt me aandachtig aan. Ze lijkt te wachten tot ik nog iets ga zeggen, maar als ik dat niet doe, gaat ze zelf verder. 'Een vreemd toeval, niet?' Ik haal mijn schouders op en wacht tot ze zelf haar kaarten op tafel legt. 'Eerst Stijn De Clerck en toen Vincent Volders. Twee mannen met wie jij op school zat, allebei dood.'

Dus ze weet het niet van Danni, of ze houdt dat detail voor me achter om te kijken of ik er zelf over zal beginnen, wat ik niet doe. 'Ja, een tragisch toeval,' beaam ik. Ooms leunt achterover in haar stoel. Ik weet wat ze probeert te doen. Ze wil me uit mijn tent lokken door een stilte te laten vallen, maar dan moet ze vroeger opstaan. 'Wilde u me daarover spreken?' vraag ik.

Ze zwijgt nog enkele tellen en zegt dan: 'Toeval, is dat echt wat je denkt dat dit is?'

Ik haal mijn schouders op. 'Wat zou het anders zijn?'

'Ik weet het niet,' zegt ze. 'Daarom wilde ik graag van jou weten of jij misschien iets verdachts hebt opgemerkt de laatste tijd.'

'Verdacht? Zoals wat? Gemaskerde mannen?'

Ooms doorbreekt haar professionele houding met een glimlach. 'Bijvoorbeeld. Of dreigementen, of nog iets anders. Zeg jij het maar.'

Weer zo'n tactiek. Ze heeft geen idee van de dreigbrieven, en ik ben niet van plan mijn mond voorbij te praten. Ik zucht luid om mijn ongeduld te demonstreren. 'Nee, ik heb niets verdachts opgemerkt. Waarom ben ik hier?'

Ze negeert mijn vraag en overvalt me met een andere: 'Heb je recent nog contact gehad met Vincent Volders?'

Shit. Weet ze dat ik hem heb opgezocht? Zo ja, dan komt het niet goed over als ik dat ontken. Maar hoe zou ze dat *kúnnen* weten? Is ze me gevolgd? Of heeft ze Vincent nog gesproken voor zijn overlijden? 'Waarom vraagt u dat?' antwoord ik ontwijkend, want het kan natuurlijk ook gewoon een gokje zijn van haar kant.

'Het is een eenvoudige vraag, Seren. Heb je Vincent Volders nog gezien of gesproken voor hij stierf, ja of nee?'

Ik zucht. Het risico om op een leugen te worden betrapt, is te groot. 'Ja, heel even,' geef ik toe. 'Ik kwam hem tegen, op straat, vlak voor zijn kantoor.'

Ooms knikt tevreden en typt iets op haar toetsenbord. 'En waarover hebben jullie het gehad?' vraagt ze.

'Niets bijzonders. Ik vroeg of hij naar Stijns begrafenis zou gaan en we hadden het over de modeshow. Vincents verloofde, Suzy Zaman, zat namelijk aan mijn tafel. Maar dat wist u vast al.' Ooms staart me aan, maar zegt niets. Het kost me veel moeite kalm te blijven, zodat mijn wangen niet beginnen te gloeien. 'Ik heb niets met die bom te maken, als u dat soms denkt,' zeg ik.

Ze blijft naar me staren, haar blik wordt nieuwsgierig. 'Waarom zou ik denken dat jij iets met die bom te maken hebt?'

Ik uit een zenuwachtig lachje. 'Geen idee,' zeg ik. 'Ik weet niet wat u denkt.' Mijn ogen dwalen nerveus door de kale ruimte.

Ooms laat zich achterover hangen in haar stoel. Het is een houding die nonchalance suggereert, maar niets aan Helena Ooms is ook maar enigszins nonchalant, weet ik, dus ben ik des te meer op mijn hoede.

'Ik zei dat ik je iets wilde laten zien,' zegt ze, terwijl ze iets op haar laptop intoetst waardoor het televisiescherm tot leven komt. 'Ik heb iets interessants ontdekt waar ik graag jouw mening over zou horen.'

Op het scherm staat een korrelig filmpje klaar om te worden afgespeeld en ik krijg een wee gevoel in mijn maag. Helena Ooms klikt op 'play' en het wazige beeld komt in beweging. Ik ken dit filmpje. Het is indertijd grijsgedraaid op alle televisiekanalen en kwam in de weken en maanden na Cleo's verdwijning in elk 'opsporing verzocht'- of coldcase-programma weer naar boven. Het was van een youtuber die in het station van Berchem de aankomende trein filmde en toont de laatste waarneming van Cleo.

Ik kan er niets aan doen. Hoe vaak ik ze ook heb gezien, mijn blik kleeft aan de beelden en fixeert elke beweging die Cleo maakt. Door haar opgetrokken schouders lijkt haar houding gespannen en ziet ze eruit alsof ze de wereld wil buitensluiten. Het is of ze helemaal alleen staat op dat perron, als een eiland in een zee van forenzen. De camera vangt elk detail: haar opvallende grasgroene jas steekt fel af tegen de grijze massa, en Cleo's nervositeit uit zich in het friemelen aan de bandjes van haar rugzak en in de manier waarop haar hoofd soms schichtig opzij kijkt, snel en schuw als een wild dier dat gevaar ruikt. Het is zo duidelijk, zie ik nu. Als je het weet, is de waarheid zo helder als bronwater en bij elke seconde die verstrijkt, voelt het alsof er een draad gespannen wordt rond mijn hoofd, strakker en strakker.

'Waarom laat u me dit zien? Dat filmpje is toch oud nieuws?' zeg ik, nadat ik weer tot mezelf ben gekomen.

'Ja, dat klopt. Maar toch is het veel interessanter dan je zou denken. Misschien helpt het als je me beschrijft wat je ziet,' zegt Ooms vriendelijk, alsof ze me een gunst bewijst.

Het bonzen van mijn hoofd evolueert naar een knallende hoofdpijn. Ik wil hier zo snel mogelijk weer weg, dus doe ik wat ze zegt. 'Dat is het station van Berchem,' leg ik uit. 'En dat figuurtje met de rugzak en de groene jas, is Cleo, zoals u weet.'

Ooms knikt. 'Cleo die de trein naar haar ouders zou nemen die dag, op 24 december. Correct?'

'Ja, naar Vilvoorde.'

'Deed ze dat wel vaker?'

'De trein nemen?'

'Ja, die specifieke trein naar Vilvoorde, nam ze die vaker om naar haar ouders te gaan?'

'Ja,' zeg ik twijfelend, niet helemaal zeker waar ze naartoe wil. Ooms weet dit toch allemaal? 'Cleo woonde sinds haar achttiende alleen, maar ging in de weekenden vaak naar huis. Niet elk weekend, maar toch geregeld,' zeg ik.

'Je zou dus kunnen zeggen dat ze een ervaren treinreiziger was,' zegt Ooms, als om een punt duidelijk te maken.

'Dat zou je kunnen zeggen,' antwoord ik.

'Waarom stond ze dan op het verkeerde perron?'

Ze overvalt me en ik knipper, niet zeker of ik de vraag juist heb gehoord. 'Pardon?' zeg ik, om tijd te rekken, terwijl ik naar het figuurtje op het perron kijk.

'De trein van Berchem naar Vilvoorde vertrok normaal gesproken van spoor 9, maar had vertraging en kende een spoorwijziging, waardoor hij dus van perron 10 vertrok. Deze trein...' – Ooms wijst op het scherm naar de trein die het station komt binnenrijden – 'is de IC naar Brussel en Charleroi Centraal. Die stopt helemaal niet in Vilvoorde.' Haar ogen boren zich in de mijne en ik wend mijn blik af, staar naar het scherm en probeer mijn hersenen te laten werken, maar de binnenkant van mijn hersenpan is in pap veranderd, lijkt het wel. Hoe diep is Ooms gaan graven dat ze zoiets heeft opgemerkt? Die vrouw is een hyena. Onmiddellijk begrijp ik de implicaties van deze ontdekking. Cleo zou hebben geweten dat ze op de verkeerde trein stapte. Dit is niet goed. Mijn handen beginnen te zweten en wriemelen zenuwachtig in mijn schoot. *Denk, Seren, denk.*

'Toch is Cleo op deze trein gestapt, naar Charleroi. Heb je enig idee waarom ze dat zou doen?' vraagt Ooms.

Haar vraag haakt zich aan me vast, en ik spartel als een gevangen vis. 'Ik heb geen idee,' weet ik uit te brengen, terwijl een vermoeden van wat er werkelijk is gebeurd uit mijn hersenpap naar boven borrelt en ik besef dat ik alles op alles moet zetten om Ooms niet tot dezelfde conclusie te laten komen, als dat niet al te laat is.

'Aangezien ze wel vaker de trein naar Vilvoorde nam, zou ze toch moeten weten dat ze die naar Brussel Centraal moest hebben en niet die naar Charleroi?' dendert Ooms verder, onverstoorbaar. Ze heeft me in haar klauwen.

Ik knik, mijn keel is droog. 'Ja, natuurlijk, maar we hadden er een zware nacht op zitten, met veel drank, dus het zou heel goed kunnen dat Cleo niet goed oplette? Of misschien had ze de spoorwijziging niet gehoord?' probeer ik moedig. 'De stationsomroep is vaak onduidelijk.'

'Je denkt dus dat ze de aankondiging heeft gemist?' Ooms' bruine ogen vernauwen zich terwijl ze met haar pen speelt, en haar sceptische blik priemt door me heen.

'Of verkeerd begrepen, ja,' zeg ik, maar mijn stem mist overtuiging.

'Zou ze in dat geval ergens onderweg haar fout hebben ingezien en zijn uitgestapt om op een andere trein over te stappen, denk je?'

Verdorie. Hangen er camera's in alle stations? Heeft Ooms haar zien uitstappen? Ik denk het niet, want de politie heeft dat tien jaar geleden al onderzocht en niets gevonden. 'Zou kunnen,' zeg ik dus.

'Zou kunnen,' herhaalt Ooms en ze zucht diep, een uitdrukking van frustratie en vermoeidheid tegelijk. 'Seren, het ligt misschien aan mij, maar ik vind dit vreemd. Jij was toch goed bevriend met Cleo, of niet?'

Ik knik. 'Redelijk goed, ja,' zeg ik.

'Valt jou niets vreemds op aan die beelden van haar?'

O, ze moest eens weten. Met elke spier in mijn lijf tot het uiterste gespannen en met mijn handen tot vuisten samengebald, springen mijn gedachten van de werkelijkheid naar de leugen. 'Iets vreemds? Hoe bedoelt u?' Het beetje controle dat ik nog heb over mijn stem is als een dunne draad die zo strakgespannen staat dat die klaar is om elk moment te breken.

'Valt jou iets op aan Cleo's manier van doen? Aan haar houding?'

'Nee, niet echt,' lieg ik, terwijl ik mijn hoofd schud in een zwakke poging mijn leugen kracht bij te zetten en probeer verwonderd te kijken. De woorden voelen klef aan in mijn mond, terwijl de waarheid over Cleo achter op mijn tong, in mijn keel brandt. Maar ik mag niets zeggen.

Ooms leunt over de tafel naar me toe en staart me aan, ze laat haar blik niet van me wijken en neemt elke millimeter van mijn gezicht in zich op. 'Goed dan,' zegt ze uiteindelijk. Er valt geen spoor van sympathie in haar stem te bespeuren. 'Ik ga alle beelden opvragen die ik kan vinden. Van stations, parkeerplaatsen, winkels, tankstations, bushaltes, noem maar op; tot ik haar vind. Ik weet zeker dat de sleutel voor Cleo's verdwijning in deze beelden verborgen zit, en ik zal ontdekken wat er is gebeurd, met of zonder jouw hulp, Seren. Ik weet niet wie je in bescherming neemt of waarom je me niet alles vertelt, maar ik zal erachter komen.' Ze gaat achterover zitten en slaat haar armen over elkaar.

Als Ooms beelden te pakken krijgt van het station van Mechelen, of als ze getuigen vindt die Cleo daar hebben gezien, is het hek van de dam. En die gaat ze vinden, nu ze weet waar ze moet zoeken. Dit is niet goed. Dit is absoluut niet goed. Ik knipper, mijn geest schiet heen en weer als een vogel in een kooi. Er is zoveel dat ik niet kan delen.

'Mevrouw Ooms, ik ben blij dat u de zoektocht naar Cleo serieus neemt, echt waar. Maar ik begrijp niet dat u steeds maar weer bij mij terechtkomt, alsof ik iets met haar verdwijning te maken heb. Ik neem niemand in bescherming. Waarom gelooft u me niet?'

Ooms zet haar leesbril op en typt weer iets in op haar laptop. 'Omdat je me al eens eerder hebt voorgelogen, Seren.'

Mijn wangen kleuren hoogrood, ik voel ze gloeien als twee hete poken. 'Hoezo?' piep ik, maar ik weet natuurlijk waar ze naartoe wil.

'Hoezo?' herhaalt ze. Op het scherm verschijnt een ingescand formulier. 'Hier, in je originele verklaring staat dat jij als eerste de sleepover had verlaten en dat je Cleo niet meer had gezien.' Ze wijst naar het desbetreffende zinnetje in het transcript. 'Maar in een volgend verhoor gaf je aan dat je Cleo samen met Stijn in de auto had zien stappen, die ochtend, wat dus niet kan.'

'Ja, maar daar hebben we het toen al uitgebreid over gehad,' protesteer ik zwak. 'Dat was fout van me.' Het was de enige keer dat Vincent ons stilzwijgen had verbroken, toen hij me confronteerde met mijn verspreking. Het was ook waar hij op doelde toen hij me zei dat ik 'de ballen noch de intelligentie heb' om politieverhoren te doorstaan. Ergens, tijdens de vele uren die het zoveelste verhoor duurde, had ik gezegd dat ik Cleo nog had gezien. Wat dus niet kon. Het was een stomme verspreking, meer niet.

'Fout was het zeker,' zegt Ooms. 'Mijn vraag is nu: wat is correct? Ben je echt als eerste vertrokken of verliet je het appartement samen met de rest?'

'Ik was als eerste weg. Dat is wat er echt is gebeurd. Ik weet niet waarom ik toen zei dat ik Cleo nog bij Stijn in de auto had zien stappen. Ik wilde mijn vrienden beschermen, denk ik. Het was een stommiteit. Maar nu zeg ik u de waarheid.'

Ze leunt naar me toe, de bril op het puntje van haar neus. 'Kijk, en dat is dus het probleem. Ik kan je niet vertrouwen en daarom geloof ik je niet.'

Ik weet wanneer het tijd is om te gaan, en ik ken mijn rechten. Ik wil niet dat Ooms me nog meer vragen gaat stellen, dus moet ik hier zo snel mogelijk weg. 'Een verspreking van tien jaar geleden, is alles wat u hebt?' zeg ik, terwijl ik overeind kom. Ik recht mijn rug. 'Tenzij u me in verdenking stelt op basis van concrete bewijzen, ben ik nu weg. Of sta ik onder arrest?'

'Nee, Seren. Je staat niet onder arrest,' zegt Ooms.

'Goed, dan ga ik,' zeg ik, terwijl ik me naar de deur omdraai.

Ooms slaakt een gefrustreerde zucht. 'Prima. Ik houd je niet tegen, maar wees alsjeblieft voorzichtig. De enigen die nog overblijven van de Sandwichclub zijn Otto en jij.'

Dus ze weet het wel, van Danni. Natuurlijk weet ze het wel. In een waas volg ik Ooms naar de uitgang, en even later sta ik hijgend weer op straat en haal diep adem. Hoe is het mogelijk dat een stomme spoorwijziging ons zo de das kan omdoen. Ik sla mijn armen om me heen, alsof ik daarmee ons geheim verborgen kan houden. De zwakke winterzon probeert door te breken door de laaghangende wolken en ik kijk even omhoog. Het gebeurt nog zelden dat ik aan mijn vader denk, maar nu wou ik dat hij hier was, zodat ik me in zijn armen kon begraven en hij me kon zeggen dat alles goed komt.

Diep in gedachten verzonken loop ik naar de taxistandplaats aan de overkant. Ik loop het hele gesprek met Ooms weer na. De twijfel knaagt aan me bij elke stap die ik zet. Heb ik iets verraden? Heeft Ooms gezien op die beelden wat ik zag?

Wanneer ik even later de deur van mijn kantoor open, wacht daar de geordende chaos van mijn werkplek op me. Mijn veilige haven, waar mijn ontwerpen en stapels stoffen broederlijk samenleven met patronen die ik nog verder moet uittekenen en orders die ik moet bevestigen. Alles heeft zijn eigen plekje en ik weet precies wat ik moet doen en wanneer ik het moet doen. Hier heb ik controle.

'Ha, daar ben je weer,' zegt Birgit. Ze wappert met een roze post-it. 'Die nieuwe stoffenleverancier laat ook al te wensen over. Ik kreeg net telefoon van ene Gilbert die zich alvast excuseerde dat de levering een week later zal zijn.'

Tot daar mijn illusie van controle. 'Een week later? Hij had beloofd dat we die stof zeker voor Kerstmis zouden hebben!' roep ik geërgerd.

'Ik weet het, dat zei ik ook. Bel je hem terug? Al denk ik niet dat er veel aan te doen is.' Birgit werpt me een verontschuldigende grimas toe, maar zij kan er natuurlijk ook niets aan doen. Ik neem het papiertje van haar aan en laat me op mijn bureaustoel zakken. Dat kan er nog wel bij.

Nadat ik Gilbert heb uitgekafferd en hem heb gewezen op de clausule in ons contract waarin staat dat de leverancier bij laattijdige levering een boete is verschuldigd, gooi ik de telefoon neer. Ik zet mijn ellebogen op tafel en houd mijn hoofd in mijn handen.

'Gaat het wel, Seren?' vraagt Birgit bezorgd. Ze komt bij me staan, legt haar hand op mijn schouder.

De tranen branden achter mijn ogen als de eenzaamheid me opnieuw overvalt. Mijn vader is er niet meer om me te beschermen en mijn moeder zou raar opkijken als ik opeens voor de deur zou staan en om een knuffel zou vragen. Ik heb David, natuurlijk, maar zo lang als ik kan, zal ik hem tegen de realiteit beschermen, wat betekent dat ik hem op afstand moet houden. Ik zucht diep. 'Ja hoor, alles is prima. Ik ben gewoon wat gestrest, denk ik.'

'Is er iets wat ik voor je kan doen?'

Ik schud mijn hoofd. 'Nee, Birgit, dank je.'

'Als je het zeker weet… Weet je wat, ik zet een kopje thee voor je. Hoe klinkt dat?'

'Dat klinkt heerlijk,' zeg ik.

Ik hoor haar rommelen in de keuken en probeer me te concentreren op mijn mails, maar het lukt me niet. Ooms' onderzoekende blik blijft me achtervolgen.

'Weet je, Birgit,' zeg ik, als ze me een kop kamillethee overhandigt, 'er is misschien toch iets wat je kan doen om te helpen.'

'Zeg het maar.'

'Ik zou zaterdag naar Brussel willen gaan om een paar winkelbezoeken te doen. Kan jij een lijst voor me opstellen van mogelijke verkooppunten voor Dark Angel?'

'Tuurlijk,' zegt ze. 'Maar is dat niet een beetje kort dag? Het is al donderdag vandaag. En de feestdagen staan voor de deur, dus is het superdruk. Zou je dat niet liever na de koopjesperiode doen? In februari, of zo?'

Ze heeft natuurlijk gelijk en ik zou het vreemd hebben gevonden als ze daar niets van had gezegd. Ik glimlach. 'Je hebt me door.'

'Hè?' Birgit kijkt me niet-begrijpend aan.

'Je hebt natuurlijk gelijk, dit is niet het moment. Ik zal eerlijk met je zijn, Birgit. Ik wil zaterdag naar Brussel, maar ik wil niet dat David meegaat.'

Haar ogen beginnen te stralen en ze houdt haar handen omhoog. 'Wacht! Nee! Niets zeggen! Ik heb het helemaal begrepen! Je wilt zaterdag naar Brussel omdat je daar een kerstcadeau voor David moet ophalen en daarom zoek je een excuus zodat hij niet meegaat. Ja?'

Ik lach breed terug, blij dat ik nu niet zelf iets hoef te bedenken. 'Je hebt alweer helemaal gelijk. Ik hoop dat ik je kan vertrouwen?'

Birgit maakt met haar hand de sleutel-op-het-slot-beweging voor haar mond, wat de aandacht op het litteken op haar lip vestigt. 'Ik zwijg als het graf. Ik ga meteen voor je aan de slag.'

'Bedankt, je bent een schat,' zeg ik. Ze heeft haar kerstbonus dubbel en dik verdiend.

Birgit stort zich op haar taak en ik focus me weer op de e-mails. Buiten strekt de avondschemering zich als een donkere deken over de stad uit en ik voel mijn greep op de situatie weer sterker worden. Ik voel me altijd beter als het donker is. Ik zie alles weer haarscherp: ik moet alerter zijn, en slimmer en sneller manoeuvreren. Kerstmis nadert en elk moment telt nu, elke beslissing die ik neem, moet doordacht zijn.

Ik pak mijn telefoon en typ een bericht aan Abby: *Ik wilde even horen hoe het gaat met Danni, is er vooruitgang? Liefs, Seren.*

Ze antwoordt bijna onmiddellijk. *Helaas niet, ik ben bij haar nu. ps de politie is hier geweest, een vrouw. Ze onderzoekt de aanval op Danni opnieuw in het kader van nieuwe ontwikkelingen. Er zou nog iemand anders ook zijn vermoord. Je had dus gelijk! Weet jij meer? Ze wilde geen details geven.*

Ooms. Niet alleen weet ze het van Danni, ze is waarschijnlijk intussen ook op zoek naar Otto. Ik typ terug: *Nee, maar ik laat het weten als dat wel zo is. ps bel me a.u.b. meteen als Danni wakker wordt.*

Abby stuurt een duimpje terug en ik leg de telefoon neer, staar even naar de duisternis buiten. Als Danni wakker wordt, kan ze me met een beetje geluk vertellen wie haar aanvaller was. Als ze heeft gezien wie het was, uiteraard. Ik zucht. Het kan nog dagen duren voor Danni ontwaakt. Of weken. Als ze al wakker wordt. Ik heb een kerstmirakel nodig.

25

Ik kleed me om in de toiletten van Antwerpen Centraal, want David zou nooit geloven dat ik in jeans en op sneakers naar potentiële klanten ga. Ik trek de kap van mijn jas omhoog, kijk in de spiegel en keur het resultaat. Tevreden constateer ik dat ik er precies zo uitzie als iedereen en dus perfect opga in de massa. Niemand die me herkent. Iets minder tevreden ben ik over de donkere kringen onder mijn ogen, die zelfs met een dikke laag make-up niet te verbergen zijn. De slapeloze nachten eisen hun tol en ik voel een zekere melancholie over me heen komen. Zijn dit de laatste dagen van mijn leven? Word ik niet ouder dan zevenentwintig? Ik heb geen zin in een lidmaatschap van de 27 club.

Mijn trein vertrekt pas over een kwartier, dus besluit ik eerst een beker koffie te gaan halen bij Starbucks om op te warmen. In een impuls bestel ik een Toffee Latte. Als mijn dagen zijn geteld, doen calorieën er niet meer toe.

Met de kap van mijn jas stevig over mijn hoofd getrokken en met mijn beker in mijn handen, sta ik even later in de grote stationshal naar het digitale bord met spoorinformatie te staren om te controleren op welk spoor ik moet zijn. Heimelijk kijk ik om me heen, op zoek naar camera's. Ik weet zeker dat er vandaag de dag veel meer hangen dan tien jaar geleden en het beeld van Cleo met de groene jas, die op het verkeerde perron staat te wachten, schiet weer door mijn hoofd. Wat een misser. Ik bid dat Helena Ooms niets vindt op haar zoektocht naar camerabeelden en klamp me vast aan het feit dat ik sinds ons gesprek donderdag niets meer van haar heb gehoord. Volgens mijn eigen research hingen er in 2014 geen camera's in het station van Mechelen, maar de camera hoefde natuurlijk niet in het station zelf te hangen. Als er op de parkeerplaats toen één in werking was, of als er weer een of andere overijverige youtuber beelden heeft gemaakt, kan ik daar weinig tegen beginnen. Ik houd mijn adem abrupt in wanneer ik bedenk dat de politie tegenwoordig misschien zelfs met gezichtherkenningssoftware werkt. Wat als... Wat dan?

Ik klem mijn tanden op elkaar. Dit heeft geen zin, ik maak mezelf helemaal gek door zo te denken. Ik concentreer me opnieuw op het bord, en loop dan de trap op naar het perron, waar de IC naar Brussel al staat te wachten. Ik stap op de trein, zoek een plekje aan het raam en warm mijn handen aan de hete koffiebeker. 'Eva' staat erop, omdat ik zei dat dat mijn naam was. Cleo vond het altijd hilarisch om namen te verzinnen als we naar Starbucks gingen. Beyoncé, Taylor en Britney waren haar favorieten en ik nam die gewoonte over nadat er voor de zoveelste keer Sarah op mijn beker was geschreven. Ik heb een binnenpretje als ik aan Danni denk, die weigerde iets anders dan haar eigen naam op haar beker te laten zetten. Steeds opnieuw zorgde dit voor verwarring, omdat ze er dan misschien niet heel 'meisjesachtig' uitzag, maar je toch ook moeilijk een jongen van haar kon maken. Daarvoor was haar C-cup iets te aanwezig. Danni had een hekel aan haar boezem en keek altijd smachtend naar mijn eigen platte borstkas, terwijl ik juist weer verlangde naar de perfecte vormen van Cleo. Waarom is niemand ooit tevreden met hun uiterlijk?

De trein zet zich in beweging en om de tijd te doden, blader ik wat door een achtergelaten krant, maar de overvloed aan deprimerende nieuwsberichten geeft me nog meer stress dan ik al heb, dus leg ik het blad snel weer aan de kant en staar door het raam naar buiten. Op mijn telefoon komt een bericht binnen, van Vivian. Het is een automatische herinnering aan onze afspraak komende maandag, die ik moet bevestigen. Vivian heeft haar woord gehouden en niet met de politie gepraat. Na mijn gesprek met Ooms heb ik haar laten weten dat de politie op de hoogte is van het verband, maar meer niet. Ik twijfel of ik de afspraak wel wil laten doorgaan. Tijdens ons vorige gesprek praatte ik mijn mond al voorbij, misschien kan ik beter annuleren.

‘Deze trein komt zo dadelijk aan in Brussel-Noord. Station Brussel-Noord,’ zegt een vrouwenstem door de luidsprekers van de wagon en ik trek mijn kap weer over mijn hoofd.

Zodra ik de centrale hal van het station binnenga, zie ik bij de schuifdeur al twee daklozen die in dekens gehuld liggen te slapen. Ik aarzel even en betast de foto van Otto die diep in mijn jaszak zit. Zoals altijd heb ik een plan A en een plan B. Plan A is om eerst zelf het station te doorzoeken en met behulp van Otto’s foto iemand te vinden die hem herkent. Plan B is om daarna de verschillende daklozenorganisaties – waarvan ik de adressen alvast op mijn telefoon heb opgeslagen – te bezoeken om daar mijn geluk te beproeven. Maar toen ik mijn plan bedacht, stond ik niet in de koude stationshal naar slapende daklozen te kijken. In theorie klonk het makkelijk, in de praktijk wil ik die mannen helemaal niet wakker maken. Ik besluit eerst maar even rustig rond te kijken, wie weet heb ik geluk en spot ik Otto zelf.

Ik loop een beetje verder het station in en zie een man die ineengezakt tegen een muur zit. Hij slaapt niet en ik zou hem kunnen aanspreken. Ik móét hem aanspreken. Helaas zakt de moed al meteen in mijn sneakers. Dit gaat moeilijker worden dan ik dacht. Ik heb het altijd al lastig gevonden om contact te leggen met onbekenden, al ben ik er de afgelopen jaren wel beter in geworden, maar dat was in een professionele situatie of op plaatsen waar je verwacht te worden aangesproken. Niet hier, op deze plek waar ik de vreemde eend ben en het sterk naar urine ruikt. Ik geef mezelf wat ademruimte en loop verder, in de richting van de Carrefour Express, waar veel reizigers naar binnen en naar buiten gaan. Opnieuw krijg ik een mogelijk doelwit in het vizier. Aan de uitgang van de kleine supermarkt zit een man te bedelen. Na een korte aarzeling – mijn leven hangt hiervan af, verdorie – stap ik doelbewust op de man af.

'Goedemorgen,' zeg ik.

De man richt zijn hoofd op en kijkt me met waterige ogen aan. '*Bonjour, jolie femme,*' zegt hij. Zijn neus is rood dooraderd en hij slist een beetje. Ik schat dat hij een jaar of zestig is, maar ik kan er tien jaar naast zitten. Dat doet het straatleven met een mens.

Ik schakel over op Frans, en diep Otto's foto op uit mijn jaszak. 'Hebt u deze man hier weleens gezien?' vraag ik.

Hij bestudeert de foto en schudt zijn hoofd. '*Non,* nooit gezien.'

In het bekertje dat voor hem staat, liggen wat koperen muntjes, het is niet veel. Een vrouw die de supermarkt uit loopt, gooit er een stuk van vijftig eurocent bij en de man bedankt haar uitvoerig. Ik twijfel even. Zal ik hem ook wat kleingeld geven? Ik graai in mijn tas en vindt onderaan enkele losse munten. Ik gooi een stuk van 20 cent in de beker en loop verder.

Even verderop is een broodjeszaak waar ik weer iemand zie bedelen. Ook een man, maar iets jonger dan die van zonet.

'Bonjour, *comment ça va*?' begin ik, alsof ik elke dag een praatje met hem maak.

'*Ça va,*' antwoordt hij. Hij rolt een sigaretje tussen zijn vergeelde vingers en likt er vervolgens met een natte tong aan terwijl hij me aankijkt.

Kom op, Seren. Het is dat ik niet anders kan, anders was ik gewoon weggelopen, dus ik laat opnieuw de foto zien. Helaas krijg ik weer een *njet.*

'Nooit gezien,' zegt hij. Hij stopt de sigaret tussen zijn lippen, houdt het vlammetje van zijn aansteker ertegen en begint meteen daarna onbedaarlijk te hoesten. Zo gaat het de hele ochtend verder. Ik benader iedereen die eruitziet alsof hij hier woont en toon hun Otto's foto, maar zonder succes. Het aantal munten op de bodem van mijn tas neemt evenredig af met mijn hoop Otto vandaag te vinden.

Dan zie ik een troepje mannen dat bij elkaar op de grond zit. Tot nu toe heb ik alleen maar mensen aangesproken die zelf ook alleen waren, en het groepje dat luidruchtig zit te kaarten – en op dit relatief vroege uur al heel wat lege bier- en wijnflessen heeft verzameld – ziet er niet echt uitnodigend uit, maar ik heb geen keuze. Selectief zijn is geen optie. Trouwens, ik hoef maar één enkele persoon te vinden die Otto kent en dan kan ik verder. Nadat ik me ervan heb verzekerd dat er voldoende reizigers in het station rondom me heen zijn, stap ik met een schijn van zelfverzekerdheid op het troepje af.

'Bonjour,' begin ik. Vier paar ogen kijken me wantrouwig aan. De mannen zijn allemaal nog vrij jong en ik kan niet anders dan me afvragen hoe iemand in deze situatie terechtkomt. Maar ik ben hier niet om vriendschappen te sluiten. 'Mag ik even storen?' ga ik verder. Een van de vier kijkt me onderzoekend aan. Hij laat zijn ogen over mijn jas glijden en ik voel mijn onzekerheid in volle vaart toenemen, dus houd ik snel de foto omhoog. 'Ik ben op zoek naar deze man, heeft een van jullie hem gezien?'

De mannen wisselen een blik met elkaar en kijken dan weer naar mij, maar zeggen niets. Ik sta erbij als een idioot, maar ik blijf de foto voor hen ophouden. 'Alsjeblieft, kent iemand van jullie hem? Het is belangrijk dat ik hem vind,' probeer ik nog een keer.

Een van de mannen, hij heeft donker haar in een staartje, komt langzaam overeind en ik zet automatisch een stap achteruit, wat me gegrinnik van de overige mannen oplevert. Maar de man met het staartje steekt zijn hand uit naar de foto van Otto en trekt zijn wenkbrauwen vragend op. Ik begrijp gegeneerd dat hij alleen maar de foto wilde bekijken en geef deze aan hem. Hij bestudeert Otto's trekken uitgebreid en ik voel de hoop even opflakkeren, maar dan schudt hij zijn hoofd. 'Ken ik niet,' zegt hij.

Mijn schouders zakken.

Er staat een fles wijn tussen de mannen in. Of nee, geen wijn. Sangria. De man met het staartje volgt mijn blik en zegt: 'Wil je een slokje, *chérie*?' Hij heeft Otto's foto nog steeds vast.

'Nee, dank u,' zeg ik zo assertief als ik kan. Maar ik voel me allesbehalve op mijn gemak. En ik moet die foto terug hebben.

'Misschien wil de juffrouw wel wat bier voor ons gaan halen, in ruil voor informatie?' zegt nummer drie, en hij steekt zijn hand uit naar de man met het staartje, die de foto aan hem overhandigt.

Ik negeer zijn vraag over het bier en wacht tot hij naar de foto kijkt. 'Hebt u hem gezien?' vraag ik met mijn laatste beetje moed.

Hij zwijgt even. 'Misschien,' zegt hij dan, met een knipoog die me de kriebels geeft. 'Maar mijn keel is te droog.'

'Hoe weet ik dat u me niet iets wijsmaakt?' vraag ik.

Hij haalt zijn schouders op en geeft de foto aan de vierde man, die al die tijd niets heeft gezegd. Zijn ene oog zit afgeplakt met pleisters. Hij pakt de foto aan, kijkt ernaar met zijn ene oog en richt zich naar mij. Daarna kijkt hij weer naar de foto. 'Wat moet je van hem?' vraagt hij, terwijl hij me de foto teruggeeft.

'We waren vrienden vroeger,' zeg ik.

De man trekt een wenkbrauw op. 'Vrienden? Otto heeft geen vrienden.'

Mijn hart slaat een slag over. Ik heb Otto's naam nooit genoemd. 'U kent hem? U kent zijn naam? Dus u hebt hem gezien? Waar is hij?'

'Wat moet je van hem?' herhaalt hij.

'Alsjeblieft,' smeek ik, 'als u weet waar hij is, zeg het me dan. Ik moet hem dringend spreken.'

Nummer drie komt tussenbeide. 'Mevrouwtje, als u wilt dat Francis hier u vertelt waar uw vriendje uithangt, dan zal u zijn keel eerst moeten smeren,' zegt hij met een blik op de lege flessen, waarop de man met het staartje instemmend knikt.

'Sangria?' vraag ik.

‘Bier,’ klinkt het, als uit één mond.

Ik kijk even besluiteloos naar de vier mannen, draai me dan om en loop weer naar de Carrefour Express, waar ik vijf blikjes Jupiler koop. Bij het naar buiten gaan, geef ik er eentje aan de oude bedelaar die daar nog steeds zit.

‘Merci!’ roept hij, terwijl ik me weer naar de mannen begeef.

De vier nemen zonder iets te zeggen het bier aan. Ik geef hun even de tijd en luister naar het geslik en geslok. Dan, als ik het wel welletjes vind, kruis ik mijn armen en zeg: ‘Degene die me nu zegt waar Otto is, krijgt van mij tien euro.’

Nummer vier knijpt zijn lege blikje plat en veegt met de rug van zijn hand zijn mond af. Dan zegt hij: ‘Ik weet niet waar hij is, wel waar hij wás.’

‘Oké,’ zeg ik. ‘Dat is goed genoeg. Vertel me alles wat je weet.’

26

Ik duw de deur open van het buurthuis waar nummer vier me naartoe heeft verwezen. Volgens hem werkt Otto hier als vrijwilliger, of tenminste, dat deed hij. Nummer vier bleek een schot in de roos. Toen ik hem eenmaal zijn geld had gegeven en mijn pakje Vogue-sigaretten onder de mannen had verdeeld, wat eerlijk gezegd een bijzonder gezicht was, stopte hij niet meer met vertellen. Hij kende Otto goed en was een van zijn beste vrienden toen hij op straat leefde. Ze schaakten samen, speelden kaart of voerden verhitte discussies. Nummer vier studeerde enkele jaren geleden nog voor biochemicus, zo bleek, en kon het prima vinden met Otto. Hij weidde niet uit over de reden waarom hij zijn studie nooit afmaakte, of wat er met zijn oog was gebeurd, en ik vroeg er niet naar.

'Maar dat is maanden geleden,' zei hij. 'Otto is erin geslaagd van de drugs en de drank af te komen.' Er blonk iets van trots in zijn ogen toen hij dat vertelde, alsof Otto dankzij hem een nieuw leven opbouwde. En misschien was dat wel zo. Helaas wist hij niet waar Otto vandaag woonde, en of hij nog steeds in het buurthuis werkte. 'Het is meestal beter alle banden door te knippen,' zei hij met een schouderophalen.

Ik kijk om me heen en voel mijn opwinding groeien. Het is – sinds ik die eerste brief kreeg – voor het eerst dat ik zo dicht bij een antwoord ben. Iemand hier kent Otto, dat moet gewoon. Zelfs al werkt hij hier nu niet meer, als ik zijn contactgegevens te pakken krijg, ben ik weer een stapje dichterbij. Een paar oude mannen met witte kepies op hun grijze hoofden spelen kaart en kijken niet op van hun spel als ik binnenstap. Een ijskoude luchtstroom volgt me en ik sluit de deur – die een beetje klemt – snel weer. Een jonge kerel met dreadlocks die tot aan zijn heupen hangen, zet een pot koffie en draait zich vluchtig naar me om. Hij geeft me een knikje en wendt zich dan weer tot zijn taak. Tegen de achterste muur van de ruimte staan tafels opgesteld waarop een paar oude computers met grote logge beeldschermen staan. Aan een van de computers zit een meisje met knalroze haar dat geconcentreerd naar haar scherm staart, terwijl ze mechanisch het ene na het andere speculaasje in haar mond stopt. Net wanneer ik besluit de jongen met de dreads aan te spreken, gaat achterin een deur open. Een vrouw met een kort grijs kapsel verschijnt en laat nieuwsgierig haar blik op me rusten.

'Goedemiddag,' zegt ze. 'Kan ik u helpen?'

Ik nader haar en pak de foto van Otto uit mijn zak. 'Ik ben op zoek naar deze man. Hij zou hier hebben gewerkt. Weet u waar ik hem kan vinden?'

Ze fronst en bestudeert de foto van dichtbij. Dan neemt ze haar leesbril van haar hoofd en zet hem op haar neus. 'Wow,' zegt ze. Ik staar vragend terug. 'Ik herkende hem bijna niet. Dat is Otto, toch?'

Opluchting golft door me heen. 'Ja, inderdaad. Otto Wouters. Dit is een oude foto.'

Haar ogen gaan van de foto naar mijn gezicht en weer terug. 'Bent u familie?'

'Nee, we zaten samen op school. In dezelfde klas,' zeg ik. 'We waren ooit heel hecht, maar zijn elkaar uit het oog verloren. Weet u waar ik hem kan vinden?'

Ze lijkt te twijfelen en ik begrijp haar onwil om een vreemde de persoonlijke gegevens te overhandigen van een kwetsbare persoon als Otto, dus haal ik mijn telefoon uit mijn tas. 'Mijn naam is Seren en dit zijn wij, vroeger,' zeg ik, terwijl ik haar op mijn telefoon de enige foto van de Sandwichclub laat zien die ik heb bewaard. Cleo had aan mevrouw Linskens gevraagd een foto te nemen tijdens de eerste repetitie van Ariadne. Danni en ik zitten in kleermakerszit op de grond, met Otto gehurkt naast ons. Vincent en Stijn staan achter ons, Cleo tegen Stijn aan gevlijd, hij met zijn arm om haar heen. Dat was vóór de kus, uiteraard.

Weer neemt de vrouw haar tijd, haar voorhoofd fronst zich. Met haar vinger traceert ze de gezichten van Otto en mij, van Vincent en Stijn, van Danni en ten slotte stopt ze bij Cleo. 'Is dit niet dat meisje uit Antwerpen dat vermist is?'

Ik knik. 'Dat is Cleo. En dit,' wijs ik, 'zijn Stijn en Vincent. Zij zijn onlangs overleden. Alleen Danni en ik blijven over.' Ik laat mijn woorden tot haar doordringen en vervolg dan: 'En Otto, natuurlijk, maar niemand weet waar hij is. Ik weet dat u mij niet kent, maar ik weet zeker dat Otto mij ook wil zien. Via zijn ouders weet ik dat hij in Brussel-Noord terechtkwam en...'

De vrouw geeft me zwijgend mijn telefoon terug en ik stop hem weer in mijn tas, onzeker over wat ik nog kan zeggen.

'Je heet Seren, zei je?'

Ik knik bevestigend.

'Als je me je nummer geeft, Seren, dan vraag ik Otto of hij contact met je opneemt, goed?'

Ik wil protesteren, maar ze snoert me de mond. 'Ik respecteer de privacy van onze vrijwilligers, dat begrijp je vast wel. Bovendien heeft Otto geen mobiel nummer, dus zelfs al zou ik het willen, dan kon ik het je niet geven. Maar als Otto jou ook wil spreken, zoals je beweert, dan weet ik zeker dat hij dat doet.'

'Dus hij werkt hier nog altijd?' vraag ik.

'Ja, maar hij komt nu voornamelijk om zijn mails te lezen,' zegt ze met een knikje naar de computers. 'Hij is op zoek naar een echte job.'

Ik krijg weer hoop. 'Mag ik zijn e-mailadres dan misschien hebben?' vraag ik.

Ze denkt even na en schudt haar hoofd weer. 'Sorry, zoals ik al zei, zal hij zelf contact opnemen als hij dat wil.' En daarmee is voor haar de kous duidelijk af. Het heeft geen zin om aan te dringen, besef ik, dus geef ik haar mijn nummer en loop de deur weer uit, de kou in.

Wat nu? Het buurthuis surveilleren tot Otto opduikt? Dat kan dagen duren, en die tijd heb ik niet. Gefrustreerd kijk ik om me heen, op zoek naar een plek waar ik even een kop koffie kan drinken. Er steekt een gure wind op en ik trek mijn sjaal over mijn mond, buig mijn hoofd en loop de straat af. Mijn ogen beginnen te tranen. Ik denk aan Cleo, met haar lef en haar grote mond. Zij zou vast meer te weten zijn gekomen. Of Vincent, met zijn autoritaire air. Zelfs Danni, met haar natuurlijke charme, zou meer uit deze missie hebben gehaald dan ik. Brave Seren. Onzichtbare Seren. Hardwerkende Seren. Beleefde Seren. Zelfs als mijn leven op het spel staat, durf ik nog niet met mijn vuist op tafel te slaan.

Nog drie dagen en het is kerstavond. Ik kan het me niet veroorloven het op te geven. Ik overweeg opnieuw naar het station te gaan en nog een keer de ronde te doen met Otto's foto, in de hoop dat ik iemand tegenkom die minder principes heeft dan de verantwoordelijke van het buurthuis. Het is nog maar net 12.00 uur geweest, dus heb ik nog de hele middag de tijd.

Vechtend tegen de wind loop ik verder. Vanwege mijn tranende ogen is er mascara in gelopen en ik zie amper iets. Opeens schamp ik met mijn schouder tegen iemand die uit de tegenovergestelde richting komt.

'Sorry,' mompel ik, terwijl ik vluchtig opkijk. In een waas zie ik een lange magere man met hoge jukbeenderen. Ook hij excuseert zich en vluchtig ontmoeten onze ogen elkaar, voor hij zich weer omdraait en met zijn schouders hoog opgetrokken verder tegen de wind vecht.

Ik stop abrupt en kijk hem na. Hij is te licht gekleed voor dit weer, met een donkerblauwe Kappa-trainingsbroek met witte streep en daaroverheen een plastic regenvest. Zijn haren zitten verstopt onder de kap van de jas en eigenlijk heb ik amper iets van hem gezien, maar toch is het genoeg.

Die bruine ogen zou ik overal herkennen. En deze keer beeld ik het me niet in. Nee, deze keer weet ik het zeker.

Eerst lijken mijn voeten aan het asfalt geplakt, wat me enkele seconden kost, maar dan ren ik hem achterna. 'Otto!' roep ik. 'Otto!'

Hij hoort het niet – de wind staat de verkeerde kant op – en loopt stug verder. Hij is bijna bij het buurthuis.

'Otto, wacht!' roep ik nog eens, deze keer zo hard ik kan.

Hij draait zich om en ik ben in een paar passen bij hem. Verwonderd kijkt hij me aan, zoekend naar iets herkenbaars. Ik heb Otto's ogen altijd prachtig gevonden. Danni en ik maakten daar grapjes over, hoe die amandelvormige kijkers verspild waren aan een kerel als hij, die niets om uiterlijk gaf. Ze staan een tikje schuin, met de langste gitzwarte wimpers die je bij de drogist kan vinden. De ogen van een topmodel, in het lichaam van een slungel. Maar er is iets veranderd. De zachtheid die Otto zo typeerde, is eruit verdwenen en ik lees er nu vooral pijn en verdriet in.

Ik trek mijn sjaal naar beneden en geef hem de tijd mijn gezicht te bestuderen, waarbij ik zijn eigen gelaatsuitdrukking nauwkeurig in de gaten houd, op zoek naar... wat? Wraakzucht? Woede? Angst misschien?

'Seren?' brengt Otto uiteindelijk uit. Zijn mond valt net niet open van verbazing. 'Wat doe jij hier?' Zijn reactie is zo natuurlijk als wat. Hij speelt het niet. Een sprankje hoop dat hij onschuldig is fladdert vanuit mijn binnenste naar de oppervlakte, maar ik ben niet zo naïef dat ik mijn schild meteen laat zakken.

'Wij moeten praten,' zeg ik. 'Privé. Kan dat?'

'Nu?' vraagt hij, terwijl de wind zijn kap afzwiept.

'Nu meteen,' zeg ik.

'Ja, natuurlijk,' zegt hij. 'Ik kan niet geloven dat jij het echt bent, Seren. Wat een verrassing. Kom, volg me.'

Even later zitten we aan een plakkerige tafel in een bruine kroeg. Ik met een kop koffie die ik wantrouwig bekijk en Otto met een mok kamillethee voor zich. Ik heb Otto nog nooit thee zien drinken. In mijn herinnering zie ik hem steevast met een anderhalve-literfles cola, of een blikje bier.

'Ik vermijd alle stimulerende middelen,' zegt hij – ik zat waarschijnlijk te staren – en warmt zijn handen aan de mok.

'Sorry,' zeg ik. 'Ik ben nog steeds een beetje in shock. Ik kan niet geloven dat jij het echt bent.' Er is behalve zijn ogen helemaal niets wat ik herken aan hem. De Otto die ik kende, was groot en zwaar, met een rond gezicht en dik bruin haar. Deze Otto zou ik zo op de catwalk laten lopen als ik een mannencollectie uitbracht. Niet dat hij er als een adonis uitziet, maar hij heeft 'het'. Hij is lang, slank en pezig, en zijn volle wangen hebben plaatsgemaakt voor hoge jukbeenderen die hem in combinatie met die scheefstaande ogen iets Oost-Europees geven. Zijn huid is bleek, maar niet zichtbaar beschadigd door het leven op straat. Alleen zijn tanden zijn een probleem. Daar lijkt Otto zich ook van bewust, want hij houdt zijn hand voor zijn mond als hij praat.

'Je zit te staren,' mompelt hij.

'Ja, sorry,' zeg ik nog een keer. 'Je bent echt ontzettend veranderd.'

Hij knikt. 'Je weet niet half hoeveel.'

'Ik weet het,' val ik met de deur in huis, 'van dat meisje op de fiets.'

Otto slaat zijn dikke wimpers neer en klemt zijn handen nog steviger om de mok, waardoor zijn knokkels wit worden. 'Luister, Seren. Ik weet niet waarom je hier bent, maar misschien is het toch geen goed idee dat we praten. Het gaat net beter met me. Het is zwaar geweest allemaal en dit... jou zien, of over het verleden praten, dit helpt niet.'

Ik bestudeer zijn gezicht dat als een open boek voor me ligt. De pijn in zijn ogen is echt. De trilling in zijn mondhoek ook.

Het sprankje hoop dat ik had, wordt groter. Het is onwaarschijnlijk dat deze Otto iets met de dood van Stijn of Vincent te maken heeft, laat staan dat hij Danni heeft aangevallen. Stijn zou hem meteen hebben overmeesterd en zelfs Danni is vast sterker dan hij. Maar ik moet het zeker weten.

Ik neem de brieven uit mijn tas en schuif ze over de tafel naar hem toe, terwijl ik hem opnieuw observeer.

'Wat is dit?' vraagt hij.

'Ik hoopte dat jij me dat kon vertellen,' antwoord ik, vastbesloten om zelf niet te veel prijs te geven.

Hij fronst en neemt de brieven van me aan, en opent de eerste.

Toen waren er nog vier.
Dacht je echt dat jullie ongestraft
zouden blijven?
Geniet van je laatste dagen,
want geen van jullie zal Kerstmis halen.
Voor altijd,
Cleo.

Otto's bleke wangen worden nog grauwer. 'Is dit een grap?' brengt hij uit.

'Als het een grap is, dan kan ik er niet om lachen. Dus jij weet hier niets van?' vraag ik.

Hij schudt zijn hoofd, langzaam. Dan opent hij de tweede brief.

Toen waren er nog drie.
Voor altijd,
Cleo.

'Seren, wat is dit? Wie heeft dit geschreven?'

Ik kijk hem strak aan. 'Dus jij hebt geen brieven gekregen zoals deze?'

'Nee, natuurlijk niet. Wat betekent dit? Hoezo zijn er nog drie?'

Ik zucht en geef het op. Otto weet duidelijk niets, hij weet zelfs niet wat er met de anderen is gebeurd. Als dat wel het geval zou zijn, verdient hij een Oscar. Maar zo'n goede acteur is hij niet. Ik vang zijn blik en probeer in die donkerbruine ogen iets te lezen, maar zie niets anders dan pure ontreddering.

'Otto, ik heb slecht nieuws. Vincent en Stijn zijn dood,' zeg ik. 'En Danni ligt in coma.'

Zijn geschokte reactie is oprecht. Otto's mond valt open en zijn onderlip begint te trillen, wat hem er een stuk minder aantrekkelijk doet uitzien.

'Mijn god, wat is er gebeurd?' fluistert hij.

In een paar zinnen geef ik hem een samenvatting van de gebeurtenissen van de afgelopen weken. 'Dus daarom moest ik je spreken,' besluit ik. 'Jij en ik zijn de enigen die nog overblijven en ik weet dat ík die brieven niet heb geschreven, dus...' Ik laat de beschuldiging tussen ons boven de tafel zweven, maar hij reageert er niet op. Alsof hij zelfs geen rekening houdt met de mogelijkheid dat ik hem kan verdenken.

Dan, alsof hij uit een droom wakker schiet, zegt hij: 'Seren, je denkt toch niet dat die brieven écht van Cleo komen?'

Ik ben geen stap verder gekomen. Alles wat ik nu weet, is dat geen van ons die brieven schreef. Ben ik er zeker van dat Cleo ze niet zelf schreef? Ik weet het niet meer. Als het Otto niet was, wie dan wel? Tenzij iemand anders achter de waarheid is gekomen.

'Seren?' onderbreekt Otto mijn gepieker. 'Je wéét toch dat dat niet kan?'

'Vincent zei precies hetzelfde,' zeg ik, en ik staar naar hem, en hij staart terug. Maar ik kan het niet. Ik kan hem niet in de ogen kijken. Ik sluit ze en het beeld van Cleo's gezicht verschijnt op mijn netvlies. Het is de ochtend van 24 december, tien jaar geleden. Ik zie haar wasachtige huid. De donkere krullen. Als Sneeuwwitje, lag ze daar, wachtend op haar prins. Maar Sneeuwwitje werd wakker. Zij werd gered door haar prins.

Ik schrik wanneer Otto opeens mijn hand vastpakt tussen de zijne. Schichtig kijk ik om me heen, maar niemand lijkt ons ook maar enige aandacht te schenken.

'Seren, antwoord alsjeblieft. Je weet dat Cleo die brieven niet kan hebben geschreven.'

Ik wil het hier niet over hebben. Ik voel mijn oren warm worden. Een naar gevoel zet zich vast in mijn maag en een zure gulp koffie loopt in mijn mondholte. Ik slik de zure drab door.

'Seren?' herhaalt Otto.

'Ik moet gaan,' zeg ik.

'Wacht even. Je hebt me nog niet geantwoord. Zeg me dat je weet dat Cleo die brieven niet kan hebben geschreven.'

'Dat kan ik niet,' sis ik.

'Verdomme, Seren. Dat kan je wel.'

Weer kijk ik om me heen en dan zeg ik, zo stil ik kan. 'Nee, dat kan ik niet. Cleo is tien jaar geleden verdwenen en ik weet niet wat er met haar gebeurd is nadat... Je weet wel. Maar Vincent en jij weten dat wel.' Ik moet het uit zijn eigen mond horen, aangezien Vincent er niet meer is. 'Zeg het me dan,' zeg ik. 'Zeg me dat die brieven niet van haar zijn.'

Otto kijkt me diep gekwetst aan. 'De brieven kunnen niet van Cleo komen,' zegt hij, met onvaste stem. 'Want Cleo is dood. Morsdood. Begraven. *Finished.* Is dat wat je wilde horen? Ik snap niet wat je hiermee wil bewijzen, Seren, maar ik vind het ziek dat je zoiets vraagt.'

Dit was een grote vergissing. Ik had niet mogen komen. Ik voel me schuldig dat ik die oude wond heb opengereten, maar wat kon ik anders doen? Niet dat ik nu veel wijzer ben geworden.

‘Sorry. Begrepen. Vergeet dat ik langskwam, Otto,’ zeg ik, terwijl ik aanstalten maak om te vertrekken, maar hij houdt me tegen.

‘Wacht. Je kan niet een dergelijke bom droppen en dan weglopen. Ik zit ook met vragen. Wil je nog even blijven? Alsjeblieft?’

‘Goed dan,’ zeg ik, terwijl ik weer op de stoel neerzak.

‘Die brieven, wat denk jij dat het betekent? Wie zit daarachter?’

‘Daar probeer ik al weken achter te komen,’ zeg ik. ‘Eerst verdacht ik Vincent, en toen hij stierf, dacht ik dat jij er iets mee te maken had, maar nu weet ik het niet. Echt niet. Niemand behalve de Sandwichclub weet wat er is gebeurd, dus hoe kan dit dan?’

‘Zou iemand zijn mond voorbij hebben gepraat?’ vraagt Otto. ‘Stijn bijvoorbeeld?’

Als er al iemand heeft gepraat, dan moet het inderdaad Stijn zijn, dat had ik ook al bedacht. ‘Dat moet haast wel,’ zeg ik, ‘maar tegen wie?’ vraag ik verslagen. ‘En waarom zit die persoon nu achter ons aan?’

Zwijgend blijven we nog even zitten. Dan zeg ik: ‘Na al die jaren begin je te hopen dat het voorbij is. Maar blijkbaar heeft het universum nog een eitje met ons te pellen.’

Otto lacht schamper. ‘Zeg maar een grote omelet. Ik snap trouwens niet waarom jij je zo schuldig voelt, Seren. Het was niet jouw fout.’

‘Nee? Ben je dat stomme toneelstuk al vergeten?’

‘Wat? Ariadne?’ zegt hij verbaasd.

Ik knik en voel mijn wangen gloeien.

‘Dat was Stijn, niet jij. Hij is begonnen.’

Ik haal mijn schouders op. ‘Ja, dat weet ik. Maar ik heb hem niet tegengehouden.’

27

Tien jaar eerder (2014)

We gingen repeteren voor *Ariadne zit in de knoop* en ik was nerveus. We hadden het stuk al een paar keer samen gelezen, maar dit was de eerste keer dat we écht zouden spelen. Ondanks mijn protesten had ik de rol van Phaedra gekregen, de zus van Ariadne, en ik had veel meer tekst dan ik zou willen. Ik haatte het om in de spotlights te staan. Om mevrouw Linskens te paaien, was ik al begonnen aan de kostuums, in de hoop haar te overtuigen me backstage te laten blijven, maar de lerares Nederlands viel niet om te praten.

'Het zal je zelfvertrouwen goed doen, Seren,' had ze gezegd. 'Ik weet dat je veel meer in je mars hebt dan je laat zien. Beschouw het als een kans.'

'Sta even stil, Otto,' murmelde ik met een speld tussen mijn lippen. De kostuums waren eenvoudig. We droegen allemaal een wit gewaad, van lakens gemaakt, met als enige onderscheid de kleur van de sjerp. Alleen het pak van Danni – de Minotaurus – was wat uitdagender geweest, maar dat had mevrouw Linskens opgelost door een masker met hoorns voor Danni te kopen, waardoor ik alleen nog maar een zwart gewaad voor haar in elkaar hoefde te flansen.

Otto ging gehoorzaam in de houding staan, terwijl ik zijn laken afspeldde.

'Heb je genoeg aan één laken of zal ik er nog eentje brengen?' riep Stijn van de andere kant van het lokaal, waarop zacht gegrinnik volgde.

'Laat hem maar kletsen,' zei ik tegen Otto, maar die keek weg en deed alsof hij niets had gehoord.

Er hing die dag een bizar sfeertje in de klas. Cleo en Stijn negeerden elkaar, de zoveelste ruzie om niks, waarschijnlijk, en Stijn reageerde zich af door giftige opmerkingen te maken. Niet alleen tegen Otto. Hij had Vincent ook al een sneer gegeven.

Ik had mijn passpiegel van thuis meegebracht en Cleo stond er in haar witte jurk voor te paraderen. Haar donkere huid contrasteerde prachtig met de gouden sjerp die ik voor haar had gemaakt. Rond haar smalle taille was een rood koord gebonden en ze had haar mond dezelfde bloedrode tint gegeven. Ik zag aan haar lichaamshouding dat ze wist dat ze er oogverblindend uitzag. Ze zou het publiek binnenkort ongetwijfeld verbluffen.

Ik prikte enkele spelden in het laken en verloste Otto eruit, waarna hij als een geslagen hond naar een lege stoel sjokte en met een plof neerzakte. Zijn kostuum was het laatste, als ik straks thuiskwam, zou ik het in elkaar naaien en dan was alles gereed voor de opvoering. Ruim op tijd, want de opvoering was pas na de kerstvakantie.

Mevrouw Linskens klapte in haar handen. 'Goed. Als iedereen hier is, dan kunnen we beginnen. Cleo, Seren, Stijn en Danni, jullie zijn eerst.'

'Mogen we onze kostuums aanhouden?' vroeg Cleo, die zich met enige moeite van haar eigen spiegelbeeld moest losrukken.

Mevrouw Linskens keek naar mij, alsof ze mijn toestemming vroeg, en ik haalde mijn schouders op.

'Als je dat wilt,' zei ze. 'Maar wees voorzichtig, zodat Seren geen extra werk heeft met reparaties. En niet eten met je kostuum aan.' Bij dat laatste verzoek keek ze scherp naar Otto, die zijn hand alweer in een zak sandwiches met Nutella had zitten.

'Ik trek dat laken niet aan,' zei Stijn. 'Het lijkt wel een jurk.'

'Wat je wilt,' zei Linskens. 'Als je het tijdens de echte opvoering maar draagt.'

'Dat zien we dan wel.'

Hij was echt bijzonder humeurig.

Danni keek naar mij en wiebelde met haar wenkbrauwen. ‘Met het verkeerde been uit bed gestapt, denk ik,’ mompelde ze. Ze zette haar masker op ‘om me beter in mijn rol te kunnen inleven’ en we gingen met z’n vieren vooraan in de klas staan, waar het podium zogenaamd was.

Met ons script in de hand speelden Cleo en ik de eerste scène, waarin we het schip met Atheense jongeren zagen aankomen en Cleo bijna in katzwijm viel bij het zien van de knappe prins Theseus. Toen was het de beurt aan Danni en Stijn om het heroïsche gevecht tussen Theseus en de Minotaurus te leveren. Danni ging als een volleerde actrice door de knieën in de sterfscène van de Minotaurus, waarna Stijn met de bol rode draad die Cleo hem gaf de weg terugvond uit het labyrint.

De volgende scène was het moment waarop Ariadne helemaal alleen wakker werd op het eiland Naxos, achtergelaten door Theseus, die haar alleen had gebruikt om de Minotaurus te kunnen verslaan. Het was Cleo’s monoloog, haar pièce de résistance, en ze had mevrouw Linskens zover gekregen dat ze die helemaal had herschreven naar Cleo’s wensen.

Cleo nam haar positie in, ging op de grond liggen en deed alsof ze sliep.

‘Actie,’ zei mevrouw Linskens, en ‘Ariadne’ werd wakker.

Verdwaasd keek ze om zich heen, om daarna voorzichtig overeind te komen. Licht wankelend begon ze te praten.

‘Hier sta ik dan, helemaal alleen, omringd door de verpletterende stilte van mijn eenzaamheid. De laatste druppel water gleed zojuist over mijn uitgedroogde tong, terwijl de laatste kruimel brood slechts een vage herinnering in mijn maag achterlaat. Zal ik hier, op dit desolate eiland, sterven zonder dat iemand mijn naam nog fluistert?’

De tekst was dan misschien wat hoogdravend en lachwekkend, de kracht van Cleo’s emoties was bijna tastbaar, als donkere golven die onverbiddelijk tegen de rotsen van Naxos sloegen. Ik keek om me heen en zag hoe iedereen aan haar lippen hing. Danni, Otto, mevrouw Linskens en zelfs Vincent, die normaal niet snel onder de indruk was. Stijn zag ik niet, die had waarschijnlijk van dit moment gebruikgemaakt om weg te glippen en buiten te gaan roken.

'Hoe is het zover kunnen komen? Waar is alles begonnen?

'Was het toen ik jou, Theseus, voor de eerste keer aanschouwde en werd betoverd door jouw schoonheid? Of was het al eerder, bij de geboorte van mijn halfbroer, de Minotaurus? Of is er helemaal geen begin, en zitten we gevangen in een eindeloze cyclus van begin en einde, net zoals het labyrint dat mijn vader liet bouwen?'

Cleo knoopte het rode koord los van haar middel en hield het op naar ons. 'Deze draad, rood als bloed, symboliseert ons leven. Elk uiteinde is tevens een begin, maar elk begin is eveneens een einde.'

Ze hield de beide uiteinden van het koord nu tegen elkaar, zodat ze een cirkel vormden. 'Misschien gaat alles maar door en door, in een eeuwigdurende cyclus waarin niets verandert en toch alles anders lijkt.'

Cleo greep met haar handen naar haar hart en staarde in de verte, haar ogen vochtig. Ze wees naar de denkbeeldige horizon en een verse traan maakte zich los van haar wimpers en viel op haar wang. 'Daar, waar jouw schip verdween, Theseus, liet je niet enkel mij achter, maar ook het verbond tussen ons. Jij hebt deze heilige band doorgeknipt. Maar waarom?'

Ze vlijde zich weer neer op de koude tegelvloer van het klaslokaal. 'Hier lig ik dan, beroofd van alles wat me dierbaar was: jou, mijn ouders, mijn geliefde zus, en zelfs mijn broer, het monster. Ik ben zo moe. Het einde is nabij. Mijn hart is zwart en zwaar van eenzaamheid. Alles wordt donker. Vaarwel.'

Cleo sloot haar ogen, haar monoloog was voorbij. Het bleef stil in de klas. Niemand durfde de magie van het moment te doorbreken, allemaal zaten we samen met Cleo op Naxos, eenzaam stervend en verraden door onze grote liefde, tot mevrouw Linskens weer bij haar positieven kwam en luid applaudisseerde. 'Bravo, Cleo! Dat was prachtig!' riep ze uit. 'Otto? Jij bent nu.'

Otto legde de zak sandwiches weg, pakte zijn script en liep naar Cleo toe, die nog steeds met gesloten ogen op de grond lag. Zijn mollige gestalte bewoog zich onhandig voort, een bruine lok viel over zijn voorhoofd. Hij had zijn gewone kleren aan: een slobberende jeans en een T-shirt met een gat onder de oksel. Hij naderde Cleo met de onzekerheid die hem zo typeerde.

'Vrees niet, Ariadne,' zei hij zachtjes, zijn arm uitgestrekt naar haar. 'Ik ben hier om u te redden van uw verdriet.'

'Een beetje luider, Otto,' zei mevrouw Linskens. Otto knikte, boog zich voorover en legde zijn hand op Cleo's ontblote arm, waardoor ze 'ontwaakte' en verwonderd naar hem opkeek.

'Bij Zeus, wie bent u?' vroeg ze, terwijl ze achteruitkrabbelde. 'En hoe kent u mijn naam?'

'Mijn naam is Dionysus,' zei Otto plechtig, en iets luider, 'en ik zweer u, dochter van Minos, ik zal u geen kwaad doen. Mijn doel is om u te beschermen.'

'Dionysus? Hoe komt u op dit eiland?'

Otto spreidde zijn armen. 'Welkom op Naxos, dit eiland is mijn thuis. Wees mijn gast, mooie Ariadne. Alles wat van mij is, is van u.' Hij knipte met zijn vingers en mevrouw Linskens reikte hem een beker aan. 'Drink, het zal u goed doen,' zei Otto.

Cleo nam de beker verwonderd aan. 'Wijn? Waar komt die vandaan?'

Otto glimlachte. Ik zag dat hij zich wat meer begon te ontspannen en zich in zijn rol inleefde. 'Ik ben de god van de wijn, Ariadne. Als je mijn vrouw wordt, zul je aan de godendrank nooit tekort hebben.'

'Een god, ik ben gered!' riep Cleo uit, en in het script stond dat het doek dan viel, maar in plaats daarvan bleef Otto zich dieper en dieper naar Cleo toe buigen en bracht hij zijn lippen zo dicht bij de hare, dat ze elkaar bijna raakten. Even dacht ik dat hij haar echt vol op de mond ging kussen, het leek wel of hij zich niet meer bewust was van zijn omgeving, tot Cleo zich plots met afschuw wegtrok, net voordat hun lippen elkaar raakten.

'Waag het niet,' siste ze, en ze staarde hem aan met een mengeling van walging en woede. 'Er hangt verdomme Nutella aan je mond!'

Otto deinsde terug, de pijn stond op zijn gezicht te lezen. 'Ik ging je niet echt kussen, hoor,' herpakte hij zich. Maar in zijn blik stond verslagenheid.

Cleo krabbelde overeind en keek hem wantrouwig aan. 'Dat is je geraden ook.'

Ongerust zocht ik vanuit mijn ooghoeken naar Stijn, maar ik zag hem niet.

Mevrouw Linskens verbrak de spanning en klapte in haar handen. 'Oké, zo kan-ie wel weer. Cleo, het is maar toneel, ook Otto mag zich in zijn rol inleven. Volgende scène! Theseus en Phaedra. Stijn en Seren, het is jullie beurt. Zet iemand een stoel klaar die als troon kan dienen?'

Ik keek om me heen, nog steeds op zoek naar Stijn, terwijl Vincent een stoel naar voren sleepte.

'Waar is Stijn?' vroeg mevrouw Linskens, en ik haalde mijn schouders op. Ze zuchtte. 'Typisch. Vincent, lees jij Stijns tekst voor, zodat Seren kan repeteren?'

Vincent greep mopperend een script van tafel en ging op de troon zitten, terwijl ik aan de zijlijn wachtte tot het mijn beurt was om op te komen. Ik voelde een steekje van teleurstelling. Eerlijk gezegd had ik ernaar uitgekeken om deze scène te spelen. Ik had mijn gevoelens voor Stijn dan misschien wel geparkeerd, soms droomde ik nog van hem, of betrapte ik mezelf erop dat ik naar de contouren van zijn borstspieren zat te staren, zichtbaar onder zijn witte T-shirt.

Vincent trok zijn gezicht in een grimas, zogenaamd vertrokken van pijn en innerlijke strijd, en richtte zich tot zijn onderdanen. 'Waarde Atheners. Mijn hart is bezwaard met droefheid. Niet alleen is mijn vader, koning Aegeus, een tragische dood gestorven, waardoor ik nu uw koning ben, ook mijn grote liefde, prinses Ariadne van Kreta, is dood,' verklaarde hij op plechtige toon. 'Zij ligt begraven op het eiland Naxos, waar zij tot mijn grote verdriet door een mysterieuze ziekte werd getroffen. Ik wilde onze band met Kreta versterken door Ariadne te huwen, maar–'

'Hé, dat is mijn tekst,' zei Stijn, die eindelijk de weg naar het klaslokaal had teruggevonden. Ik zag meteen aan zijn verwijde pupillen dat hij niet gewoon een sigaretje was gaan roken en wisselde verontrust een blik met Danni.

'Ah, meneer De Clerck, daar bent u dan eindelijk,' zei Linskens geïrriteerd. 'Meneer Volders was zo vriendelijk u te vervangen, zodat de repetitie geen vertraging zou oplopen. Wees op tijd in het vervolg, ja?'

Stijn salueerde, maakte een buiging en liep toen naar de stoel. Hij duwde Vincent er bijna af. '*Get lost*, Volders.' Vincent gaf hem een speelse duw terug, maar maakte gehoorzaam plaats en liet Stijn op de troon plaatsnemen. 'Waar waren we?' vroeg Stijn.

'Ik wilde onze band met Kreta versterken door Ariadne te huwen,' souffleerde Linskens.

'Helaas, die kans is nu verkeken,' las Stijn het script verder. 'Maar vrees niet, ik zal voor u een nieuwe koningin vinden, Athene waardig!'

Dat was mijn cue en ik kwam bedeesd het podium op als Phaedra, gekleed in mijn witte gewaad en paarse sjerp. Ik ging naast Stijn staan en legde mijn hand voorzichtig op zijn gespierde arm.

'O, Theseus,' zei ik, maar mijn stem was amper hoorbaar. Ik kuchte en probeerde luider te praten. 'Wij lijden beiden onder Ariadnes verlies. Mijn hart huilt, samen met het uwe.' Maar mijn hart huilde helemaal niet, integendeel, het jubelde en bonsde alsof het voor de eerste keer voelde hoe het was om een jongen van vlees en bloed aan te raken. 'Toch moet u verdergaan en uw koninkrijk leiden.'

Stijn kwam overeind van zijn troon, zoals het in het script stond, en draaide zich naar me toe. Toen greep hij mijn handen en trok me tegen zich aan. Zijn blik was zo intens dat ik dacht dat hij mijn gedachten kon lezen. Mijn heel erg zweterige en ademloze gedachten, die niemand mocht zien.

'Mooie Phaedra, je woorden warmen mijn hart en vullen mijn hoofd met ideeën. Ik heb de oplossing reeds gevonden. Samen zullen we Athene naar voorspoed leiden,' zei Stijn, en ik voelde zijn warme adem op mijn gezicht.

Mijn tong plakte tegen mijn gehemelte, terwijl ik me probeerde te herinneren wat ik nu moest zeggen. Net toen mevrouw Linskens haar mond opendeed om me te hulp te schieten, stamelde ik: 'Samen? Hoe bedoelt u, mijn heer? Ik ben nog maar een kind.'

Stijn legde zijn hand tegen mijn brandende wang. 'Phaedra, mijn liefste,' zei hij, terwijl een grijns rond zijn volle lippen speelde. 'Wil je mijn vrouw worden?'

Het was Theseus die Phaedra ten huwelijk vroeg, maar voor mij waren alle grenzen vervaagd. Het was Stijn die sprak, Stijn die met de allerkleinste microbeweging mijn wang streelde, waardoor de haartjes op heel mijn lichaam overeind gingen staan. Het kostte me een bovenaardse inspanning om niet door mijn knieën te zakken en mijn laatste zin tekst op te zeggen: 'Ja, Theseus, ik zal je vrouw zijn,' antwoordde ik met een mengeling van opwinding en angst.

En toen gebeurde het. Net zoals Otto deed bij Cleo, leunde Stijn naar me toe. In slow motion zag ik zijn volle lippen mijn mond naderen, alsof ik een treincrash zag aankomen. Dat stond niet in het script, maar ik kon niets doen. Ik stond vastgelijmd, bevroren en toen Stijns mond zich op de mijne drukte alsof ik de enige vrouw op de wereld was, sloot ik mijn ogen. Ik voelde de warmte van zijn handen, stevig tegen mijn rug, en smolt weg. Op dat moment was Stijn van mij en ik van hem.

Alsof Cleo nooit had bestaan.

Toen mevrouw Linskens de stilte doorbrak met een luide kuch, was het moment voorbij. Onze lippen scheidden zich weer en ik kwam terug in mijn lichaam. Ik opende mijn ogen en zag een ondeugende glinstering in die van Stijn, maar ik kon zijn luchthartigheid niet delen. De naschok volgde onmiddellijk.

Achter Stijn stond Cleo in de deuropening, met een uitdrukking van afschuw op haar gezicht. Ze draaide zich om en beende weg.

Wat hadden we gedaan?

28

Heden

'Die kus, dat moet het begin zijn geweest,' zeg ik.

Otto schudt zijn hoofd. 'Nee, Seren, echt niet.'

'Jij hebt Cleo's gezicht niet gezien toen. En ze heeft het zelf toegegeven in haar brief, weet je nog?'

Hij knikt. 'Die brief. Die verdomde brief.'

Ik interpreteer zijn reactie als een bevestiging van wat ik zei. 'Dus het is wel mijn fout. Als ik Stijn meteen op zijn plaats had gezet toen hij me kuste, en als ik daarna niet ook nog eens–' Ik zwijg abrupt en Otto kijkt me vragend aan.

'Ook nog eens wat?' vraagt hij.

Ik staar naar mijn lege koffiekop. 'Ik dacht dat niemand ons had gezien,' fluister ik.

Otto trekt zijn wenkbrauw op. 'Hebben jullie nog eens gezoend? Na de repetitie?'

Ik knik, mijn wangen branden. 'Op het kerstfeest.'

Tien jaar eerder (2014)
Kerstfeest op school

Het was twee weken geleden dat Stijn en ik hadden gekust en niemand had er nog met een woord over gerept. Cleo deed alsof ze niets had gezien en Stijn alsof er niets was gebeurd. De enige die er tegen me over was begonnen, was Danni. De avond na de repetitie had ze me geappt om te vragen of het wel goed met me ging.

Dat was wel heftig, schreef ze. *Het leek of jullie echt kusten. Weet je zeker dat er niets meer achter zat?*

Ik had haar gerustgesteld en gezworen dat Stijn en ik gewoon onze rol hadden gespeeld, niet meer, niet minder.

En hoe meer tijd er verstreek, hoe meer ik dat zelf begon te geloven. Had ik me die vonk dan toch ingebeeld en was het een vorm van wishful thinking die me er meer van had laten maken dan wat het werkelijk was? Op den duur begon ik zelfs te twijfelen of Stijns lippen de mijne wel degelijk hadden geraakt, maar dan herinnerde ik me de smaak ervan, munt en wiet, en wist ik dat ik het me niet had ingebeeld.

Eigenlijk wilde ik niet naar het kerstfeest vanavond, maar Danni had op me ingepraat. 'Je zit veel te vaak binnen opgesloten, je moet meer onder de mensen komen en plezier maken,' had ze gezegd. Dus daar stond ik dan.

De sportzaal was omgetoverd tot feestzaal, aan het plafond hingen talrijke glitterballen die een zee van sprankelende lichtjes uitstraalden. Muziek van de Arctic Monkeys knalde door de luidsprekers. Op de dansvloer stonden de mooi uitgedoste leerlingen in groepjes te dansen en te praten, ik zag de hormonen haast meedeinen op de beats van de muziek. De dresscode voor vanavond was 'elegant' en veel jongens hadden zich zowaar echt in een pak gehesen, sommige zelfs in een gehuurde smoking. Ik speurde de zaal af naar mijn vrienden en spotte Danni bij de punchtafel, haar vuurrode haren vormden een opvallende vlammenzee in het gedempte licht. Ook Danni had een smoking aangetrokken, compleet met strik, en ze grijnsde breeduit toen ze me zag, terwijl ze met een grote soeplepel plastic bekertjes met knalroze punch vulde.

'Proeven?' vroeg ze, terwijl ze een bekertje aan me overhandigde.

Ik trok een vies gezicht. 'Wat zit daarin?'

'Aardbeisiroop, ananassap, bruiswater en nog wat. Geen alcohol in ieder geval, dat mocht niet. Maar Vincent heeft een fles tequila meegesmokkeld, dus hij kan je avond vast interessanter maken.' Ze gaf een knikje in de richting van een groepje oudere jongens die om Vincent heen stonden. Zijn lange gestalte stak een stukje boven hen uit. Hij had ook een smoking aan, met pandjesjas en pochet. Het stond hem wel.

'Nee, dank je,' zei ik. 'Waar is de rest?'

'Cleo is aan het dansen – uiteraard – en Otto heeft zich strategisch gepositioneerd naast de snacktafel – ook uiteraard – dus als je een knabbel wilt, moet je je haasten.'

Ik volgde haar blik en zag Otto, die niet de moeite had gedaan zich om te kleden en zijn gewone, dagelijkse outfit van slobberbroek en hoody aanhad, inderdaad in een geanimeerd gesprek met een meisje uit het vijfde jaar met wie hij soms ook gamede. Ik kon vanaf een afstandje zien dat hij al een stuk boven zijn theewater was. Benieuwd hoeveel van die tequila hij al op had.

Net toen ik wilde vragen waar Stijn was, zag ik hem achter de draaitafel met een hoofdtelefoon op.

'Hij heeft de dj-shift nu,' zei Danni, die mijn blik had gevolgd, en ik keek snel de andere kant op, naar de dansende meute. 'Je ziet er trouwens mooi uit, Seren,' zei ze.

'Dank je,' zei ik. De jurk die ik droeg, had ik in de kringloopwinkel gevonden. Hij was veel te groot, maar het jaren-twintigmodel was zo mooi dat ik hem toch had gekocht. Het had me uren gekost om hem met behulp van mijn moeders naaimachine te laten passen, maar het was het waard. De zwarte transparante stof omsloot mijn lichaam als een handschoen en op strategische plaatsen hielden de piepkleine pareltjes die er in ingewikkelde diamantpatronen op waren geborduurd het toch zedig. Tenminste, dat had ik gevonden toen ik thuis voor de spiegel stond. Nu, tussen mijn medeleerlingen en onder het oog van mijn leerkrachten, voelde ik me opeens erg naakt, dus trok ik mijn sjaal wat dichter om me heen.

Danni richtte zich verder op haar taak en om mezelf een houding te geven, slenterde ik in Otto's richting. De dj, Stijn dus, had net een jaren-tachtignummer opgezet, 'Take on Me' van a-ha, en het kostte me slechts seconden om Cleo op de dansvloer te spotten. Ze had een strakke gouden mini-jurk aan die haar bruine benen onthulde. Haar schoenen had ze blijkbaar al aan de kant geschopt, want ze danste blootsvoets en met gesloten ogen. Volgens mij was ze zich niet meer bewust van waar ze was of wie er rondom haar stonden, of het kon haar niet schelen. Ik was in ieder geval blij dat ze me nog niet had gezien. Nog even stilte voor de storm die sowieso altijd raasde als Cleo in de buurt was.

Plotseling greep een arm me rond mijn taille en voelde ik een warme adem tegen mijn oor. 'Hé, sexy Seren.' Ik draaide me om en keek recht in Stijns ogen. 'Kom,' zei hij, en zonder mijn antwoord af te wachten of me van mijn verwarring te laten bekomen – hij stond toch net nog achter de draaitafel? – pakte hij mijn hand en trok me mee door de dansende en zwetende massa.

'Wacht,' zei ik, maar het was slechts een zwakke poging om een eigen wil te veinzen, want ik liet me gewillig meevoeren, weg van de chaos van het schoolfeest, naar de donkere stilte van de kleedkamers. Mijn hartslag versnelde, niet van angst en ook niet van schuldgevoel. Zelfs niet van nieuwsgierigheid. Ik wist heel goed wat Stijn van plan was, en het feit dat het niet mocht, maakte het alleen maar spannender.

Stijn trok me de donkere jongenskleedruimte in en sloot de deur. De duisternis slokte ons op en herleidde de school en het feest buiten tot niets meer dan een gedempt geruis. Stijn duwde me zachtjes tegen de muur en ik rilde toen ik de koele tegels tegen mijn rug voelde. Hij kwam dicht tegen me aan staan en keek op me neer met ogen die zwart leken. Zijn ademhaling was zwaar en ik voelde zijn borstkas op en neer gaan. Mijn handen vonden zijn taille en bewogen over zijn brede rug. Hij kreunde. Ze vervolgden hun weg, eerst naar boven, naar zijn nek, en vonden zijn haar. Ik was het deze keer die de controle nam. Mijn vingers maakten het elastiekje in zijn haar los en zijn bruine krullen vielen over zijn schouders. Hij maakte zijn lichaam een beetje van me los en liet zijn kostuumvest van zijn schouders op de grond glijden, terwijl ik mijn weg naar beneden zocht, en mijn duimen zich in de band van zijn jeans haakten.

En toen, in een beweging zo natuurlijk als de nacht die op de dag volgde, dichtte Stijn de laatste centimeters tussen onze gezichten. Zijn lippen vonden de mijne met een urgentie die mijn benen deed smelten en hongerig kuste ik hem terug. Plots waren zijn handen overal. Eerst nog boven op mijn jurk, drukkend in mijn taille alsof hij me plat wilde knijpen, toen plots eronder, op mijn dijen. Tussen mijn dijen. De tijd leek te stollen om ons heen, en het was alsof we beiden wisten dat dit de enige en de laatste keer zou zijn dat we aan dit verlangen zouden toegeven. Ik herkende mezelf niet meer, en van de controle die ik daarnet nog had, was geen druppel meer over. Ik leek wel een auto die zonder remmen een steile helling af denderde. Niet te stoppen. Zijn handen vonden mijn tepels en ik kreunde hardop.

'Sjjt,' fluisterde hij. 'Stil zijn.' Maar hij kneep nog een keer en ik drukte mijn mond tegen zijn schouder om het niet uit te schreeuwen.

'Dat vind je lekker, hm?' zei hij.

Ik knikte en zocht met mijn mond weer naar de zijne, vond hem. Dit was waar ik al van droomde sinds ik hem voor het eerst zag, dacht ik. En nu was het eindelijk zover. Eindelijk was hij van mij.

Een luide bons op de deur van de kleedkamers rukte ons allebei terug het hier-en-nu in.

'Stijn?' Het was Vincents stem. 'Je moet de dj-set weer overnemen. Ben je hier?'

En toen Danni: 'Ik zei toch dat hij niet in de kleedkamers was, wat zou hij hier uitvreten? Hij staat vast buiten een joint te roken.'

'Ik ga toch even kijken,' zei Vincent, en voor we beseften wat er gebeurde, ging de deur open en viel het licht van de tl-lampen op de gang de kleedkamer in.

We stonden voorlopig uit het zicht, achter een tegelmuurtje waar de douches zich bevonden, maar als Vincent de kleedkamer in zou lopen, zou hij ons zo zien. We hielden allebei onze adem in.

'Zie je wel,' zei Danni, 'hij staat te blowen.'

'Maar ik heb al op de speelplaats gekeken en daar was hij niet,' zei Vincent.

'Nee, sufkop. Hij gaat niet binnen de schoolpoorten staan roken. Zo gek is zelfs Stijn niet. Heb je buiten al gekeken?'

'Op straat? Nee.'

'Kom op, hij is vast daar.'

Toen de deur weer dichtging, spreidde de stilte zich over ons uit als een zachte deken. Nu onze monden niet meer op elkaar kleefden, werden we ieder terug in ons eigen lichaam gekatapulteerd. Ik keek naar Stijn op en haakte me vast in zijn blik, op zoek naar geruststelling. Met een zachte beweging streek hij een lok haar achter mijn oor. Zijn adem was warm tegen mijn huid en we voerden een woordeloos gesprek dat alles zei.

Dit mocht niemand weten.

Ik wendde mijn gezicht af en voelde een rilling langs mijn ruggengraat trekken, me plots opnieuw bewust van de koude tegels tegen mijn rug. Ik knikte als teken dat ik het had begrepen, waarna Stijn zich van me losmaakte. Met zijn ogen strak op me gericht, bond hij zijn haren opnieuw vast en ik staarde naar de spieren in zijn bovenarmen die daardoor opbolden. Toen raapte hij zijn vest van de grond, trok hem weer aan en plantte een kus op mijn voorhoofd.

'Dag, sexy Seren,' fluisterde hij, en met een laatste blik op me liep hij weg, de kleedkamer uit, de buitenwereld weer in.

29

'Dus daar was Stijn opeens naartoe verdwenen,' zegt Otto. 'Ik herinner me dat we hem kwijt waren en dat ik een extra shift als dj heb gedraaid omdat niemand wist waar hij was. Cleo was in alle staten.'

'Denk je dat zij het wist?' vraag ik.

'Dat jij met Stijn hebt staan muilen op dat kerstfeest?'

Ik knik.

Hij denkt even na. 'Cleo was niet dom, en uit haar brief bleek dat ze wel wist dat er iets speelde, dus ja, dat denk ik wel.'

'Ja, maar waren dat vermoedens, denk je, of heeft ze echt iets gezien?'

Otto haalt zijn schouders op. 'Wat doet het er nog toe? Het verandert niets aan wat er is gebeurd.'

'Dat doet het wel,' zeg ik. 'Je zei net dat het niet mijn fout was, maar dat is het wel. Weet je nog hoe giftig Cleo tegen me deed die avond van de sleepover? Ik denk dat ze meer wist dan wij dachten.'

Tien jaar eerder – 23 december 2014
De sleepover

Het was warm in Cleo's appartement en ik gooide mijn jas en sjaal bij de berg die al over de fauteuil lag gedrapeerd. Cleo's stekje was niet groot. De voordeur kwam meteen uit op een knusse woonkamer met een bescheiden open keuken, en een kleine gang gaf toegang tot twee slaapkamers en een badkamer. Otto was er al. Hij sneed sinaasappels in partjes, maar stak er zoveel in zijn mond dat hij aan dat tempo nooit genoeg fruit overhield om bij de glühwein te doen, waarin Cleo met haar rug naar me toe stond te roeren. De hele kamer rook naar warme wijn, kaneel en sinaasappel.

De deur van Cleo's badkamer ging open en Stijn kwam tevoorschijn. Met een handdoek droogde hij zijn lange haar, dat nog nadrupte van de douche. Ons verhitte moment in de jongenskleedkamers lag nog maar een goede week achter ons en sindsdien hadden we elkaar af en toe een tersluikse blik toegeworpen, meer niet. Ik wist dat Stijn het niet zou uitmaken met Cleo en dat deed pijn, maar ik deed mijn best niets te laten merken. Al voelde ik me sinds die kus zo anders dat ik bang was dat iemand het zou zien. In het bijzonder Cleo.

Stijn knipoogde naar me en instinctief keek ik naar Cleo, maar ze had haar rug nog steeds naar me toe gekeerd en had dus niets in de gaten.

'Hey! Kan ik met iets helpen?' zei ik snel.

Nog steeds zonder me aan te kijken, greep Cleo enkele zakken chips en nacho's en hield die omhoog. 'Je mag deze op tafel zetten en Otto ervan uit de buurt houden.'

'Hé,' protesteerde Otto, terwijl een straaltje oranje sap van zijn kin droop.

Cleo draaide zich naar me toe en wees naar een stapeltje felgekleurde kommen. 'Doe ze hier maar in.' Toen hield ze haar hoofd een beetje scheef, terwijl ze haar blik over mijn lichaam liet glijden. 'Tenzij je er een probleem mee hebt om eten aan te raken?' zei ze vervolgens met een grijns.

Ze had me net zo goed een stomp in mijn maag kunnen geven. Ik staarde haar verbouwereerd aan. Er had behalve Danni nog nooit iemand iets over mijn lichaam of mijn eetgewoonten tegen me gezegd, en Danni deed dat uit bezorgdheid. Dit was een sneer, bedoeld om me te kwetsen. Snel herpakte ik me. 'Natuurlijk heb ik daar geen probleem mee. Doe niet zo gek,' zei ik, en ik begon de zakken open te scheuren, mijn gezicht afgewend om de sterke geur van de paprikachips niet te hoeven ruiken.

'Tijd voor Mariah Carey!' riep Stijn, waarmee hij het ongemakkelijke moment doorbrak. Hij liep naar de stereo-installatie en zette een playlist met zoetsappige kerstmuziek op. Cleo rolde met haar ogen en hij ging achter haar staan, sloeg zijn armen om haar heen en zoende haar in haar nek. 'Alles oké met mijn prinses?' zei hij zwoel in haar oor.

Ik voelde de hitte naar mijn oren stijgen en was het liefst ter plekke in een gat in de vloer verdwenen. Ik begreep dat ik mijn gevoelens verborgen moest houden en dat hij zich zo gewoon mogelijk wilde gedragen om geen argwaan te wekken, maar moest hij nu echt voor mijn neus met haar kussen?

Zoals altijd was Danni mijn redder in nood, of eerder: in rood, deze keer. Op de voet gevolgd door Vincent, die een plastic bak vol eten droeg, kwam ze binnengewalst met twee flessen bubbels. Haar wangen zagen bijna net zo rood als haar haren en ze had haar nieuwe Desigual-jas aan, in dezelfde kleur. Op haar wangen had ze zilveren sterretjes geplakt waardoor ze eruitzag als een verdwaalde elf. Vincent daarentegen zag er zoals altijd uit om door een ringetje te halen. Hij zette de bak met eten voor Cleo neer.

'Vlees en sausjes voor de gourmet. Wat in de groene bakjes zit, zijn de vegetarische hapjes voor Danni,' zei hij.

'Thanks, Vince. Is er ook een leeg bakje voor Seren?' vroeg Cleo.

'Hè?' zei Vincent, die dacht dat hij het niet goed had gehoord. Voor de tweede keer voelde ik mijn oren gloeien en ik keek schichtig om me heen, maar dacht niet dat iemand anders het had gehoord.

'*Never mind*,' zei ze luchtig. 'Glühweintje?'

'Graag,' zei Vincent, terwijl hij zijn jas ook boven op de berg gooide.

Cleo schonk Vincent een glas warme wijn in. 'Wie nog meer?' vroeg ze.

'Wow, wat heb je hierin gedaan?' vroeg Vincent met grote ogen na zijn eerste slok.

Otto en Cleo gniffelden naar elkaar. 'Geheimpje van de chef,' zei Cleo.

Toen we allemaal een glas hadden en de hapjes op tafel stonden uitgestald, gingen we zitten. Handen graaiden naar de bakjes kaas en chips. Nacho's werden in salsa gedipt. Om Cleo geen gelijk te geven, deed ik mee en nam een slokje van de glühwein. Hij was inderdaad mierzoet en supersterk, ik kon de grimas die mijn mond maakte niet tegenhouden.

'Te veel suiker, Seren?' vroeg Cleo, en alweer speelde er een gemeen trekje om haar mond. Zag dat kind werkelijk alles?

Voor ik kon antwoorden, zei Danni: 'Wacht, ik schenk je een glas bubbels in.'

'Dank je,' zei ik. 'Ik ben niet zo'n fan van rode wijn.' Dat was niet waar, maar ik wilde voor geen goud die mierzoete glühwein drinken.

Cleo zei niets, maar bleef me aanstaren tot Danni me een glas gaf. Toen stak ze haar eigen glas in de lucht en zei: 'Tijd voor een toost!'

'Ja, goed idee,' zei Danni. 'Waarop zullen we klinken?'

'Op onze vriendschap,' zei Stijn, die ook zijn glas omhooghield.

'Op de vakantie!' riep Otto.

'Op een goed rapport,' zei Vincent, waarop we allemaal begonnen te lachen.

Ik keek om me heen naar mijn vrienden. Naar de Sandwichclub. Ieder van mijn vrienden was zo uniek en zo anders. We hadden elk onze eigenaardigheden en typische trekjes, toch waren we allemaal aan elkaar verbonden. Zoals planeten in een klein zonnestelsel draaiden we rond en rond, elk met onze eigen baan, maar allemaal om dezelfde zon: Cleo. Ik bestudeerde haar wanneer ze even niet in mijn richting keek, wat vanavond haar favoriete bezigheid leek te zijn. Ze droeg een eenvoudige zwarte jurk, die strak om haar lichaam zat en haar decolleté onthulde. Ze keek naar Stijn en hief toen opnieuw haar glas.

'Op dat we nooit geheimen voor elkaar zullen hebben,' zei ze, en ik voelde de kriebels over mijn rug lopen.

'Proost!' riep Otto, die zich zoals altijd van geen kwaad bewust was, en we klonken onze glazen tegen elkaar. Maar op dat moment kon ik het niet laten even vanonder mijn wimpers naar Stijn te kijken. Hij staarde naar zijn glas en fronste lichtjes, wat bevestigde dat ook hij de dubbele betekenis van Cleo's woorden had geregistreerd. En toen zag ik hoe Cleo's zelfvoldane smoeltje ons bestudeerde en besefte ik: ze wist het.

Wat betekende dit voor mij? Voor ons? Ik goot het glas cava achterover om het schuldgevoel dat nu luidruchtig aan me begon te knagen te verstommen, maar het leek bij elke slok alleen maar te groeien. Niet nu, dacht ik. Cleo zou geen scène maken. Als ik me vanavond normaal kon gedragen en niet op haar steken onder water reageerde, dan kwamen we er wel doorheen. Ik kon morgen vast nog even met haar praten. Of na de vakantie, als de gemoederen bedaard waren.

Na de gourmet riep Danni: 'Spelletjestijd!'

Ze gooide een blok post-its op tafel en we begonnen aan enkele rondes 'Wie ben ik?' die gepaard gingen met uitbundige lachsalvo's van Otto en gegil van Danni wanneer iemand een belachelijk personage raadde.

Toen het mijn beurt was, krabbelde Cleo iets op een roze post-it. Danni fronste even, maar plakte hem toen toch op mijn voorhoofd.

'Ben ik een vrouw?' vroeg ik.

'Ja,' zei Otto, die een blikje Jupiler vasthad.

'Goh. Moeilijk te zeggen,' zei Cleo tegelijkertijd, terwijl ze naar mijn bescheiden boezem keek.

Ik wist niet zeker of haar antwoord op mij sloeg of op mijn personage en vroeg: 'Is het nu ja of nee?'

'Ja,' zei Danni, met een boze blik naar Cleo. Ik was dus toch niet de enige die zich ergerde aan haar gedrag.

'Leef ik nog?' ging ik verder met de standaardvragen.
'Nee,' zei Otto.
Ik dacht even na. 'Ben ik een fictief personage?'
'Nee,' zei Danni.
'Zit ik in de entertainmentsector?'
'Ja,' zei Danni.
Cleo geeuwde ostentatief en ik werd nerveus.
'Ben ik een actrice?'
'Nee,' zei Danni, en ze keek waarschuwend naar Cleo, maar die grabbelde onschuldig in een bakje chips.
'Een zangeres?'
'Onder andere,' zei Danni.
'Hé, je mag alleen ja of nee antwoorden,' protesteerde Vincent.
'O, kom op, anders raadt ze het nooit,' zei Cleo.
Ik was dus een overleden vrouwelijke zangeres, die ook nog iets anders deed dan zingen. 'Speelde ik een instrument?' vroeg ik.
'Ja,' zei Otto.
Ik probeerde me de namen te herinneren van vrouwelijke singer-songwriters, maar er kwam helemaal niets. Ik wist niets van muziek. 'Speelde ik gitaar?' probeerde ik.
'Nee,' zei Danni.
Nu was ik helemaal verloren. 'Ik weet het niet,' zei ik.
'Kom op, Seren, probeer het,' zei Danni.
'Anders is het ad fundum, dat weet je,' grijnsde Cleo, en ze greep alvast naar de fles cava.
Mijn hoofd tolde nu al van de alcohol. Behalve een paar grabbels chips had ik nog niets gegeten die dag. Ik probeerde na te denken, maar er kwam niets.
'Wil je een tip?' vroeg Danni.
'Dat kost je wel een half glas,' zei Otto.
'Oké dan,' zei ik. Een half glas was beter dan een vol. Cleo schonk me een ruim half glas in en ik goot het achterover.
'Wie geeft de tip?' vroeg Danni.

Ik verwachtte half dat Cleo weer met iets onzinnigs ging komen, maar tot mijn opluchting haalde ze haar schouders op. 'Doe maar,' zei ze ongeïnteresseerd.

'Je speelde drum,' zei Danni.

Cleo proestte het uit. 'O, echt? Dat wist ik zelfs niet.'

Stijn keek haar aan. 'Hoezo niet? Je hebt het personage toch zelf gekozen?'

Ze haalde haar schouders op. 'Ja, en? Ik dacht dat het mens alleen maar kon zingen. Weet ik veel. En geef toe dat drums niet echt...' Ze viel stil en grijnsde opnieuw.

Het zweet brak me uit. Ik kende geen vrouwelijke drummers die waren overleden. Als ik het nu nog niet wist, moest ik een volledig glas leegdrinken. En wat bedoelde Cleo met haar opmerking?

'Ik denk dat ze het echt niet weet,' zei Vincent.

'Echt Seren, jij kan elk spel saai maken,' geeuwde Cleo.

'Cleo!' siste Danni. 'Wat heb jij vandaag, zeg?'

'Er is helemaal niks. Ik vind het beregezellig,' zei Cleo.

Ik trok de post-it van mijn voorhoofd. 'Karen Carpenter' stond erop. Cleo hield mijn reactie in de gaten, maar ik wist echt niet wie het was. 'Nooit van gehoord,' zei ik.

'Nee?' vroeg Cleo, met een fluwelen stemmetje.

'Dat zei ik toch,' zei ik geïrriteerd.

Cleo schonk mijn glas opnieuw vol en schoof het naar me toe. 'Bizar,' zei ze. 'Ik dacht echt dat Karen Carpenter jouw idool was. Hup, drinken.'

Ik probeerde mijn onzekerheid zo goed ik kon te verbergen. Waar had ze het over? Waarom zou een drummer mijn idool zijn? En waarom koos Cleo haar uit voor mij, als ze zelfs niet wist dat ze een drummer was? Ik zette het glas aan mijn lippen, nam een slokje en wilde het weer neerzetten.

'Ad fundum,' zei Cleo. 'Dat was de afspraak.'

De cava was warm en ik moest mezelf forceren om de vloeistof door mijn keel te gieten, maar het lukte me.

‘Goed zo. En nu niet gaan braken, hè,’ zei Cleo, ‘of doen anorexiapatiënten dat niet?’

Het werd stil in de woonkamer. Danni keek me geschrokken aan en Otto staarde naar zijn schoenen. Het leek alsof de muren zelf hun adem inhielden, wachtend op mijn reactie. De spanning was om te snijden, maar niemand durfde het mes vast te pakken.

Toen gooide Stijn zijn hoofd achterover en begon luid te lachen. ‘Kom op, Chevalier, zo is het wel genoeg geweest. Nu is het jouw beurt,’ zei hij. ‘Eens kijken of je dan nog zoveel praatjes hebt.’ Hij krabbelde iets op een post-it en plakte die op Cleo’s voorhoofd. ‘Blair Waldorf’ stond erop en Danni grinnikte. Ik was dankbaar voor de afleiding, maar het nare gevoel bleef voor de rest van de avond aan me kleven. Cleo wist wat er was gebeurd tussen Stijn en mij, dat was nu wel duidelijk. Ze was nog nooit zo gemeen tegen me geweest. Maar hoe was ze er in hemelsnaam achter gekomen? Ik probeerde zo goed als ik kon de schijn verder op te houden en speelde het spel mee, tot we het allemaal moe waren en iemand een film opzette, *The Holiday*, met Cameron Diaz en Kate Winslet. Otto en Stijn trokken de slaapbank open, maar dan nog was er niet genoeg plaats voor ons zessen, dus gooide Cleo nog wat kleurrijke kussens op de grond. We zochten ieder een plekje. Danni en ik nestelden ons in de kussens, samen met Otto. Stijn, Cleo en Vincent lagen languit op de bank. Het duurde niet lang voor de grote hoeveelheden alcohol die iedereen had binnengekregen hun tol begonnen te eisen en een voor een begonnen we te geeuwen. Vincent zakte als eerste in elkaar. Zijn hoofd viel achterover op de donkerblauwe bank en hij begon zachtjes te snurken, wat een kettingreactie veroorzaakte.

‘Ik ga slapen,’ zei Cleo, die overeind kwam. Stijn stond automatisch mee op, hij sliep altijd bij Cleo in bed, en ik voelde frustratie en jaloezie een stille tango in mijn maag dansen, tot Cleo – met een ijzige blik op Stijn – zei: ‘Ik slaap alleen vannacht.’

‘Hè?’ zei Stijn, en hij wilde protesteren, maar ze snoerde hem de mond door zich zonder nog iets te zeggen om te draaien en in de slaapkamer te verdwijnen. De vernedering stond op Stijns gezicht te lezen toen hij zich ervan bewust werd dat we allemaal toekeken, behalve de slapende Vincent.

Otto – die zich al naast Vincent op de slaapbank had geïnstalleerd – klopte naast zich. ‘Kom er gezellig bij, makker,’ zei hij joviaal, maar hij kon het leedvermaak in zijn stem niet verbergen.

‘Kom, Seren,’ zei Danni. ‘Het feestje is voorbij.’ Ze kwam wankelend overeind en ik volgde haar naar de tweede slaapkamer. Zo deden we het altijd: Stijn en Cleo in de eerste slaapkamer, Danni en ik in de tweede en Vincent en Otto op de slaapbank. Tot nu.

‘Jeetje, ik ben nog nooit zo dronken geweest,’ zei Danni. Ze zag er inderdaad wat bleekjes uit en ze plofte volledig aangekleed op het bed. ‘Ik drink nooit meer glühwein,’ zuchtte ze.

Ik was ook dronken, maar niet zo erg als de rest. Ik had Vincent niet eerder zo snel zien kapseizen. Die glühwein was duidelijk vergif. Ik prees mezelf gelukkig dat ik alleen maar cava had gedronken. Ik ging naast Danni liggen en zuchtte diep: ‘Wat een avond.’ Ik wilde er met Danni over praten, om de gebeurtenissen te verwerken zoals we altijd deden. Ik wilde haar mening over Cleo’s gedrag horen. ‘Danni?’ fluisterde ik. Stilte. ‘Hoi, pipeloi?’ probeerde ik. Maar toen hoorde ik haar diep en regelmatig ademhalen. Ze sliep.

Ik trok de deken tot aan mijn kin, staarde in het donker naar het plafond en luisterde naar het gedempte gesnurk van de jongens in de woonkamer dat door de muren drong. Ik wist dat ik niet zou kunnen slapen, daarvoor piekerde ik te hard over wat Cleo wist. Ze was kwaad op me, en op Stijn. Maar wilde ze hem alleen maar een lesje leren omwille van die toneelkus op de repetitie? Of wist ze ook van die andere kus? Dat was de vraag.

'Ja, dat was gemeen van Cleo,' zegt Otto. 'Maar zo was ze nu eenmaal als ze zich bedreigd voelde, dan sloeg ze haar klauwen uit.'

'Bedreigd? Door mij?' zeg ik schamper.

Otto kijkt me onderzoekend aan. 'Ja, natuurlijk door jou. Door wie anders? Danni was geen competitie voor Cleo.'

'Ik toch ook niet?' zeg ik verwonderd.

'Meen je dat nu? Ze was stikjaloers op je!'

Ik staar hem met open mond aan. 'Otto, waar heb je het over? Cleo kreeg altijd alles wat ze wilde, ze was rijk, slim, knap en wond iedereen om haar vinger. Waarom zou ze in hemelsnaam jaloers zijn geweest op mij? Wat had ik dat zij niet had?'

'Kwetsbaarheid,' zegt Otto.

Ik trek mijn wenkbrauwen naar hem op. 'En dat is iets om jaloers op te zijn?'

'Het gaf je die aura van hulpeloosheid, van een gebroken vogeltje. Voor sommige mannen is dat ontzettend aantrekkelijk.'

'Sommige mannen? Je bedoelt Stijn?'

'Niet alleen Stijn, Seren. Kijk, ik weet dat jij je daar niet bewust van was omdat je altijd met je gezicht naar de grond gericht liep, maar je trok wel de aandacht, hoor. Cleo kon het niet uitstaan dat jij die schijnbaar moeiteloos kreeg.'

Ik ben even stil, terwijl ik zijn woorden verwerk. Kan Cleo echt jaloers op me zijn geweest? Ik benijdde haar juist om wie zíj was. Kan het dat het omgekeerde ook het geval was?

'En je straalde ook iets mysterieus uit,' gaat Otto verder. 'Daar kon ze niet aan tippen en dat wist ze. Daarom was ze soms zo gemeen tegen je. Wist je dat echt niet?'

Ik schud mijn hoofd, sprakeloos. Heb ik Cleo's gedrag dan echt zo verkeerd geïnterpreteerd?

'Ik zou willen dat ze hier was,' zegt Otto plots. 'Ik zou willen dat...' Zijn stem klinkt verstikt.

'Ik weet het,' zeg ik. 'Ik ook.'

30

Tien jaar eerder – 24 december 2014

Danni rekte zich naast me uit. 'Oooow, ik voel me alsof er een trein over me heen is gereden.'

Ik geeuwde tot mijn kaken plopten en zei: 'Idem.' Ik moest uiteindelijk toch in slaap zijn gevallen, ergens tegen de ochtend. Er zat een spons in mijn schedel, in plaats van hersenen, zo voelde het in ieder geval. Toen herinnerde ik me de gebeurtenissen van de vorige avond weer: Cleo's opmerkingen, de alcohol, Stijn, en ik voelde een golf van misselijkheid opkomen. Ik sprong uit het logeerbed en gooide de deur naar de woonkamer open. De jongens lagen nog te slapen, ik kon hun contouren nog net zien in het schaarse licht.

Ik haastte me naar de badkamer en ging op mijn knieën voor het toilet zitten, maar er kwam niets, helemaal niets. Ik wachtte nog even, zonder resultaat, deed toen een plasje, plensde wat water in mijn gezicht en liep de woonkamer weer in.

'Goedemorgen,' zei Otto met dikke stem, terwijl hij in zijn ogen wreef.

'Goedemorgen,' fluisterde ik terug.

Hij kwam overeind, steunend op zijn ellebogen. 'Is Cleo al wakker?' vroeg hij.

'Weet ik niet, ik moest naar de wc.'

Vincent draaide zich woest om en hield zijn handen tegen zijn oren. 'Kunnen jullie wat stiller zijn, alsjeblieft?'

Ik wilde terug naar de slaapkamer lopen, maar Danni stond in de deuropening. 'Djeezes, weten jullie hoe laat het is? Seren, moest jij niet op tijd weg vandaag? En moest Cleo geen trein halen?'

Ik had zelf nog niet naar het scherm van mijn mobiel gekeken en keek naar het horloge dat Danni naar me ophield.

Het was 12.30 uur. ‘O, wow,’ bracht ik uit. ‘Ik moet dringend naar huis!’

Otto stommelde overeind. ‘Ik ook. Stijn, word eens wakker man.’ Hij duwde tegen Stijns brede rug.

In de loop van de nacht had Stijn al zijn kleren afgepeld. Waarschijnlijk had hij het veel te warm gekregen omdat hij tussen Otto en Vincent geplet lag. Mopperend kwam ook hij rechtop zitten. Zijn haar stond alle kanten op en ik kon mijn blik maar met moeite van zijn blote borst afwenden. ‘Waarom heb je me wakker gemaakt?’ vroeg hij verstoord.

‘Ga eens kijken of Cleo al wakker is,’ zei Otto. ‘Ze moet haar trein halen.’

‘Doe het zelf,’ snauwde Stijn. ‘Ze zal mijn kop er toch maar afbijten.’

Otto leek even te aarzelen, maar zei toen: ‘Oké,’ waarna hij in zijn gekreukte kleren naar Cleo’s kamer liep.

‘Iemand koffie?’ vroeg Danni, die intussen in de keuken stond.

‘Ja, graag,’ zei Vincent. ‘Ik heb een knallende hoofdpijn. Wat voor glühwein was dat gisteren, zeg?’

En toen gebeurde het. Cleo’s kamerdeur vloog open en sloeg met een knal tegen de muur, waardoor Danni het lege kopje dat ze in haar handen had liet vallen en het in stukken uiteenspatte op de tegelvloer.

‘Ze is dood!’ riep Otto. Zijn woorden explodeerden in de halfduistere kamer. ‘Ze ademt niet meer, geen pols, helemaal niets!’

Even bevroor de tijd en stonden we allemaal stil, zoals in zo’n 3D-foto, tot een onzichtbare persoon op ‘play’ drukte en we collectief hysterisch door elkaar begonnen te roepen.

‘Wat? Cléo!’ schreeuwde Stijn. Hij was in twee grote passen bij de deur en duwde Otto ruw aan de kant, op de voet gevolgd door Vincent. Ik keek verschrikt naar Danni en samen gingen we achter de jongens aan Cleo’s kamer binnen, haar heiligdom.

'Cleo!' riep Stijn nog een keer.

Ik kon haar niet meteen zien, haar lichaam werd aan mijn zicht onttrokken omdat hij over haar heen hing.

'O nee, dit kan niet waar zijn,' zei hij. 'Ze voelt koud aan!' Toen draaide hij zich naar ons toe. 'Dit kan toch niet echt zijn? Doe iets!'

'Oké, rustig aan,' zei Vincent en hij duwde Stijn zachtjes opzij. 'Laat mij eens kijken.' Hij hield Cleo's pols tussen zijn duim en wijsvinger en schudde zijn hoofd. Toen keek hij op. 'Wat is dat?' vroeg hij. Hij wees naar iets op Cleo's nachtkastje. Danni en ik schuifelden onzeker wat verder naar binnen, maar in het duister konden we niet zien waar Vincent naar wees. Zwakke streepjes licht worstelden vergeefs tegen de zware gordijnen die vastbesloten waren het licht buiten te houden. Wel zag ik Cleo, haar huid wit als marmer, met een krans donkere krullen om haar hoofd, en ik voelde mijn benen week worden. Ik hield me overeind tegen de deurstijl.

Vincent hield een witte blisterverpakking omhoog. 'Slaappillen,' zei hij emotieloos.

Danni begon te snikken. 'Nee! Ze heeft toch niet...' Maar de realiteit smoorde haar woorden.

'O, God, nee,' zei Stijn, die op zijn knieën naast het bed neerzakte en zijn hoofd op Cleo's borst liet zakken. 'Nee,' huilde hij. 'Cleo, mijn Cleo! Wat heb je gedaan?'

Ik bevroor toen ik hem daar zo zag huilen en ik duwde mijn nagels diep in de palmen van mijn handen. Zijn verdriet was oprecht. Ik wist dat het een egoïstische gedachte was, maar eerlijk waar, het eerste wat ik op dat moment dacht was: Cleo won uiteindelijk altijd, zelfs als ze dood was.

Toen bukte Otto, die bleek en stil naar Stijn met Cleo's lichaam had staan kijken, zich naar de grond. Hij raapte een gekreukt stuk papier op en staarde ernaar.

'Wat heb je daar?' vroeg Vincent.

Otto stapte aarzelend naar hem toe en gaf hem het papier. Er gebeurde iets tussen hen, iets waar ik mijn vinger op dat moment nog niet op kon leggen. Alsof Otto toestemming gaf aan Vincent om voor te lezen wat er op het vel papier stond. Vincent streek de vouwen glad en de stilte die als een donkere sluier om ons heen lag, werd doorbroken door zijn stem.

'Liefste vrienden,' begon hij, en de woorden die volgden, waren als ijspegels die langzaam langs mijn ruggengraat gleden. 'Als jullie dit lezen, ben ik er niet meer,' ging hij verder. Zijn adamsappel wipte op en neer. 'Het spijt me, maar ik weet zeker dat dit de beste keuze was. En dit is waarom.'

Ik kon het niet geloven. Verbijsterd hoorde ik hoe Vincent Cleo's laatste woorden voorlas, waarin ze uitlegde waarom ze ervoor koos om uit het leven te stappen. Ze vertelde over haar ouders van wie ze vervreemd was, over haar broer die ze zo miste. Over de donkere periodes die ze vaak had. 'Niemand van jullie beseft,' las hij verder, 'hoe ver ik verwijderd ben van jullie wereld.' De brief trilde mee in zijn handen. 'Maar dat neem ik jullie niet kwalijk, integendeel. Het spijt me dat ik soms zo moeilijk was.'

Het leek of elke zin die Vincent uitsprak hem meer en meer moeite kostte. Keer op keer liet hij zijn blik over Cleo's roerloze gelaat glijden, alsof hij verwachtte dat ze hem zou tegenhouden. 'Danni en Vince,' las hij voor met een stem die kraakte als droog hout, 'zonder mij kunnen jullie eindelijk jullie liefde voor elkaar bekennen.'

Mijn ogen schoten naar Danni, die verbluft terug staarde. 'Wát?' bracht ze uit.

Vincent haalde zijn schouders op en las verder. 'Ik weet dat ik altijd grapjes maakte over jullie innige band, maar nu ik er niet meer ben, hoeft niets je nog tegen te houden. Ga ervoor.'

'Wat is dit voor onzin?' zei Danni, terwijl ze verward naar Cleo keek, alsof die zou antwoorden.

'Er is meer,' zei Vincent, en hij keek naar Stijn. 'Stijn, jij was mijn anker,' las Vincent voor. 'Maar ankers kunnen losraken.'

Stijn, die nog steeds naast Cleo's bed zat, werd lijkbleek.

'Seren en jij, dacht je echt dat ik het niet wist? Jullie hebben mijn vertrouwen vermoord, mijn hart aan flarden gescheurd. Was jouw liefde eigenlijk ooit oprecht?'

Ik kromp in elkaar en voelde elke vorm van controle wegglippen.

'Hoe voelt het om te worden geconfronteerd met de pijn die jullie hebben aangericht?' las Vincent verder, maar het leek of hij liever wilde stoppen en hij keek de hele tijd naar Otto, maar die staarde alleen maar naar de roerloze Cleo, alsof ook hij verwachtte dat ze iets zou zeggen. 'Was het het waard?' las Vincent.

Stijns onderlip trilde, zijn leven was in enkele minuten tijd in een tragedie veranderd en ik probeerde mijn eigen ademhaling te temmen. Het was muisstil in Cleo's slaapkamer nu Vincent was gestopt met lezen en ik kon Stijns schuldgevoel bijna ruiken.

'Was dat alles?' vroeg Otto.

Vincent keek hem verstoord aan en schudde zijn hoofd. 'Nee, het laatste stuk gaat over jou,' zei hij. Hij pauzeerde even en las toen verder. 'Otto, jij bent de enige die er altijd voor me was, onvoorwaardelijk. Bedankt voor alles. Vaarwel. Voor altijd, Cleo.'

De laatste woorden van Cleo's brief hingen als een onzichtbare nevel in de kamer, verstikkend en onontkoombaar. Ik staarde naar Cleo's contouren in het bed, daarna naar Stijns schokkende rug, en kon het nog steeds niet geloven.

Opeens kwam Otto overeind en gaf Cleo's lichaam een por. 'Ik denk dat ze het wel begrepen hebben nu,' zei hij luchtig.

Stijn staarde hem verbluft aan. 'Wat doe je nu, man? Ben je gek geworden?'

Maar Otto deed of hij hem niet hoorde en hij boog zich over Cleo heen, schudde haar voorzichtig bij de schouder. Ik keek met open mond toe. Dit werd alleen maar vreemder.

Stijn opende zijn mond, maar er kwam geen geluid uit. Hij was al even verbijsterd als ik. Ik keek naar Danni en Vincent, maar in hun gezichten las ik iets anders. Geen verwarring, eerder nieuwsgierigheid. Diep in mijn binnenste begon er iets te roeren. Er klopte iets niet.

Ook Stijn had de verandering in atmosfeer opgemerkt. 'Wacht. Wat is dit?' zei hij, terwijl hij als een wildeman om zich heen keek. 'Doet ze alsof?'

Otto antwoordde niet. 'Cleo?' zei hij nog een keer. 'Het is genoeg nu.' Zijn bewegingen werden dwingender, terwijl hij Cleo heen en weer schudde. 'Cleo, kom op nou,' zei hij, iets luider.

Ik probeerde de situatie uit alle macht te begrijpen, maar het was alsof ik naar een film keek in een taal die ik niet begreep. Ik zag de handelingen wel, maar begreep niet de bedoeling die erachter zat.

Toen had Stijn er genoeg van en hij vloog op Otto af. 'Stop hiermee, man!' maar Otto reageerde hysterisch. Zijn stem brak en de tranen liepen over zijn wangen.

'O nee, dit kan niet waar zijn,' snikte hij. 'Kom op, Cleo… Dit is niet grappig meer! Word wakker!' riep hij.

Maar Cleo gaf geen antwoord, haar bleke gezicht bewoog niet, haar borstkas bleef stil. Ik keek naar Danni, op zoek naar een antwoord, maar ook zij had alleen maar oog voor Cleo. Toen zocht ik Stijns blik en vond die. De wanhoop in zijn ogen ging dwars door me heen. Danni en Vincent schuifelden dichterbij. Danni legde haar hand op Otto's schouder, ze was lijkbleek. Cleo's slaapkamer voelde kleiner dan ooit, de muren kropen dichter naar elkaar toe. Er was geen plek om te schuilen voor de storm van emoties die hierbinnen raasde. Schuldgevoel en angst. Heel veel angst.

Vincent staarde naar de lege blisterverpakking op het nachtkastje. 'Ik snap het niet. Hoe kan dit?' prevelde hij keer op keer, als een mantra dat de realiteit moest verdrijven.

'Er moet iets fout zijn gegaan,' zei Danni met trillende stem.

'Kan iemand me uitleggen wat er verdomme aan de hand is?' siste Stijn. De pijn in zijn ogen werd overschaduwd door smeulende woede. 'Jullie weten iets,' zei hij. 'Danni?' Danni keek naar de grond. 'Otto?'

Otto's schouders schokten. 'Het spijt me,' zei hij.

Stijn klemde zijn tanden op elkaar. 'Vincent?' zei hij dreigend.

'Het was Cleo's idee,' begon Vincent, maar toen zweeg hij weer.

En toen, eindelijk, zag ik het kwartje vallen bij Stijn. Onze vrienden, de mensen die we het meest vertrouwden, hadden een gruwelijk scenario georkestreerd om Stijn en mij een lesje te leren. Ik wist niet wat het plan precies was, maar wel dat er iets vreselijk was misgegaan. Cleo was dood.

'Waarom, Danni? Waarom?' vroeg ik mijn beste vriendin, maar ze antwoordde niet. In plaats daarvan begon ze te snikken en Vincent legde een arm om haar heen.

'Cleo is dood,' fluisterde Otto, 'echt dood.'

In stilte stonden we met zijn vijven rond Cleo's bed. Onze levens, ooit vervlochten door onze hechte vriendschap, waren nu ontrafeld tot losse draden, kwetsbaar en naakt, verloren in een web van bedrog dat we zelf hadden gesponnen. En in het midden van dat web lag Cleo, als een roerloze spin, het epicentrum van een tragedie die elk van ons voor altijd zou tekenen.

31

24 december 2014

Danni was de eerste die de stilte rondom Cleo's bed doorbrak. 'Wat nu?' vroeg ze, met een paniekerige blik naar Vincent. 'Moeten we het alarmnummer bellen? Of Cleo's ouders?'

'Ik denk dat het het beste is als we eerst even rustig nadenken,' zei Vincent. 'En we zijn Stijn en Seren een verklaring verschuldigd.'

'Dat dacht ik ook,' zei Stijn, terwijl hij een traan van zijn wang veegde. Hij liep als eerste Cleo's slaapkamer uit en ik volgde hem, opgelucht om uit die bedompte grafkelder te zijn.

Vincent trok de gordijnen in de woonkamer open en wees naar de tafel. 'Kom even zitten,' zei hij, terwijl Danni verderging met koffiezetten, alsof het lijk van Cleo niet enkele meters bij ons vandaan lag.

Stijns kaken waren gespannen op elkaar geklemd, maar hij deed wat Vincent zei en trok met een ruk een van de houten stoelen achteruit. Zijn roodomrande ogen, die strak op het tafelblad gericht bleven, schoten vuur. Otto kwam als laatste de slaapkamer uit en liep naar de keuken om daar een stuk keukenrol af te scheuren waarmee hij vervolgens luidruchtig zijn neus snoot. Zijn getoeter werd nog overstemd door de koffiemachine en door de herrie leek de situatie bijna normaal, al was ze dat allesbehalve. Danni zette vijf kopjes en een pot koffie op tafel, maar niemand nam iets. We staarden allemaal naar onze handen, alsof in onze nagelriemen antwoorden te vinden waren.

Uiteindelijk was het Otto die als eerste sprak. Hij schraapte zijn keel. 'Ik zal beginnen,' zei hij, 'want ik ben degene die Cleo heeft geholpen. Ze kwam eerst met haar plan naar mij toe.' Hij keek naar mij, daarna naar Stijn. 'Ze kon het niet verkroppen, Stijn,' zei hij. 'Ze wilde de aandacht die ze van jou kreeg met niemand delen.' Hij keek verontschuldigend naar mij en ik keek weg. 'Ze had gezien dat er een vonk tussen jullie oversprong op de repetitie. Ze zei dat als jullie iets met elkaar zouden beginnen, dat het einde van de Sandwichclub zou betekenen. Het zou de groep uit elkaar doen vallen. Ze had geen ongelijk, dus toen ze zei dat ze een idee had om te voorkomen dat zoiets zou gebeuren... Ik wilde... Het was bedoeld als grap.'

'Een grap?' spuwde Stijn. 'Doen alsof je dood bent, noem jij dat een grap? Dat is ziek!' Hij sloeg zijn armen over elkaar.

'Ja, ik weet het. Het was een stom idee, maar toen Cleo het uitlegde, klonk het perfect aannemelijk. Ze wilde jullie een lesje leren.' Otto snoot opnieuw zijn neus. 'Een les die jullie niet snel zouden vergeten, dat waren haar woorden.'

Stijn sloeg met zijn vuist op tafel. 'Hoe kon je daar in hemelsnaam mee akkoord zijn gegaan? Dat is de misselijkste streek die ik ooit heb gehoord. Vincent? Jij wist hier ook van?'

Vincent knikte schuldbewust. 'Ja,' zei hij. 'Ik wist het, maar ik was niet akkoord.'

'Maar het kwam niet bij je op om iets te zeggen? Of haar tegen te houden?'

Otto kwam tussenbeide. 'Het is niet zijn schuld. Cleo had wat slaapmiddel in de glühwein gedaan. Ze wist dat Vince en Danni niet overtuigd waren van het idee, dus leek het haar het beste om hen knock-out te krijgen. Ik ben de enige die schuld treft.' Hij begon opnieuw te huilen.

Mijn vingers klauwden in de stof van mijn broek. Otto's woorden echoden door mijn hoofd als een eindeloos riedeltje. *Grap. Wraak. Les. Slaapmiddel.* Ik zag perfect voor me hoe Cleo Otto voor haar karretje moest hebben gespannen met haar misselijke plannetje. Toen ik mijn mond opendeed, kraakte mijn stem, breekbaar als dun ijs. 'Maar hoe wilden jullie ons dan beetnemen?' vroeg ik. 'Cleo kon toch haar eigen dood niet simuleren met een slaapmiddel?'

Otto zuchtte diep. 'Ik stal een doosje bètablokkers uit de apotheek van mijn ouders. Het plan was dat Cleo maximaal twee pilletjes zou nemen,' begon hij, terwijl zijn ogen de groep rondgingen, zoekend naar begrip, of misschien vergeving. 'De pillen zouden haar hartslag verlagen. Ze dacht dat als jij haar pols zou controleren, Stijn, dat, als ze deed alsof ze dood was, jij dat in je paniek zou geloven. Meer was het niet.'

'Djeezes,' zei Stijn. Hij wreef over zijn stoppelbaard.

Otto keek schuldbewust terug. 'Ik heb heel de avond bier gedronken, in plaats van glühwein. Toen jullie lagen te slapen, ben ik Cleo die bètablokkers gaan brengen. We legden de verpakking slaapmedicatie op haar nachtkastje om het te laten lijken alsof ze een overdosis had genomen. Het duurt even voordat bètablokkers beginnen te werken en Cleo wilde niet dat ik bleef, dus had ik mijn wekker op de trilstand gezet, om jullie niet wakker te maken. Ik zou als eerste opstaan en alarm slaan, dat was het plan.' Hij durfde ons nu niet meer aan te kijken.

'Maar?' vroeg Stijn. 'We zijn pas om half een opgestaan. Wat is er gebeurd?'

'Dat weet ik niet,' fluisterde Otto. 'Ik moet die wekker in mijn slaap hebben uitgezet.'

Stijns vuist bonsde op tafel en we schrokken allemaal op. 'Ongelofelijk!' riep hij woedend, terwijl hij van Otto naar Vincent en Danni en weer terug keek. 'Dus je weet niet hoe Cleo op die medicatie reageerde en nu is ze dood? Hoe haalde je het in je hoofd om zoiets doms te doen!'

Koude rillingen kropen langs mijn ruggengraat, mijn hele wezen schreeuwde in stilte, terwijl mijn wereld op zijn kop werd gezet.

'Sorry,' zei Otto. 'Ik weet niet wat er is gebeurd. Ik begrijp niet hoe ze... Ik gaf haar maar één pilletje.' Hij liet zijn hoofd op zijn handen zakken.

'Je wéét hoe allergisch ze is, misschien heeft ze verkeerd gereageerd op die medicatie!' riep Stijn nog luider.

'Oké, mannen,' zei Vincent gespannen. 'Laten we rustig nadenken. Otto, kan Cleo per ongeluk toch die slaapmedicatie hebben genomen?'

'Nee, onmogelijk.'

'Hoe weet je dat? Kwamen die slaappillen ook van jullie apotheek?'

'Ja,' knikte Otto, 'maar ik heb haar er alleen maar genoeg gegeven om in de glühwein te doen, de rest had ik uit de blister gedrukt. Er zat er geen enkele meer in. Het doosje was leeg toen ik het aan Cleo gaf.'

Stijn lachte schamper. 'Idioot. Cleo heeft een kast vol slaappillen. Ze sliep heel slecht. Haar dokter had ze voorgeschreven.'

'Dus we kunnen niet zeker weten of ze iets heeft genomen?' vroeg Vincent.

Stijn schudde zijn hoofd met een kwade frons.

'Blijkbaar niet,' zei Otto zacht.

'Dus,' zei Vincent, 'zou het wel kunnen dat ze een overdosis nam?'

'Ik kan niet geloven dat Cleo echt zelfmoord zou plegen,' zei Otto.

'Nee? Dat zou anders typisch iets voor Cleo zijn,' zei Stijn kwaad, terwijl hij met zijn handen door zijn haar ging. 'Jullie laten geloven dat je haar helpt wraak te nemen op mij, om dan pas haar grootste truc tevoorschijn te halen en jullie allemaal bij de kloten te hebben.'

'Stop!' gilde Danni plots. 'Dit leidt nergens toe. We weten duidelijk niet precies wat er is gebeurd, dus zullen we die vraag gewoon aan de politie overlaten?' Ze hield haar mobiel omhoog. 'Ik bel nu.'

'Wacht even,' zei Vincent. 'Denk na. Dit is een verdacht overlijden. Als de politie dit verder onderzoekt en ze doen een autopsie, dan vinden ze eerst en vooral bètablokkers in Cleo's bloed. Hoelang denk je dat het duurt voor ze erachter komen dat Otto die heeft gestolen?' Het bleef stil in de kamer.

'Bovendien,' ging Vincent ijzig kalm verder, 'is Otto meerderjarig. Wil je dat hij de gevangenis in vliegt?'

Zijn woorden sloegen in als een bom en de realiteit van onze situatie – de ernst ervan – denderde op ons af als een razende trein.

'O, nee...' zei Danni, met grote ogen. 'Maar het is niet Otto's schuld,' protesteerde ze. 'Wij wisten ook wat Cleo van plan was en we hebben haar evenmin tegengehouden, dus–'

'Precies wat ik bedoel,' viel Vincent haar in de rede. 'Als de politie Cleo's dood onderzoekt, zijn we allemaal verdacht. Stel dat Cleo geen slaapmiddel heeft genomen, maar dat de bètablokkers haar fataal zijn geworden, dan wijst Cleo's brief ons allemaal aan als potentiële dader. Volgens wat zij schrijft, zou ieder van ons beter af zijn als zij er niet meer was.'

'Maar dat is niet zo!' riep Danni.

'Dat weet de politie niet. Die brief maakt ieder van ons verdacht.'

'Kunnen we die brief dan niet laten verdwijnen?' vroeg Stijn.

Vincent keek hem aan, wachtte tot de frank viel, maar dat deed die niet. 'Stijn, als er geen brief is, is er ook geen zelfmoord. En de kans dat een achttienjarige een natuurlijke dood sterft, is gering, dus dan komen ze nog sneller bij opzet terecht. Hoe je het ook wendt of keert, we zitten hier allemaal samen in.'

'Ik niet. No way. Ik heb niets verkeerd gedaan, verdomme!' bulderde Stijns stem door de kamer. 'Dit was jullie plannetje, los het zelf op!'

Vincent verloor zijn geduld. 'Het vriendje wordt altijd als eerste verdacht, dat weet je toch? Het staat zwart-op-wit dat je Cleo bedroog, Stijn, in haar brief. Moet ik het voor je uitspellen? Wie weet heb jij haar wel vermoord om van haar jaloerse gedrag af te zijn.'

'Maar dat is niet zo,' zei Stijn koppig.

'En trouwens, als jij niet zo'n rokkenjager was geweest, zaten we nu niet in deze situatie, ja? Een beetje loyaliteit mag wel,' zei Vincent.

Stijn bleef met zijn armen over elkaar gekruist zitten, maar gaf uiteindelijk met een knikje toe.

'Luister,' zei Vincent. 'We moeten kalm blijven. Paniek helpt ons niet. Mijn vader zegt altijd: als er geen lichaam is, is er geen misdrijf.' Hij keek ons een voor een aan, boog zich dichter naar het midden van de tafel toe en we volgden zijn voorbeeld. 'Ik heb een idee. Ik weet hoe we hieruit komen zonder dat er iemand naar de gevangenis hoeft. Maar we moeten het samen doen. Dus voor we verdergaan, wil ik van jullie allemaal weten of je akkoord gaat. Stijn?'

Stijn knikte zwijgend.

Vincent controleerde de ruimte met de precisie van een dirigent die zijn orkest tot bedaren bracht. 'Danni?' vroeg hij.

'Akkoord.'

'Otto?'

'Akkoord.'

'Seren?'

Mijn hart bonsde zo hard dat ik vreesde dat ik een rib ging breken. Ik probeerde tijd te rekken, probeerde de werkelijkheid te scheiden van de nachtmerrie waarin ik verstrikt was geraakt. Maar de realiteit was dat Cleo's dode lichaam slechts enkele meters van ons verwijderd lag. En dat was mijn schuld. 'Akkoord,' fluisterde ik.

'Goed. We gaan Cleo's lichaam laten verdwijnen,' zei Vincent, terwijl zijn blik ons ieder afzonderlijk ving. 'Het moet lijken alsof Cleo uit vrije wil is vertrokken.'

'Maar hoe doen we dat?' piepte Danni. 'We krijgen haar toch nooit ongezien buiten? Het is licht, er zijn mensen op straat.'

'Klopt. Het is dus belangrijk dat het lijkt of Cleo springlevend naar buiten gaat. Seren, hoe groot ben jij?'

Ik keek verschrikt op. 'Waarom?'
'Kom op, we hebben geen tijd voor vragen. Hoe groot ben je? Eén zeventig, zoiets?'
'Eén drieënzeventig,' zei ik.
'En jij, Danni?'
'Eén zeventig.'
'Cleo is ongeveer één vijfenzestig, niet? Stijn?'
Stijn haalde zijn schouders op.
'Ze is één achtenzestig,' zei ik. 'Sorry, was.'
'Hoe weet jij dat?' vroeg Stijn.
'Van toen ik de kostuums voor Ariadne maakte.'
'Juist,' zei Vincent. 'Dan zit Danni er het dichtste bij. Danni, jij bent Cleo.'
Danni's bleke huid stak fel af tegen haar rode haar. 'Maar mijn haar dan?'
'Dat stoppen we onder Cleo's baret.'
'Ik weet het niet, hoor. Wat doen we dan met Cleo zelf?'
'Kijk, dit is mijn plan,' zei Vincent. En de komende tien minuten deed hij heel precies uit de doeken wat hij had bedacht. 'Heeft iedereen begrepen wat hij moet doen?'
Een voor een knikten we.
'Goed,' zei Vincent, en met dat ene woord werd ons lot bezegeld.

'Ik kan het niet,' zei ik even later. 'Ik kan die kamer niet meer in. Je mag me dat niet vragen. Cleo's lijk ligt daar!' Ik beefde over mijn hele lichaam en begreep niet dat Vincent zo kalm kon blijven. Zo stoïcijns. Hoe hij zojuist zijn plan aan ons uit de doeken deed, alsof hij er al heel zijn leven over had nagedacht wat hij zou doen als hij plots met een verdacht overlijden werd geconfronteerd, het kon er bij mij niet in.
Hij zuchtte en keek me aan alsof ik een klein kind was. 'Het moet, Seren. Jij bent hier het beste in. Zal ik eerst naar

binnen gaan en het laken over Cleo heen trekken?' Er viel niet onderuit te komen. Ik knikte zwijgend en keek gelaten toe hoe Vincent de slaapkamer binnenging, en wachtte tot hij terugkwam. 'Zo, doe gewoon alsof Cleo slaapt. Focus je op de kledingkast.'

Ik kon het niet. De knoop in mijn maag was te groot. Ik keek wanhopig om me heen naar de rest, zoekend naar steun, maar ze deden alsof ze het niet zagen. Dit moest nu eenmaal gebeuren.

Toen kwam Otto naar me toe en pakte mijn hand. 'Kom, ik ga met je mee. We doen het samen. Kijk gewoon niet naar het bed, oké? Pak snel wat je nodig hebt.'

Ik haalde diep adem, alsof ik van een duikplank ging springen, en toen stapten we samen Cleo's slaapkamer binnen. Het was mijn taak om Danni in Cleo's evenbeeld te veranderen, en omgekeerd. Vincent had gelijk, dit was waar ik goed in was. Hij had me verzekerd dat dit alles was wat ik moest doen en dat ik daarna vrij was om te gaan. Ik trok Cleo's kledingkast open en mijn blik gleed over haar vertrouwde kledingstukken. Mijn hand volgde de contouren van de dure bloesjes en jurken, elk met herinneringen verzadigd. Boven op de stapel T-shirts lag haar *Girls just wanna have fundamental rights*-shirt, dat ze droeg toen ik haar voor het eerst zag, en even werd mijn zicht wazig van de tranen.

'Gaat het?' vroeg Otto, die als een schildwacht naast me stond, zachtjes. 'Probeer zo praktisch mogelijk te denken, doe alsof je een stylist bent die een klant moet kleden.'

Ik knikte, dat was inderdaad precies hoe ik dit moest aanpakken, en pakte snel Cleo's groene jas en baret die aan een haakje aan de kastdeur hingen en gaf ze aan Otto. Vervolgens koos ik een zwarte broek uit waarvan ik zeker wist dat die Danni zou passen. Haar heupen waren breder dan die van Cleo, maar de cargobroek had een lage taille en lange slobberende pijpen, waardoor die meteen ook lang genoeg was. Perfect. Bovenkleding was niet belangrijk, besefte ik, want die werd toch door Cleo's jas aan het zicht onttrokken. Ik moest dus alleen nog schoenen vinden en die stonden onder in de kast. Ik pakte een paar Adidas-sneakers en bekeek de onderkant. Maat 37. Dat was een probleem. Danni droeg een 39. Ze zou haar voeten onmogelijk daarin geperst krijgen.

'Wat is er?' vroeg Otto.

Ik hield de sneakers omhoog. 'Cleo's schoenen zijn allemaal te klein voor Danni.'

'Maakt niet uit, er is niemand die op haar schoenen zal letten. Cleo's jas en baret zijn herkenbaar genoeg, niet?'

Hij had gelijk. Cleo's jas was grasgroen, net als de bijpassende baret. Bovendien had Cleo haar VANS-rugzak al klaarstaan om naar haar ouders te vertrekken en die had opvallende gekleurde bloemen. Als Danni met Cleo's jas en baret, én met Cleo's rugzak op haar rug naar buiten liep, zou niemand in twijfel trekken dat het Cleo was. Bovendien, als ze in haar vermomming naar het station ging, zouden genoeg getuigen bevestigen dat Cleo nog leefde toen ze de trein in stapte, en dat was precies wat Vincent wilde bereiken. Ik pakte nog een zwart geruite Burberry-sjaal die ik Cleo vaak had zien dragen uit een lade en daarna liep ik met Otto terug de woonkamer in, waar Stijn en Danni intussen alles hadden opgeruimd en afgewassen.

'Is het gelukt?' vroeg Vincent. Ik toonde hem de stapel kleren en legde het schoenenprobleem uit. 'Geen punt,' zei hij. 'Danni, trek jij dit aan? Daarna maken we Cleo klaar.'

Danni keek naar mij. Zonder woorden begreep ik dat ze wilde dat ik meeging, en als twee zombies sloften we naar de tweede slaapkamer, waar het nog rook naar Danni's alcoholadem.

'Ik denk dat ik moet overgeven,' zei Danni, en ze liet zich op het logeerbed zakken, boog voorover en hield haar gezicht in haar handen. Ik ging naast haar zitten. 'Kan je me ooit vergeven?' vroeg ze, haar stem gesmoord.

Ik streelde over haar rug. 'Natuurlijk,' zei ik zachtjes. 'Ik weet hoe ze was, hoe ze iedereen manipuleerde.'

'En toch had ik haar moeten tegenhouden,' snufte Danni. 'Ik begrijp niet waarom ik dat niet deed. Het spijt me.'

Vincent bonsde op de deur. 'Danni, ik heb jouw broek nodig voor Cleo!'

Danni riep terug: 'Twee minuten, Volders!' en toen tegen mij: 'Ik herken Vince niet meer. Waar is dat gepeste kleine jongetje naartoe?'

'Ik weet wat je bedoelt,' zei ik. 'Kom, trek je broek uit. Hoe sneller dit achter de rug is, hoe beter.'

Zwijgend trok Danni haar gescheurde jeans uit en ik gaf haar de zwarte broek. 'Als je die aantrekt, met Cleo's groene jas erover en je zet haar baret op je hoofd, met je haren eronder verstopt, dan ziet niemand het verschil,' probeerde ik haar gerust te stellen. De broek paste, gelukkig, en ook de jas ging net dicht. We liepen de woonkamer weer in, waar Otto en Stijn aan tafel naar hun handen zaten te staren, en Danni gaf haar jeans en haar geliefkoosde Desigual-jas aan Vincent. Ze had al haar babysitgeld aan die jas gespendeerd en ik wist dat het pas de derde keer was dat ze hem droeg. De jas was van harige wol, als van een paardendeken, en de tinten rood, oranje en geel vloeiden allemaal in elkaar over, als bij een regenboog. Vooraan sloot hij met twee opvallende grote zilveren knopen.

'Je sjaal en muts ook, alsjeblieft. Je krijgt ze straks terug,' zei Vincent.

Danni knikte en gaf hem haar idiote oranje muts met de pompon en haar rode sjaal. We bewogen allemaal als marionetten, leek het wel, met Vincent als de poppenspeler. Bij de gedachte dat hij en Stijn Cleo's dode lichaam gingen verkleden, keerde mijn maag zich opnieuw om.

Danni wees naar haar zwarte Doc Martens, die naast de voordeur stonden. 'Wat doen we met mijn schoenen? Cleo zou nog liever doodvallen dan in Doc Martens te worden gezien, dus die kan ik niet aanhouden.'

Ik kromp in elkaar bij haar woordkeuze en toen Danni besefte wat ze had gezegd, schoten haar ogen vol tranen. 'O, nee... Ik bedoel–'

'Ik weet het,' zei ik, en ik beet op mijn lip. Waarom moest Danni ook zulke opvallende schoenen hebben? Als we die Cleo aantrokken, had Danni niets om aan haar voeten te doen. Ik keek naar mijn eigen voeten. De zwarte laarzen die ik aanhad, leken wat op een paar dat Cleo ook had, alleen waren de mijne een stuk goedkoper. En Danni en ik hadden dezelfde schoenmaat. Snel nam ik een besluit. 'Doe jij mijn laarzen aan, dan trek ik jouw Doc Martens aan en dan doe ik wel een paar sneakers aan Cleo's voeten. Die draag jij ook, dus dan klopt haar vermomming nog steeds.'

Danni stelde geen vragen en deed wat ik zei. Zou het iemand opvallen dat ik andere schoenen aanhad, dan was dat gewoon een spelletje tussen Danni en mij dat niets met Cleo te maken had. We deden vroeger niet anders dan elkaars outfit dragen, dus niemand zou ervan opkijken.

Danni trok Cleo's groene jas aan en zette de kraag omhoog.

'Nee, niet doen,' zei Otto. 'Dat doet Cleo nooit.'

Hij had gelijk. Danni legde de kraag weer plat en ik pakte de zwarte Burberry-sjaal. 'Laat mij maar even,' zei ik, en ik wikkelde hem op precies dezelfde manier om Danni's hals zoals Cleo hem altijd droeg. Strak en zonder plooien. Daarna zette ik de groene baret op haar hoofd. Mijn vingers trilden, terwijl ik ervoor zorgde dat Danni's vlammend rode haar onder de stof verdween, alsof ik haar persoonlijkheid uitwiste. Er plakte nog een sterretje op haar wang dat ik eraf trok. 'Zo,' zei ik. 'Zo is het precies goed.'

'Precies goed,' herhaalde Otto.

Vincent en Stijn kwamen de woonkamer weer in en Stijn hapte even naar adem toen hij Danni zag. 'Van achteren gezien, lijk je helemaal Cleo,' zei hij met rauwe stem. Ik probeerde niet te veel na te denken over Stijns gevoelens en legde aan

Vincent uit welke sneakers hij aan Cleo's voeten moest doen en hoe ik het schoenenprobleem had opgelost.

Vincent knikte goedkeurend. 'Ik wist wel dat je het kon,' zei hij, en dat gaf me nog meer het gevoel een marionet te zijn. Hij verdween weer Cleo's slaapkamer in en toen hij terugkwam zei hij: 'Cleo is klaar.' Er viel een stilte in het appartement, niemand wist wat te zeggen of te doen. Vincent inspecteerde zijn troepen. 'Heeft iedereen zijn spullen ingepakt?' vroeg hij, en we knikten allemaal tegelijk. 'Goed, dan gaan we beginnen,' zei hij, alsof hij op het toneel stond voor de opvoering begon. 'Weet iedereen wat hij moet doen?' Weer knikten we als één man en ik kon het niet laten Vincent te observeren. Hoe hij daar stond, kaarsrecht, alsof hij naar een belangrijke vergadering moest, terwijl hij in realiteit een misdaad pleegde.

'Oké, Seren, jij vertrekt als eerste,' ging hij verder. 'Daarna gaan Stijn en Danni naar beneden, en jullie stappen met veel lawaai in de auto. Voor de buren moet het lijken alsof Cleo naar buiten gaat, dus doe alsjeblieft alsof je een stel bent en rijd rechtstreeks naar het station.'

Stijn knikte en frunnikte aan de sleutelbos in zijn jaszak, zijn brede postuur hing voorovergebogen alsof hij zich kleiner wilde maken. Van zijn boosheid was nog weinig te merken, de realiteit van Cleo's overlijden had hem murw geslagen.

'En dan,' besloot Vincent, 'brengen Otto en ik Cleo naar buiten en doen we alsof ze Danni is, die ontzettend dronken is, en we zetten haar in mijn auto. Nog vragen?'

Stijn kuchte even. 'Kan je ons echt niet vertellen wat je met haar lichaam van plan bent? Het lijkt zo... Ik weet niet...' Hij speurde Vincents gezicht af, smekend, op zoek naar een kruimel informatie. Ik begreep hem heel goed. Ik zou ook willen weten wat er met het lichaam van mijn grote liefde gebeurde, maar Vincent was onverbiddelijk.

'Hoe minder je weet, hoe beter,' antwoordde hij kil. 'Vraag me dat alsjeblieft niet nog een keer.'

Het was een afschuwelijk moment en de spanning sloot zich als een net om ons heen. We wisten allemaal dat als we de volgende stap zetten, er geen weg meer terug was. Tot nu toe hadden we niet veel meer gedaan dan een luguber verkleedspelletje spelen en kon de klok nog worden teruggedraaid. We konden de politie bellen, of Cleo's ouders verwittigen. Ik staarde naar Otto, en daarna naar Stijn, maar niemand nam het initiatief. Toen dwong ik mezelf om naar Danni te kijken, maar die staarde naar de patronen in het kleurrijke tapijt dat onder de tafel lag. Waarschijnlijk wenste ze net als ik dat ze ergens anders was. Ze richtte haar gezicht op en keek naar Vincent.

'Ik weet niet of ik het wel zal kunnen,' zei ze. Ik zag haar handen beven, terwijl ze aan Cleo's sjaal pulkte. 'Wat als iemand me herkent? Wat als iemand te dichtbij komt?'

'Dat gebeurt niet,' zei Vincent. 'Zodra Stijn je bij het station heeft afgezet, loop je naar het perron en wacht daar. Trek die sjaal dicht om je hoofd en kijk zo veel mogelijk naar de grond. Niemand zal iets zien. Het is koud buiten en het is 24 december, mensen zijn met hun eigen ding bezig. Maak je geen zorgen. In Mechelen wacht Stijn je weer op.'

Danni knikte, maar ze was zo bleek dat ik verwachtte dat ze door haar benen zou zakken. Ik gaf haar een kneepje in haar arm. 'Je kan het wel,' zei ik, maar ik had natuurlijk makkelijk praten. Ik kon naar huis en moest alleen nog Cleo's afscheidsbrief vernietigen, om daarna in te storten, maar zij moest zich nog een paar uur sterk houden.

Vincent keek naar het scherm van zijn telefoon. 'Goed, dan is het zover,' zei hij. '*Let's do this.*' Hij wenkte naar Otto. 'Kom je?' Otto knikte en volgde hem schoorvoetend. 'Seren, maak dat je wegkomt en vergeet die brief niet. Stijn en Danni, jullie lopen na Seren de trap af. Danni, zorg dat je wordt gezien voor je in de auto stapt, oké?'

Ik stond plots aan de grond genageld.

'Seren?' zei Vincent nog een keer, maar ik kreeg de ene voet niet voor de andere gezet. Mijn vriendengroep bood me een gevoel van veiligheid dat ik kwijt zou zijn zodra ik door de deur stapte, besefte ik. Vanaf dan stond ik er alleen voor. En die gedachte beangstigde me opeens zo erg dat ik mijn lichaam niet in beweging kreeg. 'Laat hen maar eerst gaan,' wist ik uit te brengen.

Vincent trok zijn wenkbrauwen op, maar protesteerde niet.

'Kom, Danni,' zei Stijn, terwijl hij een bemoedigend klopje op Danni's rug gaf. 'Hoe sneller we dit achter de rug hebben, hoe beter.'

Met een laatste blik achterom, alsof ze afscheid nam van het meisje dat ze ooit was, stapte Danni het appartement uit met Cleo's rugzak op haar rug. Meteen daarna liepen Vincent en Otto Cleo's slaapkamer weer in. Ik wist dat ik hier weg moest voordat ze met Cleo naar buiten kwamen, maar ik bleef als versteend staan, nog steeds niet in staat om het appartement te verlaten.

'O, mijn god,' bracht ik uit toen ze weer naar buiten kwamen met Cleo's levenloze lichaam tussen hen in, gekleed in Danni's Desigual-jas en met Danni's idiote muts op haar hoofd. Het zag er potsierlijk en gruwelijk tegelijk uit. Vincent keek me waarschuwend aan en ik sloot mijn mond weer.

'Als je hier toch nog bent, kan je helpen ook. Doe de deur open,' zei hij. Met zware benen haastte ik me naar de voordeur. Moeizaam daalden Otto en Vincent met Cleo de trap af en ik was bezorgd dat er iemand beneden zou binnenkomen. Van dichtbij zag Cleo er allesbehalve als een dronken Danni uit. Eindelijk stonden we beneden, waarna ik ook daar de deur opende en hen naar buiten liet. Toen stapte ik zelf de koude buitenlucht in.

Enkele meters verder opende Stijn de deur van zijn oude Fiesta voor de verklede Danni, die met haar hoofd tussen haar schouders instapte. Hij legde demonstratief Cleo's rugzak op de achterbank en draaide zich toen naar ons om. 'Hebben jullie hulp nodig met Danni?' riep hij naar Vincent. Het lag er veel te dik bovenop.

'Nee, lukt wel,' zei Vincent. 'Breng jij Cleo maar naar het station!' en even later reed Stijns auto de hoek om. Ik haalde diep adem. Dat was tenminste al gelukt.

'Alles oké, Seren?' vroeg Vincent.

Ik knikte.

'Je weet wat je moet doen?'

Ik knikte nog een keer.

'Goed,' zei hij. 'Geen woord hierover, begrepen? Tegen niemand. Maak dat je wegkomt.'

Ik begon te lopen, maar kon het niet laten me af en toe om te draaien. Net voor ik de hoek om ging, zag ik Vincent samen met Otto Cleo's lichaam op de achterbank van de VW Golf hijsen. De auto waarmee we zoveel gezamenlijke uitstapjes hadden gemaakt, was nu een lijkwagen geworden. 'Zo, Danni zal haar roes wel uitslapen nu,' hoorde ik Vincent nog luid zeggen, en vervolgens gaf de Golf gas en verdwenen ze in de tegenovergestelde richting uit het zicht.

Ik bleef alleen achter in de lege straat, met de bittere smaak van angst en schuld in mijn mond.

Wat hadden we gedaan?

Heden

'Het was afschuwelijk,' zeg ik, nu de herinnering aan die vierentwintigste december me weer levendig voor de geest staat. Ik speel afwezig met mijn lege koffiekopje. Rondom ons klinkt het geroezemoes van de gesprekken van de andere cafégasten, dat af en toe wordt onderbroken door het gepingel van de gokkast die enkele meters verderop tegen de muur staat. Het is voor het eerst dat ik openlijk met iemand kan praten over wat er toen is gebeurd. Ik weet dat geen van ons beiden die ochtend ooit zal vergeten.

'Ik loop al tien jaar rond met een schuldgevoel,' zeg ik tegen Otto. 'Keer op keer overdenk ik alles wat er is gebeurd, en keer op keer besef ik dat het allemaal mijn fout was.'

'Stop met dat te zeggen, Seren. Neem het van mij aan, het was niet jouw fout.'

'Ja, maar, in die brief–' begin ik.

'Die brief was niet echt, dat weet je,' zegt hij. 'Als er al iemand schuld treft, dan ben ik het. Punt uit.'

'Otto,' zeg ik, terwijl ik met de porseleinen kop speel. 'Ik vergeef je.'

'Huh?' zegt hij.

'Ik weet dat jij tegen Cleo verteld hebt dat er iets speelde tussen Stijn en mij, en ik vergeef je,' zeg ik nog eens. Het was me zonet ingevallen dat het niemand anders geweest kan zijn dan Otto. 'Je kon niet weten dat dat zulke gevolgen zou hebben,' ga ik verder. 'Cleo heeft niet alleen jou, maar ook Danni en Vincent voor haar karretje gespannen om haar plannetje uit te voeren. Je mag jezelf niet de schuld geven, ook niet omdat je die nacht niet bent wakker geworden. Die bètablokker was haar eigen idee.'

Otto's blik is donker, een storm die aan de horizon broedt. 'Je begrijpt het echt niet, hè?' zegt hij.

'Wat begrijp ik niet?' vraag ik verward.

'Cleo heeft geen zelfmoord gepleegd, Seren. Ook niet alsof.'

Het geluid van de kroeg lijkt te verstommen, alsof ook de buitenwereld de adem inhoudt. 'Hoe bedoel je?' zeg ik.

'Ik heb haar vermoord.'

32

'Otto, kraam geen onzin uit,' zeg ik. 'Natuurlijk heb jij Cleo niet vermoord. De enige die schuld heeft aan Cleo's dood, is Cleo zelf. Ze is in haar eigen val getrapt,' zeg ik. Maar ik begrijp wat hij voelt. Omdat Cleo's lichaam nooit werd gevonden, is er ook geen autopsie geweest en weten we nog steeds niet wat er precies is gebeurd. Had ze toch zelfmoord gepleegd door een overdosis slaapmiddel te nemen? Of was er iets misgelopen met die bètablokkers? In dat laatste geval is het begrijpelijk dat Otto zichzelf de schuld geeft, aangezien hij Cleo die heeft gegeven. Zijn ogen staan dof en zijn magere handen omklemmen zijn kop thee. Het is zo oneerlijk. 'Je mag jezelf niet kwalijk nemen wat er is gebeurd. Als jij Cleo niet had geholpen, had ze wel een andere manier gevonden. Je kent haar toch?' zeg ik. 'Ze kreeg altijd haar zin. Ze heeft ons leven verpest door haar gemanipuleer.'

Otto kijkt met een ruk naar me op. 'Verpest? Wat is er voor jou verpest, Seren? Jullie gingen allemaal verder, alsof er niets was gebeurd. Jij verhuisde naar Parijs, Vincent werd een topadvocaat, Danni leefde haar droomleven en zelfs Stijn was gelukkig.' Een traan glijdt over zijn wang. 'Maar ik, voor mij ging alles...' Zijn stem stokt.

Ik voel me diep geraakt door zijn woorden, alsof mijn leed niet telt. 'Geloof je dat echt?' zeg ik kwaad en ik moet me inhouden om niet te luid te spreken. 'Denk je dat jij de enige bent die heeft geleden onder wat we hebben gedaan?'

Otto kijkt uitdagend terug. 'Niet dan? Kijk naar jezelf. Een succesvolle modeontwerpster met een eigen zaak. Geslaagd in het leven, dus. En kijk naar mij.'

Ik zucht. 'Zo eenvoudig ligt het niet,' zeg ik. 'Het is niet eerlijk om te denken dat wat je aan de buitenkant ziet een perfecte reflectie is van de binnenkant. Dat zou jij trouwens moeten weten.'

Hij haalt zijn schouders op. 'Misschien. Maar ik weet wat ik weet. En ik weet ook hoe ik me voelde daarna, toen het voorbij was. Ik was helemaal alleen.'

'Ik ook,' zeg ik zacht. 'Het was ieder voor zich en dat deed pijn.'

Tien jaar eerder – 24 december 2014

Ik zag Vincents VW Golf de straat uit rijden en probeerde heel hard om niet te denken aan wat hij en Otto met Cleo's lichaam gingen doen. Steeds weer zag ik dat bleke gezicht met die donkere krullen voor me.

Cleo is dood, klonk het als een mantra in mijn hoofd. Ik kon het niet stoppen. Mijn benen voelden alsof ze niet bij mijn lichaam hoorden en de Doc Martens van Danni wogen als lood aan mijn voeten, waardoor ik eerder strompelde dan liep naar de tramhalte. Cleo's laatste woorden brandden in mijn zak en ik tastte naar het vel papier dat ik moest vernietigen. Er mocht geen enkel bewijs achterblijven, had Vincent ons gezegd. We mochten in geen geval met elkaar bellen of sms'en. Ik zou dus straks ook niet weten of Vincent en Otto succesvol waren geweest in hun missie. Wat als ze werden betrapt? Wat als iemand hen zag, met het dode lichaam van een jong meisje? Paniek klemde zich met lange, sterke klauwen om mijn hart.

Hoe moest ik in hemelsnaam Kerstmis doorstaan? Hoe moest ik mijn familie straks onder ogen komen? Het stond op mijn gezicht te lezen dat ik iets afschuwelijks verborg, dat wist ik zeker.

De tramrit naar huis verliep in een waas. Ik kon geen zitplaats meer bemachtigen, dus hield ik mezelf overeind door een van de ijzeren stangen vast te houden alsof mijn leven ervan afhing.

Toen ik eindelijk thuiskwam, riep mijn moeder me vanuit de woonkamer toe: 'Seren, wat ben je laat! We vertrekken zo naar oma!'

Ik deed de Doc Martens uit en snelde ermee de trap op, naar mijn kamer. Daar schoof ik ze onder mijn bed, om in elk geval geen moeilijke vragen te hoeven beantwoorden over waar mijn eigen laarzen waren. Vanaf dat moment ging alles op automatische piloot. Dankzij mijn eeuwige controledrang lag mijn outfit voor die dag al meer dan een week klaar. Ik trok de zwarte wollen jurk met de driekwart mouwen aan, waste mijn gezicht en bond mijn haren in een vlecht. Daarna bracht ik werktuiglijk mijn make-up aan, maar ik maakte de look uitbundiger dan wat ik gewend was. Wie weet waren mijn emoties zo minder zichtbaar.

Toen herinnerde ik me de brief. Ik keek om me heen, op zoek naar een manier om hem te vernietigen. Verbranden zou ideaal zijn, maar dat kon hier niet, dus verstopte ik hem voorlopig onder een stapel modetijdschriften.

'Seren!' riep mijn moeder van beneden. 'We gaan NU vertrekken.'

'Ik kom!' riep ik.

Toen ik beneden kwam, fronste ze haar wenkbrauwen even bij het zien van de vuurrode lipstick en dikke streep eyeliner, maar ze zei er niets over. Ik was zeventien en ze had het allang opgegeven om me op te dragen wat ik wel en niet kon doen. Mijn broer stond verveeld in de gang te wachten met een hoofdtelefoon op waardoor luide beats klonken en merkte mijn aanwezigheid al niet op, laat staan mijn uiterlijk.

Oma daarentegen was een ander verhaal. 'Kind, eet jij wel genoeg?' vroeg ze, toen we even later voor haar deur stonden.

'Ja, dat zeg ik ook altijd,' zei mijn moeder. Leugenaar.

'Ik heb een goede verbranding,' mompelde ik, maar meteen zag ik Cleo's blik weer over mijn lichaam glijden en ik klemde mijn tanden op elkaar. Ik moest deze avond doorkomen. Dat was ik mijn vrienden verschuldigd. Als een van ons brak, waren we allemaal de sigaar en ik wilde niet die persoon zijn die alles naar de verdommenis hielp, dus at ik alles op wat oma me voorschotelde en dronk ik net genoeg om mijn overspannen zenuwen tot bedaren te brengen, maar niet te veel om de controle te verliezen.

Het was bijna 21.00 uur die avond, we hadden net een spelletje UNO gespeeld, toen mijn telefoon eindelijk overging en een nummer dat ik niet herkende op mijn scherm verscheen. Vincent had gezegd dat dit zou gebeuren en ook wat we moesten zeggen.

'Hallo?' zei ik.

'Seren?' vroeg een vrouwenstem aan de andere kant van de lijn.

'Daar spreekt u mee,' zei ik.

'Dit is Denise Chevalier, ik ben de moeder van Cleo?'

'Ja?' vroeg ik, terwijl ik zag dat mijn moeder haar oren spitste en me in de gaten hield. Ze vroeg zich waarschijnlijk af wie er in hemelsnaam belde op kerstavond.

'Seren, het spijt me dat ik je stoor vanavond, maar wij maken ons zorgen over Cleo. Weet jij toevallig waar ze is?'

Ik haperde even toen ik voor me zag hoe Otto en Vincent haar lichaam in de VW Golf duwden, met die stomme pomponmuts op haar hoofd.

'Mevrouw Chevalier,' bracht ik uit. 'Nee, hoezo? Ze zou de trein nemen naar jullie, dacht ik?'

De vrouw zuchtte. 'Ja, dat was de bedoeling. Maar ze moest hier uren geleden al zijn aangekomen en ze beantwoordt haar telefoon niet. Ik hoopte dat een van haar vrienden iets zou weten, maar jij bent de laatste die ik bel en...' Haar stem stokte even, en ik wist niet hoe ik moest reageren, dus zweeg ik. 'Goed, ik denk dat ik de politie dan maar ga bellen. Goedenavond,' zei ze nog en toen werd het stil.

'Alles oké?' vroeg mijn moeder, toen ik de telefoon langzaam op tafel legde.

'Nee,' zei ik. 'Dat was Cleo's moeder. Ze is vermist.' En ik barstte in tranen uit.

'Vermist?' zei mijn broer. 'Sinds wanneer?'

'Sinds vanmiddag,' snikte ik.

Oma kwam naar me toe en drukte me tegen zich aan. 'Ach, nee toch,' zei ze. 'Maak je maar geen zorgen, meisje, ze duikt vast snel weer op.'

Sebastiaan deed ook zijn duit in het zakje: 'Ja, ze wil vast aandacht, of zo. Morgen is die weer thuis, let maar op.'

'Dat weet je toch niet, Sebastiaan,' zei mijn moeder. 'Die arme ouders moeten afschuwelijk ongerust zijn.'

Nadat oma ons een stapel Tupperware-bakjes met restjes kalkoen, kroketjes en cake had toegestopt, gingen we naar huis. Mijn moeder was bezorgd, voor haar doen, en bracht me een kop thee voor ik ging slapen.

'Heb je al iets gehoord?' vroeg ze.

'Nee, niets,' zei ik.

Ze kwam naast me op bed zitten. 'Cleo is toch diegene die alleen woont, waar je bent blijven slapen? Ben je close met haar?'

Ik haalde mijn schouders op. Mijn moeder kende geen enkele van mijn vrienden, behalve Danni. 'Best wel,' zei ik.

Ze haalde een hand over mijn haar, en ik huiverde licht. 'Nou, Sebastiaan heeft vast gelijk, ze duikt wel weer op.'

Ik knikte en dacht aan de brief onder de stapel tijdschriften. 'Ik hoop het,' zei ik, maar wat ik vooral hoopte, was dat niemand in mijn ogen zou lezen wat er echt was gebeurd.

Ik deed die nacht geen oog dicht en verscheen de volgende ochtend met dikke wallen aan het verplichte kerstontbijt. Mijn moeder schonk koffie voor me in en zei er niets van dat ik het sneetje kerststol op mijn bord mishandelde door alle rozijnen eruit te pulken. Ook Sebastiaan was opvallend begripvol. Kerstmis was voor geen van ons een favoriete periode sinds papa er niet meer was. Dat we kerstavond bij oma vierden, was de enige traditie die was overgebleven, want meer familie hadden we niet. Toch wilde mijn moeder altijd dat we Kerstmis samen doorbrachten, met z'n drieën. Ik begreep dat wel. Niemand wilde alleen zijn op zo'n dag. Anderzijds wilde ik dat we gewoon konden doen alsof dit een normale dag was, want hoe ouder Sebastiaan en ik werden, hoe ongemakkelijker het werd en hoe moeilijker het was om een bezigheid te vinden die we alle drie leuk vonden.

We werden opgeschrikt door de deurbel die door de stilte van het huis scheurde.

'Verwachten jullie iemand?' vroeg mijn moeder, terwijl ze overeind kwam.

We schudden allebei van niet, maar ik wist dat de bal nu aan het rollen was. Ook dit had Vincent voorspeld en hij had ons ook ingepeperd wat we wel en niet mochten zeggen.

Mijn moeder kwam handenwringend de keuken weer binnen, op de voet gevolgd door twee agenten met ernstige gezichten.

'Seren, deze mensen zijn van de politie en ze zouden je graag spreken over Cleo,' zei ze. 'Ik zet even een verse pot koffie. Wijs jij de weg naar de woonkamer?'

'Ja, natuurlijk,' stamelde ik, en ondanks dat mijn spieren hun functie vergeten leken te zijn, door de paniek die erdoorheen raasde, slaagde ik er toch in de woonkamer te bereiken en de agenten plaats te laten nemen.

'Dag Seren, ik ben inspecteur Helena Ooms, gerechtelijke politie Antwerpen,' stelde de vrouw zich voor. 'Je weet vast al waarom mijn collega en ik hier zijn?' Ze sloeg haar notitieboekje open.

Ik knikte, mijn mond was kurkdroog en mijn maag kneep zich samen tot een harde bal. Ik kon nergens anders aan denken dan aan de brief, die nog steeds in mijn kamer lag. Waarom had ik die niet vernietigd? 'Voor Cleo,' zei ik. 'Is ze nog steeds vermist?' Mijn stem was zo fragiel als de glazen kerstballen die aan de boom hingen.

‘Helaas wel,’ zei Ooms. ‘Jij en je vrienden zullen er vast al over hebben gepraat.’

‘Eh,’ zei ik, met een blik op mijn telefoon die precies op dat moment oplichtte met een Instagram-melding. Ik mocht absoluut niet praten met mijn vrienden, maar dat kon ik de politie niet zeggen. Op dat ogenblik besefte ik dat Vincent een fout had gemaakt in zijn redenering. Natuurlijk zouden we volop met elkaar aan het praten zijn als Cleo echt was verdwenen. Ik fronste even. Misschien moest ik straks toch Danni even bellen, dat zou ik anders ook doen. ‘Nog niet echt,’ gaf ik toe. ‘Vanwege Kerstmis. Iedereen is bij familie en zo, of op vakantie.’

Ooms zuchtte. ‘Ja, de timing kon niet slechter, inderdaad. Kan je me vertellen wanneer je Cleo voor het laatst zag?’

‘Gisteren,’ antwoordde ik. ‘We waren met z’n allen bij haar blijven slapen en–’

Ooms onderbrak me: ‘Kan je me de namen geven van iedereen die op het adres van Cleo Chevalier bleef slapen?’

Ik knikte. ‘Ja, natuurlijk. Vincent Volders, Stijn De Clerck, Otto Wouters, Danni De Deken en ikzelf,’ somde ik op.

Ooms noteerde die informatie en keek toen weer op. ‘Vertel verder. Wat deden jullie daar?’

Ik haalde mijn schouders op. ‘Niets bijzonders. We hadden samen gegeten, een film gekeken en een spelletje gespeeld, en daarna gingen we slapen.’

‘En is er verder iets gebeurd?’

Ik keek haar aan, niet-begrijpend. ‘Gebeurd?’ vroeg ik.

‘Ja, kan je je iets bijzonders herinneren van die avond? Was er ruzie, bijvoorbeeld?’

Ik dacht aan de onderhuidse steken die Cleo me gaf, en aan Stijn die niet bij haar in bed mocht, maar ik hield me aan wat we hadden afgesproken en zei: ‘Nee, er was helemaal niets. We waren allemaal tipsy door de glühwein die Cleo had gemaakt, en gingen slapen.’

Ooms noteerde weer iets en knikte. 'Goed. En wanneer was de laatste keer dat je Cleo zag, Seren?'

O, verdorie, wat hadden we ook alweer afgesproken? In het plan had Vincent gezegd dat ik als eerste weg moest, maar dat was niet wat er was gebeurd. Welke versie moest ik vertellen? Als ik als eerste weg was, had ik Cleo niet meer gezien. Als ik samen met Vincent en Otto was vertrokken, zoals in realiteit gebeurde, dan moest ik haar nog gezond en wel met Stijn hebben zien vertrekken naar het station. Verdomme, we hadden dat niet meer juist afgestemd met elkaar. Ik besloot me aan Vincents plan te houden.

'Toen ze ging slapen,' zei ik.

'Je hebt haar 's ochtends niet meer gezien?'

Ik schudde van niet. 'Ik moest op tijd vertrekken om naar mijn oma te gaan voor kerst, dus ik heb haar niet meer gezien. Maar zover ik weet, lag ze toen nog gewoon in bed.'

'Oké, goed,' zei Ooms en ze las een paar bladzijden terug in haar aantekeningen. 'We hebben reden te geloven dat Cleo op de trein naar haar ouders is gestapt, maar daar is ze nooit aangekomen. Heb je enig idee waar ze kan zijn, Seren?' Haar blik was niet beschuldigend, eerder nieuwsgierig, en ongerust, maar dat maakte haar niet minder gevaarlijk. Het leek alsof deze vrouw recht door me heen keek.

'Nee, geen flauw idee,' zei ik.

'Het vreemde is dat we Cleo's rugzak met daarin al haar spullen, inclusief haar telefoon, hebben teruggevonden in de treintoiletten. Bizar, niet?'

Ik knikte, maar voelde de zenuwen door mijn lijf gieren. 'Ja, dat is raar,' zei ik.

'Waarom zou ze haar spullen achterlaten, denk jij?'

Elke zin was als een schaakspel en ik wist dat elk verkeerd antwoord fataal kon zijn. 'Ik heb werkelijk geen idee,' fluisterde ik, mijn handen gevouwen in mijn schoot, mijn knokkels wit.

'Sprak Cleo er soms over weg te lopen?' vroeg ze.

‘Nee, in elk geval niet tegen mij. Ze woonde alleen, dus waarom zou ze dat doen?’

Ooms keek grimmig. ‘Inderdaad, die conclusie trok ik ook al. Was ze soms depressief?’

‘Denkt u... Denkt u dat ze zelfmoord heeft gepleegd?’

‘Het is een mogelijkheid die we onderzoeken, al lijkt het onwaarschijnlijk, aangezien er geen brief is gevonden.’

Ik keek haar met grote ogen aan en probeerde heel hard om niet aan de brief in mijn kamer te denken. ‘Welke mogelijkheid lijkt u dan wel waarschijnlijk?’ vroeg ik beverig.

‘Het is te vroeg om daar iets over te zeggen, daarvoor moet ik eerst met de rest van je vrienden praten, maar dat blijkt niet makkelijk.’

Dus ik was de eerste, besefte ik. Was dat goed of slecht nieuws? Geen idee. Mijn rug was intussen kletsnat van het zweet.

‘Ken je iemand die Cleo kwaad zou willen doen, Seren? Of met wie ze ruzie had?’

‘Nee,’ zei ik. ‘Cleo was erg populair.’

‘En haar vriendje?’

‘Stijn?’ zei ik.

‘Ja, Stijn De Clerck. Denk je dat hij haar iets kan hebben aangedaan?’

‘Nee, n-natuurlijk niet,’ stotterde ik.

‘Hoe zou je hun relatie beschrijven?’

Ik voelde me in het nauw gedreven. Wat moest ik daar nu weer op antwoorden? Ooms mocht niet te weten komen dat ik met Stijn had gekust, dat zou ons beiden verdacht maken. ‘Gewoon, ze waren een stel, niets bijzonders,’ zei ik.

‘Niets bijzonders,’ herhaalde Ooms met een priemende blik. ‘Goed dan.’ Ze kwam overeind en gaf me een kaartje. ‘Als er nog iets in je opkomt wat het onderzoek vooruit kan helpen, of als er iets is wat je wilt delen, Seren,’ zei ze, ‘kan je me altijd bellen.’

Even later waren ze weer weg en het geluid van de deur die dichtsloeg, klonk net zo definitief als het slot van een celdeur. Ik vluchtte weg van mijn moeders bezorgde gezicht en rende de trap op, naar mijn kamer, waar ik me uitgeput op bed liet vallen. Ik kon dit niet alleen, ik kon dit niet.

Mijn vinger zweefde over Danni's telefoonnummer. Nooit eerder had ik zo de behoefte gehad om met haar te praten. Ik wilde weten hoe het was afgelopen gisteren. Blijkbaar was ze erin geslaagd op de trein te stappen, zoals gepland, en had ze Cleo's rugzak in het toilet achtergelaten. Maar daarna? Was Stijn op tijd? Had iemand Danni herkend? Wat had ze met Cleo's kleding gedaan? Vincent moest haar wel instructies hebben gegeven, maar ik werd er gek van dat ik zo in het ongewisse werd gehouden.

De politie was nu vast naar Danni onderweg. Otto was vanochtend al naar Tenerife gevlogen met zijn ouders en Stijn was op skivakantie, dus Vincent en Danni waren aan zet.

Ik kon alleen maar bidden dat ik het juiste had gedaan. Ik trok mijn benen op en sloeg mijn armen eromheen. Kon ik maar in rook opgaan.

33

Heden

De schemering valt over Brussel en buiten lopen mensen gehaast langs het raam van het café, hun gezichten worden slechts verlicht door de gloed van de lampen hierbinnen.

'Ik voelde me net zo alleen als jij,' zeg ik tegen Otto. 'Ik was de eerste die door Ooms werd ondervraagd. Danni was de volgende, zij had een vakantiejob bij Albert Heijn. Ik heb nog geprobeerd haar te bellen, hoewel ik wist dat Vincent dat niet wilde, maar ik moest echt met iemand kunnen praten, snap je?'

Otto knikt zwijgend.

'Maar zelfs Danni ontweek me, ze negeerde mijn telefoontjes. En toen we na de kerstvakantie weer naar school gingen en we niet meer met elkaar praatten… dat brak me.'

'Mij ook,' zegt Otto. 'Maar om eerlijk te zijn, dacht ik dat Stijn en jij elkaar stiekem nog wel zagen.'

Ik lach verbitterd. 'Ben je gek. Stijn keurde me geen blik meer waardig.'

'En Danni en Vincent? Praatten zij niet met elkaar?'

'Nee, Otto. Vincent werd door zijn papa de advocaat stevig afgeschermd, dat weet je toch? Geloof me, we stonden er allemaal alleen voor. Jij was niet de enige.'

Otto blijft naar zijn handen staren. Ik heb het gevoel dat hij me nog iets wil zeggen, dat hij het niet eens is met mijn visie op de feiten, maar hij blijft stug zwijgen. Ineens wil ik niets liever dan naar huis gaan en samen met David op de bank kruipen. Otto is niet degene die ik moet vrezen, hij is niet de briefschrijver, noch de moordenaar, dus heb ik hier niets meer te zoeken. Maar er is nog één ding dat ik met hem wil bespreken.

'Er is nog iets wat je moet weten,' zeg ik. 'Herinner je je die inspecteur van toen, Helena Ooms?'

Otto maakt zijn ogen los van zijn handen en kijkt me aan. 'Ja, natuurlijk. Ik heb uren met die vrouw doorgebracht. Die gaf niet op.'

'Dat doet ze nog steeds niet,' zeg ik. 'Sinds Stijn van de trap viel, heeft ze zich opnieuw in het onderzoek naar Cleo vastgebeten en ze heeft iets ontdekt.'

Otto wordt bleek rond zijn neus. 'Wat dan?' vraagt hij.

'Ze heeft die videobeelden geanalyseerd van Danni, die met Cleo's kleren en rugzak op het perron in station Berchem staat. Je gaat het niet geloven, maar Danni stond aan het verkeerde spoor te wachten en nam dus de verkeerde trein.'

Otto kijkt geschokt op. 'Wat zeg je nu? Dat kan toch niet? Danni is in Mechelen uitgestapt, zoals afgesproken. Stijn heeft haar daar weer opgepikt!'

'Ik weet het,' zeg ik, 'maar de trein die ze nam, ging naar Charleroi, niet naar Vilvoorde.' Ik wacht tot het kwartje valt bij Otto. Hij leunt achterover, zijn gezicht bleek onder de vale kroegverlichting.

'Charleroi?' herhaalt hij. 'Die trein rijdt niet naar Cleo's ouders. Cleo zou die nooit hebben genomen. O, verdomme.'

'Inderdaad,' zeg ik. 'Als Ooms verder graaft, zal ze ontdekken dat het niet Cleo was, maar Danni op die beelden. En dan wordt het onderzoek van voor af aan weer opengegooid, daar mag je zeker van zijn.'

Otto laat zijn voorhoofd op tafel zakken en kreunt zachtjes. 'Stopt die nachtmerrie dan nooit meer?' vraagt hij.

Ik weet niet wat ik moet zeggen. Ik kan hem niet geruststellen. Er is iemand buiten de Sandwichclub die weet wat we hebben gedaan en diegene is uit op wraak. Zolang we niet weten wie dat is, zijn we beiden zo kwetsbaar als een vlieg in een spinnenweb. Ik bedenk dat ik nog een laatste vraag voor hem heb, voor ik ga.

'Ik weet dat Vincent wilde dat het tussen jullie bleef,' begin ik, mijn stem nu zachter, 'maar na alles wat er is gebeurd, kan je me nu niet vertellen wat jullie met Cleo's lichaam hebben gedaan?'

Otto kijkt op. 'We hebben haar achtergelaten op een bouwplaats van Stijns vader. Ze hadden die ochtend beton gestort voor de fundering,' zegt hij stil.

'En jullie hebben haar daarin laten zakken?' vraag ik, al even zachtjes. Hij knikt. 'En, je weet heel zeker dat ze dood was?'

Otto's mondhoeken trekken even. 'Ik weet wat ik zag, Seren,' antwoordt hij. 'Geloof me, ze ligt daar nog steeds. Al tien jaar.'

Een vrouw met een kinderwagen en een gehaaste man lopen langs het caféraam, terwijl ik het beeld van Cleo die wegzakt in het beton uit mijn geest probeer te wissen.

'Ik heb nog altijd nachtmerries over die dag,' gaat Otto verder. 'Die bouwplaats lag op een nieuw industrieterrein en het was daar compleet verlaten. Iedereen was naar huis om Kerstmis te vieren. Het was alsof Vincent en ik in een dystopische film meespeelden. Als Ooms erachter komt dat Cleo nooit op die trein stapte, dan–'

'Dat weet je niet zeker,' onderbreek ik hem. 'Voorlopig heeft ze alleen maar vermoedens, geen bewijzen.'

'Nee, maar hoelang nog voor ze die wel heeft? En nu jij dreigbrieven krijgt, is het misschien wel tijd om te bekennen.'

'Wat?' zeg ik geschrokken. 'Hoe bedoel je? Je gaat ons toch niet verraden?'

Otto gaat rechtop zitten. De blik in zijn ogen is veranderd. 'Ik had het al veel eerder moeten doen,' zegt hij. 'Het is hoog tijd dat Cleo's ouders weten wat er met hun dochter is gebeurd. Ik wil niet dat er nog meer slachtoffers vallen. Het is genoeg geweest.'

'Maar–' wil ik protesteren.

Hij onderbreekt me. 'Maak je geen zorgen, ik neem alle schuld wel op me. Ik laat jou erbuiten.'

'Maar het ís jouw schuld niet!' zeg ik, luider nu. 'Waarom zou je voor Cleo's daden willen opdraaien?'

'Omdat het wél mijn schuld is, Seren. Dat probeer ik je al de hele tijd duidelijk te maken.'

'Ik snap het niet,' zeg ik, verward. 'Je kan toch niet omwille van dat ene pilletje je hele leven vergooien? Je hebt genoeg geleden, Otto. Waarom zou je alles op jouw schouders nemen, net nu je eindelijk terug op de goede weg bent?' Ik bestudeer zijn gezicht, op zoek naar een antwoord. Waarom zou hij een gevangenisstraf riskeren? Ik heb minstens evenveel schuld als hij. Mijn blik glijdt van zijn ogen – die naar de tafel gericht zijn – via zijn uitstekende jukbeenderen naar zijn mond, die in een grimas is vertrokken. Otto heeft het hardst afgezien van ons allemaal. Maar waarom? Ik grijp zijn handen vast over de tafel heen en voel een rilling door zijn lijf trekken. Hij is het niet meer gewend te worden aangeraakt. 'Otto? Is er nog iets anders gebeurd die nacht?' vraag ik voorzichtig.

Hij kijkt vluchtig naar me op en trekt zijn handen onder de mijne vandaan. En dan weet ik het zeker. Ik heb gelijk.

'Verdomme, Otto,' fluister ik, 'wat heb je gedaan?'

'Dat zei ik al. Ik heb Cleo vermoord. Maar het was een ongeluk.'

'Je hebt wat? Hoe dan?'

'Die bètablokkers...' – Otto slikt, hij vermijdt het me aan te kijken – 'dat was niet wat ze had genomen.'

'Je bedoelt dat ze slaappillen nam?' vraag ik fronsend.

'Nee,' zegt Otto. Hij ademt zwaar. 'Ik gaf haar roofies.'

'Pardon?' zeg ik ontzet. Dit kan niet waar zijn. Nee. Niet Otto, die altijd alles wat hij had met iedereen deelde. De jongen met wie ik ben opgegroeid sinds ik twaalf ben. Niet Otto, met zijn dromen over sterren en raketten. 'Roofies? De rapedrug?' breng ik uit.

'Ja,' zegt Otto, zijn ogen neergeslagen.

Duizenden inzichten buitelen tegelijkertijd door mijn hoofd, maar ik weet er niet één helder te krijgen. 'Maar waarom?' is alles wat ik gezegd krijg. 'Waarom, Otto?'

'Ik wilde haar geen kwaad doen, echt niet,' zegt Otto. Hij worstelt met zijn woorden. 'Ik wilde gewoon... dicht bij haar zijn. Alleen maar even... Zonder dat ze me afwees.'

Ik kan de walging die ik voor hem voel niet tegenhouden. Mijn handen daveren oncontroleerbaar. 'Je wilde dicht bij haar zijn?' sis ik. 'Je had het recht niet, Otto!'

'Ik weet het,' zegt hij zachtjes. 'En het spijt me zo.'

Ik staar hem aan. Afkeer, medelijden, woede – ik weet niet wat ik eerst moet voelen. 'Wat is er precies gebeurd?' zeg ik. 'Je gaf haar zo'n pilletje, en toen?'

'Toen wachtte ik tot het zou werken,' zegt Otto.

'En daarna?'

'Toen ging ik naast haar liggen.'

'O, Otto,' zeg ik, mijn handen voor mijn gezicht. 'Zeg me dat je niet–'

'Nee! Natuurlijk niet!' zegt Otto. 'Ik heb niets gedaan, echt niet. Alleen maar–'

'Alleen maar wat?' vraag ik.

'Ik heb haar een zoen op haar mond gegeven,' zegt Otto langzaam, zijn blik nog steeds neergeslagen. 'Dat is het enige wat ik deed, Seren. Ik zweer het.'

'Dus je kuste Cleo terwijl ze bewusteloos was,' zeg ik, vol afschuw. Ik kan mijn misselijkheid nauwelijks onderdrukken, maar hij heeft me nog steeds niet verteld waarom hij denkt haar te hebben vermoord, dus zet ik door. 'En hoe is ze dan precies gestorven?'

Tranen verzamelen zich in de hoeken van Otto's bruine ogen. 'Die avond,' zegt hij met een bevende onderlip, 'had ik M&M's gegeten.'

En op dat moment snap ik het. Cleo was allergisch voor noten. 'En toen ging ze in anafylactische shock,' vervolg ik zijn relaas.

'Ja,' bevestigt Otto, terwijl de tranen nu vrijelijk over zijn wangen stromen. 'Het moet zijn gebeurd nadat ik weer wegging, en door die verdomde roofies kon ze zichzelf niet redden.'

Mijn maag draait om, terwijl ik die vreemde man die voor me zit aankijk. Een man die ik ooit blindelings heb vertrouwd. Ik denk aan de jeugdige onbezonnenheid die van de ene op de andere dag uit ons werd weggerukt, en aan de pijn en het verdriet, en ook het schuldgevoel, dat al die jaren als een zwarte wolk met ons meedreef. Ik ben te verbijsterd om iets te zeggen en kom overeind.

Otto volgt mijn voorbeeld. 'Het spijt me Seren,' zegt hij.

Ik knik, maar kijk hem niet aan. Ik kan het niet. 'Was dat het geheim dat Vincent voor je bewaarde, en waarom je alles voor hem deed? Dat je verliefd was op Cleo?' vraag ik, terwijl ik naar buiten staar.

Otto zucht. 'Dus dat wist je? Vincent had foto's op mijn telefoon gevonden en gedreigd ze aan Cleo te tonen.'

'Wat voor foto's?' vraag ik, maar tegelijkertijd weet ik niet zeker of ik het wel wil weten.

'Gewoon, foto's. Ik had ze genomen toen we in de zomer in het Stadspark waren gaan picknicken, het was warm toen en–'

Ik hou mijn hand omhoog om hem te doen stoppen. Nee, ik wil dit inderdaad niet weten. Ik wil hier weg. Zo snel mogelijk. 'Dus nu ga je naar de politie?' vraag ik, nog steeds langs hem heen kijkend.

'Ja,' zegt hij.

'Vaarwel, Otto,' zeg ik, voor ik me omdraai.

'Wacht even,' zegt Otto en ik stop. 'Ik weet dat ik het niet verdien om een gunst van je te vragen, Seren, maar... zou je een boodschap aan mijn moeder kunnen doorgeven?'

'Kan je dat zelf niet?'

'Ik weet niet hoelang het zal duren voor ik haar weer zie, als ik de gevangenis in moet. Alsjeblieft?'

Ik zucht, maar geef toe. 'Wat wil je dat ik tegen haar zeg?'

'Dat het me spijt, en dat ik van haar houd,' zegt Otto.
'Dat is alles?' vraag ik.
'Ja, dat is alles. Dag Seren,' zegt hij nog, en dan stapt hij naar buiten.
Ik staar zijn lange smalle gestalte na. Mijn realiteit ligt aan diggelen. Het weinige wat ik voor waar aannam, blijkt nu ook een leugen te zijn geweest, en ik ben bang. Bang voor wat achter me ligt, maar nog banger voor wat nog moet komen.

34

In het station is het druk, en na de intimiteit van de bruine kroeg waar ik uren heb doorgebracht met Otto, moet ik even wennen aan de mensenzee in het station. De Sandwichclub was zo hecht geweest. Had Cleo gelijk gehad door te beweren dat Stijn en ik een einde zouden maken aan onze vriendschap? Waarschijnlijk wel, moet ik toegeven. Als Cleo's plannetje had gewerkt en ze dus nog leefde, had de Sandwichclub sowieso ook opgehouden te bestaan.

Ik trek mijn kap opnieuw over mijn hoofd, al denk ik niet dat ik nog veel van Ooms te vrezen heb, nu Otto zijn bekentenis zal doen. Dan verstar ik. Uit mijn ooghoek heb ik iets gezien, iets wat onbewust mijn aandacht heeft getrokken, en ik keer met mijn blik terug naar die plek.

Daar.

Dat donkere haar. Die schouders. Dat loopje, als van een wolf. Het is David.

Maar dat kan David niet zijn. David is in Antwerpen, aan het werk bij In de Balans. Ik frons en tuur intens naar de weglopende man, maar dan schud ik mijn hoofd. Het is David niet. Deze man draagt een lange grijze jas en ik weet zeker dat David er zo eentje niet bezit. Hij zou nooit zo'n onkarakteristiek kledingstuk dragen, waarmee je in de massa opgaat. Had ik hem vanochtend zijn bomberjack niet zien aantrekken, zoals altijd?

Het moet mijn verbeelding geweest zijn. Een trucje van mijn vermoeide geest. Met een laatste blik achterom loop ik naar het perron en even later stap ik op de trein naar Antwerpen. Terwijl de IC zich in beweging zet, staar ik naar het scherm van mijn telefoon. Ooms zal me ongetwijfeld bellen, zodra ze weet van Otto's bekentenis. Ik probeer de chaos in mijn hoofd tot bedaren te brengen, door me te concentreren op de vraag wie de briefschrijver was. Zelfs al bekent Otto dat hij Cleo per ongeluk doodde, dan nog is er een moordenaar op vrije voeten. En zolang die persoon niet wordt gevat, is mijn veiligheid alleen maar een illusie.

Wie kent mijn verleden én heeft een connectie met Cleo? De gedachte dat iemand die me kent hier misschien achter zit, is misselijkmakend. Of, erger nog: iemand die ik niet ken. De trein komt piepend tot stilstand op Antwerpen Centraal en ik stap uit. Wie kan ik nog vertrouwen? En belangrijker nog: wie niet? Hoe kan ik me wapenen tegen een onzichtbare vijand? Elke winkelende wandelaar hier op de Meir is een potentiële dreiging. Iedereen met wie ik in contact kom, kan een moordenaar zijn. Vivian, Birgit, Chrissy. En David. Van die laatste gedachte raak ik zo in paniek dat ik de laatste meters naar mijn appartementencomplex bijna rennend afleg, en als ik naar mijn sleutels graai, worstelend om ze uit mijn tas te vissen, ben ik buiten adem. Ik werp nog een laatste blik over mijn schouder voor ik naar binnen stap, maar er is natuurlijk niemand te bekennen.

Eenmaal boven duw ik de deur van mijn appartement open en vergrendel die meteen achter me.

'David?' roep ik, maar ik word slechts op stilte getrakteerd. De lunchshift bij In de Balans duurt tot 15.00 uur, en de avondshift begint om 17.00 uur. Ik kijk op mijn horloge, het is nu 18.30 uur. Kan hij de trein hebben genomen en op tijd heen en weer zijn gereisd? Nee, onmogelijk. En ik moet stoppen met dergelijke onzinnige waanideeën te hebben. David is zowat de enige persoon die ik honderd procent vertrouw. Hij moest eens weten wat ik nu allemaal over hem denk.

Ik stap het terras op en steek een sigaret op. De rook krult langzaam omhoog, terwijl ik mijn telefoon uit mijn zak haal en David een bericht stuur.

Ben terug uit Brussel. Tot straks x

Ik verwacht geen antwoord. Hij hoort het waarschijnlijk toch niet. Ik scrol door een aantal gemiste oproepen. De Brusselse winkels die Birgit voor me had gebeld en waarmee ze een afspraak had ingepland, waar ik niet heen ben gegaan. Ik inhaleer diep. Ik zou iets moeten eten, maar weet nu al dat ik geen hap door mijn keel zal krijgen. Eerst moet ik iets van Ooms horen.

Ik duw de sigaret uit en besluit een bad te nemen, in de hoop dat het warme water mijn verkrampte spieren wat zal ontspannen. Vooral mijn schouders voelen keihard. Ik laat het bad vollopen en knijp er een flinke scheut badschuim in voor ik me erin laat zakken. Het duurt niet lang voor ik van pure uitputting in slaap val.

Ik droom dat ik op een bed lig. Ik kijk om me heen, maar herken de kamer niet meteen. Ik probeer mijn telefoon van het nachtkastje te pakken, maar kan mijn armen niet bewegen. Ook mijn benen blijken verlamd. Dan gaat de slaapkamerdeur open en een streep licht vanaf de gang valt naar binnen, waardoor ik mijn omgeving herken. Ik ben in Cleo's kamer en ik lig in Cleo's bed. De streep licht verbreedt zich als de deur verder opengaat en Otto verschijnt in de opening. Het is niet de Otto van vroeger, maar de Otto die ik vandaag zag. De blik in zijn ogen verontrust me. Die is hongerig, en bezeten. Ik wil iets zeggen, maar ook mijn mond is verlamd, en Otto komt dichterbij. Hij komt op de bedrand zitten en houdt een vinger voor zijn mond, alsof we samen een geheim delen. Maar ik wil geen geheimen meer. Ik wil weg uit dit bed, weg uit Cleo's kamer. Otto draait zich naar me toe en vlijt zich naast me neer. Ik voel zijn warme adem tegen mijn wang, hij ruikt naar pindakaas.

'Ik hou van je,' fluistert hij, en dan buigt hij zich naar me toe. Ik weet dat als hij me kust, dat mijn dood betekent, dus probeer ik uit alle macht mijn gezicht weg te draaien, maar het lukt niet. Het lukt niet! Zijn lippen naderen de mijne.

Nee, denk ik. Nee, nee! Maar ik kan niets zeggen. Ik sluit mijn ogen, wacht op het onvermijdelijke, maar er gebeurt niets. Geen kus. Ik hoor iemand zacht giechelen. Voorzichtig open ik mijn ogen en in plaats van Otto's gezicht, hangt nu dat van Cleo boven me, met een brede grijns.

'Verrassing,' zegt ze grijnzend. 'Of dacht je dat je was ontsnapt?' Dan neemt ze een kleurrijk kussentje van de grond en houdt dat boven mijn hoofd.

'Je hebt me verraden, Seren,' zegt ze, haar stem koud als ijs. 'Je hebt me in de steek gelaten.'

'Dat is niet waar!' wil ik schreeuwen. 'Het was Otto!'

Maar het kussen komt alsmaar dichterbij, tot ik niets meer zie. Ik probeer mijn hoofd weg te draaien, om mijn mond en neus vrij te maken, maar het lukt niet. Ik kan niet ademen! Ik stik! Paniek neemt het over.

En dan, plots, hoor ik in de verte een geluid dat me met een schok doet ontwaken. Ik kom sputterend overeind uit het bad en het water klotst over de rand. Het geluid komt van bij de voordeur. Iemand staat ertegenaan te bonken. Snel wikkel ik me in een handdoek en op mijn tenen loop ik naar de woonkamer.

'Seren? Doe open, ik kom er niet in!' roept een bekende stem. Het is David.

'O, verdorie,' mompel ik opgelucht als ik besef dat ik de deur van binnenuit op slot heb gedraaid en de sleutel heb laten zitten.

'God, eindelijk,' verzucht David, wanneer ik opendoe. Zijn gezicht staat vermoeid. 'Wat is er met jou aan de hand? Waarom zat de deur op slot?'

'Sorry,' zeg ik. 'Ik moet het onbewust hebben gedaan. Ik zat in bad en was in slaap gevallen.'

'In slaap gevallen?' herhaalt David bezorgd. 'Je ziet blauw van de kou, hoelang heb je in dat water gelegen?'

'Ik weet het niet,' zeg ik. 'Hoe laat is het?'

Hij fronst. 'Half elf. Ik ben meteen naar huis gekomen. Gaat het wel, Seren?'

'Ja, tuurlijk,' zeg ik.

Nu de eerste schok voorbij is, kijk ik pas echt naar hem. Ik observeer zijn bezorgde gezicht, zijn stoppelbaard en... zijn lange grijze jas.

'Waar komt die jas vandaan?' vraag ik geschokt.

David kijkt verward naar de jas, alsof hij zich er pas nu van bewust is dat hij hem draagt. 'Deze? Die heb ik al jaren. Waarom? Vind je hem lelijk?'

'Ja. Nee. Niks. Zomaar,' stamel ik, terwijl een nieuwe golf van angst over me heen spoelt. Het moet toeval zijn. Kan niet anders. 'Ik heb hem nog nooit gezien, dat is alles.'

'Ik draag hem ook niet vaak, maar om naar het restaurant te gaan, vind ik hem wel handig. Ik wil niet dat mijn goede jas een uur in de wind stinkt.'

Ik knik begrijpend, maar moet mijn verwarring verbergen. 'Hoe was het? Druk?' vraag ik, terwijl ik de handdoek dichter om me heen trek.

'Viel wel mee. Zou jij je niet beter even aankleden? Je staat te rillen als een pasgeboren veulen.'

Ik doe wat hij zegt en loop terug naar de badkamer. Het is onmogelijk dat David ook in het station was. Onmogelijk.

Of niet?

Ik staar naar het koude badwater, maar daar vind ik geen antwoorden. Terwijl het water gorgelend wegloopt, trek ik een flanellen pyjama aan en droog mijn haren. 'De badkamer is vrij!' roep ik naar David als ik klaar ben en ik ga op mijn bed zitten.

Er is iets gaande. Diep vanbinnen weet ik het. Ik heb die jas nog nooit gezien en ik ken al Davids kleren. Om de een of andere reden wilde hij eruitzien als iemand anders. Waarom liegt hij? Ik bijt op mijn lip. Ben ik werkelijk zo blind geweest dat ik net die ene persoon vertrouw die het slecht met me voor heeft?

Nee, niet David. Dat kan niet. David woonde in Frankrijk toen ik hem leerde kennen en hij woonde daar al jaren. Ook toen Cleo verdween.

Maar de twijfel vreet aan me. Wat als er wel een connectie is tussen David en Cleo? Wat als hij met opzet mijn leven infiltreerde? Het is ontzettend vergezocht, maar toch haast ik me naar mijn thuiskantoor op het moment dat ik David onder de douche hoor stappen. De onderste lade van mijn bureau zit op slot, daar bewaar ik mijn contracten en andere waardevolle documenten. Ik pak de sleutel uit het potje dat op mijn bureau staat en open de lade. Ik graaf er verwoed in tot ik onderaan de stapel kom. Fronsend tast ik, zoekend naar de brief die hier al jaren ligt.

Hij is verdwenen.

Cleo's afscheidsbrief, die ik nooit vernietigde, ligt niet meer op zijn plek.

En de enige die toegang heeft tot mijn thuiskantoor is David.

Ik hoor dat de douchekraan wordt dichtgedraaid en haast me naar de slaapkamer, waar ik rillend onder de dekens kruip. Als David even later binnenkomt, doe ik alsof ik slaap, maar het vuur in mijn hersenen is niet te blussen, mijn zenuwen zijn overspannen en overactief, elk uiteinde staat op springen. Hoe hard ik ook wil dat er een andere verklaring is, er kan maar één persoon Cleo's brief uit mijn kantoor hebben gestolen. Alleen David weet waar ik de sleutel bewaar. En als hij die brief heeft gelezen, dan...

Wie is die man die hier naast me in bed ligt? Die kookt voor mij? Die elke dag zorgt dat de keuken spic en span is? Die mijn ondergoed wast? Met wie deel ik al meer dan twee jaar lief en leed? Ik heb een vreemde in mijn leven binnengelaten, en in mijn lichaam.

35

Na alweer een slapeloze nacht kruip ik tegen de ochtend stilletjes uit bed. David – als dat zijn echte naam is, tenminste – ligt nog te slapen. Het gevoel door hem verraden te zijn, is afschuwelijk. Hij wist precies wat ik doormaakte de afgelopen weken. Hoe groot was zijn leedvermaak toen hij zag dat ik krampachtig probeerde te verbergen wat er aan de hand was?

Ik kijk naar hem. Slaapt hij echt of doet hij alsof? We zijn twee acteurs in dit toneelstuk. Een tragikomedie. Waarom doet hij dit? Wat heeft hij te winnen bij mijn dood? Wraak, ja, dat blijkt uit de mysterieuze dreigbrieven, maar wraak waarvoor? Voor Cleo? Waren ze bevriend? Verliefd? Iets anders? Of kende hij Cleo helemaal niet en werkt hij in opdracht van iemand? Ik blijf steeds maar weer in kringetjes draaien.

Mijn hardloopkleren zijn pas gewassen en liggen netjes opgevouwen op de ladekast. Geruisloos pak ik het stapeltje en sluip de slaapkamer uit. In de woonkamer bind ik mijn haar in een strakke paardenstaart, stap in mijn hardloopschoenen en trek de voordeur achter me dicht.

Buiten streelt de koele lucht van de ontwakende stad mijn wangen. Het is nog donker en in de verte glinsteren de lichtjes van de Antwerpse haven op het zwarte water van de Schelde. Ik begin te rennen. Mijn voeten maken een ritmisch geluid op de straatstenen, alsof ze met hun cadans de nachtmerrie waarin ik ben terechtgekomen willen bezweren. Ik moet links en rechts overblijfselen van de afgelopen wilde zaterdagnacht ontwijken: verfrommelde frietzakjes, lege flesjes, en ja, ook braaksel.

Eenmaal opgewarmd, begin ik sneller te lopen, weg van alles. Het zweet druipt van mijn gezicht en de druppels glijden over mijn rug en in mijn sportbeha. Het geluid van mijn bonkende voetstappen verdwijnt en maakt plaats voor dat van het ruisen van het bloed in mijn oren. Hoe harder ik probeer om nergens aan te denken, hoe meer beelden voor mijn ogen voorbijkomen. Cleo's krullen op het hoofdkussen. Otto die haar kust. Otto die mij kust. Cleo die me wil verstikken met een kussentje. Cleo's lichaam dat in nat beton wegzinkt, stukje bij beetje, tot er niets meer van haar te zien is. Haar ouders, die nog steeds niet weten wat er met hun dochter is gebeurd, en waarom. Al die jaren van onzekerheid. En dan David. Hoe past hij in dit verhaal? Niemand gaat zo lang undercover in opdracht van iemand anders, dat is belachelijk.

Nee. David kende Cleo, dat is wel duidelijk, en hij gaf om haar.

Ik voel steken in mijn zij en vertraag even om mijn ademhaling te verdiepen. Het wordt inmiddels licht in de verte en de eerste meeuwen komen luid roepend voorbijgevlogen.

Ach, kom, wie hou ik voor de gek? David gaf niet om Cleo. Hij HIELD van haar. Ze waren minnaars, dat moet het zijn. Cleo heeft ons vermoedelijk nooit over hem verteld omdat ze met Stijn was, en omdat David veel ouder was. Ze heeft ons allemaal bespeeld, met haar intriges, haar manipulaties. Alleen had ze niet kunnen vermoeden dat ze in haar eigen valstrik zou lopen en het met de dood zou bekopen.

Dan zie ik Otto's schuldbewuste gezicht voor me en ik stop abrupt. Waarom heeft Ooms me nog niet gebeld? Weet ze niet dat Otto heeft bekend? Hijgend staar ik naar het donkere Scheldewater, mijn handen in mijn zij gedrukt. Het water klotst loom tegen de kade en trekt zich niets aan van de storm die door mijn hoofd raast. Hoe weet ik zeker dat Otto niet van mening is veranderd? Wat als hij zichzelf helemaal niet heeft aangegeven?

Ik begin terug te rennen, dezelfde weg die ik ben gekomen. Ik wil niet sterven. Dat gaat niet gebeuren. Niet als het aan mij ligt.

Ik duw de deur van mijn gebouw open. Ik ben doordrenkt van het zweet en mijn hart klopt zichtbaar onder mijn dure ademende Nike-shirt. Uit het verborgen zakje in mijn loopbroek vis ik mijn huissleutel en ik sta op het punt om de binnendeur open te draaien, als ik besef dat ik uit mijn ooghoek iets heb gezien. Ik draai me om naar de brievenbuswand. Uit de bus waarop 'Seren Engels' staat, piept een zwart hoekje. Met mijn bezwete vingers peuter ik de bekende envelop eruit, en scheur hem meteen open.

Ik moet een paar keer knipperen voor de letters stoppen met dansen, maar dan is de boodschap klaar en duidelijk. In sierlijke letters lees ik:

Toen was er nog maar één en dat... dat ben jij!
Nog even geduld, Seren. Op 24 december is het jouw beurt.
Ik kijk ernaar uit.

Ik laat de brief vallen en houd mezelf overeind door zwaar tegen de deur te leunen. De hal zweeft in en uit mijn gezichtsveld, de ene keer ver weg, dan weer dichtbij.

Toen was er nog maar één.

Tranen lopen over mijn wangen. Is Danni dood? Ik trek mijn telefoon uit het hoesje rond mijn arm om te zien of Abby iets heeft gestuurd, maar behalve wat Instagram-notificaties is mijn scherm leeg.

Toen was er nog maar één.

Maar als Danni is gestorven, dan zijn we toch nog met twee? Otto en Ik? Ik moet het zeker weten, dus begin ik op mijn telefoon te typen.

Hoi Abby, hoe is het met Danni? Is er enige verandering in haar toestand?

Ik klik op 'verzenden'. Het bericht wordt afgeleverd, maar niet gelezen. Even blijf ik met wijd open ogen naar het scherm staren, alsof ik de twee vinkjes kan dwingen om blauw te worden, maar dan besef ik hoe vroeg het is. Ik zet het volume op maximum en stop de telefoon weer weg.

Ik laat mijn verhitte voorhoofd tegen het koele glas van de deur rusten, terwijl ik probeer na te denken. Wat als deze brief helemaal niet over Danni gaat? In de vorige twee brieven telde de moordenaar Danni's coma ook al gewoon mee, dus waarom zou hij daar verandering in brengen?

Ik zie David weer voor me, in zijn grijze lange jas. Het besef valt over me heen als een koude douche. Ik heb David recht naar Otto geleid! Hij moet zijn teruggegaan nadat hij zeker wist dat ik op de trein stapte. Op de een of andere manier moet hij Otto te grazen hebben genomen, en daarna is hij eenvoudigweg naar huis gekomen en heeft hij gedaan alsof hij de bezorgde echtgenoot was.

Een tweede besef knalt naar binnen: Otto heeft zichzelf nooit bij de politie aangegeven, daarvoor kreeg hij de kans niet. Ooms weet nergens van. Ik moet een gil onderdrukken als ik besef dat ik niet alleen terug bij af ben, maar dat het ook game over is.

Het is zover. Alle leden van de Sandwichclub zijn overleden en Danni is een kasplantje. Ik ben de enige die overblijft, maar ook mijn tijd is bijna op. Ik kan de klok bijna letterlijk horen tikken. Nog even en het zal zijn alsof we nooit hebben bestaan. Zal Ooms ooit achter de waarheid over Cleo komen als ik er niet meer ben? Of verdwijnt die samen met mij?

Een koude luchtstroom waait onder de buitendeur door naar binnen en ik ril. Mijn bezwete lichaam raakt onderkoeld en ik moet naar binnen om te douchen en droge kleren aan te trekken. Maar mijn veilige appartement is nu gevaarlijk domein. David is daarbinnen. David, die zich nu zit te verkneukelen, wachtend op mijn reactie op Otto's overlijden. Want natuurlijk is hij degene die de brief snel in de brievenbus is komen stoppen nadat ik een uur geleden ben vertrokken.

Er moet een manier zijn om uit deze vicieuze cirkel te ontsnappen.

Ik druk op het liftknopje. Mijn broer heeft gelijk, het is door steeds weer te vluchten van mijn problemen dat ze blijven terugkomen. Ik moet terugslaan. David te slim af zijn. Hij weet tenslotte niet dat ik hem doorheb en dat moet ik zo houden. Ik raap mezelf voor de zoveelste keer bij elkaar en stap in de lift.

Er is een oplossing. Er moet een oplossing zijn. Ik herhaal de woorden als een mantra, tot de lift op onze verdieping stopt. Ik haal nog een keer diep adem voor ik mijn appartement binnenga.

David is in de keuken. Ik hoor hem neuriën, alsof er niets aan de hand is. Mijn vriend is een meedogenloze psychopaat, en een moordenaar.

Ik sluit de deur stilletjes achter me en snel naar de badkamer. Ik doe de deur op slot, iets wat ik anders nooit doe en draai de douchekraan open. Mijn klamme sportkleding pel ik van mijn lichaam en ik gooi ze in een hoopje op de grond. Dan stap ik onder de douche. Het warme water geselt mijn uitgeputte lichaam, masseert mijn verkrampte spieren. Ik laat mijn hoofd hangen en laat de straal recht op mijn nek vallen, de pijn verlichtend, maar iedere keer als ik mijn ogen sluit, zie ik het beeld voor me van David die Otto vermoordt.

Ik kan dit niet. Ik ben geen getrainde spion. Ik ben Seren, zevenentwintig, modeontwerpster met een eetstoornis en slaapgebrek. Ik voel een nieuwe paniekaanval opkomen en draai snel de douchekraan dicht.

Een klop op de deur. David. ‘Seren? Waarom is de deur dicht?’

‘Ik ben zo klaar. Ik ben ongesteld,’ lieg ik.

‘Zal ik thee voor je zetten? Of liever koffie?’

‘Doe maar koffie,’ slaag ik erin te zeggen.

Nee, echt. Ik kan dit niet. Ik droog me op de automatische piloot af, trek een jeans en kasjmieren pullover aan en in een beweging zak ik op mijn knieën en open het kastje onder de gootsteen. Voor ik me kan bedenken, grijp ik de Tampax-doos en druk een pilletje uit de blister, dat ik snel doorspoel met een slok kraanwater. Dan adem ik diep in door mijn neus, en weer uit door mijn mond, tot ik de paniek voel wegebben en mijn hartslag vertraagt.

Mijn telefoon pingt en ik gris hem van het handdoekplankje. Het is een berichtje van Abby.

Dag Seren, bedankt voor je bericht. Helaas nog geen verandering in Danni's toestand.

Opluchting neemt in warme golven bezit van mijn lichaam. Danni leeft nog. Dat is toch tenminste een beetje goed nieuws. Meteen daarna schaam ik me voor die gedachte, omdat dit bericht Otto's dood definitief bevestigt.

Ik open Google en typ Otto's naam in de zoekbalk, op zoek naar aanwijzingen over zijn overlijden, maar vind niets. Helemaal niets. Geen enkel nieuwsbericht meldt de vondst van een lichaam in Brussel.

Dan gaat mijn telefoon over.

36

'Mevrouw Ooms, goedemorgen,' zeg ik, terwijl ik me op het wc-deksel laat neerzakken.

'Dag Seren. Kan je vrijuit spreken?' vraagt Helena Ooms.

'Ja,' zeg ik, mijn blik gericht op het slot van de badkamerdeur.

'Wat deed jij in Brussel gisteren?'

Ik ben niet helemaal verbaasd over haar vraag, maar voel me wel betrapt. Ik wist dat de mogelijkheid bestond dat ze me in de gaten houdt. 'Ik moest enkele prospects bezoeken. Winkels,' antwoord ik. 'Waarom?'

Ooms zucht diep. 'Het zou zoveel makkelijker zijn als je oprecht zou zijn, Seren. Je hebt Otto Wouters opgezocht. Waar of niet?'

'Waarom stelt u me vragen waarop u toch het antwoord al weet?' zeg ik, zonder de irritatie uit mijn stem te kunnen weren.

Ooms negeert mijn vraag en zegt: 'Ik moet je spreken. Kan je binnen een half uur in de Wasbar op de Melkmarkt zijn?'

Ik stem toe en hang op, opgelucht dat dit me meteen een excuus geeft om het appartement te verlaten. Dan blijf ik nog even in de badkamer dralen voor ik David onder ogen kom in de woonkamer. Hij heeft een kop koffie voor me klaarstaan.

'Dat duurde lang zeg, is alles oké?' vraagt hij.

Ik knik. 'Alles is prima, maar ik moet zo even weg.'

Zijn wenkbrauwen schieten omhoog. 'Op zondag? Waarom?'

'Niet voor de zaak,' zeg ik snel. 'Hoofdinspecteur Ooms wil me spreken. Ze belde net.' Verbeeld ik het me of flitst er wantrouwen door zijn blik?

'Wat wil ze van je?' vraagt hij, met een diepe frons tussen zijn wenkbrauwen. 'Is er nieuws?'

Ik haal mijn schouders op. 'Dat weet ik niet. Ze wilde over de telefoon niets zeggen, maar ze had nog wat vragen, zei ze.'

Ik besef dat ik evengoed eerlijk kan zijn tegen David. Als hij echt de moordenaar is, dan is mijn oude tactiek van hem in bescherming nemen redelijk overbodig geworden. 'Blijkbaar zijn er na Stijn nog meer leden van de Sandwichclub overleden en nu wil ze daar meer over weten.'

'Wie dan?' vraagt David geschokt, zijn ogen wijd opengesperd. Wat een acteur.

'Die autobom die hier op de Amerikalei ontplofte? Dat blijkt Vincent te zijn. En Danni is na een nachtje stappen overvallen en ligt in coma.' Over Otto zwijg ik, want officieel weet ik over hem nog niets.

David grijpt mijn hand en bijna ruk ik deze instinctief weg. 'Seren, dat klinkt ernstig. Denkt de politie dat je in gevaar bent? Heb je bescherming nodig?'

'Dat weet ik niet,' lieg ik. 'Maar daarom wil ze me dus spreken. Ik kan maar beter gaan.'

'Wil je dat ik meega?'

'Ik denk niet dat dat de bedoeling is. Maar maak je geen zorgen, ik vertel je straks alles,' zeg ik. Ik kom overeind en kan niet snel genoeg mijn jas en schoenen aantrekken.

'Als je het zeker weet,' zegt David nog, maar ik heb de deur al bijna achter me dichtgetrokken.

In de Wasbar bestel ik een cappuccino met havermelk. Ik kies een tafeltje achterin, dat ver genoeg is van de ontbijtende gasten, maar me wel zicht geeft op de voordeur. Het is niet druk in de zaak en ik neem de tijd om het kleurrijke interieur in me op te nemen. De blauwe muur achter de bar met de tientallen oude sloten en sleutels die erboven bengelen alsof het regendruppels zijn, werkt hypnotiserend.

Ooms komt binnen en ik observeer haar. Haar ogen staan alert, jagend. Als ze me ziet, steekt ze haar hand even naar me op en loopt dan meteen naar de bar.

'Dubbele espresso,' hoor ik haar zeggen en even later komt ze met haar portie cafeïne op de groene stoel tegenover me zitten. 'Goedemorgen,' zegt ze. Haar blik glijdt over mijn gezicht. 'Je ziet er moe uit.'

'U ook,' zeg ik overmoedig.

Ze glimlacht. 'Touché.'

Ik glimlach terug, warm mijn handen aan mijn cappuccino en wacht geduldig tot zij het woord neemt. Ik hoef niet lang te wachten.

Helena Ooms leunt voorover en kijkt me streng aan. 'Seren, waarom heb je Otto toch opgezocht? Ik had je uitdrukkelijk gevraagd dat niet te doen.'

Ik denk even na over haar vraag en besluit zo dicht mogelijk bij de werkelijkheid te blijven. 'U wees me zelf op het verband tussen de dood van Stijn en Vincent, en Danni's aanval. Ik was bang. Dat zou u toch ook zijn? Ik wilde zeker weten dat alles oké was met Otto.'

'En was dat zo?'

Ik aarzel maar een fractie. 'Ik denk het wel,' zeg ik snel. 'Hij probeerde zijn leven weer op orde te krijgen nadat het een tijd wat minder was gegaan. Hij was een tijdje dakloos, maar nu ging het beter. Waarom vraagt u dat? U of uw collega's zijn me duidelijk gevolgd, dus dan weet u dat toch allemaal?'

Ooms schudt haar hoofd. Ze bestudeert mijn gezicht opnieuw. Waarschijnlijk vraagt ze zich ook af of ik iets weet, maar dankzij het kalmeringsmiddel dat nog door mijn aders stroomt, verraad ik geen enkele emotie.

'Ik heb slecht nieuws,' zegt ze ten slotte. Ondanks dat ik al weet wat ze gaat zeggen, trekt er toch een koude rilling over mijn rug. 'Otto Wouters is vannacht dood aangetroffen in zijn kamer in Brussel,' vervolgt Ooms, terwijl ze nauwlettend mijn reactie monitort.

Ik sla mijn hand voor mijn mond en probeer verbazing en ontreddering te veinzen. 'Wat is er gebeurd?' vraag ik met een klein stemmetje.

'Dat moet het onderzoek uitwijzen,' zegt Ooms, 'maar alles wijst op zelfmoord.'

Deze keer hoef ik niet te doen alsof. 'Zelfmoord?' zeg ik geschokt.

'Ja. Verbaast dat je?'

Ik staar naar mijn glazen kop, waarin de havermelk de koffie in een lichtbruine vloeistof heeft omgetoverd. David moet Otto's dood op zelfmoord hebben laten lijken, dat is de enige verklaring.

'Ik... Dat had ik niet verwacht,' zeg ik.

'Hij heeft zich opgehangen in zijn kamer,' zegt Ooms.

Ik wil slikken, maar mijn speeksel is opgedroogd. *Opgehangen.* Zou hij hebben tegengestribbeld?

'Waar denk je aan?' vraagt Ooms.

Mijn mond opent, sluit dan weer, een vis op het droge. Woorden willen komen, maar blijven steken, vastgeklemd door twijfel. 'Ik weet het niet,' fluister ik uiteindelijk. Ik kan haar niet over de dreigbrieven vertellen. Nog niet.

Ooms leunt voorover, het licht van de lamp die boven onze tafel hangt, weerkaatst op het zilveren kettinkje rond haar hals. 'Seren, ik vind het wat moeilijk te geloven dat Otto toevallig zelfmoord pleegt op dezelfde dag dat hij jou spreekt, nadat jullie elkaar een decennium lang niet meer hebben gezien. Net zoals het heel toevallig is dat ieder lid van jullie clubje nu is uitgeschakeld behalve jij.' Haar stem snijdt door het geroezemoes op de achtergrond heen. 'Waarover hebben jullie gepraat? Heeft Otto je iets verteld? Iets wat belangrijk kan zijn? Over de verdwijning van Cleo Chevalier misschien? Of over de moorden op Stijn en Vincent?'

Ik krimp in elkaar en voel de angst als een ijzige rivier door mijn aderen stromen. Ik denk aan de roofies en de fatale kus die Otto Cleo gaf. Is het echt aan mij om dit aan Ooms te vertellen? 'Mevrouw Ooms, ik...' Mijn stem hapert en ik zwijg opnieuw.

'Je bent bang,' zegt Ooms, niet als vraag, maar als een vaststelling. 'Of je neemt iemand in bescherming. Welke van de twee is het?'

Beide, denk ik bij mezelf, maar ik antwoord niet.

Ooms zucht diep en laat zich achteroverzakken op haar stoel. 'Ik gok dat je dacht dat Otto iets met de moorden te maken had en dat je daarom naar Brussel ging. Klopt dat?'

'Ja,' geef ik toe, mijn blik afdwalend naar het krassenpatroon in het hout van onze tafel. 'Dat dacht ik inderdaad.'

'Maar nu niet meer?' vraagt Ooms.

'Nu niet meer,' zeg ik.

'Dan denk ik dat je hem in bescherming neemt.'

Ik moet opletten nu. Ergens in het labyrint van mijn onderbewustzijn zit nog steeds een monster verborgen dat ik koste wat kost gevangen moet houden, want wanneer dat ontsnapt, zal niets meer hetzelfde zijn. 'Dat mag u denken,' zeg ik, terwijl ik met mijn nagels keihard in mijn dijen duw.

Ooms knippert even, maar zwijgt. Ze kijkt naar mij en ik wend mijn blik af, bang dat ze er iets in zal lezen wat ik niet wil prijsgeven. 'Er was een brief,' zegt ze dan plotseling.

Mijn mond valt open. 'Wat voor brief?' vraag ik. Mijn stem kraakt.

'Een afscheidsbrief. Van Otto,' vervolgt Ooms, terwijl ze langzaam een gevouwen stuk papier uit haar zak haalt. 'Dit is een kopie.' Ze schuift het blad over de tafel heen naar me toe.

Ik kan alleen maar toekijken, verstijfd, terwijl Ooms het document langzaam voor me openvouwt en de tekst aan me laat zien. Ik staar naar de brief. Het is geen vervalste kriebel, ik herken de lussen en halen die Otto's handschrift vormen alsof hij naast me zit en in zijn schoolagenda krabbelt.

'Je mag hem lezen,' zegt Ooms. 'Maar ik moet je waarschuwen dat wat erin staat vrij schokkend is.'

De letters dansen voor mijn ogen, die verblind worden door tranen. Ik neem een servetje uit het bakje op tafel en dep ze droog. Ik wil absoluut weten wat Otto heeft geschreven, maar het lukt me niet. De tranen blijven maar komen en een stemmetje in mijn hoofd schreeuwt dat ik weg moet rennen nu het nog kan, maar uiteindelijk wint mijn nieuwsgierigheid het. 'Kunt u hem misschien voorlezen?' vraag ik.

'Ik zal je de essentie vertellen,' zegt Ooms, terwijl ze de brief weer naar zich toe trekt en een leesbril op haar neus zet. In een roes hoor ik haar vertellen dat Otto Cleo tijdens de nacht van de sleepover roofies gaf en haar per ongeluk doodde. Het lijkt of ik uit mijn lichaam treed en langs het hoge plafond van de Wasbar zweef. Ik zie mezelf aan tafel zitten, terwijl Ooms me het hele plan van Cleo's mislukte zelfmoordactie uitlegt, waarbij Otto de volledige verantwoordelijkheid op zich neemt. Alles staat erin. Hoe Cleo hem met het idee benaderde om Stijn en mij een poets te lappen, hoe hij Cleo de roofies gaf en kuste toen ze out was, waardoor ze waarschijnlijk een anafylactische aanval kreeg door de M&M's die hij had gegeten, hoe de rest van de Sandwichclub de volgende ochtend in paniek raakte toen Cleo overleden bleek en ze haar lichaam wilden verbergen, hoe Danni in Cleo's outfit kroop en zo op de trein stapte.

'Dus daarom stond ze op het verkeerde perron,' onderbreekt Ooms zichzelf. 'Danni wist niet dat ze verkeerd stond, omdat ze die trein nooit nam. Zij wist alleen dat ze in Mechelen moest uitstappen, omdat Stijn haar daar zou opwachten.'

Ik knik verbijsterd. Ik kan nog steeds niet vatten dat dit gebeurt. Als Ooms alles weet, waarom arresteert ze me dan niet? Maar de hoofdinspecteur vertelt rustig verder hoe Otto vervolgens samen met Vincent Cleo's lichaam dumpte op een bouwwerf. 'Hij schrijft niet precies waar, maar ik denk dat we voldoende aanwijzingen hebben om gericht te zoeken, dus hopelijk kunnen we Cleo's familie binnenkort antwoorden geven,' besluit Ooms.

Er valt een stilte. Alles lijkt om me heen te draaien, tergend traag, alsof ik in een droom ben gevangen. Dan besef ik dat Ooms op een reactie van mij wacht.

'Dat is ongelofelijk,' breng ik uit.

Ze knikt instemmend. 'Dat is het zeker, maar er is meer, Seren. Wist je dat Otto een dodelijk ongeval veroorzaakte?'

'Ja,' geef ik toe. 'Dat vertelden zijn ouders me toen ik naar hem op zoek was.'

'Hij schrijft dat hij na het ongeval in een diepe put raakte en dat hij had geprobeerd Stijn, Vincent en Danni te vragen om hem te helpen, maar dat ze weigerden hem te zien. Wist je dat?'

'Nee,' zeg ik ontsteld.

'Dat dacht ik al. Hij wilde je natuurlijk niet lastigvallen, omdat je nergens van wist.'

Nergens van wist? Ik ben te verbouwereerd om te reageren. Wat bedoelt Ooms? Heeft Otto mij erbuiten gelaten? Maar hoe dan? Ik was toch ook op de sleepover? Dat wist Ooms.

Ooms gaat verder. 'Blijkbaar hadden Otto, Stijn, Danni en Vincent een pact gesloten om geen contact meer met elkaar te hebben, maar Otto kon niet verteren dat iedereen met zijn leven verderging alsof er niets was gebeurd. Zijn wrok nam alsmaar toe en nu de tiende verjaardag van Cleo's dood naderde, besloot hij wraak te nemen. Hij was het die Stijn van de trap duwde en Vincent vermoorde.'

'Wát?' breng ik uit. Ik kan de onthutsing niet uit mijn stem weren.

'Ik weet dat het een grote schok voor je moet zijn, Seren. Hij is ook degene die Danni aanviel.'

'Maar–' zeg ik.

'Alleen kon hij het bij Danni niet afmaken. Hij voelde nog te veel voor haar als vriendin, omdat ze vroeger zo hecht waren. Vandaar dat Danni nog leeft. Jij bent de enige tegen wie hij geen wrok koesterde, Seren, omdat je op het moment van de feiten al naar huis was.'

Ik ben te verbijsterd om te antwoorden. Mijn tranen zijn opgedroogd en ik trek de brief weer naar me toe. Ik moet het met mijn eigen ogen zien. En ja, het staat er inderdaad.

Seren treft geen schuld. Zij was die ochtend als eerste naar huis vertrokken en wist niets van de situatie met Cleo. Ik slik.

Mijn handen zijn ijzig koud. Otto moet hebben gedacht dat hij me een gunst deed door zich aan ons oorspronkelijke plan te houden, waarin ik als eerste zou vertrekken. Hij bewijst me een gigantische dienst met deze brief, maar ik voel geen greintje opluchting. Otto heeft niets te maken met Stijns overlijden, noch met dat van Vincent. En al helemaal niet met de aanval op Danni. Waarom schrijft hij dergelijke leugens? Die hele brief slaat nergens op.

Ik lees de laatste zin.

Het spijt me. De wereld is beter af zonder me. Otto.

'Hoofdinspecteur, ik...' Ik probeer de chaos in mijn hoofd te ordenen. 'Ik snap het niet. We waren vrienden. *Béste vrienden.* Waarom zou Otto zoiets verschrikkelijks doen? Zeker als hij zelf schuldig was aan Cleo's dood, zoals hij schrijft.'

'Schuld. Angst. Wraak. Wie zal het zeggen?' Ooms' schouders maken een klein, vermoeid gebaar. 'Mensen zijn complex, Seren. Hun motieven ook.'

'Maar Otto was toch helemaal niet op dat benefiet,' zeg ik, mijn wenkbrauwen fronsend, terwijl ik de mogelijkheden probeer te rijmen met de logica. 'Hoe kan hij Stijn dan van de trap hebben geduwd?'

'Verkleed als kelner zou hij makkelijk backstage kunnen zijn gekomen,' suggereert Ooms. 'Misschien sprak hij Stijn aan en lokte hem mee naar de trap om te praten. Het is niet onmogelijk.'

'En een autobom? Hij kan toch niet zomaar...' Ik breek mijn zin halverwege mijn vraag af, wanneer ik me realiseer dat Otto, slim en inventief als hij was, wel degelijk de kennis bezat om een bom te fabriceren. Hij liet immers als tiener al nepraketten opstijgen in het Stadspark, en dat weet Ooms ook.

'Hij was slimmer dan de meeste mensen dachten,' zegt Ooms, waarmee ze dat inzicht bevestigt.

Ik knik langzaam. Het is zo aanlokkelijk om deze versie van

de feiten aan te nemen en dankbaar te zijn voor de uitweg die Otto me biedt. Maar ik begrijp het niet.

'Je vindt het moeilijk te geloven dat je oude schoolvriend tot zoiets in staat is, dat begrijp ik,' interpreteert Ooms mijn zwijgen. 'Maar dat is het probleem met de naakte waarheid,' gaat ze verder, terwijl ze haar dubbele espresso leegdrinkt. 'Die heeft de nare gewoonte letterlijk ongelofelijk te zijn, totdat blijkt dat ze dat niet is.'

'Dus, voor jullie is deze zaak nu afgesloten?' vraag ik met een bang voorgevoel.

'We moeten het onderzoek natuurlijk nog verder afronden, en hopelijk zal Cleo's lichaam – als we het vinden – ons de bevestiging van Otto's verhaal kunnen geven. Maar ja, inderdaad: wat mij betreft, is de zaak rond.'

Ik voel hoe het monster zich diep in me roert. De brieven, mijn vermoedens over David, Cleo's verdwenen zelfmoordbrief, ze dreigen als hete luchtbellen naar boven te borrelen en open te barsten. Maar ik verman me, en houd vast aan mijn stilzwijgen.

Ooms komt overeind. 'Er is maar één ding dat ik niet begrijp,' zegt ze.

'En dat is?' vraag ik.

'Waarom je mij nooit hebt verteld dat er een verband was tussen al die zaken. Ik bedoel...' – ze zoekt naar de juiste woorden – 'je moet hebben geweten dat er iets niet klopte. Misschien niet meteen, maar toch zeker toen Vincent werd vermoord. Waarom heb je nooit iets tegen me gezegd?'

Ik haal mijn schouders op en zeg: 'Ik wilde eerst Otto spreken. Hij was mijn vriend.'

Ooms knikt. 'Misschien was het dat,' zegt ze. 'Of misschien was het iets anders.' Ze wacht mijn antwoord niet af en trekt haar jas aan. 'Ooit kom ik er wel achter,' zegt ze, en dan, voor ze echt weg is, draait ze zich nog eenmaal om. 'Prettig kerstfeest, Seren.'

37

Ik staar naar de gele muren van Vivians kantoor. Het zwakke ochtendlicht valt gefilterd door de witte lamellen en werpt strepen van licht en schaduw op de vloer van de praktijk. Nu Helena Ooms de (halve) waarheid rond de doofpotaffaire rond Cleo's dood kent, is er geen reden meer om te zwijgen. Ik voel me vreemd opgetogen door het vooruitzicht eindelijk met meer openheid te kunnen praten over wat ik heb meegemaakt de afgelopen weken. Anderzijds, ik geloof niets van Otto's bekentenis, hoe perfect die ook in het plaatje past.

Ten eerste is er de verdwenen afscheidsbrief van Cleo. In Otto's brief wordt daarover met geen woord gerept. Ten tweede wordt er in zijn brief evenmin over de anonieme dreigbrieven gesproken, simpelweg omdat Otto die niet schreef. Wat betekent dat iemand anders dat deed. En, last but not least, het is morgen pas 24 december, de dag waarop de moordenaar wraak zal nemen op mij. Ik leef nog en Otto niet meer. Dat is bewijs genoeg voor mij dat Otto's zelfmoord in scène werd gezet.

De muren van Vivians kantoor zijn bekleed met boeken en abstracte schilderijen, en een grote monsteraplant vult een hoek van de kamer met zijn grote bladeren. Ik laat mijn blik over de boekenkast dwalen, vol met dikke volumes over emoties, geestelijke gezondheid en weet ik wat nog allemaal. Als er iemand is met wie ik kan praten om de knoop uit mijn maag te krijgen, dan is het Vivian wel.

'Dag Seren, goedemorgen,' kwettert ze als ze de kamer binnenloopt.

Ze draagt vandaag een donkergroene jurk die losjes om haar benen zwiert. Haar steile rode bob zwiept mee met elke beweging die ze maakt. 'Hoe gaat het met je vandaag?'

'Eerlijk?' zeg ik.

'Liefst,' antwoordt ze met een brede glimlach.

'Je gaat niet geloven wat ik je te vertellen heb,' zeg ik.

'O? Vertel,' zegt Vivian, en ik steek dankbaar van wal. Vivian luistert aandachtig terwijl ik praat en haar gezichtsuitdrukking verandert van medeleven naar ongeloof en dan naar bezorgdheid. 'Dus Otto heeft Cleo vermoord, de Sandwichclub heeft haar dood verdoezeld door haar lichaam te verbergen en nu heeft Otto de rest van de Sandwichclub vermoord?' vat ze samen als ik ben uitgepraat.

'Dat is wat de politie vermoedt.'

'Vermoedt? Dat klinkt alsof je niet achter die theorie staat?'

Ik staar naar het glas water op Vivians bureau. 'Jawel. Nee. Ik weet het niet.'

Vivians ogen vernauwen zich, terwijl ze me aandachtig bestudeert. 'Seren? Wat is er?' vraagt ze, haar stem doordringend.

'Ik voel me nog steeds niet veilig, Vivian,' zeg ik. 'Er klopt iets niet aan Otto's zelfmoord... en aan zijn bekentenis.'

'Wat klopt er niet, volgens jou?'

'Om te beginnen had Otto me beloofd dat hij zichzelf zou aangeven en dat heeft hij niet gedaan. In plaats daarvan heeft hij zogenaamd zelfmoord gepleegd en zijn bekentenis per brief gedaan.'

'Zogenaamd, zeg je,' herhaalt Vivian mijn woorden. 'Dus jij denkt dat Otto niet zelf een einde aan zijn leven maakte? Denk je dat iemand zijn afscheidsbrief heeft vervalst?' vraagt Vivian, haar wenkbrauwen opgetrokken.

'Nee, dat niet. Ik heb de brief gezien en het was zijn handschrift,' geef ik toe. 'Maar toch–'

'Maar toch geloof je niet dat je veilig bent,' maakt Vivian mijn zin af, en ik knik instemmend. De geur van lavendel bereikt mijn neusgaten. Het komt uit een potje met olie waaronder een kaarsje brandt, vermoedelijk bedoeld om nerveuze mensen zoals ik te helpen ontspannen. 'Seren,' zegt Vivian dan, 'je hebt de afgelopen weken in angst geleefd, en nu – als bij toverslag – is de oorzaak van die angst verdwenen. Het is heel normaal dat het even duurt voor je lichaam dat ook beseft. Denk aan soldaten die terugkomen uit de oorlog en die eenmaal thuis nog steeds in *fight or flight*-modus zitten.'

'Door PTSS, bedoel je?' vraag ik.

'Ja, precies,' antwoordt Vivian. 'Posttraumatische stressstoornis. Die soldaten hebben vaak maanden of – als ze geen begeleiding krijgen – zelfs jaren later nog steeds het idee dat er elk moment een granaat naast hen kan ontploffen. Hetzelfde mechanisme vindt bij jou ook plaats. Geef jezelf de tijd om dit te verwerken. Het is wel heel wat.'

Ik denk even na over wat ze zegt. 'Maar wat als ik gelijk heb, Vivian?' zeg ik dan. 'Wat als iemand Otto tot zondebok heeft gemaakt om de aandacht van zichzelf af te leiden? Wat als de echte moordenaar nog steeds vrij rondloopt?'

Vivian zucht, maar kijkt me vol medeleven aan en pakt dan haar notitieblok erbij. 'Goed. Stel dat je gelijk hebt. Wat zijn de feiten?'

'Feiten?' vraag ik.

'Ja, wat weet je zeker?'

Ik denk even na. 'De feiten zijn: Cleo is dood. Wij hebben dat verborgen gehouden, en nu zijn Stijn, Vincent en Otto overleden, en ligt Danni in coma.'

'Wij?' vraagt Vivian.

Ik besef mijn fout en zeg snel: 'Ik bedoel de Sandwichclub. Voor mij staat dat nog steeds synoniem met "wij".'

'Ah. Dus jij bent de enige die nog overblijft. De andere leden van de club zijn...' – ze aarzelt even – 'uitgeschakeld.'

'Ja,' bevestig ik, mijn blik strak op de monsterabladeren gericht.

'Wist nog iemand anders wat er in werkelijkheid met Cleo was gebeurd?'

'Niet dat ik weet.'

'Nee, jij wist het zelf niet eens, nietwaar?'

Ik slik en knik om de leugen te bevestigen. 'Nee, ik was al weg.'

'Het is moeilijk nog vertrouwen te hebben, als dat zo is geschaad door mensen die je dierbaar zijn,' zegt Vivian. 'Maar misschien is het tijd om eens diep adem te halen en te proberen dat vertrouwen te herstellen.'

Ik kijk naar mijn therapeut. Ik wil zo graag troost vinden in haar woorden, maar de gedachte aan wat nog verborgen ligt, over David, blijft als een donkere schaduw hangen.

'Weet je,' gaat Vivian verder, 'eigenlijk is dit geweldig nieuws. Niet alleen voor jou, want jij kan nu weer verder met je leven, maar ook voor Cleo's familie. Nu kunnen zij tenminste een punt zetten achter hun zoektocht.'

Ik schaam me dat ik nog zo weinig aan Cleo's ouders heb gedacht en knik haastig. 'Ja,' zeg ik, 'maar dan moet de politie eerst Cleo's lichaam nog vinden. Otto was niet erg concreet in zijn aanwijzingen.'

'Ach jee, die arme mensen. Ik hoop zo voor hen dat Cleo snel wordt gevonden. Ze zijn door de hel gegaan. En dat ze al die tijd op een bouwwerf lag... Cleo mag dan geen engeltje zijn geweest, dat verdient niemand.'

En dan voel ik het. Ik weet niet precies wat me die tinteling van herkenning geeft. Is het de emotie in Vivians stem? Is het de manier waarop ze 'die arme mensen' zegt? Of is het de manier waarop ze over Cleo spreekt, alsof ze haar persoonlijk kent? Ik weet het niet precies, maar mijn lichaam voelt het wel. Ik kijk naar Vivian. Een kleine blos kruipt van haar hals naar haar wangen, dan naar haar oren. Ze weet dat ze iets verkeerd heeft gezegd. Iets te veel.

Maar wat dan? Ik probeer na te denken, terwijl ik haar blijf aanstaren. Twijfels spoken door mijn hoofd. 'Vivian,' zeg ik, terwijl ik mijn therapeut argwanend aankijk, 'kende jij Cleo's ouders?'

De spanning in de lucht is te snijden als Vivian even aarzelt voordat ze antwoordt. 'Ja, ik kende hen.'

Ik staar haar aan, totaal onthutst door deze onthulling.

'Hoe dan?' fluister ik hees.

Vivian bijt op haar lip. 'Via Cleo zelf. Ik was haar therapeut.'

Mijn mond valt open. 'Wát? Hoe kan dat?'

'Het is lang geleden, natuurlijk,' zegt Vivian haastig, alsof dat haar bekentenis minder verontrustend maakt.

'Hoe kan je me dat nooit hebben verteld?' roep ik. 'Ik kom al twee jaar bij jou!'

'Het was nooit relevant, Seren. Je was mijn cliënt al voordat je me vertelde dat je met Cleo bevriend was. We maakten geweldige sprongen vooruit met je eetstoornis, weet je nog? Ik wilde dat niet op het spel zetten. Er was ook geen belangenconflict, want jij had niets met Cleo's verdwijning te maken en er zat meer dan acht jaar tussen!'

Het gevoel van verraad en verwarring overweldigt me. Terwijl Vivian zich tegenover mij zit goed te praten, kan ik alleen maar denken aan de vele sessies die we samen hebben doorgebracht en aan alles wat ik haar heb toevertrouwd.

'Ik heb trouwens nooit geloofd dat Cleo zelfmoord had gepleegd of was weggelopen,' gaat Vivian verder. 'Toen ze verdween, was ik net zo in shock als iedereen.'

Ik sta op, duizelig. 'Ik moet gaan,' zeg ik, en ik storm naar buiten. Ik laat de deur achter me dichtslaan. Mijn gevoel was honderd procent juist. Ik kan helemaal niemand vertrouwen. Helemaal niemand. Zelfs mijn eigen therapeut niet.

Ik dwaal doelloos door de Antwerpse straten, die me plots vreemd en onherkenbaar lijken. Ik weet dat ik terug naar kantoor moet, dat Birgit op me wacht, maar eerst moet ik voor de zoveelste keer mijn nieuwe inzichten reorganiseren, zodat de realiteit weer klopt met de feiten. Vivian verplaats ik mentaal naar het hokje met mensen die ik niet kan vertrouwen, daar waar ook David uithangt. Ik kan mezelf wel voor de kop slaan. Hoe naïef ben ik geweest! Het was immers David die me destijds Vivians contactgegevens heeft gegeven, zogenaamd uit bezorgdheid om mijn eetstoornis. Maar natuurlijk wilde hij proberen om via Vivian te weten te komen wat ik wist. Hebben die twee achter mijn rug om over mij gepraat? Dat kan toch niet? Er moet een beroepscode zijn die Vivian verbiedt dat te doen, dat weet ik heel zeker.

'Ik ken iemand die heel tevreden is over deze therapeut,' had David gezegd.

Ja, dat zal wel. Die 'iemand', dat moet Cleo zijn geweest. En als hij al wist wie Cleo's therapeut was, dan moet hij haar echt heel goed hebben gekend. Hij weet alles over haar, en over mij. En nu wordt het tijd dat ik in Davids verleden duik en zijn geheim leer kennen.

38

Als David inderdaad de briefschrijver is, dan kan onze eerste ontmoeting geen toeval zijn geweest. Ik pak mijn telefoon en zoek het nummer op van Wilde's, de hotelbar in Parijs waar ik David voor het eerst zag.

'Bonjour, Wilde's, met Jean-Luc,' klinkt een stem aan de andere kant van de lijn.

'Jean-Luc! Hallo, dit is Seren,' zeg ik, opgelucht dat hij zelf de telefoon opneemt.

'Seren! Dat is lang geleden! We missen je hier, wanneer kom je weer eens langs?'

Een krop wil zich nestelen in mijn keel, maar ik zie kans die door te slikken. 'Ik mis jullie ook. Binnenkort zak ik weer af naar Parijs en dan kom ik, beloofd,' zeg ik.

'Dat is je geraden. Waarmee kan ik je helpen?'

Ik aarzel even, wik en weeg mijn woorden. 'Ik heb eigenlijk een vraag over David,' zeg ik.

'Jouw David?' vraagt Jean-Luc. 'Is alles goed?'

'Ja, mijn David,' zeg ik. 'En eerlijk gezegd weet ik niet of alles goed is, maar daarom kan jij me misschien helpen.'

'Voor jou doe ik alles, *mon ange*. Vertel.'

Ik ga wat rechter zitten op het bankje aan de Schelde waar ik onbewust heen ben gewandeld, en vergewis me ervan dat niemand me kan horen. 'Wat weet je over hem, Jean-Luc? Hoe kwam hij bijvoorbeeld bij jullie terecht?'

'Je maakt me ongerust, Seren. Kan je me niet zeggen wat er is?'

'Misschien is het niets, maar ik wil het gewoon weten. Herinner jij je nog iets van zijn sollicitatie toevallig?'

'Jazeker. David was een fantastische barman, dat weet je. Hij had veel ervaring. Hij solliciteerde spontaan, op een moment dat ik niet echt personeel tekortkwam. Ik herinner me zijn sollicitatie nog heel goed, omdat hij voorstelde om zijn loon te laten zakken. Zo graag wilde hij bij Wilde's aan de slag. Dat kwam als een geschenk uit de hemel, als ik eerlijk mag zijn. Ik was toch al niet zo tevreden over Robert, herinner je je hem nog?'

Ik wist het. Onze ontmoeting was dus inderdaad geen toeval. David moet hebben geweten dat ik voor Simonne Sohier werkte en dat Wilde's onze vaste uitgaansstek was. 'Ja, dat herinner ik me,' zeg ik. 'Dat was toch die barman wiens hemd steeds vol vlekken zat?'

'Ja, die. Vreselijke vent. Hij dronk bovendien tijdens de dienst, dus toen David zich aanbood, zag ik een mooie kans om Robert eindelijk de laan uit te sturen. Hij was bovendien veel leuker om naar te kijken, maar daarvan hoef ik jou natuurlijk niet te overtuigen.' Jean-Luc grinnikt. 'Ik moet wel zeggen dat ik het vreemd vond dat hij na een paar maanden zo plots weer ontslag nam. Ik bedoel, ik begrijp dat hij meer tijd met jou wilde doorbrengen, maar ik dacht echt dat Wilde's zijn droomplek was. Zonde. Zijn jullie nog samen?'

Ik mompel iets wat op een bevestiging moet lijken en terwijl Jean-Luc over het nieuwe interieur van de bar begint te vertellen, probeer ik me te herinneren wat David mij had verteld. Hij zei dat de job van barman tijdelijk was, om rond te komen, tot hij als chef-kok aan de slag kon. Het kan natuurlijk zijn dat hij dat alleen maar zei zodat ik geen schuldgevoel zou hebben, omdat hij voor mij zijn baan opgaf en weer naar België vertrok, maar vandaag weet ik wel beter. Hij wilde alleen maar bij Wilde's werken om mij te kunnen ontmoeten.

Ik neem afscheid van Jean-Luc en druk het gesprek weg. De twijfel knaagt aan me, als een hongerige rat die zich een weg baant door alle mooie herinneringen die ik aan David heb. De liefdevolle blikken en tedere aanrakingen die ik zo vanzelfsprekend vond, waren allemaal gespeeld. Onze liefde was een grote leugen, net als de rest van mijn leven.

Hoe heb ik mezelf zo in hem kunnen vergissen? En wat verbergt hij nog meer? Ik weet in elk geval waar ik moet beginnen te zoeken: in zijn schuilplaats, zijn studio. Maar dan moet ik eerst naar huis om de sleutels te vinden.

Ik haast me terug naar mijn appartement en, eenmaal binnen, laat ik mijn blik over het kastje in de hal glijden. Ik ruk de bovenste lade open en graai door de inhoud. De reservesleutels van Davids studio hebben een fluogele smiley als sleutelhanger en vallen dus meteen op. Waarom zie ik ze dan niet? Met een wilde beweging trek ik de lade uit de kast, waardoor een deel van de inhoud kletterend op het parket neerkomt. Ik graai door de stukken kleingeld, doosjes Frisk, visitekaartjes en oude sleutels alsof mijn leven ervan afhangt, maar zonder resultaat. De sleutels moeten nochtans érgens zijn; ze kunnen niet gewoon zijn verdwenen in het niets, net zomin als Cleo.

Mijn telefoon trilt in mijn broekzak en ik schrik zo hard van de digitale indringer dat ik hardop gil. *Jezus.* Het scherm licht op en Davids naam flitst eroverheen.

Ben je al thuis? staat er en kippenvel verspreidt zich als een virus over mijn lijf.

Wild zoekend kijk ik om me heen. Weet hij dat ik hier ben? Hoe dan? Heeft hij een camera opgehangen?

Ik duw de lade terug de kast in en draai me om naar de kapstok. Die lange grijze jas die hij laatst aanhad, hangt eraan. In een impuls steek ik mijn hand in de zakken.

Bingo.

Mijn hand sluit zich om de sleutels alsof ik een reddingsboei vastgrijp. Ik kijk naar mijn vangst en de gele smiley lacht me toe.

Dan ontvangt mijn telefoon een nieuw bericht.

Kom je nog terug naar kantoor vandaag? David was hier net.

Birgit. Dat verklaart Davids vraag. Hij weet niet waar ik ben. Dat betekent gelukkig dat hier geen camera hangt. Maar waarom stond hij onaangekondigd in mijn kantoor?

Vivian.

Natuurlijk. Ze moet hem hebben gewaarschuwd. Met de sleutels in mijn vuist geklemd, glip ik de deur weer uit. Davids studio is maar een paar straten van mijn appartement verwijderd en ik loop zo snel ik kan, me hyperbewust van elk geluid, elke beweging.

Nog geen kwartier later steek ik de sleutel in het slot.

Voorzichtig stap ik naar binnen. Ik weet dat David hier niet is, zo snel geraakt hij niet hiernaartoe vanaf mijn kantoor, maar toch.

De muren van de studio zijn bekleed met Davids zwart-witfoto's, maar die keur ik geen blik waardig. Doelgericht loop ik naar het grote bureau dat tegen de muur staat. Als ik op de stoel ga zitten, rolt die met een piepend geluid achteruit. Ik focus me op het houten oppervlak van het werkblad. Het is bezaaid met stapels papier, negatieven en filmrolletjes. David combineert digitale fotografie met analoog. Iets in me zegt dat deze studio de enige plek is waar hij zichzelf is. Hier houdt hij geen masker voor. Zijn fotografie-obsessie is dus echt. Da's tenminste iets.

Ik begin een voor een de lades te openen, zonder dat ik precies weet waar ik naar op zoek ben. Een kalligrafieset, misschien? Oude facturen, verfrommelde post-its, vellen fotopapier en brochures glijden door mijn handen. Ik blader door notitieboekjes met aantekeningen over lenzen en lichtgevoeligheid, allemaal in Davids nette handschrift neergepend. Lijkt het op dat van de anonieme brieven? Ik kan het niet met zekerheid zeggen.

Dan kom ik bij de onderste lade. Ik geef een ruk aan het hengsel, maar de lade blijft koppig dicht. Op slot. Ik grijp de gele smiley en bestudeer de sleutels die eraan hangen. Eentje voor de brievenbus, eentje voor de voordeur en eentje voor de studio zelf, meer niet.

Dan laat ik mijn blik over de rest van het bureau glijden. Ik blijf hangen bij een oude koffiemok met een haast vergane afbeelding van een Farao erop, waarvan het hengsel is afgebroken. Een typisch object uit een souvenirwinkel. Waarom zou David zoiets hebben meeverhuisd van Parijs hierheen? Dat slaat nergens op. Tenzij die mok voor hem betekenis heeft. Zonder aarzelen kieper ik de mok om en met een fijn tingelend geluid valt er een kleine sleutel uit.

Met een haast sacrale voorzichtigheid steek ik de sleutel in het slot van de lade, die tot mijn opwinding met een zachte klik opengaat. Als ik de zee van foto's zie die erin zit, elk een fragment uit Davids privé-universum, weet ik dat ik beet heb. Gretig laat ik mijn ogen over Davids visuele dagboek razen, hongerig naar een aanwijzing die me uit deze klotesituatie kan redden.

Met trillende handen en een geest die overuren maakt, begin ik de foto's systematisch te doorzoeken. Het zijn vensters naar momenten van voor mijn tijd met David, stille getuigen van een leven waarvan ik dacht deel uit te maken. Al snel heb ik door dat de bovenste foto's de meest recente zijn, dus pak ik de hele stapel uit de lade en leg die omgekeerd op het bureau. De onderste foto is echter geen foto, maar een envelop. Mijn hartslag stokt en bonkt dan weer woest, als een op hol geslagen paard.

Ik dwing mezelf om de envelop op te pakken en het vel papier eruit te halen. Mijn vingertoppen strelen erover alsof het een heilig relikwie is. Het handschrift is onmiskenbaar dat van Cleo en ik sidder als ik haar woorden na al die jaren opnieuw lees.

Het is Cleo's afscheidsbrief. De brief die ze tien jaar geleden heeft geschreven en die ik moest vernietigen. De brief die ik in plaats daarvan bewaarde, om nooit te vergeten wat ik had gedaan. De brief die uit mijn eigen kantoor verdween. Hij ligt nu voor me, als ultiem bewijs van Davids schuld.

Ik haal diep adem, stop de brief weer in de envelop en leg die naast me neer. Een voor een draai ik de oude foto's om. Ergens weet ik al wat ik ga vinden. Misschien wist ik het al die tijd al, maar wilde ik het niet zien. Eerst zie ik alleen maar foto's van een kleine jongen met donker krulhaar en ontzettend lange wimpers: David op de schoot van Sinterklaas, David met een papieren kroon op zijn hoofd waarop het cijfer zes staat, David op een pony. Dan volgt een foto die groter is dan de andere. De randen zijn vervaagd, er moet ooit een lijst omheen hebben gezeten. Een schattige kleuter met net zulke krullen als David lacht naar de camera, haar geluk bijna tastbaar. Naast haar staat een jongen van een jaar of achttien met dezelfde rebelse krullen. 'Cleo en César' staat in een keurig handschrift op de onderkant geschreven.

De kamer voelt opeens kleiner, de lucht dikker. Er is geen twijfel mogelijk. De man die ik liet binnenkomen in mijn leven, mijn vriend, mijn partner, mijn grote liefde, is Cleo's broer, César.

Ik moet hier weg, nu meteen. Met bevende handen grijp ik mijn tas en snel de studio uit, de trap af, de straat op. Met haastige passen vergroot ik de afstand tussen mij en het gebouw, en als vanzelf loop ik recht naar de Nationalestraat.

Birgit kijkt opgelucht als ik mijn kantoor binnenkom. 'Daar ben je! Ik begon me net ongerust te maken.'

'Sorry,' zeg ik. 'Ik had mijn telefoon op stil gezet bij Vivian en ben blijkbaar vergeten om het geluid weer aan te zetten.' De leugen vertelt zichzelf, ik hoef er geen moeite voor te doen. 'Heb ik nog iets gemist?' vraag ik onschuldig.

Birgit pakt haar notitieblok erbij en zet haar bril op. 'Niets belangrijks, maar David was hier dus. Hij was naar je op zoek.'

'Ja, weet ik,' zeg ik. 'Nog iets?'

'Je moet een paar mensen terugbellen, maar druk was het niet. Bijna kerst, de meeste bedrijven zijn gesloten deze week.'

Ik neem het briefje van haar aan en Birgit kijkt me even moederlijk fronsend aan.

'Weet je zeker dat alles goed gaat, Seren?'

'Ja, hoor. Te veel koffie, niet genoeg slaap,' antwoord ik net iets te kortaf, om Birgit op de juiste professionele afstand te houden. Ze begrijpt de boodschap en gaat weer aan haar eigen bureau zitten.

Ik neem een schetsboek en een potlood en begin mijn inzichten te ordenen. Ik wist dat Cleo een oudere broer had, César, maar ze praatte nooit over hem. Hij was allang het huis uit toen Cleo ons leerde kennen, dus lang voor het ontstaan van de Sandwichclub. Cleo was in het algemeen niet erg open over haar familie. We wisten wel dat ze problemen had met haar ouders en dat ze daarom alleen ging wonen toen zij naar Vilvoorde verhuisden, maar wat er precies speelde, daarvan hadden we geen idee.

Ik start mijn computer op en probeer de artikels terug te vinden die indertijd verschenen na Cleo's verdwijning. Mijn vingertoppen bewegen zich naarstig zoekend over het toetsenbord en ik klik nerveus op een video, maar vergeet het geluid af te zetten. Gelukkig begint het filmpje in kwestie met reclame, maar ik schrik me een ongeluk van het schelle geluid.

'Sorry!' roep ik naar Birgit en ik stop snel mijn AirPods in mijn oren. In beeld verschijnen Cleo's ouders, haar moeder die smeekt dat Cleo's ontvoerder, of iemand die meer weet over haar verdwijning, contact opneemt. Haar vader die zwijgend en met een strak gezicht naast haar staat, met in zijn handen een foto van zijn dochter. Weer nestelt het schuldgevoel zich als een parasiet in mijn borst, als ik eraan denk dat niemand van ons toen ook maar een moment aan het leed van Cleo's ouders dacht. We dachten alleen maar aan onszelf. Ik zoek verder en kom tientallen foto's en artikels tegen, maar op geen enkele foto staat Cleo's broer, en ook in de artikels wordt hij nergens vermeld. Dat is best vreemd.

'Seren? Ik ga ervandoor. Kan ik nog iets doen?' onderbreekt Birgit mijn gepieker.

Ik kijk op het klokje van mijn computer. Het is kwart over vijf. 'Nee hoor, ga maar naar huis, Birgit,' zeg ik. 'Ik sluit wel af.'

Met een laatste bezorgde blik pakt Birgit haar spullen en vertrekt, de deur valt met een klik achter haar in het slot.

Als ik weer alleen ben, voel ik een last van mijn schouders vallen. Sommige mensen halen hun energie uit sociale bijeenkomsten, ik haal de mijne uit solitude. Met hernieuwde moed stort ik me op de zoekresultaten. Het is duidelijk dat Cleo's ouders geen contact meer hadden met hun zoon, ze betrokken hem zelfs niet bij de zoektocht naar zijn zusje. Toch moet David, of César dus, er op een bepaald moment achter zijn gekomen wat er met Cleo was gebeurd en hebben besloten om zelf op onderzoek te gaan. En zo kwam hij bij mij terecht. Ik was waarschijnlijk een makkelijk doelwit, zo helemaal alleen geïsoleerd in Parijs, en David sprak natuurlijk net als Cleo perfect Frans, aangezien ze beiden tweetalig waren opgevoed.

De uren verstrijken, terwijl de avond haar donkere deken strakker om onze kant van de aardbol trekt. In het schemerige licht van mijn kantoor zit ik over mijn schetsboek gebogen en weeg mijn opties af. Zoals ik het nu zie, heb ik er twee.

Ik kan Ooms bellen en haar vertellen dat David eigenlijk Cleo's broer is, maar dat heeft weinig zin. Volgens Helena Ooms is Otto de dader en is er geen reden voor mij om in gevaar te zijn. Ik zou haar natuurlijk de brieven kunnen laten zien, waarvan ik nu wel zeker weet dat ze door David zijn geschreven. Maar hoe leg ik die aan haar uit? Waarom zou David achter mij aan gaan, als ik niets met Cleo's dood te maken heb? Want dat is wat Ooms gelooft, dankzij Otto's brief. Ik blijf in hetzelfde cirkeltje ronddraaien: als ik nu naar Ooms stap, moet ik ook mijn eigen schuld bekennen.

Mijn tweede optie is David zelf confronteren.

Otto heeft zijn bekentenis onder dwang geschreven. David moet het hele verhaal uit hem hebben gesleurd voor hij Otto dwong zichzelf op te hangen, en weet dus precies hoe de vork in de steel zit.

Maar ik heb één groot voordeel en dat is dat David niet weet dat ik hem doorheb. Ik ben hem dus voor het eerst een stapje voor. Langzaam ontvouwt zich een plan en ik schrijf verwoed verder.

Morgen is het 24 december en zal ik de jager zijn in plaats van de prooi.

39

Dinsdag 24 december

Wanneer ik de volgende ochtend wakker word, weet ik even niet waar ik ben. Dan, na mijn blik snel door de minuscule kamer te laten gaan, wordt alles weer helder. Ik heb mezelf gisterenavond ingecheckt in het Ibis Hotel op de Vogelmarkt. Naar huis gaan was namelijk geen optie. Ik wil absoluut uit Davids buurt blijven vandaag.

'Wanneer zie ik je dan?' vroeg hij, toen ik hem belde. Hij klonk oprecht gekwetst. 'Kom je nog naar huis voor we uit eten gaan?' Hij had voor ons geboekt bij In de Balans. Hoe hij het had klaargespeeld om zelf niet te hoeven werken op zo'n drukke avond, weet ik niet. Het versterkt mijn vermoeden dat hij iets van plan is.

'Nee,' zei ik koeltjes. 'Ik zie je wel in het restaurant.'

'Seren, schat, je maakt me gek van ongerustheid. Kan je me alsjeblieft vertellen wat er is?'

Gek van ongerustheid, dat zal wel, dacht ik. 'We praten vanavond wel,' zei ik en ik hing op.

Ik neem een snelle douche in de petieterig kleine badkamer van de hotelkamer en kleed me om in de extra outfit die ik altijd op kantoor heb klaarliggen. Ik draai mijn situatie steeds maar weer om en om, als een USB-kabeltje dat op geen enkele manier in mijn laptop past, maar ik kom altijd bij dezelfde conclusie terecht: onder geen beding mag ik alleen zijn met David. Ofwel probeert hij me te vergiftigen tijdens het etentje straks – hij heeft tenslotte toegang tot de keuken, dus zal hij wel een manier vinden – ofwel vermoordt hij me daarna thuis. Als ik wil dat de politie hem pakt voor het te laat is, en zonder mezelf ook verdacht te maken, moet ik hem steeds een stapje voor zijn. Ik moet ervoor zorgen dat hij op heterdaad wordt betrapt.

Er is echter een probleem: ik kan dit niet alleen. Ik heb hulp nodig.

Ik laat de deur van de hotelkamer achter me dichtvallen en nadat ik ben uitgecheckt, loop ik naar de Wapper, waar ook een Dille & Kamille-winkel ligt. Ik krijg een spontane ingeving, ga de winkel binnen en loop even later met een grote gevulde kerstmand weer naar buiten.

'Wow, waar gaat die mand met jou heen?' lacht Birgit, als ik hijgend het kantoor binnen kom strompelen. Het was niet makkelijk het ding de trap op te krijgen.

'Ja, lach maar,' zeg ik, 'maar jij mag hem straks naar huis dragen. Vrolijk kerstfeest, Birgit!' Ik laat de mand op haar bureau neerploffen en ze slaakt een kreet.

'Voor mij? Seren! Dat had je niet hoeven doen!'

'Natuurlijk wel. Ik wil dat je weet hoe dankbaar ik ben voor je hulp, Birgit. Je bent meer dan een assistent voor mij, weet je dat? Kom, maak maar open!'

Birgits wangen kleuren lichtroze, terwijl ze het cellofaan van de weelderige kerstmand, versierd met knalrode strikken en takjes hulst, verwijdert en dozen thee, flesjes badzout, een fles wijn en nog wat ambachtelijke lekkernijen eruit tovert. 'Dankjewel, maar dat had je echt niet hoeven doen. Ik doe mijn werk graag.'

'Weet ik wel,' zeg ik. 'Maar je verdient het ook om af en toe in de watten te worden gelegd. Wat doe je vanavond?' Ik weet het antwoord natuurlijk wel, maar ik moet het haar vragen.

'Vanavond? Niets. Tv-kijken en deze fles kraken, denk ik,' antwoordt Birgit. Ze zegt het nonchalant, maar de lichte trilling in haar mond verraadt haar. Niemand vindt het fijn alleen te zijn met kerst.

Ik kijk haar samenzweerderig aan. 'Heb je zin om de sleur te doorbreken, deze keer?'

'Hoezo? Wat ben je van plan?'

‘Wel, eerlijk gezegd heb ik je hulp nodig. Ik vertrouw je en...’ Ik stop abrupt met praten. De hele weg naar kantoor was ik er zeker van dat ik Birgit in vertrouwen zou nemen. Ik wist heel goed dat ze vanavond toch niets te doen had en ik heb een handlanger nodig, maar nu ik haar zo concreet de vraag stel, zit ik opeens een beetje verveeld met de situatie. Wat als ik Birgit ook in gevaar breng, zoals Otto? Ik kan niet nog een dode op mijn geweten hebben.

Birgit leunt voorover, een blik van begrip in haar ogen. ‘Het gaat over David, is het niet?’ Ik knik. ‘Wat kan ik doen?’ vraagt ze.

‘Ik weet niet of–’ begin ik, maar Birgit houdt haar hand naar me op.

‘Je hoeft me niet te sparen, Seren. Jij bent voor mij ook meer dan een werkgever, dat weet je. Ik heb niemand anders. En zoals je al terecht opmerkte, ga ik me vanavond toch maar zitten vervelen. Ik heb wel zin in een verzetje. Alsjeblieft, vertel me wat ik voor je kan doen en laat me dan zelf beslissen.’

‘Goed,’ zeg ik. ‘Ik heb iets ontdekt over David.’ Ik kies mijn woorden zorgvuldig ‘En sindsdien vertrouw ik hem niet meer. Hij heeft dingen voor me verzwegen die...’ – mijn stem breekt even, maar ik herpak me snel – ‘die ervoor zorgen dat ik vanavond een punt achter onze relatie wil zetten.’

‘Ach, Seren toch,’ zegt Birgit. ‘Het spijt me dat te horen. Vertel me wat je nodig hebt.’

Kerstavond

Als ik die avond het restaurant tien minuten te laat binnenstap, daveren de zenuwen door mijn lijf. Ik speur door de met flakkerende kaarsjes verlichte ruimte en spot David, die voorzichtig zijn hand opsteekt. Een ober verwelkomt me en neemt mijn jas aan. Ik adem nog een keer diep in en loop dan naar ons tafeltje, waar een fles champagne in een koeler ligt te wachten. Alles lijkt te sprankelen in het kaarslicht. De kristallen glazen, het zilveren bestek en Davids glimlach. Hij komt overeind en wil me met beide armen verwelkomen, maar ik ontwijk hem behendig en geef hem een vluchtige kus op zijn wang.

'Ik heb je gemist,' zegt hij, terwijl hij onze glazen vult met de champagne. 'Glaasje?'

'Nee, dank je, ik voel een migraine opkomen,' zeg ik verontschuldigend en ik wenk de ober voor een cola zero. Ik leg mijn telefoon met het scherm naar boven gericht naast mijn bord op tafel, goed wetend dat David dat vervelend vindt. Hij ziet het en even denk ik dat hij iets gaat zeggen, maar dan sluit hij zijn mond weer en draait de steel van zijn champagneglas tussen zijn vingers. Hij heeft donkere kringen onder zijn ogen.

De ober brengt mijn cola en ontkurkt het flesje waar ik bij zit. Daar kan al niet mee zijn geknoeid. Met een glimlach zo strak als de strik rond Birgits kerstmand zeg ik: 'Vrolijk kerstfeest' en ik hef mijn glas naar David op.

Met een diepe frons heft David zijn glas eveneens en neemt een grote slok champagne. 'Vrolijk kerstfeest, Seren. Denk je dat je me nu kan vertellen waarom je je zo vreemd gedraagt?'

Ik antwoord hem niet meteen, maar zet mijn vinger op het scherm van mijn telefoon om de tijd te kunnen lezen. Nog vijf minuten.

'Moet je nog ergens heen?' vraagt hij, duidelijk geïrriteerd nu.

'Nee hoor,' zeg ik onschuldig. 'Maar je hebt gelijk. Ik wilde met je praten.'

'Dat werd verdomme tijd,' zegt hij, en hij kiepert zijn glas leeg in zijn keel.

'Kijk,' zeg ik. 'Het zit zo–'

Maar op dat moment word ik onderbroken – of gered – doordat onze voorgerechten arriveren. Het zijn culinaire kunstwerkjes van Sint-Jacobsvruchten, passiefruit en groene asperges. Terwijl Davids aandacht wordt afgeleid door de ober die zijn champagneglas bijvult, grijp ik mijn kans.

‘Neem jij het mijne maar, daar ligt meer op,’ zeg ik, terwijl ik onze borden verwissel voor hij kan protesteren. Als hij van plan was me te vergiftigen, dan is dat alvast mislukt. Ik voel me triomfantelijk bij deze eerste horde die ik heb overwonnen, maar Davids reactie blijft uit. Hij knikt afwezig en neemt een hapje van de Sint-Jacobsvruchten.

‘Je was iets aan het zeggen. Ga verder,’ zegt hij.

Nog één minuut. Mijn hartslag versnelt en ik prik in een asperge. ‘Dit werkt niet meer voor mij, David,’ zeg ik zachtjes. Hij legt zijn bestek neer en kijkt me aan. Hij is niet verbaasd, zie ik, maar zijn mondhoek trilt lichtjes. Hij is emotioneel, maar probeert het te verbergen. Even voel ik schuldgevoel aan me knagen, maar dat duw ik meteen weer weg. Deze man is niet wie hij zegt te zijn, herinner ik mezelf. Dit is Cleo’s broer en hij is uit op wraak, hoe goed hij dat nu ook verbergt.

Het scherm van mijn mobiel licht plots op als een vuurvliegje en een zachte trilling kondigt het verwachte telefoontje aan. Precies op tijd. ‘Het is Birgit, ik moet even opnemen,’ zeg ik verontschuldigend, zonder op zijn reactie te wachten. Ik pak mijn tas en snel naar buiten, waar de avondkou mijn wangen prikt, en neem op. Birgits stem, die normaal rustig en beheerst is, klinkt nu gespannen, haastig.

‘Je taxi staat om de hoek en ik sta ook klaar.’

‘Oké, ik kom eraan,’ zeg ik. Ik ren naar de hoek van de straat en werp nog snel een blik over mijn schouder, maar David is me niet gevolgd. Een zwarte Mercedes staat me met zijn vier knipperlichten op te wachten en ik laat mezelf er bijna letterlijk in vallen. Haastig geef ik de chauffeur mijn adres. De taxi trekt op, en bij elke meter die ons scheidt van het restaurant, voel ik hoe de knoop in mijn maag losser wordt. Mijn handen trillen, terwijl ik David een bericht stuur.

Sorry David, maar ik kan dit niet meer. Het is voorbij. We spreken nog af, zodat je je spullen kunt komen halen. Seren x

En dan naar Birgit:

En?

Birgit antwoordt meteen: *Hij is nog steeds binnen.*

De taxi glijdt door de vrolijk verlichte straten en stopt dan bij mijn appartementsgebouw. Ik betaal de chauffeur en als ik uitstap, voel ik hoe mijn benen protesteren, alsof ze in de veilige cocon van de taxi hadden willen blijven zitten. Hoewel Birgit me heeft verzekerd dat David me niet is gevolgd, kijk ik bij elke stap die ik in de richting van de ingang neem als een maniak om me heen. De haartjes in mijn nek staan recht overeind. Mijn jas heb ik in het restaurant laten hangen en de koele avondlucht snijdt door mijn dunne jurk heen. Ik pak mijn sleutelbos vast en laat mijn vingers over het stukje stof van mijn sleutelhanger glijden. Dan steek ik de sleutel in het slot van de benedendeur en duw ik die gauw open, maar pas als ik even later mijn appartement binnenstap en de deur achter me dichtsla en op slot draai, golft er een zucht van verlichting door mijn uitgeputte lichaam. Hier, tussen deze vier muren, ben ik veilig.

Mijn telefoon vibreert onophoudelijk en ik zie een rits gemiste oproepen en berichten van David.

Seren, dit kan je niet maken! Waar ben je?

Antwoord me, verdomme! Zo kan je me niet behandelen!

Na alles wat ik voor je heb gedaan, is dit je dank?

Seren, alsjeblieft, bel me!

Enzovoort. Het is perfect. Mijn plan is eenvoudig, maar doeltreffend. Birgit heeft de opdracht David te volgen als hij het restaurant verlaat en me te waarschuwen als hij hiernaartoe komt. Ik heb de sleutel in de deur laten zitten, dus kan hij niet naar binnen. Als hij toch komt, bel ik de politie en zeg ik dat hij me stalkt, omdat hij niet kan accepteren dat ik het heb uitgemaakt. Met een beetje geluk heeft hij het wapen, of wat dan ook waarmee hij me wilde doden, bij zich en gaat hij de gevangenis is. Et voilà, exit David. Een béétje geluk, dat is alles wat ik nodig heb.

Ik trek mijn schoenen uit en plof neer op de bank, wanneer mijn telefoon opnieuw begint te rinkelen. Deze keer is het Birgits ringtone en ik neem meteen op.

'Ik ben het, de kust is veilig,' zegt ze. 'Ben je thuis?'

'Ik ben thuis,' zeg ik. 'En David?'

'Hij is naar zijn studio.'

'Verdomme,' zeg ik.

'Is dat niet goed?' De verwarring in Birgits stem is duidelijk.

'Nee. Jawel,' zeg ik vertwijfeld. Zou hij het echt al opgeven? Dat kan toch niet? Ik kijk hoe laat het is: 21.00 uur. 'Waar ben je nu?' vraag ik.

'Ik sta nog steeds bij Davids studio. Het licht brandt en ik zie hem bewegen. Wat wil je dat ik doe?'

Ik denk even na. Ik kan Birgit daar niet de hele nacht op de uitkijk laten staan, maar ik weet zeker dat David nog terugkomt. Hij is vast alleen maar in zijn studio om iets op te halen wat hij nodig heeft om mij een gruwelijke dood te laten sterven. 'Ik weet dat ik veel van je vraag,' begin ik, 'maar zou je misschien hierheen willen komen, Birgit? Ik wil niet alleen zijn nu.'

'Natuurlijk. Dat begrijp ik. Geef me een kwartier,' antwoordt Birgit vastberaden.

Verdorie. Ik had zó gezegd dat ik haar niet in gevaar zou brengen en nu breek ik die belofte toch. Maar wat kan ik anders? Ik wil leven. 'Let wel op dat hij je niet volgt,' zeg ik.

'Maak je maar geen zorgen. Ik kom eraan.'

Ik leg de telefoon neer. Mijn blik valt op mijn eigen weerkaatsing in het raam – een spookbeeld dat me aankijkt met lege ogen. Om de tijd sneller te laten gaan, dwing ik mezelf rond te lopen, maar mijn appartement is veranderd in een kooi waarin elke stap weerkaatst tegen de muren van mijn eigen onrust. Dan, eindelijk, gaat de bel.

Ik haast me naar de videofoon. Op de camera lacht Birgits scheve grijns me toe, haar adem vormt wolkjes door de kou '*It is I*!' roept ze.

'Zorg dat er niemand mee naar binnen gaat, oké?' maan ik haar.

Ze steekt haar duim op en dan verdwijnt ze uit beeld, om even later met een klop op de deur boven haar komst aan te kondigen. Daar staat ze, mijn assistente. Ik kan haar wel knuffelen, zo blij ben ik om niet meer alleen te zijn.

'Kom binnen,' zeg ik, en ik laat haar over de drempel de duisternis van mijn leven binnenstappen.

40

Birgit ziet er opgewonden uit. Zo heb ik haar nog nooit gezien, ze is altijd de rust zelve. Haar korte haar lijkt een eigen leven te leiden, het staat in pieken alle kanten op, en ze heeft een rode blos op haar wangen. In haar handen houdt ze een fles wijn.

'Jeetje, wat was dat spannend, zeg!' roept ze uit, en ik trek haar snel naar binnen voor ze de buren alarmeert, al denk ik dat die niet thuis zijn. Het hele appartementsgebouw voelt verlaten aan. Vanuit mijn flat kan ik de liftschacht horen en sinds ik thuis ben, is Birgit de eerste die de lift gebruikt. Dat is niet zo vreemd, aangezien de meeste bewoners jonge mensen zijn en die vermoedelijk allemaal op familiebezoek zijn deze kerstavond.

'Weet je zeker dat David je niet is gevolgd?' vraag ik nog een keer.

Birgit schudt gedecideerd haar hoofd. 'Heel zeker. Volgens mij is die zijn verdriet aan het verdrinken en zie je hem vanavond niet meer.'

Ik wil haar graag geloven, maar weet dat de kans klein is. Wat voor plan hij ook had – dat ik heb gedwarsboomd – hij zal vast iets anders bedenken. Het is slechts een kwestie van tijd.

Ik wijs naar een stoel aan de eettafel. 'Ga zitten,' zeg ik, maar mijn stem raspt en ik kuch om mijn keel te schrapen. 'Heel erg bedankt dat je bent gekomen, echt. Kan ik je iets aanbieden? Een kopje thee?'

'God, nee, als je het niet erg vindt, kraak ik liever deze fles. Ik heb behoefte aan iets sterkers,' zegt Birgit, terwijl ze de fles wijn omhooghoudt. Het is de fles uit de kerstmand van Dille & Kamille die ik haar vanochtend gaf.

'Je hebt helemaal gelijk, ik lust ook wel een glas,' zeg ik, terwijl ik uit de barkast twee wijnglazen en een kurkentrekker pak. Mijn handen beven nog lichtjes, maar ik voel me al een stuk beter nu ik niet meer alleen ben.

'Laat mij maar,' zegt Birgit, en ze trekt de kurk geroutineerd uit de fles rode wijn. Dan schenkt ze ieder van ons een royale hoeveelheid in. De wijn gulpt in de glazen, donkerrood. Ze reikt me een glas aan. 'Proost,' zegt Birgit.

'Proost,' zeg ik ook en we nemen beiden een grote slok.

'Dat was me het avondje wel,' zegt Birgit, nadat ze haar glas goedkeurend heeft neergezet. 'Ben je al wat bekomen?'

Ik knik. 'Ja, het gaat. Vooral nu jij hier bent. Bedankt, echt.'

Ze wuift mijn bedankje weg. 'Ach, ik zei toch al dat ik niets had gepland? Ik help je met plezier. En een relatiebreuk kan hard zijn, daar weet ik alles van.'

'Ja?' zeg ik. Ik weet zo weinig van haar privéleven. Dat ze alleen woont, ja, maar verder? 'Ben jij ooit getrouwd geweest?' vraag ik nieuwsgierig.

Birgit lacht. 'O jee, als we die kant op gaan, zitten we hier morgen nog. Geen probleem hoor, maar... heb je misschien iets om te knabbelen voor mij, Seren? Ik heb nog niets gegeten vanavond.'

Ik spring overeind. 'Och, natuurlijk. Stom van me. Als ik je de hele avond voor me laat werken, kan ik je ten minste te eten geven. Ik kijk even wat ik in huis heb,' zeg ik schuldbewust. 'Ik ben zo terug.' In de keuken gooi ik alle kasten open op zoek naar iets eetbaars. Enkele minuten later kom ik terug in de woonkamer met de buit: een bordje kaas, een kommetje nacho's met pikante salsadip, een bakje kerstomaatjes en een doos Delacre-koekjes. 'Dit is alles wat ik kon vinden,' zeg ik verontschuldigend.

Birgit doopt een nacho in de dip, en stopt hem in haar mond. 'Perfect. Precies wat ik nodig had,' zucht ze. 'Dank je.'

'Dat is wel het minste wat ik kan doen na wat jij voor mij deed,' zeg ik.

'Met plezier,' antwoordt ze. Vervolgens verdwijnt een kaasblokje tussen haar kiezen. Dan kijkt ze me aan met haar open blik. 'Maar vertel me nu eens,' zegt ze, als ze uitgekauwd is, 'waarom ben je eigenlijk zo bang voor David?'

'Bang?' zeg ik verwonderd. Ik heb haar nooit verteld dat ik bang ben.

'Ja, bang. Je wilde mijn hulp om weg te komen uit dat restaurant nadat je het met hem uitmaakte, dat snap ik. Maar waarom ben je nu nog steeds zo paranoïde? Waarom wilde je dat ik hem volgde? Heeft hij je pijn gedaan?' Ze kijkt me bezorgd aan.

Ik zucht diep en neem een tweede, grote slok wijn. Hij smaakt zacht en fruitig. Ik antwoord in alle eerlijkheid: 'Nee, hij heeft me geen pijn gedaan. Niet fysiek, in ieder geval.'

Ze kijkt me vragend aan. 'Hoe dan wel?'

Ik draai de steel van mijn glas tussen mijn vingers. Wat zal ik haar vertellen? Wat *kán* ik haar vertellen?

Birgits ogen blijven vastgepind op me, zoekend naar een antwoord. 'Als je het niet wil zeggen, snap ik het, hoor, maar ik maak me zorgen. Er is meer gaande, nietwaar? Daarom ging je ook naar Brussel en wilde je niet dat David mee zou gaan. Dat was niet om een kerstcadeau voor hem te kopen.' Haar hand omklemt de steel van haar wijnglas en ik begrijp hoe vreemd dit alles voor haar moet lijken. Als ik nog verder wil met Birgit als deze toestand achter de rug is, dan is het beter dat ik haar in vertrouwen neem.

'Ja, je hebt gelijk. Er is meer, maar ik weet niet goed hoe ik je dat moet uitleggen.'

Birgit houdt haar glas naar me omhoog en knipoogt naar me. 'Probeer het eens, ik kan meer aan dan je denkt,' zegt ze, en ze neemt een slok wijn.

Ik volg haar voorbeeld en laat de wijn door mijn keel vloeien en mijn aders verwarmen. Ook ik heb nog niets gegeten vandaag, maar het idee aan voedsel dat door mijn tanden wordt vermalen en vervolgens door mijn keel via mijn slokdarm naar mijn maag wordt geduwd, staat me ontzettend tegen.

Als gevolg daarvan begint de wijn meteen naar mijn hoofd te stijgen, waardoor ik mijn normale gereserveerdheid loslaat. Voor ik het weet, begin ik te vertellen.

'Ik ging naar Brussel om een oude vriend op te zoeken,' begin ik. 'Hij heette Otto, en hij en ik waren deel van een vriendengroepje vroeger dat we de Sandwichclub noemden. Tien jaar geleden raakte een van ons vermist.'

Dit deel kent Birgit, dus ze knikt begrijpend. 'Cleo Chevalier,' zegt ze.

'Inderdaad. Ik zag geen van mijn vrienden nog terug nadat we waren afgestudeerd, tot we op 1 december die modeshow hielden in het Hilton, waar Stijn De Clerck van de trap viel.' Birgit knikt, dat weet ze ook al. 'Om een lang verhaal kort te maken: sinds die dag zijn alle leden van de Sandwichclub een voor een vermoord of voor dood achtergelaten. Otto was de laatste die overbleef, daarom ging ik hem zaterdag opzoeken.' De steel van mijn wijnglas voelt koud aan en ik drink mezelf meer moed in om het verleden dat naar mijn keel klauwt, aan te kunnen. 'Gisteren vernam ik dat ook hij overleden is,' zeg ik. 'Waarschijnlijk is hij diezelfde avond nog gestorven.'

Birgit leunt voorover, haar ellebogen rusten op de tafel. 'Wow. En je denkt dat David hier iets mee te maken heeft?' vraagt ze vol ongeloof. 'Waarom?'

'Ik denk dat hij Cleo Chevalier kende,' zeg ik. Ik hoef haar niet alles te vertellen. 'En dat hij op de een of andere manier wraak wil nemen. Ik weet dat het ongeloofwaardig klinkt, maar ik heb mijn redenen om dat te denken.'

'Heb je de politie dan niet ingelicht?' vraagt Birgit.

'Die denken dat Otto de dader is en zelfmoord pleegde. Hij heeft zich opgehangen en liet een afscheidsbrief achter waarin hij alles bekent, maar ik weet zeker dat Otto niet vrijwillig is gestorven. Het was David,' zeg ik met een dikke keel. Ik hef mijn gezicht naar Birgit en opeens zie ik iets in haar blik, iets wat ik nooit eerder bij haar heb gezien. Een vreemd soort hongerigheid.

'Je hebt jezelf aardig in de nesten gewerkt, hè, zeg?' grijnst ze.

Ik voel het bloed in mijn slapen kloppen als een onheilspellende drum. Er is iets mis, maar ik weet niet wat. 'Hoe bedoel je?' vraag ik.

Birgit zucht geërgerd. 'Is dat niet duidelijk? De politie denkt dat Otto je vrienden heeft vermoord, maar dat is niet zo. Dat wil zeggen dat ze ook denken dat jij veilig bent.'

Ik slik, voel me een beetje duizelig worden. De haartjes in mijn nek gaan overeind staan, alsof mijn lichaam precies weet wat er gaat gebeuren. Alleen moet ik het zelf nog uitvogelen.

'En jij denkt dat David de dader is, en dat je hem vanavond te slim af bent geweest,' gaat Birgit verder. 'Op zich heb je het niet slecht gedaan met je privéonderzoek. Het is knap dat je hebt ontdekt dat Davids echte naam César is,' zegt ze en haar woorden klieven me doormidden als bliksem.

'Wat?' breng ik uit. Hoe weet ze dat in hemelsnaam? Dat heb ik niet verteld.

'Het is al goed. Ik weet alles,' zegt Birgit. 'Maar ik ben bang dat je niet diep genoeg hebt gegraven.'

De kamer tolt om me heen. 'Maar hoe–' begin ik.

'Hoe weet ik dat David Cleo's oudere broer is?' vraagt Birgit onschuldig, maar haar ogen zijn ijskoud. 'Je zei het vanochtend toch zelf al? Ik ben meer dan een gewone assistent. Ik heb dus mijn eigen onderzoek uitgevoerd, natuurlijk.'

'Waarom?' vraag ik verward, maar mijn lippen voelen rubberachtig.

'Dat,' zegt Birgit, terwijl ze langzaam nipt van haar wijn, 'is de vraag, nietwaar?'

Is het mijn verbeelding of wordt het plots donkerder in het appartement? Ik krijg het benauwd. Hoe is Birgit erachter gekomen wie David is? Ik herinner me vaag dat het David was die Birgit aanbeval, maar hij kende haar toch niet persoonlijk? Een van Davids fotografievrienden had hem haar telefoonnummer gegeven, toch?

Intussen speelt er een brede grijns om Birgits lippen, die een beetje paars zien van de rode wijn. 'Er is nog meer. Zal ik je vertellen wat ik heb ontdekt?' gaat ze rustig verder, en de angst voor wat ze me gaat zeggen, kruipt langs mijn ruggengraat omhoog. Zonder mijn antwoord af te wachten, begint Birgit te vertellen. 'César had geen contact meer met zijn ouders op het moment dat Cleo verdween. Hij woonde in Frankrijk en werkte daar in de horeca.'

Haar stem klinkt eerst dichtbij en dan weer veraf. Ik probeer uit alle macht mijn aandacht bij haar verhaal te houden, maar het valt me zwaar om te focussen op wat ze zegt. Is het de paniek die bezit van me heeft genomen?

'Ik begrijp het niet,' fluister ik.

'Het zal allemaal gauw genoeg duidelijk worden,' zegt Birgit, terwijl ze een klopje op mijn hand geeft. 'César bleef stiekem contact houden met zijn kleine zus,' vervolgt ze, 'en zij vertelde hem alles over haar leven, over school, therapie en natuurlijk ook over haar vrienden... de Sandwichclub.' Ze laat bewust een stilte vallen en kijkt me aan met een intensiteit die ik nooit eerder zag bij haar.

'Arme Seren,' zegt ze. 'Al die jaren leefde je met dat vreselijke geheim dat je met niemand kon delen.' Ze leunt naar voren en pakt mijn handen vast. Met haar duim begint ze die te strelen, zacht en liefdevol. 'Maar de mensen die je het meest vertrouwde, blijken nu nog veel meer te verbergen dan jijzelf.' Ze schudt haar hoofd. 'Ik kan me amper voorstellen hoe dat moet voelen. David observeerde jullie allemaal.' Ze laat haar blik even rusten op mijn gezicht, wachtend op mijn reactie, maar die geef ik haar niet. Dan knikt ze. 'Hij had zo zijn vermoedens dat jullie iets met Cleo's verdwijning te maken hadden, ook al had de politie daarvoor geen enkel bewijs gevonden, dus ging hij zelf op onderzoek uit. In het begin was hij daarin weinig succesvol, tot hij bij jou terechtkwam.

Vincent en Stijn werden door hun families goed afgeschermd, dus op hen kreeg hij weinig vat, en Otto was een compleet wrak. Op Danni kon hij zijn charmes niet gebruiken, maar op jou wel. Heb je enig idee wat voor een makkelijk slachtoffer je was, Seren? Een vrouw alleen, in een vreemd land. Zo eenzaam en geïsoleerd. Het was een godsgeschenk voor hem dat je naar Parijs verhuisde, de stad waar hij zelf al jaren woonde.' Birgit klakt afkeurend met haar tong. 'Het was té makkelijk, naar mijn mening.'

'Hoe weet je dat allemaal? Waarom doe je dit?' stamel ik.

'Och, Seren,' zegt Birgit op geamuseerde toon, en haar grijns wordt breder. 'Was je maar wat minder op jezelf gefocust, dan had je misschien op tijd onraad geroken. Maar ja, zo gaat dat met papa's kindjes, hè.' Haar ogen glanzen met een sluwe schittering en de kamer begint harder om me heen te tollen. Birgit leunt achterover en vouwt haar handen samen alsof ze wacht op iets. Haar blik glijdt naar mijn wijnglas dat bijna leeg is.

Op dat moment trilt mijn telefoon en ik grijp het apparaat in de veronderstelling dat het een zoveelste bericht van David is, maar mijn handen beven zo erg dat ik het scherm niet ontgrendeld krijg.

'Heb je hulp nodig?' vraagt Birgit sarcastisch.

Ik schud van nee en probeer het nog een keer. Deze keer lukt het, maar het is David niet. Het is een bericht van Abby.

Danni is wakker.

Een golf van opluchting overspoelt me. Tranen springen in mijn ogen. Birgit trekt de telefoon uit mijn handen.

'Kijk eens aan,' zegt ze. 'Als dat geen goed nieuws is.'

Ik probeer overeind te komen. Ik moet naar Danni toe, en ik moet vooral weg van hier, weg van Birgit, die om de een of andere reden als een aasgier om me heen cirkelt. Maar het lukt niet. De spieren in mijn benen werken niet mee en ik val als een zak aardappelen weer neer op mijn stoel. Koude rillingen trekken over mijn armen, mijn hals. Ik doe mijn mond open om te praten, maar mijn tong ligt als een dode naaktslak in mijn mond. ‘Wa eb je in wijn edaan?’ slaag ik erin te zeggen.

Birgit houdt haar hoofd een beetje scheef, als een roofdier dat de zwakte van haar prooi ruikt. Haar grijns rekt de dunne huid van haar litteken op. ‘Een drupje vrijheid,’ zegt ze. ‘Ik geef je de vrijheid om de controle los te laten, Seren. Is dat niet mooi?’

Elk vermogen om te bewegen glipt weg uit mijn lichaam en ik zak onderuit op de stoel. Behalve mijn ogen die wild om me heen staren, als enige getuige van deze gruwel, lijkt mijn lichaam verlamd. Hulpeloos kijk ik toe hoe Birgit opstaat en naar de badkamer loopt. Wat is ze met me van plan? Mijn lichaam zakt voorover, en mijn wang valt zwaar op het tafelblad. Een spoor van kwijl loopt uit mijn mond, die ik niet meer kan sluiten. Het is alsof ik slaap en toch wakker ben.

Dan hoor ik het geluid van stromend water uit de badkamer komen, en Birgit die een liedje neuriet. De geur van mijn Rituals-badschuim vult de ruimte. Vastgeketend binnen in mezelf, kan ik alleen maar toekijken hoe Birgit terugkeert, haar armen ruw onder mijn oksels schuift en me over de vloer sleept alsof ik niet meer ben dan een lappenpop.

‘Gelukkig maar dat die trut niet eet,’ hoor ik haar tegen zichzelf mompelen.

Ik snap er niets van. Wat heb ik Birgit in vredesnaam misdaan? Waarom doet ze dit?

De lucht in de badkamer is vochtig en warm, in sterk contrast met de kilte die ik vanbinnen voel. Birgit tilt me op alsof ik niets weeg en laat me in het badwater zakken, waardoor mijn jurk opbolt als een windzeil. Met behulp van het badkussen en het bamboeplankje dat ik gebruik om kaarsjes op te zetten als ik zelf in bad ga, manoeuvreert ze mijn lichaam zo dat ik met mijn hoofd boven water blijf. Dan slaat ze haar armen over elkaar en kijkt goedkeurend toe. ‘Ziezo. Nu kunnen we beginnen,’ zegt ze.

Birgit moet mijn collectie kaarsen hebben gevonden en ze allemaal hebben aangestoken, want rondom me dansen flakkerende vlammetjes op de witte badkamertegels.

'Zo, dat is de laatste,' zegt ze, terwijl ze een lange zwarte kaars aansteekt. Dan loopt ze de badkamer uit en ik zak een stukje dieper weg. Het water komt tot aan mijn kin, en warme golven omarmen me als een vloeibare cocon. In de verte hoor ik muziek. Norah Jones zingt over de zon die opkomt en ik vraag me af of ik dat ooit zelf nog zal kunnen zien.

Daar is ze weer. Ze heeft een stoel meegenomen uit de woonkamer en gaat naast het bad zitten. 'Mooi, die kaarsen,' zegt ze. 'Kwestie van je laatste momenten in stijl door te brengen, nietwaar?'

Ik wil reageren, mijn mond openen, maar mijn tongspier weigert te gehoorzamen.

'Je hoeft niet te antwoorden, hoor. Laat mij maar vertellen,' zegt Birgit met die vreemde grijns van haar. 'We hadden het dus nog over David.' Ze buigt zich voorover, dicht genoeg zodat ik haar wijnadem kan ruiken. 'Hij volgde je, ontdekte waar jij samen met je omhooggevallen modevriendjes heen ging om te feesten en versierde jou. En jij trapte erin, domme gans. Je bracht hem zelfs mee terug naar België. Nee, meer nog: je betaalde alles voor hem.' Birgit lacht hardop.

Ik wil schreeuwen, om hulp roepen, maar ik ben compleet machteloos, onbeweeglijk als een scheepswrak, overgelaten aan Birgits wispelturige gedrag.

'Maar één ding moet ik je nageven,' gaat ze verder. 'Zodra David begon te graven in je verleden, of wilde dat je meer vertelde over vroeger, over de Sandwichclub, of Cleo, sloeg je dicht als een oester. Je gaf hem helemaal niets.'

Birgit heeft gelijk. Ik ben dom en naïef geweest. Maar ik kan nog steeds niet zien wat zij hiermee te maken heeft. Heeft David haar ingehuurd om zijn vuile werk op te knappen? Is dat het? Is Birgit een huurmoordenaar, vermomd als een alleenstaande vijftigjarige vrouw met een hazenlip? Ik staar haar aan en ze glimlacht. 'Uiteindelijk kreeg hij een briljante ingeving. Als je in therapie zou gaan, werd je misschien wel loslippiger.'

Ik wil dit allemaal niet horen, hoewel ik het al weet. Ik wil schreeuwen, maar meer dan een kreun krijg ik er niet uit. De wanden van het bad komen dichterbij.

'Nee, nee, maak je geen zorgen,' zegt Birgit sussend. 'Je therapeut heeft je niet verraden. In tegenstelling tot wat je nu misschien denkt, heeft ze David nooit iets verteld over wat er tussen jullie werd gezegd, dat zou niet ethisch zijn. Maar hij hoopte dat je uit eigen beweging zou beginnen te praten, en in zekere zin lukte dat ook. Je vertelde hem voor het eerst over de Sandwichclub. Weet je nog?'

Ik snap het niet. Heeft David dit alles aan Birgit doorgebriefd? Werkt hij voor haar, of zij voor hem? Eén ding is wel zeker: hoe hard ik ook met mijn ogen knipper, of het badwater doe klotsen, dat zal aan mijn lot niets veranderen. Het is 24 december vandaag, en ik zal sterven, want zoals Birgit al fijntjes opmerkte, heeft de politie geen enkele reden om te denken dat ik in gevaar ben, noch om David ergens van te verdenken. Ik ben zwaar de klos.

Opeens zakt mijn lichaam onderuit, mijn armen vallen van het plankje en mijn lippen komen onder water. In één snelle beweging trekt Birgit me weer overeind, met een kracht die ik niet van zo'n kleine vrouw verwacht. Met de zorgzaamheid van een moeder legt ze mijn hoofd weer veilig op het kussen. Haar mond krult zich in een glimlach. 'Ik laat je niet verdrinken, hoor, Seren. Niet voordat ik je alles heb verteld.' Ze kijkt op haar horloge. 'En bovendien hebben we nog even tijd.'

Zelf heb ik geen flauw benul van de tijd. Zijn er uren verstreken sinds Birgit aan de deur stond, of slechts minuten? Ik weet het niet. Het koeler wordende water kabbelt langs mijn armen. Mijn ademhaling gaat langzaam, mijn hart klopt steeds trager en mijn blik vertroebelt. Wat ze me ook heeft gegeven, het werkt. Nog even en ik verlies het bewustzijn.

Birgit beseft dat ook, want ze vertelt snel verder. 'Om een lang verhaal kort te maken: ik was intussen zelf ook met mijn eigen kleine onderzoek naar de fameuze Sandwichclub bezig, en in tegenstelling tot jou had ik meteen door wie David was. Ik zag in hem een bondgenoot, en hij in mij.'

Ik sta even stil bij haar woorden. Dus Birgit was degene die David voor haar kar spande, en niet omgekeerd? Het wordt steeds verwarrender. Waarom wilde Birgit mij uit de weg ruimen?

'Geduld, Seren, straks wordt alles duidelijk,' zegt Birgit. Mijn lichaam mag dan niets meer te zeggen hebben, mijn ogen doen dat duidelijk wel. 'Ik had inderdaad zo mijn eigen redenen om dichter bij jou te komen. Jij bent namelijk de sleutel, Seren.'

Mijn hoofd tolt, en elke poging om de puzzelstukjes bijeen te brengen, wordt gesaboteerd door de sluier van wat Birgit in mijn glas wijn heeft gedaan en nu door mijn bloedbaan raast. De sleutel tot wat?

'De sleutel tot gerechtigheid,' gaat Birgit verder, alsof ze mijn vraag heeft gehoord.

Ik kan me met de beste wil geen verband indenken tussen de achttienjarige Cleo en toen veertigjarige Birgit. Geen enkel. Was ze een vroegere oppas? Of een tante?

'Alles houdt met elkaar verband, Seren, begrijp je dat?' gaat Birgit verder. 'Dat jullie verzwegen wat er met Cleo was gebeurd, dacht je echt dat dat geen gevolgen zou hebben? Actie geeft reactie, dat is een natuurwet. Jullie begingen een misdaad, alle vijf. En dat verhaaltje dat jij als eerste weg was en nergens van wist, dat hoort in een sprookjesboek thuis, dat weten we allebei.'

Hoe weet ze dit toch allemaal? Kon ik maar helder denken, of praten. Misschien kon ik haar dan wel overtuigen om me te laten gaan.

Birgit buigt zich weer dichter naar me toe. 'Het is tijd voor gerechtigheid, Seren,' fluistert ze. 'Niet alleen voor Cleo, voor David en voor Cleo's ouders, maar voor iedereen die heeft geleden onder wat jullie hebben gedaan.'

Verbeeld ik het me, of hoor ik haar stem breken? Door mijn wimpers heen kijk ik naar haar. En ja, er loopt een traan over Birgits wang. Wat hebben wij deze vrouw aangedaan? *Het spijt me!* roep ik in stilte. *Wat ik ook heb gedaan, het spijt me. Laat het me goedmaken.* Maar Birgit hoort mijn innerlijke stem uiteraard niet en met een zucht gaat ze weer rechtop zitten.

'Maar eerst zal ik je vertellen wat er de afgelopen weken is gebeurd. Dat ik die brieven heb geschreven, dat had je waarschijnlijk al door intussen. Mooi, hè, die gouden letters?'

Ik schrik en de adrenaline geeft me een helder moment. In mijn hoofd was David nog altijd de briefschrijver. Het is zo vermoeiend voor mijn uitgeputte brein om steeds maar weer een nieuwe realiteit te aanvaarden.

'Oeps,' zegt Birgit, alsof ze de verwarring kan lezen op mijn gelaat. 'Ik was vergeten dat je niet zo snel van begrip bent, sorry. Dacht je echt dat David erachter zat? Ach, hij zou nochtans nooit zoiets doen. Hij wilde alleen maar de waarheid weten. Ik moet eerlijk zeggen dat ik zijn nut zelf ook heb overschat. Ik dacht dat hij net als ik op wraak uit was. Daarom heb ik hem geholpen. Omdat ik vond dat hij daar recht op had.'

Ik glijd weer dieper het bad in en Birgit grijpt me bij mijn oksel, zodat ik boven water blijf. Haar nagels graven diep in mijn vlees.

'Hier blijven jij, ik ben nog niet klaar. Ik was dus bereid Davids identiteit te verzwijgen op voorwaarde dat hij een manier vond voor mij om met jou samen te werken, wat hij prima heeft geregeld, en gedurende lange tijd dacht ik dat we hetzelfde doel hadden, maar toen vond die idioot de afscheidsbrief van Cleo in jouw appartement en dat veranderde alles.'

De afscheidsbrief die uit mijn thuiskantoor was verdwenen

en waarvan ik wist dat David die had. Ik probeer me te herinneren wat erin stond. Cleo nam in die brief alle leden van de Sandwichclub op de korrel, behalve Otto. Ze lachte met Vincent en Danni, en legde de schuld van haar zogenaamde zelfmoord bij Stijn en mij. Ik sluit mijn ogen om beter te kunnen nadenken, maar Birgit schudt me heen en weer.

'Wakker blijven, Seren!' sist ze, maar ik heb de gedachte die ik voorbij voelde schieten op tijd kunnen vastgrijpen. Als David die brief heeft gelezen, denkt hij dat Cleo zelfmoord heeft gepleegd. En als hij dat denkt, dan weet hij dat ik met haar dood niets te maken heb. Waarom heb ik daar niet eerder aan gedacht?

'Begin je het te snappen, duister engeltje?' vraagt Birgit. 'Voor David zette die brief alles op zijn kop. Van het ene op het andere moment kreeg hij het antwoord op zijn vraag: Cleo had zelf een einde aan haar leven gemaakt. De enige antwoorden die hij nog zocht, waren de locatie van haar lichaam en waarom jullie haar dood verborgen hielden.'

Het stompt en rammelt in mijn hoofd, dondert en bliksemt. Als David niet de briefschrijver was, was hij dan ook niet de moordenaar van de Sandwichclub? Ik was er nochtans zeker van dat hij me naar Brussel was gevolgd. Hij is degene die Otto heeft gevonden en vermoord. Of niet?

'Maar het was geen zelfmoord, hè, Seren? Want waarom zouden jullie in dat geval haar lichaam willen verbergen?' Birgit hangt over me heen en ik voel haar adem over mijn gezicht strijken. Het water is intussen ijskoud geworden. Als ik niet verdrink, dan sterf ik vast door onderkoeling. Ik staar terug, als antwoord.

'Inderdaad,' zegt Birgit. 'Iemand heeft het gigantisch verkloot die vierentwintigste december, en daardoor is Cleo gestorven. Doe geen moeite om te antwoorden, ik weet de waarheid. Ik weet precies wie wat heeft gedaan, en zal ik eens wat zeggen? Jullie zijn alle vijf even schuldig.'

Opnieuw zie ik tranen glinsteren, maar ik kan me slechts op één vraagstuk tegelijk focussen. De enige manier waarop Birgit dit alles kan weten, als ze tenminste niet bluft, is dat ze met een van ons heeft gesproken. Plots wordt alles me duidelijk. Als David de moorden niet heeft gepleegd, dan was het Birgit. Birgit was naast David de enige die wist dat ik naar Brussel ging zaterdag. Ze is me gevolgd en heeft Otto zichzelf onder dwang laten ophangen, en heeft hem die brief laten schrijven. Hij heeft haar alles verteld.

Een klein vlammetje van hoop flakkert in me op. Als David niet weet wat mijn bijdrage was, dan is hij ook niet van plan me te doden. Als David die brieven niet heeft geschreven, noch de moorden heeft gepleegd, dan bestaat de kans dat hij wel degelijk nog aan mijn kant staat, ondanks alle leugens. Al heeft hij er mij misschien wel meer verteld dan ik hem. Op dat vlak staan we zo goed als quitte.

David is mijn enige hoop, besef ik nu. Maar waar is hij?

41

Het afkoelende water omhult mijn lichaam. De lotusgeur van mijn badschuim vult mijn neusgaten en is bijna bedwelmend in combinatie met de drugs die nog steeds door mijn aderen stromen. Birgit zit zwijgend op de stoel naast het bad en lijkt iets te beraden. Ik kijk naar haar gezicht, dat wordt verlicht door het zachte, flakkerende licht van de kaarsen. Het is een gezicht dat ik zo dikwijls heb gezien, maar nooit echt heb bekeken. Ze staart in de verte. Ik bestudeer de lijnen op haar voorhoofd en rond haar mond, en zie groeven die ik nooit eerder heb opgemerkt. Ze lijkt plotseling veel ouder en verdrietiger dan ik me herinner, alsof de tijd haar in één klap heeft ingehaald.

'Jullie zijn alle vijf even schuldig,' had ze gezegd voordat ze wegzonk in stilte. Haar woorden echoën in mijn hoofd, terwijl ik probeer mijn mond te bewegen, om iets te zeggen, om haar te bereiken. Maar mijn lippen weigeren dienst, alsof ze zijn samengegroeid.

Kon ik haar maar uitleggen hoe ik de afgelopen tien jaar heb beleefd. Hoe moeilijk ik het vond – en nog steeds vind – om een normaal leven te leiden. De constante strijd, de eenzaamheid, het gevoel nooit echt te kunnen ontsnappen aan wat er gebeurde.

Zou ze me begrijpen als ik haar vertelde hoe elke dag een gevecht was? Hoe ik soms het gevoel had dat ik zou bezwijken onder het gewicht van mijn herinneringen en de schuld die aan me knaagde? Zou het haar ervan overtuigen me te laten gaan?

Want wat heeft het voor zin om mij te doden? Hoe zal mijn overlijden iets veranderen aan wat er met Cleo is gebeurd? Het zal de klok niet terugdraaien, het zal haar niet terug tot leven wekken. Het zal alleen maar meer pijn en verdriet veroorzaken, een nieuwe wond slaan in plaats van een oude te helen.

Ik kijk naar Birgit, smekend, in de hoop dat ze in mijn blik kan lezen wat ik niet kan uitspreken. Maar ze staart alleen maar voor zich uit, gevangen in haar eigen gemijmer, terwijl de kaarsen langzaam korter en de schaduwen langer worden. Wel voel ik iets tintelen onder mijn huid. Misschien beginnen de drugs uit te werken, misschien krijg ik de controle terug over mijn lichaam.

Plots begint Birgit weer te praten. 'Ik heb jarenlang gedroomd van wraak,' zegt ze. 'Vooral met Kerstmis, dat was de ergste periode. Elk jaar opnieuw zag ik hoe jullie allemaal vrolijk met je leven verdergingen, mooie reizen maakten en carrières uitbouwden, terwijl ik door de hel ging. Alleen. In mijn fantasie heb ik jullie allemaal op meerdere manieren vermoord.'

Ik wil roepen dat ik ook elk jaar door schuldgevoelens word verteerd in deze periode, maar meer dan een kreun ontsnapt er niet uit mijn keel.

'Weet je wie de enige was aan wie je kon zien dat hij het moeilijk had?' zegt Birgit. 'Dat was Otto, ironisch genoeg.' Ze staart weer in het niets voor ze verdergaat. 'Maar uiteindelijk was het toch David die alles in gang zette, nadat ik de hoop bijna was verloren dat ik ooit nog gerechtigheid zou zien. Het lot hielp me op dat benefiet in het Hilton. David gaf letterlijk het zetje dat ik nodig had.'

Ze lacht zachtjes om haar eigen grapje en ik weet niet goed wat ik moet denken. Ze springt van de hak op de tak. Eerst zegt ze dat David niets anders wilde dan de waarheid weten, dat hij niet de briefschrijver is en geen wraak wil, en nu geeft ze hem opnieuw een actieve rol. Wil ze me van de wijs brengen?

'Je denkt waarschijnlijk dat ik het was die Stijn van die trap heeft geduwd, niet?' vraagt ze. Het is een retorische vraag. 'Dat is niet zo. Het was David die hem duwde.'

Dus toch. Birgit wacht op mijn reactie, maar die kan ik niet geven. Ze kan met me doen wat ze wil, ze kan tegen me zeggen wat ze wil. Zij is de havik, ik de muis. Als ze haar klauwen opent, val ik met grote snelheid naar beneden. Nog even en ik sla te pletter. Ik sluit mijn ogen weer en hoop dat het snel voorbij mag zijn.

'Het was puur toeval dat Stijn op dat benefiet was, dat weet je. Maar wat je niet wist, was dat Stijn de broer van Cleo kende, of in elk geval wist hoe hij eruitzag, en daar had David niet op gerekend.'

Ik probeer me te herinneren of Stijn ooit in contact was gekomen met Cleo's oudere broer, maar er komt niets. César was zoveel ouder dan wij.

Birgit glimlacht om mijn verwarring. 'Ik zal het je uitleggen,' zegt ze. 'Stijns oudste broer Arend had op dezelfde katholieke school gezeten als Cleo. Ook César was naar die school gegaan, vele jaren ervoor. En Arend kende César, ofschoon die een paar jaar hoger zat. Hij moet net zo berucht zijn geweest als zijn zusje. Stijn rook meteen onraad toen hij David zag en confronteerde hem. Hij wilde weten of jij wel wist dat hij Cleo's broer was.'

Mijn lichaam begint als een gek te beven, ik kan het niet tegenhouden. Het moet een reactie op de nakende onderkoeling zijn. Birgit merkt het niet, of doet alsof, want ze gaat rustig verder met haar betoog. Ze lijkt over haar eerdere verdriet heen te zijn en geniet weer.

'Stijn dreigde ermee jou te vertellen wie David was, maar dat kon hij natuurlijk niet laten gebeuren. Het kwam tot een handgemeen en toen duwde David Stijn van de trap,' zegt Birgit, alsof ze het weerbericht voorleest, zonder enige emotie. 'Helaas voor David had ik alles gezien.'

Ik voel de realiteit onder me wegglijden, alsof ik op een ijsschots lig die langzaam de zee op drijft, weg van de veilige kust. Ik voel me verscheurd. O, wrange ironie: de man die ik liefhad, was een meester in vermomming, en ik, de professionele kostuumontwerper, had dat niet in de gaten.

'Ik zag het als een teken,' gaat Birgit rustig verder. 'Mijn tijd was eindelijk gekomen, nu een van de vijf overgebleven leden van de Sandwichclub zijn verdiende loon had gekregen. Ik vroeg David om me te helpen wraak op jullie te nemen, maar hij weigerde. Ik dreigde dat ik hem zou aangeven, maar zelfs dat bracht hem niet op andere ideeën. Die gek ging nog liever naar de gevangenis dan dat hij jou verraadde.'

Ping. Pong. Daar ga ik weer, als een pingpongbal vlieg ik heen en weer over het net. Hoezo, David nam mij in bescherming?

'Yep,' zegt Birgit. 'Je had het klaargespeeld, Seren. Die arme David was werkelijk verliefd op je geworden, op zijn Dark Angel. Dat jij en de anderen de dood van zijn eigen zus verborgen hielden, deed er niet meer toe. Je zou haast denken dat liefde blind maakt,' vervolgt ze spottend. 'Weet je dat David zelfs nu, nadat ik zaterdag het hele verhaal van Otto te weten kwam en hem vertelde wat er met Cleo was gebeurd, en dat jullie met zijn vijven hadden besloten dat te verdoezelen, hij bij zijn standpunt bleef?' zegt Birgit met een wrang lachje.

Haar woorden doen me wankelen. De muren van de hokjes waarin ik iedereen uit mijn omgeving onderbreng, beginnen af te brokkelen. Waar hoort David thuis? Kon ik maar – net zoals Theseus – mezelf vastklampen aan een koord dat me uit dit labyrint leidt, weg van deze Minotaurus. Ik moet vechten om helderheid te vinden. Er is een reden waarom dit gebeurt. David, Cleo, Otto – ze zijn allemaal schakels in een ketting van gebeurtenissen die tot dit moment hebben geleid. Ik moet het uiteinde van het koord vinden, dan ben ik veilig.

Mijn oogleden zijn zwaar en tranen banen zich ongeremd een weg over mijn wangen het badwater in, terwijl Birgit haar monoloog vervolgt.

'Maar zo vergevingsgezind als David ben ik niet,' zegt ze. 'Hij mag dan genoegen hebben genomen met de uitleg over Cleo's dood, ik deed dat niet.' Ze lost haar greep lichtjes en ik zak dieper het water in, mijn onderlip raakt het oppervlak.

Dan slaat Birgit met haar vrije hand tegen haar voorhoofd, alsof ze zich nu pas iets realiseert. 'Maar natuurlijk!' roept ze uit. 'Jij vraagt je al de hele tijd af waarom *ík* in vredesnaam wraak wil nemen op jullie, nietwaar?' Ze stoot een akelige lach uit. 'Wat heeft die lamme Birgit met die hele Sandwichclub te maken? Dat onzichtbare, maar o zo behulpzame vrouwtje, met haar zielige leventje. Dat lelijke eendje. Hoe past zij in Cleo's verhaal?' Haar ogen branden onheilspellend en ik kan alleen maar bang afwachten wat ze te zeggen heeft, terwijl een druppel koud badwater mijn mond in glijdt.

'Kijk,' zegt Birgit, terwijl ze me het scherm van haar telefoon laat zien. Het is een foto van een kind, een jong meisje. 'Dit is Polly,' zegt ze. 'Polly Sanders.'

Polly Sanders? Ik herhaal de naam een aantal keren in stilte. Polly Sanders. Sanders Polly. Zat er een Polly bij ons op school? Ik kan het me niet herinneren. Kende Cleo een Polly? Ook daar loop ik mentaal tegen een muur.

'Zegt die naam je iets?' vraagt Birgit. 'Kijk nog eens goed naar de foto. Wat zie je?'

Ik tuur naar haar scherm, bestudeer het meisje dat een boek leest en lachend naar de camera opkijkt. Ze heeft bruin haar tot op haar schouders en een open gezichtje waarin haar bruine ogen vrolijk lachen. Ik heb haar nog nooit eerder gezien.

'Je weet niet wie ze is, hè?' zegt Birgit. 'Verbaast me niets. Zoals ik al zei: jullie gaven alleen maar om jezelf. Jullie verborgen Cleo's lichaam om je eigen vel te redden, en geen van jullie vijf gaf een bal om wat er daarna zou kunnen gebeuren.' Ze blijft even stilzitten en staart naar de foto. Dan zegt ze zachtjes: 'Polly werd precies acht jaar geleden door een dronken bestuurder geschept. Drie dagen nadat ik deze foto had genomen. Ze was toen twaalf.' Ze richt haar blik op mij. Haar wangen zijn nat. 'Ze was op slag dood, mijn meisje.'

De badkamer verandert in een draaikolk en ik hap een grote slok water in. De werkelijkheid schopt wild om zich heen, als een monster dat zich niet laat ketenen. Mijn brein schreeuwt om ontkenning. *Zeg dat het niet waar is. Zeg dat het niet waar is.*

Maar het is wel waar.

'Ik hoef je zeker niet te vertellen wie de bestuurder was die mijn dochter vermoordde, hè, Seren?' zegt Birgit lijzig. 'En ik hoef je ook niet uit te leggen dat het ongeluk dat hij dronken veroorzaakte, in rechtstreeks verband stond met wat jullie hadden gedaan. Zonder twijfel.'

De badkamer blijft rondtollen en ik hoor Birgits stem steeds verder weg klinken, maar op dat moment besef ik hoezeer haar leven in een onontwarbare knoop verweven is met het mijne, en met de keuzes die ik maakte. Ik zie Cleo weer voor me tijdens haar monoloog als Ariadne, met de bol rood touw. Alles is met elkaar verbonden. Verleden en heden.

Ik hoor Birgit in de verte over Otto praten. 'Hij was de enige met een geweten,' zegt ze bitter. 'Hij kon niet leven met het schuldgevoel. Hij kon het niet aan dat Cleo's ouders nooit zouden weten wat er met hun dochter was gebeurd.' Birgits woorden snijden scherp als scheermesjes door de laatste verdedigingslinies van mijn bewustzijn. 'En toen hij jullie om hulp vroeg, lieten jullie hem stikken, waardoor hij in een negatieve spiraal terechtkwam. Daarom hebben jullie met zijn allen de dood van mijn Polly op jullie geweten. Alle vijf.'

Dus Birgit is de moeder van het verongelukte meisje. Ze heeft me nooit verteld dat ze een dochter had, ook over een man sprak ze nooit. Maar eerlijk gezegd: ik heb er ook nooit naar gevraagd. Op dat punt heeft Birgit meer dan gelijk: voor mij was ze nooit meer dan een werknemer, iemand die een zeker nut voor me had. Haar privéleven boeide me niet. Ik wilde niet weten wat ze in haar vrije tijd deed en vroeg er nooit naar. Ik was te veel met mijn eigen drama bezig.

Birgit zucht diep. 'Alles en iedereen is met elkaar verbonden, Seren, besef je dat? Jij, ik, Otto, Cleo en Polly.'

Ik besef het. Mijn kus met Stijn in de kleedkamers van het gymlokaal leidde tot Cleo's idiote idee om wraak te nemen op ons, wat leidde tot Otto's beslissing om Cleo roofies te geven, wat leidde tot Cleo's overlijden. Tot voor kort dacht ik dat het effect daar stopte, maar dat doet het niet. Het is oneindig. Cleo's dood leidde tot Otto's neerwaartse spiraal, wat leidde tot het fatale ongeval van Polly Sanders. Maar ook daar stopte de reactieketting niet. Polly's dood leidde ertoe dat Birgits wereld instortte, en haar wraakzucht heeft ons precies gebracht waar we nu zijn.

Birgit speurt mijn gezicht af, maar vindt geen reactie en ze begint opnieuw te praten: 'Ik wilde wraak nemen op Otto en zocht naar een manier om dat te doen. Maar toen bleek Polly's dood slechts het topje van de ijsberg. Zodra ik dieper begon te graven, vond ik een stinkende put gevuld met leugens en geheimen. Ik ontdekte al snel dat het geen toeval was dat Otto mijn dochter op 24 december aanreed, en stap voor stap kwam ik dichter bij de waarheid. Opeens was er niet slechts één dader die moest worden gestraft, maar waren er vijf. Jullie speelden God met andermans leven, en ik besefte dat ik precies hetzelfde kon doen, als ik maar geduld had en de tijd nam.' Ze lacht weer. 'En als er íéts was waarvan ik bergen had, dan was het wel tijd, nu ik mijn enige kind was verloren.'

Ik voel medelijden met haar, echt waar. Had haar man haar verlaten na Polly's dood? Ik kan me haar pijn niet voorstellen, en ergens diep vanbinnen hoop ik dat ze er snel een einde aan maakt. Ze heeft gelijk. Ik verdien dit.

Birgit kijkt weer op haar horloge. 'Hoe gezellig ik ons babbeltje ook vind, onze tijd samen zit er bijna op,' zegt ze. 'Dus ik zal mijn verhaal voor je afmaken. Dat gun ik je wel. Die dag in het Hilton was dus beslissend. Het universum besloot dat Stijn de eerste dominosteen was. Toen hij viel, wist ik wat me te doen stond. Ik kwam op het idee om die brieven uit Cleo's naam te schrijven en jou daarmee de stuipen op het lijf te jagen.'

Ze trekt mijn arm een stukje hoger en het water klotst over de badrand. 'Verdorie, nu heb ik mijn broek nat gemaakt,' zegt ze. Alsof dat nu van belang is. Dan raapt ze iets van de grond en legt het op haar schoot. Ik kan niet zien wat het is, maar goed nieuws is het vast niet. Ze vertelt verder. 'Danni was mijn eerste echte slachtoffer. Ik weet niet hoe jij daartegenover staat, maar geloof me maar dat het niet makkelijk is om iemand in koelen bloede te doden. Ik had er tot op dat ogenblik geen ervaring mee, in ieder geval.' Ze neemt het voorwerp dat op haar schoot ligt in haar vrije hand en houdt het naar me omhoog. Het is een mes. Nonchalant beweegt Birgit het heen en weer, zodat het blikkert in het kaarslicht. 'Ik moet eerlijk zeggen dat ik het niet kon. Toen ze eenmaal op de grond lag, bloedend, vond ik de moed niet haar af te maken.'

Ik ril bij haar woordkeuze, alsof ze het over een beest heeft, of een insect.

'Weet je waarom niet?' vraagt Birgit, terwijl de tinteling in mijn armen en benen sterker wordt. 'Ik kon het niet, omdat die trut kinderen heeft. Kinderen hebben hun moeder nodig. Het is niet aan mij om daartussen te komen. Maar met dit mes hier...' – ze houdt het lemmet voor mijn ogen, waar het glanst in het kaarslicht – 'heb ik haar een les geleerd die ze niet snel zal vergeten.'

O, Danni, lieve Danni. Het spijt me zo. Ik dwing het beeld van een bloedende Danni uit mijn hoofd. Dan herinner ik me het bericht van Abby en even krijg ik weer hoop. Danni is in ieder geval wakker. Zij zal leven.

Birgits aandacht is volledig op het mes gefocust en ze lijkt wel gehypnotiseerd als ze verder vertelt. 'Vincent Volders was de volgende,' zegt ze met een kille glimlach. 'De grote advocaat. Hij dacht vast dat hij onaantastbaar was. Zo'n type dat overal mee wegkomt. Ik wilde niet dat de politie te snel een verband zou gaan leggen – en ik wist dat jij als het graf over die brieven zou zwijgen – dus besloot ik de drugsmaffia te imiteren. Wat is een bommetje meer of minder in Antwerpen, tegenwoordig, toch?' Ze grijnst. 'En weet je, het internet is een prachtig ding. Iedereen kan er leren wat hij wil, zelfs hoe je een bom maakt. Dat verbaast je, niet? Dat ik zoiets kan.'

Om eerlijk te zijn is er niets wat me nog verbaast. Als Birgit dadelijk verandert in een tienkoppige draak en me verschroeit met haar vurige adem, zal ik niet verpinken. Mijn hele lichaam tintelt en prikkelt intussen, alsof het uit een winterslaap ontwaakt. Ik probeer voorzichtig mijn lippen te bewegen en dat lukt. Birgit kijkt me onderzoekend aan en leunt wat meer naar voren. Dan kijkt ze weer op haar horloge.

'Na Vincent was het Otto's beurt,' zegt ze. 'Ik hoefde zelf niet naar hem op zoek te gaan, dat deed jij voor me. Je leidde me rechtstreeks naar hem toe. Je had zijn gezicht moeten zien toen ik hem vertelde wie ik was. Hij legde die verdomde lus zelf om zijn nek. Zo opgelucht was hij dat het eindelijk voorbij was. Maar weet je, voor hij stierf, vertelde hij het vreemdste verhaal.' Haar hand met daarin het mes glijdt met een bedrieglijke tederheid over mijn pols, waar het koude staal mijn huid net niet raakt. Een huivering trekt door me heen, als ik besef wat Birgit van plan is. Ze gaat mijn polsen doorsnijden en doen alsof ik zelfmoord heb gepleegd, net zoals Otto.

'Otto, nam alle schuld op zich,' vervolgt Birgit. 'Hij bekende alles. Alles!' Ze schudt haar hoofd, alsof ze medelijden heeft met de man die haar dochter heeft aangereden. 'Natuurlijk was het een grote fout van hem om Cleo die daterapedrug te geven, alleen daarvoor al verdient hij zijn lot, maar je moet wel een sukkel zijn om te geloven dat Cleo in anafylactische shock zou gaan van M&M's die hij uren daarvoor had gegeten. Dat is klinkklare onzin.'

Ik adem scherp in. Ze weet het, denk ik. *Ze wéét het.* De angst zorgt ervoor dat elke ademteug aanvoelt als een steek in mijn borst en elk woord van Birgit druppelt als gif in de rauwe open wond van mijn geweten.

'Weet je,' zegt Birgit, terwijl ze het mes zachtjes tegen mijn pols aandrukt, 'ik ken jou, Seren. Ik weet dat jij achter dat engelachtige uiterlijk iets verbergt wat het daglicht niet mag zien. Daarom ben je nooit naar de politie gestapt met die brieven, is het niet? Je was bang dat de waarheid zou worden ontdekt. De échte waarheid, en niet het sprookje dat Otto vertelde.' Een macabere glimlach speelt om haar lippen. 'Want,' fluistert Birgit, terwijl het mes een ondraaglijke druk uitoefent op mijn pols, 'volgens mij is er die avond iets heel anders gebeurd. Iets wat met jaloezie en rivaliteit tussen twee meisjes te maken had. En ik denk dat jij, Seren, de niet zo onschuldige donkere engel, de enige bent die precies weet wat er is gebeurd. En daarom ben jij de kers op de taart. De finale scène in deze film.'

Ik knipper wanhopig met mijn ogen en ik open en sluit mijn mond als een vis op het droge. Mijn telefoon rinkelt in de verte, in de woonkamer, en ik bid dat het David is en dat hij aan de deur staat, want mijn tijd is op. Birgit negeert het gerinkel en trekt het mes langzaam over en weer over mijn pols, niet hard genoeg om de huid te breken, maar voldoende voor mij om te beseffen dat mijn minuten zijn geteld.

'Heb ik gelijk, Seren?' vraagt ze. 'Kon je Cleo's manipulaties niet meer aan? Of was je toch te laf? Ik vraag het me al zo lang af. Wat zit er achter dat bizarre controlegedrag van jou? Wat probeer je te verbergen? En waarom wil je geen kinderen? Is het omdat je niet kan leven met wat je hebt gedaan? Omdat je weet dat je het niet verdient om moeder te zijn?'

Mijn tranen glijden in het badwater, waar ze verdwijnen. Birgit maakt zachte geluidjes, als een moeder tegen haar kind, en fluistert: 'Ach, Seren toch. Je hoeft niet te huilen. Maar maak je geen zorgen, je zult nooit moeder worden. Daar zorg ik wel voor.'

In één beweging haalt ze het mes over mijn pols en de pijn snijdt in schokgolven door mijn lijf. Ik hap naar adem en in een reflex wil ik naar de badrand grijpen, maar dat lukt niet. Mijn arm doet niet wat ik wil. Ik kijk naar het bloed dat zachtjes opwelt en besef dat ze mijn slagader niet heeft geraakt. Ze speelt nog steeds met me als een kat met haar prooi.

Mijn telefoon begint opnieuw te rinkelen en Birgit draait zich geërgerd om. Nu ze me even niet in de gaten houdt, probeer ik mijn handen te bewegen en ik word zowaar een lichte trilling gewaar. Aangemoedigd probeer ik het nog een keer. Mijn pink beweegt! Al is het maar een klein beetje, ik zag het echt. Het gif dat Birgit me gaf, raakt uitgewerkt. Maak ik dan toch kans om hieruit te komen? Die telefoon, dat moet David zijn. Ik probeer ongezien mijn tenen te bewegen onder water. Ook dat lukt. Mijn hoop flakkert op.

Birgit richt haar aandacht weer op mij. 'Arme Seren, wat kijk je hoopvol. Je denkt toch niet dat David je zal komen redden? Als prins op het witte paard?' Haar ogen glinsteren met een donkere triomf en er beweegt iets in mijn buikstreek. Wat heeft ze gedaan? Ik probeer te slikken en een woord te vormen, maar Birgit praat over mijn stille gefluister heen.

'Ik zal je uit je lijden verlossen,' zegt ze. 'Nadat je die arme David had gedumpt, ging hij rechtstreeks van het restaurant naar zijn studio om zijn wonden te likken. En geloof me, die wonden waren diep, want na alles wat hij voor je had opgegeven, en alles wat hij je had vergeven, was die idioot van plan je ten huwelijk te vragen. Waanzin!'

'Nee,' weet ik uit te brengen, maar Birgit is nog niet klaar.

'Weet je hoe ik dat weet?' Ze pauzeert dramatisch, genietend van de onthulling. 'Omdat ik dit in zijn jaszak heb gevonden.' Ze houdt een grijs doosje omhoog en ik realiseer me meteen dat ze niet bluft. Het doosje is van SLAETS, een bekende juwelier in Antwerpen. David was van plan om in het restaurant voor me op zijn knieën te gaan, maar ik liet hem daar ijskoud zitten. Ik vluchtte weg van hem.

'Zielig, hè?' zegt Birgit, terwijl ze haar wenkbrauwen optrekt alsof ze oprecht bezorgd is. 'Vooral als je weet wat er daarna gebeurde.'

Haar woorden en hun betekenis denderen over me heen als een TGV. Een koude vuist grijpt in mijn binnenste en knijpt er alle leven uit, maar Birgit geniet met volle teugen van haar gloriemoment.

'Hij zag er wel wat bleekjes uit toen ik hem achterliet in zijn studio. Beetje ijzertekort, denk ik. Maar je begrijpt vast dat ik het risico niet kon nemen dat hij zou gaan praten.'

Ik voel de warme tranen over mijn koude wangen lopen en zie Davids levenloze lichaam voor me, bloedend en alleen, op de vloer van zijn studio.

'Bitch,' fluister ik, en Birgit glimlacht poeslief naar me.

Dan glijden haar ogen opnieuw naar het horloge om haar pols. 'Goed, genoeg gepraat,' zegt ze opgewekt. 'Het is letterlijk vijf voor twaalf, Seren, tijd om dit hoofdstuk af te sluiten. De Sandwichclub eindigt bij jou.' Haar handen voelen verraderlijk warm en zacht wanneer ze mijn arm beetpakt en op de badrand in positie legt. Ik weer haar niet af. Wat heeft het voor zin? Mijn leven is toch voorbij. Het mes komt opnieuw dichterbij en ik sluit mijn ogen, wachtend op het onvermijdelijke. Wat ik als eerste voel, is niet de pijn van het mes, maar de verscheurende pijn van mijn hart dat breekt.

'Vrolijk kerstfeest, Seren,' hoor ik Birgit nog zeggen. En dan vertakt de pijn zich door mijn lichaam als barsten in dun ijs en begint het water rondom me rood te kleuren. Schreeuwen kan ik niet, maar dat is niet erg. Ik vlucht naar vroeger, naar de Sandwichclub, naar Ariadne met haar koord. Birgit heeft gelijk. Ik verberg duisternis diep in me en die vreet al jaren aan mijn ingewanden.

Het is goed, denk ik. Laat me gaan. Bevrijd me van het gewicht dat me al zo lang naar de bodem trekt.

Ik verdien het. Want Otto heeft Cleo niet vermoord. Dat heb ík gedaan.

42

Ik voel me wegzakken in het rode water, terwijl het bloed uit mijn pols stroomt, samen met het laatste beetje leven dat nog in me zit. De rode slierten dansen voor mijn ogen en met elke hartslag bied ik minder weerstand tegen de kilte die zich als een sluipend beest in me nestelt. De gezichten van Cleo, Stijn, Vincent, Otto en Danni zweven voor mijn geest voorbij, één voor één, als in een diavoorstelling.

Onze vriendschap was uniek, zoals elke vriendschap dat is. En voor Cleo erbij kwam was alles perfect, of tenminste, zo herinner ik het me. Ik denk aan de ontelbare keren dat Danni en ik de slappe lach kregen om een van Otto's grapjes, en aan de momenten waarop we elkaar troostten als een van ons het thuis moeilijk had – wat bij ons allemaal wel eens het geval was – aan de problemen die we met elkaar bespraken, de taken voor Biologie die we samen maakten. Natuurlijk was er ook jaloezie, zowel tussen de jongens als tussen de meisjes, en soms was het niet makkelijk om deel uit te maken van een dergelijke hechte groep. Op dat vlak waren we net zoals een echte familie, compleet met ruzies en roddels. Maar nu, aan de rand van de dood, besef ik meer dan ooit hoeveel ze voor me betekenden. Ik hield van mijn vrienden.

Mijn oogleden worden zwaarder en ik besef dat het niet lang meer zal duren voor ik deze wereld voorgoed verlaat. In dit kleine universum van emaille en water laat ik mijn herinneringen terugkeren naar die nacht, die ene fatale nacht waarin alles veranderde.

Ik zie ons weer zitten in Cleo's woonkamer, terwijl we dat stomme spelletje *Wie ben ik* speelden. Cleo die in kleermakerszit op een kussentje zat en mijn reactie op haar giftige opmerkingen registreerde, met dat gemene lachje van haar dat rond haar poppenmond speelde, vol hypocrisie, en de manier waarop ze haar hoofd kantelde, alsof ze sympathie voor me voelde. Elke opmerking die ze die avond maakte, elke blik die ze me toewierp, droeg bij aan het verstikkende gewicht dat op mijn borst drukte en mijn zelfvertrouwen langzaam verpletterde, maar ik liet het gebeuren zoals ik altijd alles liet gebeuren. Ik deed wat ik gewend was: ontkennen wat ik voelde en controleren wat binnen mijn macht lag. Maar de avond van 23 december 2014 lag er bitter weinig in mijn macht en behandelde Cleo me alsof ik niets waard was. Ze speelde met me en zoals altijd zou ze het spel winnen. Cleo was een winnaar.

Als ik net zoals mijn vrienden van die glühwein had gedronken, dan zou het goed kunnen dat het daarbij was gebleven en dat ik haar vernederingen zou hebben geslikt, of zelfs zou vergeten. Maar ik was helemaal niet zo dronken, en toen ik uren later samen met Danni in bed lag onder dat dunne laken en Danni al na een paar seconden in slaap viel, begon de onrust diep in me te branden als koorts. Het leek of mijn lichaam na al die tijd zijn weerstand verloor tegen het virus dat Cleo was en ik kon met geen mogelijkheid in slaap vallen. De klok weigerde sneller te tikken, de minuten strekten zich uit. Steeds opnieuw galmden Cleo's woorden door mijn hoofd, steeds weer speelde ik de film van die avond af. *Karen Carpenter.* Een vrouwelijke drummer. De drang die ik al uren had, won het uiteindelijk. Ik wist dat ik het beter niet kon doen, toch pakte ik mijn telefoon, ontgrendelde het scherm onder het laken om Danni niet te storen en zocht op wie Karen Carpenter was, en hoe ze was gestorven.

Ik las snel de informatie op de Wikipedia-pagina, en helemaal onderaan het artikel vond ik de reden van Cleo's leedvermaak.

Karen Carpenter had anorexia nervosa, een eetstoornis waar destijds weinig over bekend was. Deze stoornis veroorzaakte uiteindelijk een hartstilstand, waaraan ze overleed.

Er brak iets in me. Ik wist uiteraard wel dat ik een probleem had. Ik wist ook dat mijn probleem levensbedreigend kon zijn. Maar tot op dat moment, die nacht, was ik ervan overtuigd dat ik het onder controle had en dat niemand wist waar ik mee bezig was. Tenminste, niet echt. Ik dacht dat mijn vrienden alleen maar vonden dat ik een moeilijke eter was. Dat ik gemakkelijk buikpijn kreeg en niet zomaar alles kon eten, zoals zij dat deden. Ik dacht dat ik zou kunnen stoppen met het obsessieve calorieën tellen als ik dat wilde, maar dat ik er gewoon nog niet klaar voor was. Onzin, natuurlijk, maar dat verhaaltje zal elke verslaafde zichzelf ongetwijfeld wijsmaken. Door Cleo's achterbakse actie besefte ik voor het eerst dat ik misschien wel de controle over mijn eetpatroon had, maar niet die over mijn leven, want die had ik Cleo gegeven. Cleo, met haar scherpe tong en nog veel scherpere oordeel, had ons allemaal in een stevige houdgreep, met die kleine handjes van haar. Otto kroop voor haar door het slijk, Danni was al evenzeer verliefd op haar – al besefte ik dat toen niet bewust, ik voelde het wel – en Stijn zou voor altijd Cleo's marionet blijven, gedwee dansend aan de draadjes die zij controleerde, in de hoop dat ze hem nog een kans zou geven. En ik? Ik zou mijn vrienden verliezen. Ik was persona non grata geworden en had mezelf buiten spel gezet. Zelfs als Cleo Stijn zou dumpen, zou ze nooit toelaten dat hij iets met mij zou beginnen. Ze zou ervoor zorgen dat mijn beste vrienden, mijn familie, mijn alles, me aan de kant zetten. Haar macht was als een schaduw die zich over mijn leven uitstrekte, en ik was het zat.

Als ik mijn ogen open, lijkt het of ik droom. Ik zie mijn vingers, ze bewegen, en ik laat mijn handen over het rode wateroppervlak glijden, waar ze rimpelingen veroorzaken. Hoeveel tijd is er verstreken sinds Birgit mijn pols doorsneed? Eén minuut? Twee? Of een uur? Tijd is rekbaar geworden. Nu, en toen, alles is hetzelfde.

Ik gluur door mijn wimpers, op zoek naar Birgit, maar ik zie haar niet. Wel hoor ik gestommel in de woonkamer waardoor ik weet dat ze nog steeds in mijn appartement is. Ik zeg haar naam, maar mijn stem draagt niet ver genoeg. Dan probeer ik mijn voeten te bewegen. Dat lukt. En dan mijn benen. Dat lukt ook. Het spul dat ze in mijn wijnglas deed moet dus bijna zijn uitgewerkt. Als ik echt zou willen, bedenk ik, zou ik mijn arm wat hoger kunnen houden, om het bloeden te minderen. Zo kan ik tijd rekken. Maar waarom zou ik?

Mijn ogen vallen weer dicht en ik zak dieper weg, terug naar het verleden, in bed bij Danni.

2014

Ik dommelde af en toe in slaap, maar schrok dan weer wakker. Echt diep sliep ik geen enkele keer, daarvoor was ik te gestrest door de gebeurtenissen van die avond. Ik droomde in flarden en in elke scène kwam Cleo voor. De ene keer duwde ze me van een klif, de andere hield ze me onder water. Opnieuw schrok ik wakker. Deze keer was het een geluid dat me uit mijn sluimer had gewekt en ik spitste mijn oren. Cleo's deur sloot zich met een zachte klik. Was Stijn uiteindelijk toch bij haar in bed gekropen? Ik wachtte een minuut of twee en schoof toen het laken voorzichtig van me af. Zo stil ik kon, stapte ik uit bed. Danni sliep rustig door.

Heel zachtjes opende ik de deur van ons kleine kamertje. In het donker probeerde ik te zien of er iemand ontbrak op de slaapbank, maar dat was moeilijk. Wel hoorde ik gegiechel komen uit Cleo's kamer, naast de onze. En ik hoorde een mannenstem. Maar het was niet Stijn die ik hoorde, het was Otto. Opnieuw staarde ik naar de bank. Was dat Stijns lange haar, dat over de rand hing? Ik zette een paar stappen de woonkamer in, mijn ogen waren intussen aan het duister gewend geraakt, en bevestigde mijn vermoeden. Vincent en

Stijn lagen broederlijk naast elkaar te slapen en Otto was weg.

Verward sloop ik terug naar onze kamer, en klom weer in bed. Wat deed Otto in Cleo's kamer? Ik bleef met wijd open ogen liggen tot ik – even later – de deur opnieuw dicht hoorde klikken. Ik wist dat Otto een oogje had op Cleo, maar kon me niet voorstellen dat het wederzijds was. Dit waren Belle en het Beest niet, dit waren Cleo en Otto. Een onmogelijke match. Een naar gevoel bekroop me. Cleo was iets van plan, ik wist het zeker. En dat plan had iets met mij te maken. De hele avond was voorspel geweest voor de grande finale die ze voor me in petto had en Otto was natuurlijk de gewillige slaaf die ze voor haar kar kon spannen. Maar deze keer zou ze er niet mee wegkomen. Deze keer zou ik haar confronteren. Ik was er eindelijk klaar voor.

Ik wachtte net zo lang tot ik zeker was dat Otto sliep. Opnieuw kwam ik uit bed. Op mijn tenen sloop ik naar Cleo's kamer. In de woonkamer waren de contouren van Otto, Vincent en Stijn vaag zichtbaar. Het rook er naar jongens en ook een beetje naar Doritos en alcohol. Hun ademhaling was regelmatig en werd af en toe onderbroken door Otto's gesnurk. Ze bewogen amper. Geen van de drie was zich ervan bewust dat ik er was. Toen ik bij Cleo's deur kwam, twijfelde ik even en liet mijn hand op de klink rusten. Maar de keuze die ik moest maken, was heel eenvoudig: ofwel bleef ik verdrinken in mijn eigen passiviteit en hield ik vast aan mijn illusie van controle, ofwel stond ik op om mijn leven terug te claimen. Het was tijd om Cleo te tonen wie ze voor zich had, dus duwde ik de deur open.

Net zoals de woonkamer was Cleo's kamer gehuld in duisternis, op het zwakke schijnsel van een straatlantaarn na dat door de gordijnen kierde. Cleo's slapende gestalte was nauwelijks zichtbaar onder de dekens, maar haar krullen staken donker af tegen het witte hoofdkussen. Ik strekte mijn arm uit en schudde zachtjes aan haar arm. 'Cleo,' fluisterde ik, dwingend, maar er kwam geen reactie. 'Cleo, wakker worden.' Nog steeds niets.

Ik voelde mijn irritatie groeien. Nu ik eindelijk de moed bij elkaar had geschraapt om haar te confronteren, speelde zij Schone Slaapster. 'Cleo,' zei ik, luider nu, vastberaden om met haar het gesprek te voeren dat we al lang geleden hadden moeten hebben, maar ze bewoog niet en haar ademhaling bleef rustig en gelijkmatig. Hoe kon iemand zo diep slapen?

Toen viel mijn oog op haar nachtkastje. Er lag een vel papier en een doosje slaapmedicatie. Eerst werd ik kwaad toen ik besefte dat Cleo slaappillen had genomen en was ondergedompeld in een kunstmatige sluimering, dat ze niet wakker zou worden, en meer nog: dat ze zelfs nooit zou weten dat ik in haar kamer was geweest en met haar wilde praten. Zelfs in haar slaap controleerde ze mijn doen en laten nog! De woede borrelde vanuit mijn buik naar boven en ik balde mijn vuisten, voelde mijn nagels in het vlees van mijn handpalmen boren. Ik keek opnieuw naar de brief op haar nachtkastje en greep ernaar. Het was donker dus ging ik bij het raam staan waar de lantaarn me net genoeg licht gaf om Cleo's laatste woorden te lezen. Haar verwijten over Stijn en mij. De lucht werd uit mijn longen geperst, alsof iemand me keihard in mijn maag had gestompt. Vraag me niet hoe, maar ik wist meteen wat ze van plan was. Ik wist het gewoon. Ze wilde me kapotmaken. Met haar zieke geest wilde ze Stijn en mij doen geloven dat ze zelfmoord had gepleegd, en Otto hielp haar. Daarom werd ze niet wakker. Hij had haar iets gegeven. Tranen van woede en machteloosheid rolden over mijn wangen en ik staarde naar de slapende Cleo, terwijl de razernij door mijn lijf gierde.

Tot er opeens een diepe rust over me heen kwam en ik besefte hoe compleet weerloos Cleo was. Wat Otto haar ook had gegeven, ze was compleet *out*.

Ik kon doen wat ik wilde.

Op het moment dat die gedachte in me opkwam, schoot er een onverwachte stoot van energie door mijn lichaam. Het was alsof elke vezel tot leven kwam, tintelend van een kracht die ik nooit eerder had gevoeld. Voor het eerst in mijn leven was ik de poppenspeler en eindelijk had ik de touwtjes in handen.

Mijn ademhaling vertraagde, mijn hartslag kalmeerde, mijn blik focuste zich. Het was bijna surrealistisch, alsof ik van een afstand naar mezelf keek, naar een andere versie van Seren, die nu de leiding nam.

Deze nieuwe Seren bewoog met een zelfverzekerdheid die ik nooit eerder had ervaren. Haar focus was scherp, haar bewegingen doelgericht en precies. Het was alsof ze precies wist wat er moest gebeuren, als een acteur die haar rol tot in de puntjes beheerste. En terwijl zij de regie overnam, voelde ik me als in een roes en keek toe.

Naast Cleo's bed lag een stapel sierkussens, achteloos op de grond geworpen. Ik zag dat ik bukte en dat mijn handen zich om een van de zachte kussens vouwden. Ik klampte me eraan vast alsof het een boei was.

Zonder te aarzelen, alsof ik werd gestuurd door een kracht groter dan mezelf, drukte ik het kussen op Cleo's gezicht.

Ik weet niet wat ik verwachtte. Een worsteling? Dat ze zou tegenspartelen? Maar ze bewoog geen vin. Nu weet ik dat het de roofies waren die Otto haar had gegeven, die ervoor zorgden dat ze zich nooit heeft verzet. Maar ik heb nog lang daarna gedacht dat het mijn geest was die de herinnering aan Cleo's doodsstrijd had gewist, als een zelfbeschermingsmechanisme.

Het volgende wat ik me kan herinneren, is hoe er een zachte trilling door Cleo's lichaam leek te gaan, alsof haar ziel een laatste stuiptrekking maakte voordat hij haar lichaam verliet. En daarna... niets. Een stilte zo allesomvattend dat het was alsof het universum zelf ophield te bestaan.

Ik bleef het kussen nog een paar tellen op haar gezicht drukken, mijn armen verstijfd. Ik rook haar geur. De geur van haar shampoo, kruidig, en de zware zoete geur van haar parfum, Black Opium van Yves Saint Laurent, wat ik sindsdien associeer met de stank van de dood zelf.

De stilte die volgde was beklemmend en werd alleen onderbroken door het geluid van Otto's gesnurk in de woonkamer dat door de muren heen drong. Ik bleef nog een paar minuten onbeweeglijk over het stille lichaam staan, met het kussen dat nu als een loden gewicht tussen mijn handen zat. Toen, zonder naar Cleo te kijken, kwam ik met trillende benen overeind. Wankelend liep ik de kamer uit, het kussen nog steeds in mijn armen geklemd. Ik bad dat geen van de jongens wakker zou worden, maar ik hoefde me geen zorgen te maken. Ze waren zo knock-out van Cleo's glühwein dat ze niets merkten.

Stilletjes sloot ik even later de deur van onze slaapkamer achter me. Danni lag nog steeds te slapen. Muisstil bewoog ik me naar mijn kant van het bed en liet me erop neerzakken. Danni mompelde iets in haar slaap en even bevroor ik. De seconden tikten voorbij, maar ze zei niets meer.

Ik wachtte tot ik haar weer diep hoorde ademen voor ik het kussentje helemaal onderaan in mijn rugzak propte. Opnieuw was het alsof ik precies wist wat ik moest doen. Dat sierkussen was het enige bewijs van wat ik had gedaan, dus moest het verdwijnen. Niemand zou ooit merken dat het weg was. Bovendien zou Cleo's zelfmoordbrief alles verklaren. Het was de perfecte moord.

Maar hoe had ik kunnen vermoeden dat mijn vrienden de moord die ik pleegde, zouden verdoezelen? Of dat Otto de schuld op zich zou nemen? Hoe had ik kunnen weten dat tien jaar later, Cleo's geest me nog steeds zou achtervolgen? Op dat moment besefte ik nog niet dat ik niet alleen Cleo's leven had genomen, maar tegelijk een deel van mezelf had vermoord. Want de Seren die ik toen was, verdween voorgoed en wat overbleef, was een monster dat me nooit meer met rust zou laten.

43

Mijn ogen openen lukt niet meer. Ik stel me voor dat ik op een vlot ronddobber, op een zee van zwart water. Het is donker en er is geen verschil meer tussen onder en boven, links en rechts. Langzaam glipt mijn bewustzijn weg. Steeds dieper zak ik en het wordt steeds donkerder.

En dan, opeens, verschijnt er een licht. Een warme gloed, als die van een opkomende zon, baant zich een weg door de kilte die me opslokt.

'Volhouden, Sterretje, het is jouw tijd nog niet,' hoor ik iemand zeggen. Het is een stem die ik herken. Warm. Liefdevol.

'Papa?' fluister ik.

'Hou vol, Sterretje,' zegt de stem nog eens, met een tederheid die ik bijna kan voelen. Een hand, licht als een veer, rust op de mijne en een golf van onvoorwaardelijke liefde gloeit door me heen, net zoals toen ik nog een kind was. Hoewel ik hem niet kan zien, weet ik dat mijn vader bij me is. Ik ben niet meer alleen. Ik wil iets zeggen, ik wil hem vertellen hoe hard ik hem heb gemist, hoe leeg mijn hart is sinds hij er niet meer is. Maar mijn woorden krijgen geen vorm.

Dan, in de verte, dringt een geluid mijn bewustzijn binnen, een aanhoudend gebonk. Is het mijn hart dat terugvecht en weigert te stoppen? Een laatste wanhopige poging van mijn lichaam om te blijven functioneren, om te blijven leven? Het geluid zwelt aan, wordt luider en dwingender, alsof het weigert te worden genegeerd. Met elke bonk voel ik hoe de aanwezigheid van mijn vader vervaagt, hoe hij langzaam van me wegglijdt. Het licht wordt feller en het is alsof ik zweef tussen twee werelden, niet helemaal hier, maar ook niet daar. In dit niemandsland ontbrandt er diep in mij een strijd, een gevecht tussen twee oerinstincten.

Enerzijds is er de drang om te overleven. Het is een instinct zo diepgeworteld dat het bijna een eigen wil lijkt te hebben.

Maar anderzijds is er de verleiding om me over te geven, om me te laten meevoeren op de zachte stroming van de dood. De aanwezigheid van mijn vader is als een magneet die me naar zich toe trekt. Het is een verlangen zo sterk dat het bijna ondraaglijk is, een hunker naar de troost van het bekende, naar de liefde die ik zo lang heb moeten missen.

Ik voel hoe ze aan me rukken, deze twee krachten, hoe ze me in tegenovergestelde richtingen proberen te trekken, maar ik weet wat ik wil.

Ik wil mijn vader niet kwijt. Niet nog eens. Ik wil naar de eeuwigheid, de stilte. Ik wil dat het bonken stopt, dus negeer ik het geluid, draai me weg van het licht.

'Papa!' roep ik, want ik wil dat de duisternis me met hem mee naar beneden trekt. 'Papa! Neem me mee!'

Maar het lukt niet. Iemand – of iets – duwt me naar het licht.

'Nee!' roep ik, maar ik voel dat mijn vaders aanwezigheid vervaagt, steeds verder, dieper, tot ik alleen nog een fluistering hoor die zich vermengt met het ritme van mijn verzwakkende hartslag: *Het is jouw tijd nog niet*, echoot het in mijn hoofd, terwijl het bonken alsmaar luider wordt.

'Papa, laat me niet alleen,' snik ik, maar ik weet dat het geen woorden zijn die door mijn lippen worden gevormd, ze bestaan alleen in mijn hoofd.

Het bonken houdt op. Het geruis in mijn oren maakt plaats voor nieuwe geluiden. Mijn longen beginnen te haperen, zoekend naar lucht, maar ik slik alleen maar water in. En dan wordt het donker. Een ander soort donker. Niet het einde, maar een pauze, een rustpunt voordat het toneel wisselt en het volgende bedrijf begint.

'Volhouden, Seren!' schreeuwt een vrouw, er klinkt paniek door in haar stem. De woorden vibreren door mijn lichaam en maken iets wakker. Pijn stuwt uit volle kracht door mijn lichaam. 'Volhouden!' roept de vrouw opnieuw en ik richt me ernaar als een schip naar een vuurtoren. Heel even balanceer ik nog op het randje tussen licht en duister, en dan valt het gewicht van de duisternis weg. Het is alsof de nacht zelf opensplijt en door de scheur sijpelt zwak maar gestaag licht naar binnen. Sterke armen tillen mijn ijskoude lichaam uit het bloedrode badwater. Ik open mijn ogen, zie dat mijn pols wordt afgebonden. Mijn hand is sneeuwwit en er lopen rode lijnen overheen. Ariadne heeft me haar koord toegeworpen, denk ik. Ik ben ontsnapt uit het labyrint. Ontsnapt aan de Minotaurus.

Met zorg word ik in een deken gewikkeld en op een brancard gehesen, en alles om me heen vervaagt tot een symfonie van sirenes en flikkerende lichten. En dan wordt alles weer zwart.

44

Kerstmis heden

Ik open mijn ogen en sluit ze meteen weer. Te licht. De geur van ontsmettingsmiddel dringt mijn neus binnen, en van nog iets anders. Uiensoep. Ik lig in een bed, dat voel ik, maar het is niet het mijne. Ik open mijn ogen opnieuw en begin verwoed te knipperen. Vage contouren worden zichtbaar. Die van een raam en een stoel. Ik probeer overeind te komen, maar een stekende hoofdpijn duwt me terug in de zachte kussens. Om mijn pols zit een wit verband.

Een machine naast me protesteert piepend, waarop de deur opengaat en iemand haastig mijn kamer binnen komt gelopen.

'Rustig maar, mevrouw Engels,' zegt een zachte stem. Een verpleegster verschijnt in mijn gezichtsveld en controleert een infuus dat naast mijn bed hangt. 'U bent in het ziekenhuis, het is veilig hier, rust maar wat,' zegt ze sussend. Ze drukt me een beker water met een rietje in mijn handen. 'Hier, drink een beetje.'

Ik pak het bekertje aan en kijk naar haar. Ze heeft kort zwart haar en felrood gelakte nagels waarop minisneeuwpopjes staan. Ik neem een slokje en de koele vloeistof verzacht mijn droge keel.

'Beter?' vraagt de verpleegster. Ik knik dankbaar. 'Uw moeder heeft de hele tijd bij uw bed gezeten, ze is even wat gaan eten. Wilt u dat ik haar roep?'

Mijn moeder? De herinnering aan mijn vaders aanwezigheid komt naar boven, en hoewel ik weet dat ik hem niet echt heb gezien, voelde het toch zo. Een traan glijdt langs mijn wang naar mijn mondhoek, warm en zout. Ik mis hem. En ik mis mijn moeder.

'Ja,' fluister ik.

'Goed. Ik zal haar gaan halen. Er is ook iemand van de politie die u graag wat vragen wil stellen. Ze wacht buiten. Denkt u dat u daaraan toe bent?'

Ik wil zeggen van niet, maar de deur gaat alweer open en Helena Ooms stapt binnen, alsof ze in de coulissen stond te wachten op haar beurt. Haar kennende had ze er genoeg van te wachten.

'Ik laat jullie dan maar,' zegt de verpleegster, terwijl ze met een vriendelijk knikje de kamer weer uit loopt.

Ooms kijkt haar na, wacht tot de deur dichtgaat, trekt dan een stoel tot naast het bed en gaat zitten. 'Dag Seren. Hoe voel je je?' vraagt ze.

'Alsof ik door een trein ben overreden,' antwoord ik schor.

'Dat kan ik me voorstellen. Wil je me vertellen wat er is gebeurd?' vraagt ze, terwijl ze een notitieblok uit haar handtas neemt. 'Wat herinner je je precies?'

'Moet dit nu?' vraag ik. 'Ik ben zo moe.'

Haar houding verzacht een beetje. 'Dat snap ik, maar het is belangrijk. Er zijn heel wat mensen ontzettend geschrokken door wat er is gebeurd. Probeer het je te herinneren, goed? Als het echt niet lukt kom ik vanavond wel terug.'

Ik wil niet dat ze nog eens terugkomt. Ik wil dat het voorbij is, dus zeg ik: 'Birgit kwam langs. Ze had een fles wijn bij zich.'

'Wat wilde ze?' vraagt Ooms.

'Ze was alleen met kerstavond en ik kon wel wat gezelschap gebruiken,' zeg ik. 'Ik had het net uitgemaakt met David.'

'Heeft Birgit je in bad gezet?' vraagt Ooms.

Als ik denk aan het moment waarop Birgit me over de badrand duwde alsof ik een lappenpop was, sluit ik mijn ogen even. 'Ja,' zeg ik. 'Ik denk dat ze iets in mijn wijnglas heeft gedaan terwijl ik even naar de keuken was. Ze sneed mijn pols door.' Het bekertje dat ik nog steeds vastheb, begint te schudden en ik zet het op het plateau dat voor me hangt. 'Ik dacht dat ik zou sterven,' beken ik.

Ooms knikt. 'Het scheelde niet veel, Seren. Maar goed dat je je arm boven je hoofd had gelegd, die paar minuten extra hebben je leven gered.'

Ik kijk haar aan, niet-begrijpend. 'Dat kan ik me niet herinneren,' zeg ik, twijfelend.

'Misschien deed je het onbewust,' zegt Ooms. 'Je bent in ieder geval veel bloed verloren. Wat Birgit deed, was duidelijk met het doel je te doden.'

'En David?' vraag ik met een bang hart. 'Hebt u nieuws over hem?'

Ooms aarzelt even, een fijne frons verschijnt tussen haar wenkbrauwen. Ze observeert me een moment lang. 'Het spijt me, Seren. David is dood,' zegt ze dan. 'We hebben hem gevonden in zijn studio, met een messteek in zijn hals.'

Een schokgolf trekt door mijn lijf en de hele kamer schudt op zijn grondvesten. Hij mag me dan hebben voorgelogen, ik weet nu dat zijn liefde voor mij oprecht was, op het einde in elk geval. Ik knijp mijn ogen dicht om de tranen tegen te houden, maar dat heeft geen zin.

'Ik weet dat dit moeilijk voor je is, Seren, maar het is belangrijk dat je me alles vertelt, elk detail. Wat zei Birgit tegen je? Waarom wilde ze je doden, weet je dat?'

Ik slik mijn tranen weg en schraap mijn keel. 'Ze wilde wraak. Volgens Birgit was de Sandwichclub verantwoordelijk voor haar dochters overlijden.'

Ooms knikt. 'Birgit was de moeder van Polly Sanders, het meisje dat werd doodgereden door Otto Wouters. Dat hebben we inderdaad ontdekt toen we Birgits huis doorzochten.'

'Ja,' zeg ik. 'En ze was ervan overtuigd dat Otto dat ongeluk had veroorzaakt als gevolg van wat er met Cleo was gebeurd.'

'Omdat de Sandwichclub Cleo's dood had verdoezeld?' vraagt Ooms.

'Ja. Ze beweerde dat het ertoe leidde dat Otto de controle verloor en begon te drinken, waardoor hij Polly overreed.'

'Hm,' mompelt Ooms, door haar aantekeningen bladerend. 'Dus daarom wilde Birgit wraak nemen op de gehele

Sandwichclub? Wil dat zeggen dat niet Otto, maar Birgit de andere moorden heeft gepleegd?'

'Ja,' bevestig ik, en ik friemel aan het verband aan mijn pols. 'Ze heeft me alles bekend, behalve de moord op Stijn. Ze beweerde dat David hem van de trap had geduwd.'

'Ah?' Ooms kijkt verrast. 'Waarom deed hij dat?'

Het laat me koud of ze echt niet weet wie David was, of alsof doet, dus antwoord ik: 'David was niet wie ik dacht dat hij was. Hij was Cleo's broer, zijn echte naam was César, en op het benefiet had Stijn hem herkend. Stijn dreigde ermee hem te verraden, en volgens Birgit kwam het tot een worsteling, waardoor Stijn van de trap viel.'

Ooms knikt langzaam, haar pen stopt met krassen op papier. Ze fronst diep. 'David De Ridder is César Chevalier,' zegt ze, terwijl ze op de achterkant van haar pen kauwt. 'Dat heb ik helemaal gemist. Had jij enig vermoeden?'

Pas als ze het zo luidop zegt, begrijp ik hoe blind ik geweest ben. Chevalier. Het Franse woord voor ridder. Al die tijd had ik dat niet door.

'Nee,' zeg ik. 'Tot enkele dagen geleden had ik geen idee, maar toen vond ik een oude foto in Davids studio, van hem en Cleo toen ze nog jong waren. Daarom heb ik David laten zitten in het restaurant gisteren en ben ik naar huis gegaan. Ik had Birgit gevraagd een taxi voor me te bellen en me te helpen, maar ik ben recht in haar val gelopen.'

'Oké,' zegt Ooms. 'Laten we bij het begin beginnen. Dus Birgit kwam vorig jaar voor jou werken omdat ze wist dat jij bij de Sandwichclub hoorde. Hoe kwam ze bij jou terecht?'

Ik zucht. 'David beval me haar aan.'

'Ah. Dus hij en Birgit werkten toen al samen?'

'Dat moet wel,' zeg ik. 'Tijdens Birgits onderzoek naar ons kwam ze erachter wie hij echt was. Ze wist precies hoe David me in Parijs had weten te versieren en dat hij me naar dezelfde therapeut stuurde als die waar Cleo heen ging. Dus ze moeten nauw met elkaar in contact hebben gestaan.'

'Goed. Even chronologisch,' zegt Ooms. 'Birgit is er in het Hilton getuige van dat David – of César dus – Stijn van de trap gooit, ja?'

Ik knik bevestigend.

'Daarna besluit ze om zelf Danni aan te vallen, maar ze doodt haar niet. En dan vermoordt ze Vincent. Als we ervan uitgaan dat ze ook Otto heeft vermoord, wat jij beweert, dan was ze erbij toen hij onder dwang zijn afscheidsbrief schreef en liet ze hem de schuld voor die andere moorden op zich nemen. Dat is duidelijk.' Ze laat een stilte vallen. 'Wat ik echter niet goed begrijp,' gaat ze verder, 'is waarom Birgit jou ook wilde doden. Tenslotte had Otto in zijn brief duidelijk gemaakt dat jij er niets mee te maken had. Toch sneed ze je polsen over. Enig idee waarom?'

Ik zoek naar een uitweg, naar de juiste woorden. Wat heeft Birgit de politie verteld? Behalve zij en Danni weet niemand wat er die dag is gebeurd. En zelfs zij weten niet alles. Maar – bedenk ik dan – als Birgit echt iets had gezegd, zou ik dan geen handboeien om hebben? Houdt ze haar mond omdat haar advocaat haar dat heeft bevolen? Ik besef dat Ooms een antwoord van me verwacht, maar besluit haar vraag terug te kaatsen. 'Ik weet het niet,' zeg ik. 'Misschien kunt u dat beter aan Birgit zelf vragen?'

Ooms aarzelt enkele seconden en vertelt me daardoor alles wat ik wil weten voor ze haar mond opent. 'Ze sprong van je balkon,' zegt ze uiteindelijk. 'Ze was op slag dood.'

De schok die door mijn systeem giert, brengt me toch nog van mijn stuk. En dan besef ik: Birgit zal nooit meer praten. 'Mijn god,' breng ik uit. En ergens, diep vanbinnen, begint iets wat op hoop lijkt, te groeien.

'Dus, zie je,' zegt Ooms, 'we hebben er het raden naar wat haar motieven waren. Heeft ze echt niets tegen jou gezegd?'

'Weet je wat ik denk?' zeg ik. 'Ik denk dat het voor Birgit niet uitmaakte of ik al dan niet een actieve rol heb gehad. Voor haar was alleen al de gedachte dat wij verdergingen terwijl haar dochter voorgoed weg was, er een waarmee ze niet kon leven.' Ik pauzeer even en laat Ooms noteren in haar boekje. 'Birgit zou niet rusten voor de hele Sandwichclub was uitgeroeid,' ga ik verder, nu ik weet dat mijn versie van de feiten de enige is die er nog toe doet. 'En bovendien,' voeg ik er nog aan toe, 'was ze sowieso niet erg consequent in haar acties, want Danni liet ze in leven, enkel en alleen omdat die kinderen heeft. Dat heeft ze me gezegd. Misschien wilde ze door mijn dood de balans terugvinden? Danni mocht blijven leven als ik stierf?'

'Hm, zou kunnen,' zegt Ooms, weinig overtuigend.

'Hoe hebt u me trouwens gevonden?' vraag ik, om haar op een ander onderwerp te brengen.

'Dankzij Danni,' zegt ze, en daarmee kantelt de wereld voor mij weer even de andere kant op. De herinnering aan Abby's bericht van gisterenavond kristalliseert zich.

'Ze is wakker, is het niet?' zeg ik geëmotioneerd. 'Hoe gaat het met haar? Is ze oké?'

'Ja, het gaat de goede kant op. Ze ligt hier trouwens ook, in hetzelfde ziekenhuis. Ze had een glimp van de dader opgevangen toen ze werd aangevallen, maar die had een bivakmuts op, dus eerst leek dat nergens toe te leiden, maar toen mijn collega haar wat onder druk zette, wist ze zich een heel belangrijk detail te herinneren: de bivakmuts kon niet verhullen dat de dader een litteken op de bovenlip had van een geopereerde hazenlip.' Ooms klikt een paar keer heel snel met haar balpen, alsof ze een onzichtbaar puzzelstuk op de juiste plek heeft gelegd. 'Ik kreeg het nieuws terwijl ik bij jouw appartement de wacht hield en ik wist meteen over wie het ging. Birgit, die ik jouw appartement had zien binnengaan.'

'De wacht hield?' herhaal ik beduusd.

'Ik volg je al weken, Seren. Je dacht toch niet dat ik zomaar zou opgeven?'

Mijn verwarring moet op mijn gezicht te lezen staan. Nadat Otto de schuld op zich had genomen, was ik ervan overtuigd dat de politie geen enkele reden had om te vermoeden dat ik in gevaar was.

Ooms zucht. 'Kom op. Ik wist dat je me niet alles vertelde,' zegt ze. 'En ik wist ook dat ik Otto's bekentenis met een korrel zout moest nemen. Een zichzelf respecterende rechercheur laat niets aan het toeval over. En bovendien had ik toch niets te doen op kerstavond, want de kinderen zijn deze week bij mijn ex-man.' Ze grijnst even. 'Laten we dat gerust een kerstmirakel noemen.'

Ik probeer te slikken, maar het lijkt alsof er geen speeksel meer over is in mijn mond. 'Dus u had Birgit naar binnen zien gaan?' vraag ik.

Ooms recht haar rug. 'Ja, maar ik maakte me niet meteen zorgen. Ze werkte voor jou, tenslotte. Tot het nieuws van Danni's getuigenis binnenkwam.'

'U was het die me belde,' zeg ik zachtjes, nu ik besef dat het onmogelijk David kon zijn geweest.

'Klopt. En toen je niet opnam, besloot ik om versterking te vragen en je appartement binnen te vallen.'

Ik denk aan Birgit met het glinsterende mes, de kaarsen, de bloedrode badkuip, het luide gebonk waarvan ik eerst dacht dat het mijn hart was. Helena Ooms die me uit bad trok en zei: 'Volhouden, Seren.'

'U hebt mijn leven gered,' fluister ik, mijn stem nauwelijks hoorbaar.

'Mja,' zegt Ooms. 'Je hebt vooral erg veel geluk had, Seren. Een minuut later en je had het niet gehaald. Als Danni niet uit haar coma was ontwaakt, dan had ik het verband met Birgit nooit op tijd gelegd.'

Alles is met elkaar verbonden.

Er wordt op de deur geklopt en de verpleegster met de kerstnagels steekt haar hoofd om de deur. 'Neem me niet kwalijk, mevrouw Engels, uw moeder wacht op de gang.'

Ooms klapt haar boekje dicht en komt overeind. 'Goed. Voor nu weet ik genoeg, tenzij je graag nog iets aan je verklaring wil toevoegen?'

'Nee, dat is alles wat ik weet,' zeg ik. Het net van angst, dat al tien jaar als een tweede huid om me heen zit, begint langzaam los te rafelen. Ik kan bijna de vrijheid proeven, bitterzoet op mijn tong. Maar die vrijheid wordt duur betaald.

Ik heb zeven doden op mijn geweten.

45

Drie maanden later
De reünie

Het Lyceum is in de afgelopen tien jaar amper veranderd. Het ruikt hier zelfs nog hetzelfde, naar schoonmaakmiddel, papier en zweetvoeten. Het litteken op mijn pols begint te jeuken, alsof het weet dat ik hier niet hoor te zijn en het zich voorbereidt om zich uit de voeten te maken. De gedachte aan het dikke vlees dat zich losmaakt en op eigen houtje als een slang wegkruipt, dringt zich ongewild aan me op. Dat heb ik wel vaker, de laatste tijd, van die vreemde dwangmatige gedachten. Ik open en sluit mijn vuisten vijf keer, en laat de gedachte passeren.

Hier sta ik dan. Vandaag is de dag waarop ik was gevraagd een speech te geven, een uitnodiging die ik maanden geleden afsloeg om redenen die je intussen wel kent. Waarom ik dan toch hier ben? Die befaamde reünie werd geannuleerd, en vervangen door een herdenkingsplechtigheid ter ere van mijn overleden vrienden. Van hereniging naar vaarwel.

Het is bizar om hier terug te zijn. Elk moment verwacht ik Cleo, Stijn, Otto of Vincent door de betegelde gangen van het Lyceum te zien lopen. Stijn met een bal onder zijn ene arm en met de andere arm om Cleo heen geslagen. Vincent ernaast, met zijn autoritaire loopje, en Otto die erachteraan sloft.

'Zullen we?' vraagt Danni, terwijl ze mijn hand grijpt. Ze loopt nog een beetje moeilijk, maar gezien de omstandigheden gaat het goed met haar. Ik ben zo blij haar weer in mijn leven te hebben. Ik knik en laat me meetrekken naar de gymzaal, die voor de gelegenheid in gereedheid is gebracht voor de grote herdenking. Grote foto's van Cleo, Stijn en Vincent worden afwisselend geprojecteerd op een scherm dat boven het podium hangt. Geen enkele foto van Otto, echter. Ik slik een stevige brok weg als ik dat zie. Otto wordt beschouwd als Cleo's moordenaar, en degene die Polly Sanders aanreed, toch vind ik het erg hardvochtig om hem niet te herdenken. Hij was tenslotte ook een van Birgits slachtoffers.

De zaal zit volgepakt. Oud-leerlingen, leerkrachten van vroeger en nu, ouders, het lijkt wel of iedereen naar het Lyceum is afgezakt om erbij te zijn. Mijn handen glijden langs de gladde stof van mijn zwarte jurk, mijn harnas tegen de vele ogen die me nieuwsgierig opnemen. Ik voel Danni's arm licht tegen de mijne drukken en weet dat zij het ook moeilijk heeft. Danni zal nooit meer als kinderverpleegster aan de slag kunnen, daarvoor heeft ze te veel gezondheidsproblemen. Nadat ze uit haar coma ontwaakte, moest ze nog wekenlang herstellen. Ze onderging meerdere operaties om de organen te redden die Birgit met haar mes aan flarden had gesneden. Haar maag werd door Birgits mes verwond, en haar milt en een van haar nieren moesten worden verwijderd. Bovendien heeft ze PTSS. Gelukkig loopt Abby's accountantskantoor goed en krijgt Danni de tijd en de ruimte die ze nodig heeft om te herstellen.

Ze kon altijd al goed tekenen en was creatief, net als ik, dus toen ze aan de beterende hand was, begon ze haar emoties te verwerken in schilderijen en sculpturen. De eerste keer dat ik haar werk zag, werd ik omvergeblazen door haar stijl. Zo kwetsbaar en tegelijk zo krachtig en vol vuur. Ik help haar nu met het starten van haar eigen bedrijfje, waardoor ik haar en Abby – die momenteel backstage is – vaak zie. Ze hoeven niet te weten dat ik voornamelijk door schuldgevoel word gemotiveerd.

Ter gelegenheid van de reünie heeft Danni een sculptuur gemaakt, en ze is zenuwachtig. Ik zie hoe haar handen zich verkrampt om het programmaboekje klemmen en ik geef haar een speelse duw. 'Hoi pipeloi,' zeg ik. Het werkt, ze moet lachen en haar schouders ontspannen zich weer een beetje.

Wanneer de schooldirecteur het podium beklimt, sterft het gemompel in de zaal langzaam uit. Volgens het programmaboekje zal hij eerst een speech geven, gevolgd door de onthulling van de sculptuur, en ik bereid me voor op wat hopelijk de allerlaatste keer is dat ik door deze nachtmerrie moet. Na een onzekere kuch en een paar klopjes op de microfoon begint de man te praten en ik laat zijn woorden over me heen zweven. Alleen af en toe vang ik een flard op.

'Voor Cleo Chevalier, Stijn De Clerck en Vincent Volders,' hoor ik hem zeggen. Intussen observeer ik het publiek. Sommigen slaan hun ogen neer, anderen filmen het hele gebeuren met hun telefoon alsof het topentertainment is.

'Dankzij de inzet van de Antwerpse politie en met de hulp van de vader van Stijn – meneer De Clerck – is Cleo na tien jaar eindelijk weer thuis,' zegt de directeur met verstikte stem. Ik vind zijn emotionele reactie er wat dik bovenop liggen. De man heeft Cleo zelfs nooit gekend. Maar ik ben duidelijk de enige die dat vindt, want een collectieve zucht golft door de zaal, en links en rechts wordt discreet een neus gesnoten. Op basis van wat Otto me had verteld over de bouwplaats waarin hij en Vincent Cleo's lichaam hadden gedumpt, werd Cleo's lichaam gevonden in de funderingen van een gebouw van Bouwbedrijf De Clerck.

Op het scherm verschijnen beelden van het crematorium Schoonselhof, waar ik Stijns uitvaart bijwoonde in wat een vorig leven lijkt. Cleo en David werden daar ook gecremeerd.

'Nu zullen Cleo en César Chevalier voor altijd samen rusten,' zegt de directeur plechtig. Voor het eerst die dag word ik emotioneel. Een dikke knoop vormt zich in mijn maag bij het zien van foto's van de twee kisten. Het was nooit mijn bedoeling geweest iemand anders te kwetsen dan Cleo, maar het is heel anders uitgedraaid.

Danni's schouders schokken lichtjes en ik sla een arm om haar heen. 'Ze verdienden dit niet,' zegt ze. 'Wíj verdienden dit niet.' Danni vindt het afschuwelijk dat ze geen afscheid heeft kunnen nemen, omdat ze in het ziekenhuis lag. Eerst werd Danni nog als medeplichtig beschouwd. Ze had tenslotte meegedaan aan het stilzwijgen van Cleo's dood.

Toen ik haar vroeg of ze de politie zou vertellen van mijn leugen, dat ik er wel bij was toen we Cleo's lichaam ontdekten, zei ze: 'Ben je gek? Het enige wat jij moest doen, was Cleo's afscheidsbrief vernietigen. Daarvoor ga ik de politie niet op jouw spoor zetten, hoor. We hebben genoeg meegemaakt, en genoeg geleden. Het is voorbij, Seren.'

Pas onlangs kreeg Danni zelf het verlossende nieuws dat ze niet verder werd vervolgd. De politie oordeelde dat ze nog een kind was ten tijde van de feiten, minderjarig en beïnvloedbaar, en directe schuld aan Cleo's dood had ze niet. Ze was intussen genoeg gestraft, was ook het oordeel van Cleo's ouders.

Ik sla mijn arm om Danni heen en druk haar tegen me aan. Terwijl de ceremonie doorgaat, met bloemen die worden neergelegd, voel ik mijn eigen litteken weer branden onder de lange mouwen van mijn jurk. Is het niet bizar dat intussen niemand vindt dat *ik* moet worden gestraft? Integendeel, ik word beschouwd als een heldin. Ik overleefde de aanslag van een seriemoordenaar, wat mij als persoon alleen maar interessanter maakte voor de buitenwereld. Dark Angel kent gouden tijden, de lentecollectie was meteen uitverkocht en we hebben zelfs een wachtlijst moeten aanleggen. Met 'we' bedoel ik natuurlijk ikzelf en mijn nieuwe assistent, Chrissy. Ik heb haar de overstap laten maken vanuit de winkel naar mijn kantoor, en mijn schoonzusje Jolien is mijn nieuwe winkelverantwoordelijke. De gedachte om opnieuw een vreemde in mijn leven te brengen, gaf me nachtmerries, dus leek dat de beste oplossing.

Een applaus barst los. Er worden handen geschud. Op het podium staat een van de inspecteurs die samen met Ooms de zaak opvolgde, en Stijns vader, een grote man met brede schouders en een al even brede kaaklijn, zegt nog zijn bedankje. Dan neemt de directeur opnieuw het woord. 'En dan is het nu tijd voor de onthulling van het kunstwerk dat door Danni De Deken speciaal voor deze gelegenheid werd gemaakt. Danni?'

Danni – die nog steeds mijn arm om haar schouders heeft – maakt zich los uit mijn omhelzing en beweegt zich onder luid applaus naar voren. Op het podium zet Abby intussen samen met enkele leerlingen een immens object – dat onder een zwart doek verborgen gaat – op een voetstuk.

Niemand heeft het kunstwerk al mogen zien. Danni is er de afgelopen weken onafgebroken aan bezig geweest en zelfs ik mocht er geen glimp van zien. De directeur duwt de microfoon onder Danni's neus en ze kijkt verlegen de zaal in. Het is muisstil. Abby komt naast haar staan en grijpt haar hand. Die twee samen doen me David meer dan ooit missen en ik slik een brok weg.

'Beste mensen, lieve vrienden en sympathisanten,' begint Danni, met haar hese stem. 'Kunst is mijn reddingsboei, op momenten wanneer het echte leven te zwaar lijkt en ik kopje-onder dreig te gaan. Als ik erbij stilsta hoeveel jonge levens te vroeg van ons zijn heengegaan, dan verlies ik mezelf soms en wordt het allemaal te veel. Kunst helpt me dan de weg terug te vinden.' Ze pauzeert even. 'In de laatste weken voor Cleo's dood repeteerden we een toneelstuk dat *Ariadne zit in de knoop* heette. Het stuk werd nooit opgevoerd, maar ik zal nooit vergeten hoe Cleo tijdens de laatste repetitie haar monoloog voor ons bracht. Kunst is mijn draad van Ariadne.'

Danni geeft een knikje naar Abby, die haar hand loslaat en naast het grote doek gaat staan. Danni gaat aan de andere kant staan en zegt: 'Lieve mensen, met dit werk hoop ik de herinnering aan mijn vrienden voor altijd levendig te houden. In dit leven, en in alle volgende.'

Ik houd mijn adem in en het lijkt of de hele zaal dat doet, zo stil is het. Dan trekken Abby en Danni samen het doek weg. Het kunstwerk dat wordt onthuld, is ongeveer een meter hoog en is gemaakt van een soort ijzerdraad. Zes gestileerde figuren staan in een cirkel en tussen hen in loopt een rode draad die ieder van hen aan elkaar verbindt, en het geheel van de zes figuren ook nog eens omwindt.

Het is prachtig, en emotioneel, en puur, en kwetsbaar, en sterk, en – ontzettend beangstigend. Ik voel de haren op mijn armen rijzen bij het zien van de oude Sandwichclub, verbonden voor het leven, door de dood heen. Want het symbool van verbinding dat Danni zo mooi heeft uitgebeeld, bevestigt voor mij des te meer dat het onmogelijk zal zijn om ooit uit die cirkel te kunnen ontsnappen. De druk die al uren op mijn borst duwt, wordt zwaarder.

Er volgt een oorverdovend applaus dat Danni verlegen in ontvangst neemt. Links en rechts flitsen de camera's van de fotografen als bliksemschichten door de ruimte. Iemand houdt een dienblad met glazen cava voor mijn neus en dankbaar pak ik er een af. Ik neem enkele grote slokken. Zou ik nu ongemerkt kunnen verdwijnen? De plechtigheid is voorbij, dus hoef ik hier in principe niet meer te zijn. Ik kan Danni een berichtje sturen, ze zal het vast begrijpen.

'Dag Seren,' klinkt het naast me en ik draai me om.

'Mevrouw Ooms,' zeg ik. Ik had gehoopt haar in dit leven nooit meer te hoeven zien. 'Wat fijn dat u bent gekomen,' lieg ik.

'Het leek me een mooie afsluiter van een van de meest spraakmakende zaken uit mijn carrière,' zegt ze. 'Mooi beeld.' Ze knikt naar Danni's kunstwerk. 'Kunnen we even praten?'

Ik volg haar naar een rustige hoek van de gymzaal, maar een ijzige vinger kruipt langs mijn ruggengraat naar boven. Ze wacht tot we buiten gehoorsafstand zijn en zegt dan: 'Ik zit nog ergens mee, Seren. Er is iets wat me niet loslaat.'

Ik kijk haar aan, neem een slok cava om mezelf een houding te geven en antwoord: 'Waarmee dan?'

'Wist je dat Cleo's lichaam in plastic zat gewikkeld?'

Mijn verbazing is oprecht als ik zeg: 'Nee, waarom?' Otto heeft mij nooit details gegeven over wat hij en Vincent precies met Cleo hadden gedaan, daar moest de politie zelf achteraan.

'Ja, in zwart plastic. Vuilniszakken. Vermoedelijk konden de jongens de aanblik van Cleo niet aan en wilden ze hun taak op die manier vergemakkelijken.'

'Oké,' zeg ik, maar ik snap niet waar ze naartoe wil.

'Het gevolg is dat daardoor het ontbindingsproces werd vertraagd. Als Otto en Vincent Cleo's lichaam rechtstreeks in het natte beton hadden gelegd, zou alleen haar skelet zijn overgebleven. Nu hebben we ook lichaamsweefsel teruggevonden.'

Het bloed raast door mijn oren en doet mijn wangen gloeien. Lichaamsweefsel, wat is dat? Huid? Organen? Kunnen ze mijn DNA terugvinden? Of sporen van dat hoofdkussen? Maar dat kussen bestaat niet meer. Ik reik in mijn jaszak naar mijn sleutelbos en voel en graai tot ik het stuk stof van mijn sleutelhanger beet heb. Ik klem het vast in mijn vuist, probeer wanhopig mijn kalmte terug te winnen en zeg: 'Dat is dus goed nieuws?'

'Hm,' zegt Ooms, terwijl ze me doorboort met die doordringende ogen van haar. 'Toxicologisch onderzoek op gemummificeerde organen kan sporen van gifstoffen of medicatie aan het licht brengen, al is de kans na tien jaar wel klein.'

'Ah,' zeg ik. Dus daar wil ze heen. 'En hebt u sporen van die roofies van Otto kunnen terugvinden?'

Ze schudt haar hoofd. 'Neen, dat hebben we niet. Noch hebben we kunnen bewijzen dat Cleo is gestorven aan een anafylactische shock, maar dat is niet abnormaal. Zoals ik al zei, is het moeilijk na al die jaren zoiets te bewijzen. Maar het deed me nadenken over Otto's bekentenis. Hoe groot is de kans dat Cleo door die pinda's in Otto's M&M's zou sterven? Wat denk jij?'

'Ik... ehm,' stamel ik. 'Ik heb geen idee,' zeg ik.

'Wel, de patholoog acht het zeer onwaarschijnlijk.' Ze zwijgt even en rondom ons komt de bijeenkomst tot een einde. De menigte dunt uit en ik voel me als een onbewoond eiland in de stroom van mensen die de weg terug naar hun eigen leventjes vinden.

'Stel dat Otto niet de dader is,' gaat Ooms verder. 'Stel dat Cleo nog leefde nadat Otto haar kuste. Zou het dan kunnen dat iemand anders verantwoordelijk is voor haar dood?' Ze pauzeert even, en ik heb het gevoel dat ik elk moment zou kunnen overgeven.

De sleutelhanger voelt klef aan en ik dwing mezelf mijn zwetende hand uit mijn zak te halen voor Ooms ziet wat ik doe. Ik weet dat ik iets moet zeggen, maar mijn tong plakt vast aan mijn gehemelte. 'Ik zou niet weten wie zoiets zou doen,' slaag ik er uiteindelijk in te zeggen, maar de woorden kleven aan mijn tong, verzwaard door de angst die door mijn aderen giert.

'Nee?' zegt Ooms, quasiverbaasd. 'Ik heb anders wel zo mijn theorie, wil je die horen?'

Ik probeer me uit alle macht vast te klampen aan het hier-en-nu om niet van mijn stokje te gaan. Ik focus me op het kunstwerk van Danni, op de rode draad die voor mij nu als een strop voelt die steeds strakker wordt getrokken.

Ooms leunt iets dichter naar me toe, het kan bijna niet anders of ze moet mijn angstzweet ruiken. 'Ik dacht bij mezelf: wie zou er baat bij hebben dat Cleo van het toneel verdween?' zegt ze. 'Wie leefde in haar schaduw en zag de kans om bij haar grote liefde te zijn in het niets verdwijnen zodra Cleo opdook?' Ze kijkt dwars door me heen, recht naar de donkerste hoekjes van mijn ziel. 'Ik heb daar zo wel mijn idee over.' Ze kijkt mijmerend in de verte. 'Dark Angel. Interessante naam. Doet een beetje aan de Engel des Doods denken, vind je niet?'

Rustig blijven. Ik moet rustig blijven. Ze heeft geen bewijs.

'Nee, helemaal niet,' zeg ik. 'En als u verder niets meer te zeggen hebt, dan zou ik nu graag gaan.'

'Ik houd je niet tegen,' zegt Ooms, terwijl ze met haar arm gebaart dat ik vrij ben om te gaan. 'Maar vroeg of laat, Seren, vroeg of laat leidt elk pad naar de waarheid.' En dan draait ze zich om en loopt weg.

Zonder nog tegen iemand iets te zeggen haast ik me naar huis. Als ik aankom in mijn lege appartement loop ik meteen naar de badkamer en staar naar mijn reflectie in de spiegel. Dan neem ik een doekje en wrijf de make-up van mijn gezicht. Ik blijf net zolang boenen tot mijn huid rozig wordt en laat het ijskoude water eroverheen stromen. Met een handdoek droog ik me ruw af en kijk opnieuw in de spiegel. Er is niets veranderd. Ik lees nog steeds de waarheid in mijn ogen.

Met een gefrustreerde zucht loop ik de badkamer uit, naar mijn thuiskantoor, waar ik een kluis heb laten installeren. Ik open de kluis, pak Cleo's afscheidsbrief eruit en loop ermee naar de woonkamer. Het papier voelt zwaar aan in mijn handen, alsof het gewicht van al die jaren zich erin heeft vastgezet. Ik graai mijn handtas van een stoel, om vervolgens naar het terras te gaan.

Het is nog maar pas lente, maar de zon kreeg die memo blijkbaar niet, want de lucht is loodgrijs, net zoals de Schelde die als vanouds rustig onder me verder kabbelt.

Daar, beneden, viel Birgit te pletter op het asfalt. Je ziet er niets meer van, alsof het nooit is gebeurd. Ik neem mijn pakje Vogue uit mijn handtas en steek er een op. De geur van tabak vult mijn neusgaten en de rook kringelt omhoog. Na een paar diepe halen druk ik de sigaret weer uit en pak ik Cleo's brief. Ik hoef hem niet meer te lezen, ik ken elk woord, elke komma uit het hoofd. Ik ontsteek mijn aansteker en houd hem ertegen, tot het papier vuur vat. Het kraakt en knispert, terwijl de vlammen het langzaam verteren. Dan laat ik hem vallen in een oude stenen bloempot.

Waarom ik er tien jaar over heb gedaan, weet ik niet. Misschien was het verhaal voor mij toen nog niet ten einde, maar nu is het dat wel. Ik kan niet eeuwig in het labyrint blijven rondzwerven. Ik neem mijn sleutelbos en haak voorzichtig de sleutelhanger los die ik tien jaar geleden maakte van een stukje stof dat ik uit een sierkussen sneed.

Als David had geweten dat deze sleutelhanger een deel van het moordwapen was dat zijn zus had gedood, zou hij dan nog zo vergevingsgezind zijn geweest?

Ik houd de vlam tegen de turkooizen stof. Eerst gebeurt er niet veel, maar dan begint de stof te smeulen, en vervolgens lijkt hij zelfs te smelten. De geur van verschroeid textiel vult de lucht. Snel gooi ik het in de bloempot, waar het samen met de resten van de brief zachtjes verkoolt.

Zo.

Ik ga over de reling van het terras hangen en staar naar het reuzenrad dat in de verte rondjes draait, steeds om en om, net zoals de aarde dat doet, ongeacht de leugens die jij en ik vertellen.

Iedereen liegt, en dat is de waarheid.

Maar misschien is de allergrootste leugen wel dat de waarheid altijd boven water komt.

Want dat zal nooit gebeuren.

DANKWOORD

Ik kan dit boek de wereld niet insturen zonder enkele mensen te bedanken die cruciaal waren bij de realisatie ervan.

Sam De Graeve, merci om me op de koffie te vragen en de concentrisch uitdijende cirkels te zijn (jouw woorden) om dit boek (mijn woorden) te verspreiden.

Zoals steeds dank aan Joke, Liselot, Lynn, Melissa en Tanja om het manuscript proef te lezen.

Marion Norman, jij was het zaadje voor dit idee. Bedankt voor je vertrouwen en enthousiasme!

Pascale, Tom en Fred, duizendmaal dank voor het inzicht in de werking van de Antwerpse politie. Alle procedurefouten die nog in het boek te vinden zijn, zijn helemaal mijn schuld (al dan niet expres).

Aan alle boekhandelaren en bibliotheekmedewerkers – die elke dag met veel vuur over boeken praten – en aan mijn trouwe lezers: wat zou ik zijn zonder jullie? Ontzettend bedankt voor alles.

En ten slotte aan mijn gezin, zoals steeds: ik hou van jullie. Ja, echt.

BORGERHOFF
& LAMBERIGTS

Gent, België
info@borgerhoff-lamberigts.be
www.borgerhoff-lamberigts.be

ISBN 9789493409767
NUR 332
Thema FH
D2025/11.089/46

Auteur: Barbara De Smedt
Barbara De Smedt
barbara_dora_
www.barbaradesmedt.com

Coördinatie: Sam De Graeve, Nils De Malsche & Joni Verhulst
Eindredactie: Rob Steijger
Binnenwerk: Ellen Duchi
Auteursportret: Johan Jacobs
Ontwerp cover: Margo Togni

Gedrukt in Europa

Eerste druk: maart 2025
Tweede druk: maart 2025